Knaur.

Knaur.

Im Knaur Taschenbuch Verlag ist bereits folgendes Buch der Autorin erschienen:
Der Todeskurier (2011)

Über die Autorin:
Ava McCarthy studierte Medizin und arbeitete an der Londoner Börse, bevor sie sich als Computer-Expertin in Dublin einen Namen machte. *Passwort: Henrietta* ist ihr hochgelobter Serienauftakt um die Hackerin Henrietta Martinez.

AVA McCARTHY

PASSWORT: HENRIETTA

THRILLER

Aus dem Englischen von
Karl-Heinz Ebnet

Knaur Taschenbuch Verlag

Die englische Originalausgabe dieses Buchs erschien 2009 unter dem Titel »The Insider« bei HarperCollins, London.

Besuchen Sie uns im Internet:
www.knaur.de

FSC
www.fsc.org
MIX
Papier aus verantwortungsvollen Quellen
FSC® C083411

Vollständige Taschenbuchausgabe April 2012
Knaur Taschenbuch

Redaktion: Kerstin von Dobschütz
Umschlaggestaltung: ZERO Werbeagentur, München
Umschlagabbildung: FinePic®, München
Druck und Bindung: CPI – Clausen & Bosse, Leck
Printed in Germany
ISBN 978-3-426-50352-2

2 4 5 3 1

Für meine Eltern, Jim und Marie Halpenny,
die traurigerweise verstarben,
während ich diesen Roman schrieb.
Ich danke Euch für Eure bedingungslose Liebe
und Eure Unterstützung.

1

Harry würde gleich etwas tun, wofür sie im Gefängnis landen konnte. Das war in ihrem Gewerbe nichts Ungewöhnliches, trotzdem hatte sie feuchte Hände.

Sie schob ihren Kaffee weg und starrte zu den Glastüren auf der gegenüberliegenden Straßenseite. Das grelle Aprillicht blendete sie. Sechzehn Jahre war es her, dass sie so etwas zum ersten Mal gemacht hatte. Damals war sie dreizehn gewesen und wäre beinahe verhaftet worden. Diesmal war es anders. Diesmal würde sie damit durchkommen.

Als die Türen gegenüber aufschwangen, fuhr sie in ihrem Stuhl hoch. Nur der Motorradkurier, der wieder rauskam. Er war in den vergangenen zwanzig Minuten der einzige Besucher gewesen. Harry rutschte auf der harten Alusitzfläche herum. Auf ihrem Hintern mussten sich mittlerweile Streifen wie von einem Rollladen abzeichnen.

»Wollen Sie noch was?«

Der Cafébesitzer, stämmig wie eine Bulldogge, verschränkte über der schmierigen Schürze die Arme und baute sich vor ihr auf. Die Botschaft war klar. Es war Mittagszeit, und seit fast einer Stunde okkupierte sie den Tisch auf dem Bürgersteig. Zeit zu gehen.

»Ja, ich will noch was.« Sie ließ ihr liebreizendstes Lächeln erstrahlen. »Ein Mineralwasser, bitte.«

Er packte ihre Tasse samt Untertasse auf ein Tablett und schlurfte nach drinnen. Wieder gingen auf der gegenüberliegenden Straßenseite die Türen auf: Fünf junge Frauen traten heraus. Alle trugen die gleiche marineblau-grüne Uniform, sie schlenderten den Bürgersteig entlang, ließen eine einzige Zigarette herumgehen und saugten daran wie Tiefseetaucher, die sich ihre letzte Sauerstoffflasche teilten. Blinzelnd betrachtete Harry ihre Gesichter. Alle zu jung.

Sie lehnte sich zurück und löste die übereinandergeschlagenen Beine. Ihre Oberschenkel unter dem Hosenanzug juckten, in den Füßen machte sich allmählich ein Krampf bemerkbar. Am Morgen hatte sie sich nur schwer zwischen ihren einfachen flachen Schuhen und den mit den nicht ganz so hohen Absätzen und Goldschnallen entscheiden können. Aber sie fuhr ja schon immer auf alles ab, was glänzte. Nur hoffte sie, dass sie sich in der nächsten Dreiviertelstunde nicht eiligst aus dem Staub machen musste.

Sie wackelte mit den Zehen und lauschte den laut scheppernden Bierfässern, die ganz in der Nähe abgeladen wurden. Schaler Biergeruch drang an ihre Nase, der, abgestanden wie verfaulendes Obst, aus der offenen Pubtür waberte. Ruckelnd kam direkt vor ihr ein Bus zum Halt und blockierte den Blick auf die Türen.

Scheiße, die Bushaltestelle hätte ihr auffallen sollen, bevor sie sich hingesetzt hatte. Der Motor vibrierte, während ein Fahrgast nach dem anderen herausströmte. In der Luft lagen heiße Dieselabgase, die den Bus und das dahinter liegende Gebäude wie eine Fata Morgana flirren ließen. Sie klopfte mit den Fingern auf den Tisch.

Mein Gott, war denn ganz Dublin in diesem Bus?

Sie versuchte, an den verstaubten Busscheiben vorbei zum

Bürogebäude zu spähen, konnte aber nur den oberen Aluminiumrand des Türrahmens erkennen. Vom Metall reflektiertes Sonnenlicht blitzte auf, als die Türen erneut aufgingen. Harry sah nicht, wer herauskam.

Sie schob ihren Stuhl zurück und lief ein paar Meter die Straße entlang, bis sie freie Sicht auf den Eingang hatte. Auf dem Bürgersteig war niemand zu sehen.

Harry sah auf ihre Uhr. Es war zwar schon etwas zu spät, aber sie konnte es noch nicht riskieren, den nächsten Schritt zu tun. Noch nicht.

Der Bus ließ den Motor aufheulen und scherte in den Verkehr ein. Harry ballte die Fäuste und wartete, bis er an ihr vorbei war. Dann entdeckte sie auf der Straße eine Frau, die sich in die entgegengesetzte Richtung der Mädchen bewegte. Sie war älter als diese, vermutlich Ende vierzig, und sie war allein. Die Frau blieb am Randstein stehen, um die Straßenseite zu wechseln, und blickte sich um.

Harrys Finger entspannten sich. Die blonden Strähnen der Frau waren neu, ansonsten sah sie genauso aus wie auf dem Foto der Website.

Sie wartete, bis die Frau verschwunden war. Dann warf sie ein paar Münzen auf den Tisch und überquerte die Straße.

Hinter den Glastüren war es kühler und ruhiger. Harry marschierte auf die Rezeptionistin zu und sah sich verstohlen um. An einer Wand stand ein niedriger Tisch mit Wirtschaftsmagazinen. Links befanden sich hohe Doppeltüren, rechts ebenso. Die einzige Fluchtroute, falls nötig, wäre der Weg, den sie hereingekommen war.

Sie wählte ein weiteres Lächeln aus ihrem Repertoire, die Grimasse einer zickigen Geschäftsfrau, die ständig unter

Terminstress stand. »Hallo, ich bin Catalina Diego«, sagte sie zu der jungen Frau hinter der Empfangstheke. »Ich bin mit Sandra Nagle verabredet.«

Die Frau sah nicht von ihrem Computermonitor auf. »Ist gerade zur Mittagspause fort.«

»Aber ich bin mit ihr für ein Uhr verabredet.«

Die Frau kaute auf dem oberen Ende ihres Stifts herum und zuckte mit den Schultern. Ihre Lippen waren mit pinkfarbenem Lipgloss verschmiert, ein Teil davon fand sich auch auf dem Stift wieder.

Harry beugte sich über die Theke. »Ich soll ein Ausbildungsseminar für den Online-Support leiten. Wie lang wird sie weg sein?«

Wieder zuckte die junge Frau mit den Schultern und klickte mit der Maus herum. Am liebsten hätte Harry sie ihr aus der Hand gerissen und ihr damit eins über die Knöchel gezogen.

»Gut, ich kann hier nicht rumtrödeln«, sagte Harry. »Dann muss ich eben ohne sie anfangen.«

Sie wandte sich zu den Türen links, als wüsste sie, wohin sie wollte. Die Rezeptionistin erhob sich halb von ihrem Stuhl, klappernd fiel ihr Stift auf den Tisch.

»Ohne die Erlaubnis von Mrs. Nagle kann ich Sie hier nicht reinlassen.«

»Hören Sie …« Harry drehte sich um und starrte auf das Namensschild der Frau. »Melanie. Es hat einen Monat gedauert, um einen Termin für dieses Seminar zu finden. Wenn Sie mich jetzt nicht durchlassen, wird es wieder einen Monat dauern, bis ich das nächste Mal Zeit habe. Wollen Sie wirklich, dass ich Sandra erklären muss, warum ich nicht angefangen habe?«

Harry hielt den Atem an und machte sich auf einiges gefasst. Wäre sie von jemandem so angegangen worden, hätte sie ihm gehörig den Kopf gewaschen. Doch Melanie blinzelte nur und sank auf ihren Stuhl zurück. Harry konnte es ihr nicht verübeln. Sie hatte heute Morgen, als sie mit einer fingierten Kundenbeschwerde bei der Bank angerufen hatte, zum ersten Mal mit Sandra Nagle gesprochen. Deren Namen und Foto hatte sie von der Website der Bank, die sich ihres herausragenden Kundenservices rühmte. Nach dem zweiminütigen Gespräch hatte Harry die Frau als ausgesprochenes Miststück abgehakt, und es sah so aus, als würde Melanie dem zustimmen.

Melanie schluckte und schob ihr ein Gästebuch hin. »Gut, aber Sie müssen das vorher ausfüllen. Hier Name und Datum, dort Ihre Unterschrift.«

Harrys Bauch kribbelte, als sie die Felder vollkritzelte. Melanie reichte ihr eine Ausweiskarte und zeigte auf die Türen links.

»Hier durch. Ich lass Sie rein.«

Harry dankte ihr und gratulierte sich im Stillen. Sie musste an Siegerposen ihres Vaters denken, wenn sich ihre Pokerbluffs ausgezahlt hatten. »Nichts geht über den Adrenalinstoß, wenn man mit einer leeren Hand gewinnt«, hatte er immer gesagt und ihr dabei zugezwinkert.

Leere Hand, das konnte man wohl sagen. Sie heftete sich den Ausweis ans Revers und trat zu den Türen. Das Sicherheitsschloss klickte, an der Wand blinkte ein grünes Licht. Sie streckte den Rücken durch und drückte die schweren Türen auf. Sie war drin.

2

Leon Ritch hatte seit mehr als acht Jahren vom Propheten nichts mehr gehört. Und, bei Gott, er hatte wirklich gehofft, von ihm auch nie mehr was zu hören. Er kratzte sich seinen Zweitagebart und las erneut die E-Mail.

Vielleicht war es ein Scherz. Schließlich konnte sich jeder als »Prophet« bezeichnen. Er überprüfte die Absenderadresse. Eine andere als das letzte Mal, aber ebenso obskur: an763398@anon.obfusc.com. Er dachte daran, sie zurückzuverfolgen, wusste jedoch, dass er damit nicht weit kommen würde. Bei der letzten Adresse des Propheten waren sie letztendlich bei einem anonymen Remailer-Dienst gelandet. Eine Sackgasse. Wer immer er war, er verstand es, seine Identität zu verschleiern.

Außer ihm wussten nur drei andere vom Propheten. Einer davon war im Gefängnis, ein anderer war tot. Blieb nur Ralph.

Leon wählte eine Nummer, die er schon lange nicht mehr benutzt hatte. »Ich bin's«, sagte er.

»Entschuldigung, wer ist da?«

Im Hintergrund waren lautstarke Männerstimmen zu hören. Wahrscheinlich saß Ralph in einer Sitzung mit den VIPs der Bank, wo er in der unternehmensinternen Hackordnung seinen Platz behaupten musste. Eine Welt, in der er früher auch zu Hause gewesen war.

»Sei kein Arsch, Ralphy.«
Männergelächter dröhnte ihm ins Ohr, das allmählich leiser wurde, bis nur noch hallende Leere übrig war. Klang ganz so, als hätte sich Ralphy-Boy auf die Toilette verzogen.
»Geht's jetzt besser?«, fragte Leon.
»Was zum Teufel soll das?«
»Ich ruf nur ein paar alte Kumpel an. Scheint mir der richtige Tag zu sein für Anrufe aus der Vergangenheit.«
»Was soll das? Ich hab dir gesagt, du sollst mich nicht mehr anrufen.«
»Ja, ja, ich weiß. Hör zu, Ralphy-Boy, bist du irgendwo in der Nähe von deinem Büro?«
»Ich bin mitten in einer Vorstandsbesprechung und kann nicht …«
»Gut. Ich schick dir eine E-Mail an deine Privatadresse. Geh und lies sie.«
»Was? Bist du völlig übergeschnappt?«
»Mach es. In fünf Minuten ruf ich wieder an.«
Leon legte auf und wandte sich seinem PC zu. Er rief die E-Mail wieder auf und leitete sie an Ralphs Alias-Adresse weiter.
Er drehte seinen Sessel herum und starrte aus dem Fenster auf die Flaschencontainer und Mülltonnen, die den kleinen Parkplatz hinter seinem Büro säumten. Ihm direkt gegenüber lag die rußverschmierte Rückwand eines chinesischen Take-aways, The Golden Tigress. Klasse Name für eine heruntergekommene Bazillenschleuder.
Ein junger Chinese in weißem Overall schlurfte aus der Hintertür und warf einen Sack mit weiß Gott welchem Mist in die Mülltonne unter Leons Fenster. Beim durch-

dringenden Knoblauchgestank verzog er die Nase, sein Magen verkrampfte sich. Die meisten Ladenbesitzer in der Gegend sonderten den gleichen ranzigen Geruch ab und verpesteten damit sein winziges Büro, wenn sie mit ihren Abrechnungen zu ihm kamen. Sein Magengeschwür meldete sich.

»Leon-the-Ritch«, so hatten ihn die Leute mal genannt. Er hatte sechzehn Stunden am Tag rangeklotzt und alle großen Deals durchgezogen. Damals war er einer der großen Macher gewesen, hatte Millionen auf der Bank und eine prächtige Frau an seiner Seite. Mittlerweile war seine zwanzigjährige Ehe samt seinem Ruf und seinem Bankkonto den Bach runtergegangen.

Er schloss die Augen. Wenn er an die Ehe dachte, musste er auch an seinen Sohn denken, und das war schlimmer als das Magengeschwür. Er konzentrierte sich auf die sengenden Schmerzen im Bauch und versuchte, das Bild von Richard auszublenden, den er am Morgen am Bahnhof gesehen hatte. Das erste Mal seit fast einem Jahr.

Er hatte die ganze Nacht beim Poker verbracht und war, luftdicht verpackt mit den Pendlern, im Zug in sein Büro gefahren. Ihre angewiderten Blicke bestätigten, was er bereits wusste: dass er rotgeränderte Augen hatte, aus dem Mund stank und die Bakterien unter seinen Achseln sich fröhlich vermehrten.

Am Bahnsteig in Blackrock war sein Waggon neben einer Gruppe von Schuljungen zum Stehen gekommen. Beiläufig hatte er sie durch das Fenster betrachtet. Plötzlich war ihm die Luft weggeblieben. Dunkle Haare, runde Augen, Sommersprossen wie Schlammspritzer. Richard. Mitreisende schoben sich vor Leon, aber er, bemüht, einen weiteren Blick auf seinen Sohn werfen zu können, stieß sie zur Seite. Richard, einen Kopf größer als die anderen Jungen, war leicht auszumachen. Er war gewachsen. Leon schwoll die Brust vor Stolz. Der Junge würde groß wie seine Mutter werden, nicht so untersetzt wie er selbst.

Leon hatte sich näher an die Tür gedrängt. Der erste von Richards Freunden kam in den Waggon, und aus der Nähe erkannte er auf dessen Pullover das Wappen des Blackrock Colleges. Er runzelte die Stirn. Maura hatte nichts von einem Schulwechsel gesagt. Aber sie hatten ja auch lange nicht mehr miteinander geredet. Er fragte sich, wer die Gebühren bezahlte.

Richard stand an der Tür. Leon hob halb den Arm, um auf sich aufmerksam zu machen. Er hörte den gebildeten Akzent von Richards Freunden. Gleichzeitig wurde ihm der säuerliche Geruch seiner eigenen Kleidung bewusst, sein verdreckter Anorak, sein unrasiertes Gesicht. Seine Hand geriet ins Stocken.

»Richard!«

Der Junge drehte den Kopf und sah zum Bahnsteig. Leon ließ rasch den Arm sinken und starrte aus dem Fenster. Ein blonder Mann in den Vierzigern joggte zum Zug. Er trug einen dunklen Wollmantel, in der Hand eine rote Sporttasche. Er hielt sie Richard hin und fuhr dem Jungen durchs Haar. Leon sah das breite Grinsen, das sich über das Gesicht seines Sohnes zog, in seinem Magen spürte er ein scharfes Stechen, als hätte er Glasscherben verschluckt. Langsam drehte er sich um und drängte sich durch die Menge, bis er am anderen Ende des Waggons war. Und dort blieb er, hielt sich verborgen, bis er sichergehen konnte, dass sein Sohn ausgestiegen war.

Flaschengeklirr ließ Leon hochfahren. Draußen auf dem Parkplatz war der junge Chinese wiederaufgetaucht, diesmal feuerte er Konservengläser in den Container. Leon rieb sich erneut das Gesicht, atmete tief durch und versuchte, seine Magenkrämpfe zu lindern. Morgen würde er sich vielleicht mal gründlich waschen. Vielleicht würde er sich mit Richard treffen.
Er sah auf seine Uhr. Zeit, Ralphy-Boy wieder anzurufen. Er räusperte sich und wählte.
»Hast du's gelesen?«, fragte er, als Ralph sich meldete.
»Soll das ein schlechter Scherz sein?«
»Mir ist glatt die Spucke weggeblieben.«
»Glaubst du, ich hab das verschickt? Ich will nichts damit zu tun haben.« Ralph klang, als klebe ihm die Zunge am Gaumen.
»Was ist los, Ralphy? Du klingst ja, als hättest du Angst.«
»Natürlich hab ich Angst. Eine Scheißangst. Ich hab viel zu verlieren, im Gegensatz zu dir.«
Leon lockerte den Griff am Telefon. »Du hast es mir zu verdanken, dass du vor acht Jahren nicht alles verloren hast. Vergiss das nicht, okay?«
Ralph seufzte. »Was genau willst du, Leon? Noch mehr Geld?«
Gute Frage. Zunächst hatte er sich nur vergewissern wollen, dass die E-Mail nicht von Ralph stammte, aber jetzt kam ihm so eine andere Idee.
»Du hast die E-Mail gelesen?«, fragte Leon.
»Ja, er sagt, das Mädchen hat es. Na und?«
»Na ja, vielleicht will ich's wiederhaben.«
»Du meinst, sie wird es dir geben? Und was, wenn er sich irrt.«

»Der Prophet hat sich noch nie geirrt«, sagte Leon. »Er hat Beweise, sagt er.«
»Was ist los mit dir? Willst du, dass wir beide in den Knast wandern?«
Leon sah erneut aus dem Fenster. Vielleicht war es gar nicht so schlecht, dass er wieder vom Propheten gehört hatte. Vielleicht war es für ihn die Chance zum Comeback.
»Ich kenn da so einen Typen«, sagte Leon. »Mit dem hatte ich früher schon zu tun. Er wird sich darum kümmern.«
»Das gefällt mir nicht.«
»Das muss es auch nicht, Ralphy.«
Leon knallte den Hörer auf und starrte wieder aus dem Fenster. Diesmal sah er weder die Graffiti an den Mauern noch die überquellenden Mülltonnen. Er sah sich selbst, frisch rasiert, zehn Kilo leichter, in einem italienischen Anzug am Kopfende des Tisches in der Vorstandsetage. Er sah sich in einem eleganten Wollmantel, wie er Richard anfeuerte, der für seine Schule Rugby spielte. Leon knirschte mit den Zähnen und ballte die Hände zu Fäusten.
Das Mädchen hatte etwas, was ihm gehörte, und er wollte es zurückhaben.

3

Guten Tag, Sheridan Bank …«

»Das geht aus Ihren Transaktionen leider nicht hervor, Mr. Cooke. Soll ich es mit einem anderen Konto versuchen?«

Das Gemurmel von etwa dreißig gleichzeitig geführten Gesprächen lag in der Luft. Die Stimmen gehörten meistens Frauen und erfüllten den Raum mit einem Dröhnen wie von höflichen Hummeln. Harry ging zwischen den Tischen hindurch, die jeweils durch blaugepolsterte Trennwände abgeschirmt waren; mit einem Ohr lauschte sie den jungen Frauen am Telefon. Sie hatte selbst ein Konto bei Sheridan. Nach der Sache hier würde sie wahrscheinlich die Bank wechseln müssen.

Es gab eine Menge leerer Tische, aber Harry wollte einen ganz hinten. An der Rückwand ließ sie sich an einem leeren Platz in der Ecke nieder, stellte ihre Tasche auf den Stuhl und wartete, dass das mondgesichtige Mädchen am Arbeitsplatz nebenan ihr Gespräch beendete.

»Wir möchten uns nochmals dafür entschuldigen, Mrs. Hayes. Auf Wiedersehen.« Das Mädchen tippte etwas auf ihrer Tastatur und zwinkerte Harry zu. »Wieder 'ne unzufriedene Kundin.«

Harry lächelte. »Gibt es auch andere?«

»Hier nicht.«

Harry streckte ihr die Hand hin. »Ich bin Catalina. Ich fang heute Nachmittag hier an.«
»Oh, toll. Ich bin Nadia.« Sie gab Harry die Hand. Sie hatte lange, karmesinrote Fingernägel und trug an jedem ihrer pummeligen Finger einen Silberring, sogar am Daumen.
Harry deutete auf den leeren Platz. »In Ordnung, wenn ich mich hier hinsetze?«
»Klar, ist ja keiner da.«
Harry ließ sich nieder und schaltete den Computer an. »Ich glaub nicht, dass ich schon am System angemeldet bin. Meinst du, du könntest mich einloggen?«
Nadia zögerte. »Das darf ich eigentlich nicht.«
Immer lässig bleiben. »Ach, stimmt. Ich wollte eben nur noch schnell einen Blick auf das Support-Programm werfen, bevor Mrs. Nagle vom Mittagessen zurück ist.«
Nadia kaute auf ihrer Unterlippe herum, dann lächelte sie. »Was soll's? Wir wollen ja nicht, dass du schon am ersten Tag von ihr einen Anschiss kassierst.«
Sie legte ihr Headset ab und kam herüber, beugte sich vor und tippte ihren Benutzernamen und das Passwort ein. Harry roch eine Mischung aus Calvin Klein und Pfefferminzbonbons.
»Na, dann mal los«, sagte Nadia.
»Danke. Da hast du was gut bei mir.«
Harry wartete, bis Nadia wieder an ihrem Platz saß und einen weiteren Anruf entgegennahm. Sie justierte ihren Bildschirm so, dass die anderen nicht sehen konnten, was sie trieb, und machte sich an die Arbeit.
Mit wenigen Befehlen verließ sie das Programm für den Kundensupport und ging auf die Betriebssystemebene des Rechners. Harry schüttelte den Kopf, fast hätte sie laut

ihre Missbilligung geäußert. Das System hätte wirklich besser geschützt sein müssen.
Sie durchstöberte die Verzeichnisstruktur, besah sich Ordner und Dateien, aber es war ein gewöhnlicher Desktop ohne große Geheimnisse. Einige Mausklicks, und sie hatte eine Ansicht der Netzwerklaufwerke:

F:\\Jupiter\shared
G:\\Pluto\users
H:\\Mars\system
L:\\Mercury\backup
S:\\Saturn\admin

Das war's schon eher. Das war ihr Zugang zum Zentralrechner der Bank.
Harry ging die Liste der Laufwerke durch. Auf manche konnte sie ohne weiteres zugreifen und sich die Dateien ansehen, die meisten allerdings verweigerten sich ihren Eingaben. Sie sah sich etwas ausführlicher um und suchte nach etwas Brauchbarem. Und dann fand sie es: die Systemdatei mit den Passwörtern. Darin waren die Benutzernamen und Passwörter aller im Netzwerk gespeichert. Ihr Schlüssel zum System. Mit einem Doppelklick wollte sie sie öffnen. Geschützt.
Harry runzelte die Stirn und sah auf die Uhr. Ihr Herzschlag beschleunigte sich ein wenig. Sie war mittlerweile seit zwanzig Minuten hier und hatte noch einiges vor sich. Sie ignorierte die Passwort-Datei und machte sich über das Netzwerk her, wühlte sich tiefer ins System und schnupperte in jede Ecke. Sie wusste, wonach sie suchte, und irgendwo musste es sein. Und, klar, da war sie ja, hübsch abgelegt auf einem gemeinsamen, für alle zugänglichen Laufwerk: die ungeschützte Sicherheitskopie der Passwort-Datei.

Harrys Nacken kribbelte. So war es immer, wenn sie sich in ein angeblich sicheres System hackte. Am liebsten hätte sie auf dem Tisch einen Trommelwirbel aufgeführt, aber alles zu seiner Zeit.
Sie öffnete die Backup-Datei und überflog den Inhalt. Die Benutzernamen waren im Klartext zu lesen, die Passwörter allerdings verschlüsselt. Harry sah über die Schulter. Nadia plauderte mit einem Kunden am Telefon, ihre Fingernägel klackten auf der Tastatur.
Harry griff in ihre Jacketttasche und zog eine CD heraus, die sie in den Rechner schob. Sie enthielt ein Crack-Programm zum Knacken von Passwörtern, das sie nun mit der Backup-Datei fütterte. Sie beugte sich über ein Computer-Handbuch und tat so, als würde sie es durchblättern, während sie darauf wartete, dass das Programm seinen Job erledigte.
Das konnte eine Weile dauern. Wörterbuchangriffe reichten dafür meistens völlig aus. Das Programm ging das gesamte Wörterbuch durch, verschlüsselte jeden Eintrag und versuchte, diese mit den verschlüsselten Passwörtern der Datei abzugleichen. Danach würde es Buchstaben- und Zahlenkombinationen durchprobieren. Am Ende würden alle Passwörter vorliegen, die sie brauchte.
Wieder schaute sie auf ihre Uhr. Gänsehaut zog sich über ihren Nacken. Sie massierte ihn. Ihr blieben vielleicht noch zehn Minuten, bevor die Leiterin zurückkam, der Cracker konnte aber gut und gern noch eine Viertelstunde brauchen. Es würde eng werden. Das wurde es immer, wenn man irgendwo einbrach. Aber das machte es auch so unwiderstehlich.
Ihr Vater hatte immer gesagt, sie würde noch als Einbre-

cherin enden, nachdem sie einen Ziegel durch das Küchenfenster geschleudert hatte und ins Haus geklettert war. Sie war nach der Schule ausgesperrt gewesen, und sie wollte unbedingt zu dem Portscan, den sie am Morgen gestartet hatte, und sehen, was dabei herausgekommen war. Das alles erklärte sie ihrem Vater, während er mit ungläubiger Miene inmitten der Glasscherben hockte. Sie war sich sicher, er würde ihren PC konfiszieren, stattdessen aber spendierte er ihr einen besseren Prozessor und beglückte sie mit eigenen Hausschlüsseln. Sein Ansehen bei der elfjährigen Harry war nach jenem Tag enorm gestiegen.

Außerdem hatte sie sich einen neuen Namen zugelegt, denn an jenem Tag hatte er sie zum ersten Mal Harry genannt. Es hatte Zeiten gegeben, an denen sie sich nach einem exotischen spanischen Namen wie dem ihrer Schwester gesehnt hatte. Amaranta war groß und hatte aschblondes Haar. Als sie geboren wurde, war Harrys Mutter noch ganz vom halb irischen, halb spanischen Charme ihres Gatten eingenommen. Bei Harrys Geburt hatten sie aufgrund der finanziellen Desaster ihres Vaters das Herrenhaus gegen ein beengtes Reihenhaus eintauschen müssen, und mit dem Sinn ihrer Mutter für ausgefallene Namen war es vorbei. Dabei war Harry diejenige, die die dunklen spanischen Augen ihres Vaters und seine schwarzen Locken geerbt hatte; ihre Mutter allerdings hatte sich davon nicht mehr beeindrucken lassen. Sie wies alles zurück, was auch nur entfernt spanische Anklänge hatte, und taufte ihre Tochter nach der eigenen Mutter, einer spröden Frau aus dem Norden Englands, auf den Namen Henrietta.

»Hat schon mal jemand von einem Einbrecher gehört, der Henrietta heißt?«, hatte ihre Vater nach dem Vorfall mit dem Fenster erklärt und seitdem darauf bestanden, sie Harry zu nennen. Mittlerweile hörte sie auf nichts anderes mehr.

Harry überprüfte das Crack-Programm. Es war fast fertig. Sie überflog die Liste mit den bislang geknackten Passwörtern. Sie fand Nadia. Benutzername »nadiamc«, Passwort »Diamanten«. Und Sandra Nagle: »sandran«, Passwort »Stärke«. Sie schüttelte den Kopf. Nicht gut. Sie brauchte das Konto von jemandem, der etwas zu sagen, der privilegierten Zugang hatte.

Voilà, da hatte sie ihn: ganz unten auf der Liste. Das Passwort des Netzwerkadministrators: asteroid27. Sie wackelte mit den Zehen in den Schuhen. Jetzt war sie so etwas wie ein Wachmann des Sicherheitsdienstes, der den Generalschlüssel für das gesamte Gebäude hatte: Sie konnte überallhin. Das Netzwerk gehörte ihr.

Sie meldete sich mit ihrem neuen privilegierten Status an und deaktivierte sofort das Audit-Programm, das alle Netzwerkaktivitäten aufzeichnete. Nichts von ihren Aktivitäten würde in den Log-Dateien auftauchen. Sie war unsichtbar.

Harry durchstreifte die Server und stürzte sich auf jede Datei, die vielversprechend aussah. Bei einigen der Daten, zu denen sie Zugang hatte, gingen ihr die Augen über: Einstufung der Kreditfähigkeit der Kunden, Einkünfte der Bank, Angestelltengehälter. Sie konnte alle E-Mails lesen, auch die des Vorstandsvorsitzenden.

Sie sprang zu einer anderen Datenbank und versuchte, die Zahlen vor ihr einzuordnen. Ihre Finger erstarrten auf der Maus, als sie einige der vertraulichsten Kundeninformationen der Bank vor sich hatte: Kontonummern, PIN-Codes,

Einzelheiten zu Kreditkarten, Benutzernamen und Passwörter. Der Stoff, aus dem die Träume der Hacker sind. Und das meiste davon war noch nicht einmal verschlüsselt.

Harry scrollte durch die Daten. Es wäre so einfach, Geld von diesen Konten abzubuchen. Keiner würde überhaupt mitbekommen, dass es geschah. Sie war ein Geist im System und hinterließ keine Spuren.

»Sie kommt heute früher.«

Harry sah zu Nadia, die mit einem Nicken nach vorn wies. Sandra Nagle stand an den Doppeltüren, den Blick auf ein Klemmbrett gerichtet.

Scheiße. Zeit, sich vom Acker zu machen.

Ihre Finger tanzten über die Tastatur. Sie kopierte die Liste mit den geknackten Passwörtern auf ihre CD und warf gleich noch einige der Kontodaten und Sicherheits-PINS hinterher.

Der Kopiervorgang dauerte. Sie sah auf. Sandra Nagle arbeitete sich durch den Raum, alle paar Schritte blieb sie stehen und sah den Support-Mitarbeiterinnen über die Schulter.

Harry wusste, sie sollte Schluss machen, wusste, dass sie ein Risiko einging, aber eine Sache blieb noch. Sie fummelte mit der Maus herum, tarnte eine ihrer eigenen Dateien und legte sie in einer Ecke des Netzwerks ab. Sie hinterließ immer gern eine Art von Visitenkarte, mit der sie jederzeit erneuten Zugriff hatte.

Die Frau schlenderte in ihre Richtung und machte sich auf ihrem Klemmbrett Notizen. Dann blieb sie stehen und befragte, nur wenige Schritte von Harry entfernt, eine junge Frau.

Harry säuberte die Log-Datei der Systemereignisse, um jede Möglichkeit ausschließen, aufgespürt zu werden. Sie setzte die Aufzeichnung der Netzwerkaktivitäten wieder in Gang und sah auf.
Sandra Nagle starrte sie unumwunden an.
Schweiß sammelte sich in Harrys Achseln. Sie hörte das Schrappen von Nylon auf Nylon, als die Frau auf sie zumarschiert kam. Sie loggte sich aus dem Netzwerk aus und rief das Kundensupport-Programm wieder auf, gerade als Sandra Nagle ihren Platz erreichte.
Die Frau atmete schwer. Sie stand so nah vor ihr, dass Harry die blassen Härchen auf ihrer Oberlippe erkennen konnte.
»Wer sind Sie, und was treiben Sie hier überhaupt?«
»Sind Sie Sandra Nagle?« Harry erhob sich und warf sich ihre Tasche über die Schulter, fingerte die CD heraus und steckte sie sich in die Jackettasche. »Ich hab auf Sie gewartet.«
»Was …«
Harry schob sich an ihr vorbei, machte sich auf den Weg zu den Türen und versuchte, ihre zitternden Knie zu ignorieren.
»Ich bin von der IT geschickt worden, um die Integrität Ihres Systems zu überprüfen«, sagte sie. »Sie haben hier gravierende Virus-Probleme.«
Sandra Nagle folgte ihr dichtauf. »Wie …«
»Sie können vorerst weiterarbeiten, aber ich hoffe in Ihrem Interesse, dass Sie sich an die Antiviren-Vorgaben der Bank gehalten haben.«
Die Frau kam ins Stocken. Harry sah über die Schulter zurück.

»Verstehe. Sie werden zu gegebener Zeit zweifellos von der IT hören.«
Sie drückte gegen eine der Doppeltüren, die sich allerdings nicht öffnen lassen wollte. Sie probierte es mit der anderen. Zugesperrt.
»Einen Moment! Wer, sagten Sie, sind Sie?« Sandra Nagle kam hinter ihr hergestapft.
Scheiße.
Doch dann entdeckte Harry den Entriegelungsknopf an der Wand. Sie presste dagegen und hörte ein Klicken. Sie drückte die Türen auf und raste durch den Empfangsbereich. Melanie starrte ihr mit aufgerissenem Mund hinterher.
Harry brach durch die Glastüren ins Sonnenlicht und rannte die Straße hinunter.

Adrenalin schoss durch ihr Blut, und sie sprintete am Kanal entlang. Ihre Schuhe klackten auf das Pflaster, das Blut rauschte ihr in den Ohren. Als sie überzeugt war, dass ihr niemand folgte, verlangsamte sie das Tempo und setzte sich schließlich auf die Kanalmauer, um sich zu beruhigen. Das Wasser rauschte zwischen den hohen Binsen am Ufer, eine leichte Brise strich ihr übers Gesicht. Als sich das Pochen in ihrer Brust gelegt hatte, holte sie ihr Handy aus der Tasche und wählte.
»Hallo, Ian? Hier ist Harry Martinez von Lúbra Security. Bin gerade mit dem Penetrationstest Ihres Systems fertig.«
»Jetzt schon?«
»Ja. Hab mich eingehackt und alles bekommen, was ich brauche.«
»Großer Gott. Hey, Jungs, hatten wir irgendeinen IDS-Alarm?«

Im Hintergrund kam Unruhe auf. »Entspannen Sie sich, Ian, Ihr Intrusion-Detection-System ist in Ordnung. Ich bin nicht von außen gekommen.«

»Nein? Aber wir haben einen Perimeter-Angriff erwartet.«

»Ja, ich weiß.« Harry wand sich. »Tut mir leid.«

»Mein Gott, Harry.«

»Hören Sie, viele Hacker-Exploits sind Insider-Jobs. Sie müssen sich dagegen wappnen.«

»Was Sie nicht sagen.«

»Ich bin also über das bankeigene Netzwerk gekommen und habe mir Admin-Zugang verschafft …«

»Sie haben was?«

»… und Kontodaten der Kunden und PINs gefunden …«

»Oh, Scheiße.«

»… sagen wir also, mit Ihrer internen Sicherheit ist es nicht zum Besten bestellt. Aber einige einfache Vorsichtsmaßnahmen sollten helfen. Ich werde in meinem Bericht einige Vorschläge unterbreiten.«

»Aber wie zum Teufel sind Sie reingekommen?«

»Ein wenig Social Engineering und Unverfrorenheit. Wenn es Ihnen ein besseres Gefühl gibt, ich bin fast erwischt worden.«

»Tut es nicht. Was für ein Debakel.«

»Tut mir leid, Ian. Dachte mir nur, ich schick eine Warnung los, bevor die Geschäftsleitung davon Wind bekommt.«

»Na, danke, ich weiß es zu schätzen. Trotzdem bin ich für die jetzt Hundefutter.«

»Es ist nicht so schlimm, wie es klingt.« Harrys Handy piepte. »Ich hab ein paar Hacker-Tools dagelassen, nur um Ihre Antivirus-Software zu testen. Aber das können wir später durchgehen, wenn wir aufräumen.« Wieder piepte ihr Handy. »Tut mir leid, Ian, ich muss Schluss machen. Ich ruf morgen noch mal an.«

Sie nahm den angekündigten Anruf entgegen.

»Hey, Harry, wie ging's mit dem Einbruch?«

Harry lächelte. Imogen Brady war dran, Support Engineer bei Lúbra Security. Sie sah ihre Freundin regelrecht vor sich, wie sie mit ihren Beinen, die nicht bis zum Boden reichten, an ihrem Schreibtisch saß. Mit den riesigen Augen in ihrem knabenhaften Gesicht sah Imogen aus wie ein Chihuahua. Allerdings war sie eine der besten Hackerinnen, mit denen Harry jemals zusammengearbeitet hatte.

»Bin gerade fertig geworden«, sagte Harry. »Was ist bei euch los?«

»Der Geldsack sucht dich.«

Damit meinte sie ihren Boss, Dillon Fitzroy. Gerüchten zufolge war er mit achtundzwanzig Jahren während des Dotcom-Booms zum Multimillionär geworden. Das war jetzt neun Jahre her. Kurz darauf hatte er Lúbra Security gegründet und das Unternehmen durch den Zukauf anderer Software-Häuser so weit vergrößert, dass es als eines der wichtigsten der Branche galt.

»Was will er?«, fragte Harry.

»Keine Ahnung. Ein Date vielleicht?«

Harry rollte mit den Augen. Imogen mochte zwar aussehen, als könnte ein Windhauch sie wegblasen, wenn es aber darum ging, Klatsch aufzuschnappen, konnte sie sich wie ein Terrier darin verbeißen.

»Warum stellst du mich nicht einfach zu ihm durch?«, sagte Harry.

»Okay, okay.«

Ein paar Sekunden später war Dillon in der Leitung.
»Harry? Du bist mit Sheridan fertig?«
Nach der Hintergrundakustik zu schließen, brüllte er aus mehreren Metern Entfernung in ein Konferenztelefon.
»Ja«, sagte Harry. »Bis auf den Papierkram.«
»Vergiss ihn. Ich hab einen anderen Job für dich.«
»Jetzt?« Sie war am Verhungern und konnte den Kaffee und die Schinkenröllchen in den Sandwich-Bars der Baggot Street förmlich riechen. Sie erhob sich und schlenderte in Richtung Kanalbrücke.
»Ja, jetzt. Schick mir die Sheridan-Sachen, Imogen soll den Bericht zusammenstellen. Ich hab für dich was anderes, eine weitere Verwundbarkeitseinschätzung.«
Harry hörte im Hintergrund das Klacken seiner Tastatur. Man konnte darauf bauen, dass Dillon jede Gelegenheit fürs Multitasking nützte. Seine linke Hand war wahrscheinlich wie die eines Klavierspielers über den Laptop gespreizt, während er sich mit der rechten Notizen machte.
»Wo dieses Mal?«, fragte Harry.
»IFSC. Der Kunde hat ausdrücklich nach dir verlangt. Ich hab ihnen gesagt, du wärst die Beste.«
»Danke, Dillon, du bist ein wahrer Gentleman.« Jetzt war sie froh um ihre etwas höheren Absätze. Das International Financial Services Centre gehörte definitiv zu den Zirkeln, die man exklusiv nannte.
»Ruf mich an, wenn du bei denen fertig bist«, sagte Dillon. »Beim Abendessen kannst du mir dann ja berichten, wie es gelaufen ist.«
Ihr gingen die Augen über. Nun war sie sogar doppelt froh um ihre höheren Absätze. »Okay.« Bevor sie sich noch

Gedanken machen konnte, was es mit dem Abendessen auf sich haben könnte, sagte sie: »Also, dann erzähl mir was über diesen IFSC-Job. Wissen wir, welche Systeme sie haben?«

»Nein, wirst du alles erfahren, wenn du dich mit ihnen triffst.« Dillon stockte kurz. »Wenn du mich fragst, glaube ich, dass sie dich erst in Augenschein nehmen wollen.«

Harry blieb mitten auf dem Bürgersteig stehen. »Warum das denn?«

Dillon zögerte einen Moment zu lang. »Hör zu, war wohl doch keine so gute Idee. Vielleicht sollte ich Imogen darauf ansetzen.«

Harry hielt sich das Ohr zu, um die Verkehrsgeräusche auszublenden. »Was soll das alles? Wer ist der Kunde?«

Sie hörte, wie er zwischen den Zähnen Luft einsog, während er über seine Antwort nachdachte.

»Gut, es war eine dämliche Idee«, sagte er. »Der Kunde ist KWC.«

Das Adrenalin strömte aus ihr wie Wasser aus einer geborstenen Hauptleitung. Sie wankte zur Kanalmauer und sank auf die kalte Steinbrüstung.

KWC. Klein, Webberly und Caulfield, eine der renommiertesten Investmentgesellschaften der Stadt, zu deren Kunden die reichsten Privatpersonen und Unternehmen in Europa gehörten. Das Hauptquartier lag in New York, Zweigniederlassungen gab es in London, Frankfurt, Tokio und eben hier in Dublin.

Es war auch das Unternehmen, für das ihr Vater gearbeitet hatte, bevor sie ihn eingelocht hatten.

4

Beschreiben Sie mir Ihr Worst-Case-Szenario«, sagte Harry.

Der Mann ihr gegenüber am Konferenztisch sah sie mit halbgeschlossenen Augen an. Er war über vierzig, das graue Stoppelhaar war wie bei einem US-Mariner geschnitten. Er zuckte mit den Schultern. »Wenn jemand Zugang zu unseren Anlagekonten bekommt.«

»Es gibt nichts Schlimmeres?«

Er lehnte sich zurück und verschränkte die Arme, sein Hemd spannte sich. »Was könnte schlimmer sein als ein Hacker, der Zugriff auf das Geld unserer Kunden hat?«

»Sagen Sie es mir!« Harry warf einen verstohlenen Blick auf die Visitenkarte, die er ihr gegeben hatte. Felix Roche. IT-Beschaffung, KWC. Sie kritzelte eine Notiz auf die Rückseite: Ist auf Zoff aus.

Ihr Blick schweifte zum Fenster hinter Felix. Es war nicht nur ein Fenster, es war eine ganze Glaswand, durch die die Piers am Liffey aussahen, als wären sie ein Teil des Raums. In der Ferne erkannte sie die pfefferminzgrüne Kuppel des Zollgebäudes und das gewellte Dach der Liberty Hall. Die Geschäfte mussten gut laufen für KWC.

Felix beugte sich über den Tisch. »Okay, ich beschreibe Ihnen den Worst Case«, sagte er. Er hatte Zwiebeln zum Mittagessen gehabt, wie unmissverständlich zu riechen war.

»Wie wäre es, wenn jemand Einblick in unsere vertraulichen M&A-Deals bekäme? Ist Ihnen das schlimm genug?«

M&A. Mergers and Acquisitions. Fusionen und Übernahmen.

Die Abteilung, in der ihr Vater gearbeitet hatte, bevor er verhaftet worden war. Harry schluckte und fummelte an ihrem Notizblock herum. Dann sah sie zu Felix. Sie war es gewohnt, bei den Jungs von der Technik auf Ablehnung zu stoßen, aber das hier war etwas anderes. Sie hatte Dillon gesagt, sie käme mit dem Auftrag zurück, KWC sei ein Kunde wie jeder andere auch. Jetzt war sie sich dessen nicht mehr so sicher.

Die Tür ging auf, und ein Mann um die dreißig betrat den Raum. Er war gut gebaut, hatte hellbraune Haare und die Schultern eines Rugbyspielers.

Felix Roches Miene verfinsterte sich.

»Hallo, Felix, ich setz mich mal dazu.« Stirnrunzelnd sah er zu Harry, während er sich einen Stuhl heranschob.

Sie spürte, wie ihre Wangen kribbelten, als er sie ansah. Was war mit diesen Typen bloß? Sie straffte die Schultern und stand auf.

»Harry Martinez.« Sie streckte ihm die Hand hin.

Sein Stirnrunzeln verschwand, und er grinste. »Tut mir leid, ich hab einen Mann erwartet. Passiert Ihnen wahrscheinlich ständig, oder?« Er gab ihr die Hand. »Jude Tiernan. Ich bin Investmentbanker.«

Er hatte eine warme Hand, der zitrusartige Geruch seines Aftershaves erfüllte den Raum. Was zum Teufel hatte ein Investmentbanker bei einem IT-Meeting zu suchen? Dann erinnerte sie sich an Roches bissige Bemerkung zu den M&A-Geschäften.

»Lassen Sie mich raten«, sagte sie. »Sie arbeiten für die M&A-Abteilung?«
»Sagen wir mal, die M&A-Abteilung arbeitet für mich.«
Harry setzte sich wieder. Dann war er also der Leiter der M&A-Abteilung, genau wie es ihr Vater gewesen war. Die strafrechtliche Verurteilung des einen war der Karriereschub des anderen gewesen. Sie spürte die Blicke der beiden Männer auf sich. Ihr Vater war in der Bank eine Legende. Hatten sie die Verbindung hergestellt, und war er jetzt gekommen, um sie in Augenschein zu nehmen? Sie kaute auf ihrer Unterlippe herum, unfähig, ihnen in die Augen zu schauen.
Jude Tiernan legte sein Handy auf den Tisch und zog einen silbernen Stift aus der Brusttasche. Er ließ ihn zwischen den Fingern der einen Hand kreisen, mit der anderen deutete er zu Harry. »Bitte fahren Sie fort.«
Harry sah vom einen zum anderen. »Ich habe eigentlich gedacht, jemanden von der IT-Sicherheit anzutreffen. Jemanden, der die Systeme kennt.«
Felix Roche schnaubte. »IT-Sicherheit. Ich kenne unsere Systeme besser als jeder andere. Ich hab die verdammten Maschinen praktisch selbst eingerichtet.«
»Verstehe.« Wieder sah Harry auf die Visitenkarte. »Und jetzt sind Sie bei der IT-Beschaffung?«
Er starrte sie finster an. »Der Karriereschritt hat sich so ergeben. Die Sicherheit war mehr als froh, mich dieses erste Treffen leiten zu lassen, glauben Sie mir. Erspart ihnen die Mühe.«
Harry atmete tief durch. Sie sah auf ihren Notizblock, obwohl sie nichts aufgeschrieben hatte.
»Gut. Nun, ich weiß nicht, was Dillon mit Ihnen schon

besprochen hat«, sagte sie. Nicht viel, so wie es aussah. »Wir sollten festlegen, was der Penetrationstest abdecken soll, welche Vorgehensweise Ihnen am liebsten ist.«

Du musst die Mitspieler am Tisch kennen, hatte ihr Vater ihr beigebracht. Und dann stellst du dich auf sie ein. Das Problem war nur, sie kannte diese Typen überhaupt nicht, und sie hielten sich auch äußerst bedeckt.

»Ein Pen-Test ist reine Zeitverschwendung«, sagte Felix Roche. »Unsere Systeme sind dicht, das garantiere ich persönlich.« Wieder sein finsterer Blick. »Wer was anderes behauptet, stellt meine berufliche Kompetenz in Frage.«

Jude Tiernan ignorierte ihn. »Was genau geschieht bei einem solchen Pen-Test, Ms. Martinez?«

Felix Roche seufzte. »Ach, kommen Sie, Jude, das hab ich mit ihr schon besprochen. Wir wissen doch beide, dass sie nur da ist, weil Sie ein alter Kumpel von ihrem Boss sind und er scharf ist auf das Renommee, das an diesem Auftrag hängt.«

Harry sah erneut auf ihren Notizblock. Kein Wunder, dass man sie hier mit einem von der Beschaffung abfertigte. Sie nahmen die ganze Sache noch nicht mal ernst.

Jude Tiernan hob die Hand, brachte Roche zum Schweigen und lächelte Harry an. »Nehmen Sie es mir nicht übel, aber erzählen Sie von diesem Pen-Test.«

Harry vermutete, er unterzog sie damit irgendeiner eigenen Prüfung. Sie erwiderte das Lächeln nicht.

»Von einem Penetrationstest spricht man, wenn ich jeden schmutzigen Trick anwende, um in Ihr Computersystem einzudringen«, sagte sie. »Und wenn ich drin bin, schnüffle ich herum und schau mir an, wie viel Schaden angerichtet werden könnte.«

Jude Tiernan hörte auf, seinen Stift kreisen zu lassen. »Mit anderen Worten, Sie tun so, als wären Sie ein Hacker.«

»Genau.«

Felix Roche beugte sich vor. »Und was für ein Hacker sind Sie, Ms. Martinez? Einer mit einem schwarzen oder einem weißen Hut?«

Harry versteifte sich und starrte ihn an.

Tiernans Blick ging zwischen den beiden hin und her. »Könnten Sie mich bitte aufklären?«

Harry ergriff das Wort, bevor Roche eine weitere Breitseite auf sie abfeuern konnte. »Schwarzhüte sind böswillige Hacker, die darauf aus sind, Schaden anzurichten. Weißhüte zerstören nichts. Sie sind nur an der Technologie interessiert und was sie damit anstellen können.«

Sie wandte sich an Roche. »Und um Ihre Frage zu beantworten, Mr. Roche. Ich bin Mitarbeiterin einer Sicherheitsfirma, keine Hackerin.«

»Sieh an, ein Hacker mit ethischen Grundsätzen«, sagte Roche. »Wer hätte das gedacht?«

Tiernan kritzelte etwas auf seinen Block und schob ihn zu Roche, der seinen Kiefer vorschob, als er es las. Harry fragte sich, ob sie die Prüfung bestanden hatte.

»Faszinierend«, sagte Jude Tiernan. »Also, wie gehen wir das an?«

»Ein normaler Pen-Test kann entweder als Black-Box- oder als White-Box-Test durchgeführt werden.«

»Bei Ihnen ist immer alles schwarz oder weiß, nicht wahr?«

Harry sah ihm in die Augen. »So ziemlich.«

Er zog die Augenbrauen hoch. »Gut, ich höre.«

»Ein Black-Box-Test kommt einem richtigen Hack von

außen am nächsten. Ich hab am Anfang nichts weiter als den Namen Ihres Unternehmens. Mit Hilfe von Informationsquellen, die frei zugänglich sind, kundschafte ich Ihr Netzwerk aus und breche dann ein.«

Sie hielt inne und vergewisserte sich, dass er das Ganze verstanden hatte. Er nickte und lächelte.

»Bei einem White-Box-Test weiß ich von Anfang an alles über Ihre Systeme. Ihre Firewalls, die Infrastruktur Ihres Netzes, Ihre Datenbanken, den ganzen Krempel«, sagte Harry. »Mit anderen Worten, ich greife von innen an.«

Knarrend ging die Tür auf, und ein Mann Ende fünfzig kam leise herein. Die grauen Haare auf seinem kahl werdenden Schädel standen zu beiden Seiten wie Vogelschwingen ab.

Coco der Clown, dachte sich Harry.

»Bitte fahren Sie fort«, sagte der Neuankömmling und ließ sich auf einem Stuhl an der Wand hinter Harry nieder.

Mein Gott, wie viele Leute kamen denn noch, um sie anzugaffen? Sie betrachtete den Konferenztisch, an dem gut und gern zwanzig Leute Platz nehmen konnten, und befürchtete das Schlimmste.

Jude Tiernan sah kurz zu dem Älteren, dann richtete er die Aufmerksamkeit wieder auf Harry. »Also, welche Vorgehensweise würden Sie empfehlen, Ms. Martinez?«

Harry versuchte sich zu konzentrieren. »White-Box. Meiner Erfahrung nach stellen Insider eine wesentlich größere Bedrohung dar als Angreifer von außen.«

»Ich nehme an, dass Sie dann alles über die Insider erfahren wollen, oder?«, kam es von Felix Roche.

Jeder Muskel in ihrem Leib gefror. »Worauf wollen Sie hinaus, Mr. Roche?«

»Kommen Sie, legen wir die Karten auf den Tisch. Wir denken es uns doch alle.« Er breitete die Arme aus, als wäre der Raum voller Leute. »Ihr Daddy war der Insider schlechthin, oder?«

Harry blinzelte. Dann senkte sie den Blick, spielte mit ihrem Block herum und zwang sich dazu, mit fester Stimme zu antworten. »Was mein Vater angeblich getan hat, ist nicht Gegenstand dieser Diskussion.«

»*Angeblich* getan hat?«, erwiderte Felix Roche. »Er wurde wegen Insiderhandel gerichtlich verurteilt, oder? Und für acht Jahre eingesperrt.«

Er hatte die Fäuste geballt, sein Gesicht war gerötet. Harry starrte ihn an. »Sie nehmen das alles recht persönlich.«

»Ja, verdammt noch mal. Salvador Martinez hat dieses Unternehmen beinahe in den Ruin getrieben.«

»Felix, Sie gehen jetzt zu weit.« Die Stimme von Coco dem Clown hinter ihr ließ sie hochfahren.

Jude Tiernan rutschte auf seinem Stuhl herum. Felix Roche starrte Harry an und sah aus, als hätte er noch mehr zu sagen.

Harry machte sich nicht die Mühe, sich umzudrehen, um für die unerwartete Unterstützung zu danken. Zum Teufel damit. Sie hatte genug. Sie legte beide Hände auf den glänzenden Konferenztisch. Die Oberfläche war glatt und kalt wie ein Spiegel. Dann stieß sie sich davon ab, erhob sich und sah ihn an.

»Mr. Roche, ich bin gekommen, um mich mit Ihnen über die Sicherheit Ihrer IT-Systeme zu unterhalten, das ist alles, warum ich hier bin.«

Sie packte ihre Tasche und wandte sich zur Tür. Dann kam ihr ein Gedanke. Sie wusste, sie sollte ihn nicht laut aussprechen, aber sie war ja sowieso auf dem Abmarsch. Sie drehte sich um.

»Wer weiß, vielleicht war mein Vater gar nicht der Einzige, der hier Insidergeschäfte betrieben hat. Vielleicht hat seine Verhaftung nur die ganze Party gesprengt.«

Felix Roche fiel die Kinnlade herunter. Jude Tiernan stand auf, die Lippen zu einer dünnen Linie zusammengepresst. Coco der Clown hatte sich ebenfalls erhoben und hielt eine Hand hoch. »Gentlemen, bitte …«

Jude Tiernan unterbrach ihn. »Werfen Sie nicht mit Anschuldigungen um sich, die Sie nicht belegen können, Ms. Martinez.« Er umklammerte seinen silbernen Stift. »Einige in unserem Beruf sind durchaus um Integrität bemüht, im Gegensatz zu Ihrem Vater.«

»Sieh an, ein Investmentbanker mit ethischen Grundsätzen«, sagte Harry. »Wer hätte das gedacht?«

Sie eilte, so schnell sie konnte, zur Tür, ohne geradewegs zu laufen. Der verdammte Raum war länger als ein Tennisplatz. Sie riss die Tür auf und knallte sie hinter sich zu.

Sie war schon halb durch den Gang, als sie bemerkte, dass sie zitterte. Sie rauschte um die nächste Ecke und suchte nach dem Ausgang. Verdammt, die Aufzüge mussten in der anderen Richtung liegen. Ihr Orientierungssinn konnte im besten Fall als rudimentär bezeichnet werden, aber jetzt war nicht unbedingt der Zeitpunkt, um sich zu verirren und um Hilfe bitten zu müssen.

Sie machte auf dem Absatz kehrt, kam erneut am Konferenzraum vorbei, fand die Aufzüge und drückte auf den Knopf. Unruhig ging sie auf und ab, während sie wartete.

Dann wurde die Tür zum Konferenzraum geöffnet, grollende Stimmen waren zu hören. Sie sah zum Lift. Noch zwei Stockwerke. Ein Blick in den Gang, aber sie fand nichts, wo sie sich hätte verstecken können. Keine Türen, keine Schränke. Nichts als glänzender Marmorfußboden.

Jemand kam heraus. Coco der Clown. Als er sie erblickte, neigte er den Kopf.

»Ms. Martinez, nehmen Sie bitte meine Entschuldigung an.«

Er kam auf sie zu und streckte ihr mit trauriger Miene die Hand hin. Die Brauen wiesen senkrecht nach oben in Richtung der hohen Stirn.

»Ashford ist mein Name«, sagte er. »Vorstandsvorsitzender von KWC. Sie wurden hier sehr schlecht behandelt, und ich versichere Ihnen, die fraglichen Personen werden für ihre mangelnde Professionalität zur Rechenschaft gezogen.«

Harry ignorierte die ausgestreckte Hand. »Seit wann nimmt ein Vorstandsvorsitzender an routinemäßigen IT-Meetings teil?«

Ashford ließ die Hand sinken. »Gute Frage. Gut, ich muss zugeben, ich war neugierig. Ich wollte Sie kennenlernen.«

Der Aufzug klingelte, die Türen gingen auf. Harry trat ein und drückte auf den Knopf fürs Erdgeschoss.

»Ich kenne Ihren Vater seit mehr als dreißig Jahren«, sagte Ashford. »Salvador ist ein großartiger Freund und wunderbarer Mensch.« Er lächelte. »Sie sind ihm sehr ähnlich.«

Die Aufzugtüren gingen zu. Harry starrte ihn durch den schmaler werdenden Spalt an.

»Ich kenne meinen Vater schon mein ganzes Leben«, sagte sie. »Und ich kann Ihnen versichern, ich bin überhaupt nicht wie er.«

5

Cameron wusste, dass er nirgendwo so recht hinpasste. Das lag an der Farbe seiner Haare. Ein wenig heller, und er wäre ein Albino, so hatte ein Mädchen einmal gesagt, als er sich in ihren knochigen Leib gerammt hatte. Danach hatte er seine Finger um ihren Hals gelegt und so lange zugedrückt, bis sie sich nicht mehr bewegt hatte.

Er zog die schwarze Wollmütze noch tiefer über die Augenbrauen und sah auf seine Uhr. Er müsste los, bevor er jemandem auffiel, aber seine Anweisungen lauteten, eine weitere Stunde zu warten.

Er war noch nie im International Financial Services Centre gewesen. Seiner Meinung nach war es ein Ort, wo sich die Reichen einfanden, um noch reicher zu werden. Er kannte diesen Teil der Stadt vor der Sanierung, als hier noch die alten Piers des Zollgebäudes gelegen hatten. Das war ihm damals lieber gewesen, riesige gesichtslose Lagerhäuser, die sich über öde Brachen erstreckten. Jetzt gab es hier eine künstliche Stadt innerhalb der Stadt, die überall auf der Welt die Banken anzog.

Cameron starrte zu den mehrstöckigen Bürogebäuden, die alle aus den gleichen grünen Glasflächen bestanden und im Sonnenlicht glitzerten. Wie diese beschissene Smaragdstadt in Oz.

Er lehnte sich gegen die Stahlbalustrade vor dem George's

Dock. Früher war hier ein richtiger Pier gewesen, der nach Teer und toten Fischen gerochen hatte. Den hatte man zu einem dekorativen See umgebaut. Aus insgesamt fünf Springbrunnen krachte jeweils ein Wasserstrahl auf die Oberfläche. Der Lärm war ohrenbetäubend, aber es war die perfekte Stelle, um das Gebäude gegenüber zu beobachten.

Cameron richtete sich auf, als eine junge Frau durch die Drehtür gestolpert kam. Er verglich sie mit der Beschreibung dieser Martinez. Eins fünfundsechzig, schlank, dunkle Locken. Gesicht irgendwie herzförmig. Sie hatte eine schwarze Tasche mit einem silbernen Logo in der Hand. Sie war es, ganz bestimmt. Sie erinnerte ihn an die spanische Bedienung, die er letztes Jahr in Madrid gehabt hatte. Er spürte, wie er einen Ständer bekam.

Cameron hängte sich an sie. Es war fünf Uhr, Freitagnachmittag, die Stadt war voller Menschen. Er starrte sie an, ohne zu blinzeln, fixierte sie.

Er hatte seine Anweisungen telefonisch erhalten, seine Eingeweide hatten sich zusammengezogen, als er der vertrauten Stimme lauschte. Einer Stimme, von der er schon viele Befehle entgegengenommen hatte. Er redete sich ein, er würde es wegen des Geldes machen, aber er wusste, es war mehr. Das Blut war durch seinen Körper gerauscht, als er der Stimme am Telefon zugehört und sich auf die Jagd gefreut hatte.

Die junge Frau bewegte sich, als würde sie Autoskooter fahren, rammte andere Fußgänger, aber ihn schien sie nicht zu bemerken. Sie verließ das IFSC-Gelände und bog in die Straße ein. Der Fußgängerstrom wurde dichter, er pflügte durch die Menge und verkürzte den Abstand zu ihr.

»Soll ich es wie beim letzten Mal machen?«, hatte er am Telefon gefragt. Cameron genoss die Erinnerung ans letzte Mal; quietschende Bremsen, der Geruch nach verbranntem Gummi, das schrille Knirschen verbogenen Metalls und zertrümmerter Knochen.

Die Frau wurde schneller, er beschleunigte ebenfalls seine Schritte, um mit ihr mitzuhalten. Die erste Chance würde sich an der verkehrsreichen Kreuzung mit der Skulptur der Ewigen Flamme ergeben, an der die Autos mit Höchstgeschwindigkeit um das Zollgebäude brausten, ohne auf Fußgänger zu achten. Bis dahin waren es keine zwanzig Meter mehr. Sie marschierte direkt darauf zu.

Doch plötzlich blieb sie stehen und fuhr herum. Sie starrte ihn direkt an und kam auf ihn zu. Was zum Teufel trieb sie? Sie konnte ihn unmöglich gesehen haben. Er ging weiter.

Sie war unmittelbar vor ihm. Ihre Brüste streiften gegen seinen Arm, er spürte ihre Wärme.

»Entschuldigung«, sagte sie, ohne aufzublicken, und rauschte an ihm vorbei.

Er fuhr sich mit der Zunge über die Lippen, während er ihr hinterhersah.

Cameron wartete, bis sie zehn Meter vor ihm war, dann folgte er ihr erneut. Sie ging zum Fluss zurück und über die Brücke. Er ihr hinterher, als sie nach links zur gepflasterten Uferpromenade abbog. Er roch den verrottenden Seetang, der wie ölige Haarsträhnen an den Flussmauern hing.

Die Frau bog in eine schmale Straße ein, die von winzigen Cottages und rußgeschwärzten Apartmentblocks gesäumt wurde. Cameron ließ sich zurückfallen. Hier waren weniger Fußgänger, weniger Möglichkeiten, um sich zu verbergen. Er hielt den Abstand, bis er Verkehrslärm hörte, ein

willkommenes Geräusch. Sie hatten die Kreuzung mit der Pearse Street erreicht, auf der die Autos in das Stadtzentrum donnerten.
Die Frau schob sich in die Fußgängertrauben auf dem Gehsteig. Er heftete sich ihr an die Fersen.
Eine ältere Frau in einem Regenmantel ging schwankend vor ihm her. Sie trug eine Plastiktüte voller alter Tennisschuhe und stank wie ein ganzes Urinal. Er stieß sie mit dem Ellbogen aus dem Weg und drängelte sich hinter der Frau in Position. Er konnte jetzt das Logo auf ihrer Tasche erkennen. »DefCon« war dort silberfarben eingraviert, wobei der Buchstabe »O« einen schwarzen Totenkopf mit überkreuzten Knochen umrahmte.
Es sagte ihm nichts, es war ihm auch egal.
Er warf einen schnellen Blick auf die Ampel, dann wieder auf den Verkehr. Autos und Motorräder rasten die Pearse Street entlang. Die Ampel schaltete von Grün auf Gelb. Ein roter Laster walzte noch hinüber. Dahinter ließ ein schwarzer BMW den Motor aufheulen und gab Gas.
Camerons Kopfhaut kribbelte. Er hob die Hand.
Jetzt.
Ein Ellbogenstoß gegen den Arm brachte ihn aus dem Gleichgewicht.
»So ein Raser! Der gehört doch eingesperrt!« Die Alte rückte nah an ihn heran. Ihr schaler Atem roch nach Wein.
Der BMW röhrte vorbei. Die Fußgängerampel piepte, und die Menge strömte über die Straße.
Cameron starrte die stinkende Alte mit ihrer Tasche, die ihn um seinen Höhepunkt gebracht hatte, nur an. Ihre entzündeten Augen weiteten sich, sie wich zurück. Er riss sich

von ihr los, marschierte über die Straße und blinzelte in die Menge.

Von der dunkelhaarigen Frau keine Spur.

Er schlängelte sich durch die Passanten und hielt Ausschau nach ihr. Dann blieb er stehen, grub seine Fingernägel in die Handflächen, ignorierte das Gedränge um sich und beobachtete die Bewegungen der Menge. Er suchte nach einem Muster. Die Leute hasteten, huschten wie Ratten, kamen aus allen möglichen Richtungen. Aber die meisten davon strömten in den höhlenartigen Eingang links von ihm.

Cameron lächelte und entspannte die Finger. Natürlich: die Pearse Station.

Besser ging es kaum.

Er quetschte sich durch die Schlange, die den Eingang verstopfte, und ließ seinen Blick schweifen. Sie musste irgendwo hier sein. Über ihm ratterten die Züge, in der Luft lag eine Mischung aus Staub und Schweißgeruch. Dann entdeckte er sie, auf der anderen Seite der Fahrkartenabsperrung. Sie betrat soeben die Rolltreppe, die zum Bahnsteig für die Züge nach Süden führte.

Er sah zur Schlange vor dem Fahrkartenschalter. Zehn Leute, und nichts ging voran. Natürlich könnte er sich über die Absperrung schwingen, aber damit würde er unweigerlich auffallen. Er musste zu ihr, bevor sie in den nächsten Zug einstieg.

Er kniff die Augen zusammen und inspizierte die Absperrungen. Alles automatische Drehkreuze, bis auf einen Durchgang am Ende. Dort liefen die Passanten an einem mittelältlichen Mann in labbriger blauer Uniform vorbei, der bei jedem Zweiten einen Blick auf die Fahrkarte warf.

Es war Camerons einzige Chance.
Er suchte nach einer Deckung. Zwei japanische Studenten schlenderten an ihm vorüber und steuerten den letzten Durchgang an. Der größere der beiden hielt am ausgestreckten Arm einen Stadtplan von Dublin von sich, fast so, als würde er Zeitung lesen. Cameron hängte sich an sie dran. Sie blieben vor dem Fahrkartenkontrolleur stehen und kämpften mit dem Stadtplan, während sie nach ihren Fahrkarten kramten. Cameron huschte hinter ihnen unbemerkt durch die Absperrung.
Auf der Rolltreppe nahm er zwei Stufen auf einmal und raste zum Bahnsteig hinauf. Oben angekommen, hielt er den Atem an.
Der Bahnsteig war riesig, so groß wie ein Flugzeughangar. Auf beiden Seiten der Gleise standen die Leute und starrten auf die offenen Münder an beiden Enden, durch die das Tageslicht hereinfiel.
Die Frau befand sich am Rand des Bahnsteigs, zwanzig Meter links von ihm. Er atmete aus, und eine wohlbekannte Hitzewelle strömte durch seinen Körper. Er aalte sich darin.
Er schob sich zu ihr und sah zur Anzeige hinauf, die die Ankunft des nächsten Zugs verkündete.
Noch zwei Minuten.
Er rückte zu ihr auf, vorbei an den anderen Pendlern, die auf dem Bahnsteig ihren Platz geltend machten, so dass sich keiner zwischen sie stellen konnte.
Er war ihr jetzt sehr nah. So nah, dass er sie berühren könnte. Er roch ihren blumigen Duft. Er atmete ihn tief ein und war sich seines eigenen muffigen, säuerlichen Geruchs bewusst, der sich mit ihrem vermischte. Er sehnte sich da-

nach, sich gegen sie zu drücken. Er überlegte, was er ihr zuflüstern würde, kurz bevor sie über den Bahnsteigrand fallen würde.
In die Luft kam Bewegung. Die Gleise klackten. Etwas Kleines huschte über sie.
Er sah zur Anzeige hinauf. Eine Minute.
Er hob die Hand.
Jetzt gleich.

6

Vom Sicherheitsstreifen zurückbleiben. Harry kümmerte sich sonst nicht viel um Regeln, aber diese beachtete sie. Sie versteifte sich, drückte gegen die Leiber, die sich hinter ihr aufbauten und sie nach vorn drängten.
Eine Taube krallte sich in die Bahnsteigkante, neigte den Kopf und sah auf die Gleise, die knapp einen Meter unter ihr verliefen. Bereits bei dem Anblick stellten sich ihr die Zehennägel auf. Sie sah zur Anzeige: Dun Laoghaire, eine Minute.
Wieder musste sie an das Treffen mit KWC denken. Scheiß auf Dillon und seine Küchenpsychologie.
»Ich dachte, es könnte dir helfen, wenn du da hingehst«, hatte er ihr am Handy gesagt, während sie am Moos an der Kanalwand gezupft hatte. »Wenn du dich, du weißt schon, den Dingen stellst.«
»Wenn du jetzt auch noch was von Katharsis faselst, werde ich laut schreien«, hatte sie entgegnet.
»Komm schon, du redest nie über deinen Vater. Du hast ihn nicht mehr gesehen, seitdem er ins Gefängnis gekommen ist. Wie lang ist das her, fünf Jahre?«
»Sechs.«
»Eben, verstehst du? Du brauchst eine Katharsis.«
Sie lachte. »Hör zu, ich weiß deine Anteilnahme zu schätzen, aber ich komm auf meine Art schon damit zurecht.«

»Du meinst, du legst einen Deckel drauf und verbuddelst alles in der Erde?«

»Vielleicht.« Sie schnipste ein samtiges Moosstück aufs Kanalufer. »Mein Vater kommt und geht, das war schon immer so in meinem Leben. Und jetzt ist er eben wieder fort. Keine große Sache.«

»Ich lass den Pen-Test von jemand anderem machen.«

»Nein, Dillon, ich mach ihn. Du hast mich nur auf dem falschen Fuß erwischt. Im Ernst, es geht mir gut.«

Aber es war ihr nicht gutgegangen. Sie hatte sich reizbar und, schlimmer noch, kratzbürstig gegeben. Was bei ihr nicht so selten vorkam, sie war die Erste, die sich das eingestand, trotzdem hasste sie es, wenn sie sich so aufführte. Sie hatte versucht, es sich von der Seele zu laufen, hatte vor der Bahnstation beim IFSC umgedreht und war stattdessen am Liffey entlanggegangen. Nach zehn Minuten hatte sie es aufgegeben. Absätze, auch nicht ganz so hochhackige, waren für reinigende Power-Walks nicht geschaffen.

Erneut sah sie zur Anzeige. Die Minute war rum. Ein Windstoß zerrte an ihrer Wange. Die Taube flatterte auf, als hätte sie soeben eine Katze gesehen. Fahrgäste drängten sich heran. Jemand presste sich an sie und katapultierte sie zehn Zentimeter nach vorn.

»Hey!« Sie riss den Kopf herum, wurde aber ein zweites Mal nach vorn zur Bahnsteigkante gestoßen. Unten sah sie die schwarzen Gleise. Sie schloss die Augen, stemmte sich mit den Fersen in den Boden, ließ sich nach hinten fallen und trieb die Ellbogen in die Menge.

»Hören Sie auf zu drängeln!«, schrie jemand hinter ihr.

Heißer Atem, der ihr etwas ins Ohr flüsterte. Eine harte Faust traf sie im Rücken, und sie stürzte, schwerelos, nach vorn. Sie riss die Augen auf und war wie gebannt. Der Gleisstrang kam auf sie zugestürzt. Sie streckte die Hände aus und wappnete sich für den Aufprall.

Sie knallte gegen den Boden. Scharfe Steine bohrten sich in ihre Handflächen, ihr Knie krachte gegen die Betonschwelle. Jemand kreischte.

Sie hob den Kopf, starrte auf die gewundenen Gleise und war wie gelähmt. Die Schienen klackten.

Los! Weg hier!

Sie umfasste die Schienen und versuchte sich hochzuhieven. Ein stechender Schmerz fuhr ihr ins Knie, sie sackte ein und fiel quer über die Schienen.

Die Gleise vibrierten. Eine Hupe ertönte. Sie riss den Kopf hoch. Der Zug röhrte um die Kurve, fuhr in den Bahnhof ein und blendete sie mit seinen Scheinwerfern. Schweiß brach ihr aus allen Poren.

Harry ließ sich ganz zu Boden fallen, rollte sich weg, schrammte mit den Schultern über Eisen und Steine. Etwas riss sie zurück. Sie sah über die Schulter. Ihre Tasche hatte sich an einem Gleisbolzen verfangen. Der Zug donnerte auf sie zu. Sie schnellte den Riemen über den Kopf und warf sich von den Schienen.

Mit dem Gesicht nach unten atmete sie den Geruch von Staub und Metall ein, mit den Fingern krallte sie sich in die Schienen der Linie in Gegenrichtung. Sie zitterte am ganzen Leib. Der erste Waggon dröhnte vorbei. Leute kreischten, riefen ihr zu, aber sie konnte sich nicht rühren. Noch nicht.

Dann ein anderes Geräusch. Tick-tack, tick-tack. Die Schienen unter ihren Fingern sirrten. Sie zwang sich, die Augen zu öffnen, ihr Herzschlag raste. Ein weiterer Zug fuhr in den Bahnhof ein. Sie lag genau in seinem Weg.

Der Schrei blieb ihr im Hals stecken. Keine Zeit. Kurz sah sie zum Bahnsteig für die Züge in nördliche Richtung. Sie würde es nie schaffen. Hinter ihr rumpelte der Zug nach Süden noch immer vorüber.

Es gab keinen Ausweg.

Sie versuchte, den Abstand zwischen den beiden Gleisen einzuschätzen. Kaum zwei Meter, aber ihr blieb keine andere Wahl. Sie warf sich auf die Steine zwischen den beiden Gleisen, wusste, dass sie flach auf dem Boden liegen bleiben musste. Falls nicht, würde sie von der überhängenden Zugunterseite in zwei Teile zerschnitten.

Sie drehte den Kopf in die eine Richtung, starrte auf die schwarzen Steine und wartete. Sie atmete kaum noch.

Die beiden Züge tosten aneinander vorbei und nahmen sie ins Kreuzfeuer. Alles verdunkelte sich, Windböen zerrten an ihrem Gesicht. Das gewaltige Dröhnen der Motoren erfüllte ihren Körper, am liebsten hätte sie die Schultern eingezogen und sich die Ohren zugehalten. Aber sie musste reglos liegen bleiben.

Die Nahtstellen der Schienen neben ihr ächzten unter dem Druck der schweren Räder. Sie konzentrierte sich auf das Fahrgestell des Zugs, die Ansammlung von Eisenblöcken und gefurchten Leitungen, die nur Zentimeter vor ihrem Gesicht vorbeilärmten.

Bremsen quietschten, die Waggons zischten, bis die Züge endlich zum Stehen kamen. Harry zitterte. Die Motoren neben ihr rumorten noch wie zwei alte Lastwagen. Ihr Mund war trocken und mit Eisen- und Kohlestaub belegt. Türen knallten. Leute schrien. Knirschend kamen Schritte auf sie zu.

»Großer Gott! Miss? Alles in Ordnung?«

Harry schloss die Augen. Keine gute Idee. Sie schlug sie wieder auf. Ihr Nacken fühlte sich klamm an, ihre Ohren dröhnten.
Um Himmels willen, sie konnte jetzt doch nicht ohnmächtig werden!
Starke Arme zogen sie auf die Beine, trugen sie halb über die Gleise. Weitere Hände bekamen sie zu fassen und hoben sie auf den Bahnsteig.
»Zurück! Macht doch Platz!«
»Ruft einen Krankenwagen!«
Langsam kam sie auf die Hände und Knie. So, auf allen vieren, blieb sie, schwankte, während allmählich das Blut in ihren Kopf sickerte. Neben ihr auf dem Boden lag ihre verbeulte Tasche. Jemand musste sie von den Gleisen aufgehoben haben. Sie fasste danach und strich mit den Fingern über das silberne DefCon-Logo.
Jemand legte ihr die Hand auf den Arm. »Alles in Ordnung? Wollten Sie … War es ein Unfall?«
Harry schluckte und musste an die Faust in ihrem Rücken denken, an die Worte, die ihr jemand ins Ohr geflüstert hatte, bevor sie gestürzt war.
Das Sorohan-Geld … Der Ring …
Sie zitterte.
»Ja«, sagte sie. »Es war nur ein Unfall.«

7

Bist du dir sicher, dass er das gesagt hat?«
Harry zitterte und schüttelte den Kopf. »Ich bin mir im Moment bei überhaupt nichts sicher.«

Sie schloss die Augen, rutschte auf dem Sitz in Dillons Wagen nach unten, ohne allzu sehr den Bezug zu versauen. Ihre Kleidung war mit Ruß und schwarzem Staub verschmiert, als wäre sie in die Kluft von einem Bergwerkskumpel geschlüpft.

Ihr Gesicht musste genauso aussehen. Ihr ganzer Körper tat weh, ihr rechtes Knie war auf die Größe einer Grapefruit angeschwollen.

Verstohlen betrachtete sie Dillons Profil. Seine Nase erinnerte sie immer an die von Julius Caesar, sie war kräftig, gerade und hatte einen hohen, aristokratischen Rücken. Er hatte gebräunte, fast so dunkle Haut wie sie, und seine eins dreiundachtzig Meter große Gestalt passte locker in den Fahrersitz seines Lexus.

»Also, erzähl's mir noch mal«, sagte er. »Was genau hat dieser Typ gesagt?«

»Er hat es eigentlich nur geflüstert. Eine rauhe Stimme, wie Sandpapier.«

Dillon drehte sich ihr zu. Er hatte die Angewohnheit, die Lippen zu einer dünnen Linie zusammenzupressen und dabei einen Mundwinkel leicht nach oben zu verziehen, so dass es immer aussah, als würde er sich ein Lachen verkneifen. »Also gut, was hat er geflüstert?«

»Ich bin mir nicht ganz sicher, aber ungefähr Folgendes: ›Das Sorohan-Geld, gib's dem Ring zurück.‹«

»Und was soll das heißen?«

Harry zuckte mit den Schultern und vertiefte sich in ihre Handflächen. Die Stellen, an denen sich der Kies des Gleisbetts in die Haut gebohrt hatte, brannten.

»Mehr hat er nicht gesagt?«, fragte Dillon.

»Es war keine Zeit, noch mehr zu sagen. Ich bin runtergefallen, du erinnerst dich?«

»Ich kann es trotzdem kaum glauben, dass jemand versucht hat, dich vor einen Zug zu stoßen.«

»Geht mir ebenso. Ich bin mir auch nicht sicher, ob die Polizei mir geglaubt hat.«

Ein großer junger Polizeibeamter mit hüpfendem Adamsapfel war am Bahnhof eingetroffen und hatte sie befragt. Jemand hatte ihr eine kratzige Decke um die Schultern gelegt, und zwischen kurzen Schlucken von einem heißen, zuckersüßen Tee hatte sie ihre Geschichte erzählt. Alles, bis auf die Worte, die sie kurz vor dem Fall vernommen hatte. Sie hatte sie vorerst für sich behalten wollen. Als dann Dillon angerufen und darauf bestanden hatte, sie abzuholen, war sie froh gewesen, dass jemand anderes die Sache in die Hand nahm.

Dillon riss am Steuer, um einem Fahrradfahrer auszuweichen. Harrys Magen machte einen Satz und brauchte eine Weile, bis er wieder Anschluss an die übrigen inneren Organe fand. Bislang war es eine ruppige Fahrt gewesen. Dillon drückte entweder ungehemmt aufs Gas oder stieg ebenso ungehemmt auf die Bremse, dazwischen gab es für

ihn nichts. Jedenfalls schätzte sie sich glücklich, davon noch kein Schleudertrauma bekommen zu haben.
Sie arbeitete für Dillon mittlerweile seit knapp einem Jahr. Im vorangegangenen Sommer – sie war bei einem anderen Software-Unternehmen beschäftigt gewesen – hatte er einen Headhunter auf sie angesetzt und ihr mit derselben rastlosen Energie nachgestellt, mit der er alles anging. Es war das zweite Mal in sechzehn Jahren, dass sich ihre Wege gekreuzt hatten. Beim ersten Mal war sie erst dreizehn gewesen.
Das schien lange her. Sie lehnte sich gegen die Kopfstütze, schloss die Augen und sah sich selbst mit dreizehn Jahren vor sich: geballte Fäuste, wildes Haar, irgendwie in einem Doppelleben gefangen. Vielleicht hatte sie sich seitdem doch nicht so sehr verändert.
Früh in ihrer Kindheit war ihr klargeworden, dass sie auf die eine oder andere Art die Flucht ergreifen musste, wenn sie das Leben zu Hause überstehen wollte. Ihre Lösung bestand darin, zwei Leben zu leben: eines als das Mädchen, das sie Harry die Malocherin nannte und deren Mutter ihre Briefe öffnete und ihr Tagebuch las und deren Vater viel zu selten da war, um sie groß zu unterstützen; im anderen war sie Pirata, ein Mädchen, das an Schlaflosigkeit litt, im Dunkeln saß und durch den elektronischen Untergrund streifte, wo sie mächtig und angesehen war.
Das war in den späten Achtzigern gewesen, noch vor der Zeit des Internets. Pirata verbrachte ihre Zeit damit, sich über langsame Modemverbindungen in Mailboxen einzuwählen, Rechnersysteme für elektronische Nachrichten, auf denen die Teilnehmer Ideen austauschten und Hacker-Tools herunterluden. Als sie elf war, hatte sie sich selbst

beigebracht, in so ziemlich jedes System einzudringen. Sie kam immer mühelos rein, klaute nie etwas, richtete niemals Schaden an. Im Alter von dreizehn war sie jedoch so weit, eine Grenze zu überschreiten.
Harry konnte sich noch gut an jene Nacht erinnern, in der sie sie überschritt. In ihrem Zimmer war es finster gewesen, das einzige Licht war das grünliche Glühen ihres Monitors. Es war zwei Uhr morgens, und ihr Computer war so programmiert, dass er ständig Nummern anwählte, bis er eine fand, die es ihm erlaubte, eine Verbindung herzustellen. Sie saß zusammengerollt auf ihrem Sessel, hatte, um sich zu wärmen, die Arme um die Knie geschlungen und lauschte auf das fiepsige Quäken des Modems, das laufend wählte und die Verbindung wieder trennte. Sie musste sich keine Sorgen machen, dass ihre Eltern sie so vorfinden könnten. Sie waren zu sehr mit ihren eigenen Problemen beschäftigt, um sich um sie zu kümmern.
Plötzlich war sie irgendwo drin. Das Gejaule des geschwätzigen Modems war unmissverständlich. Ein anderer Computer dort draußen hatte geantwortet. Sie setzte sich auf, tippte einen Befehl ein und bestätigte mit Enter. Fast augenblicklich spuckte der andere Computer eine Meldung aus, bei der sie die Hand vor den Mund schlug.
»ACHTUNG! Sie melden sich am Computersystem der Dubliner Börse an. Unbefugter Zugriff ist verboten und kann strafrechtliche Folgen haben.«
Harry, die Füße untergeschlagen, kaute an ihren Fingernägeln. Das bedeutsamste Netzwerk, in das sie bislang eingedrungen war, war das der Universität Dublin gewesen. Mit der Sicherheit nahm man es dort nicht sonderlich genau, vor allem, weil keine vertraulichen Daten herumlagen. An

der Börse aber musste es vor sensiblen Daten nur so wimmeln. Natürlich könnte sie die Verbindung einfach wieder trennen. Stattdessen schwang sie die Füße auf den Boden und schob ihren Sessel näher an die Tastatur.

Anhand des charakteristischen Username-Prompts wusste sie, dass es sich bei dem Betriebssystem um VMS handelte. Das war gut und schlecht. Einerseits konnte man, war man erst einmal eingeloggt, auf vielfältige Weise die systemeigenen Sicherheitsvorkehrungen umgehen. Andererseits würde es nicht einfach sein, sich ohne gültigen Benutzernamen und Passwort einzuloggen. Und um die Sache noch schlimmer zu machen, würde nach drei erfolglosen Versuchen die Verbindung zurückgesetzt werden.

Ihre Finger schwebten über der Tastatur, während sie sich wahrscheinliche Kontonamen und Passwörter durch den Kopf gehen ließ. Am besten beim Naheliegendsten bleiben. Sie gab »system« ein. Beim Passwort-Prompt tippte sie »manager«, dann Enter. Augenblicklich hatte sie wieder den Username-Prompt vor sich und wurde aufgefordert, es erneut zu versuchen.

Erster Fehlschlag.

Als Nächstes entschied sie sich für »system« und »operator«.

Zweiter Fehlschlag.

Ein Versuch blieb ihr noch. Sie krümmte die Finger und ging in Gedanken die Passwörter durch, die sich in der Vergangenheit als tauglich herausgestellt hatten: »syslib«, »sysmaint«, »operator«. Sie waren alle einen Versuch wert, garantierten aber nichts. Sogar der Benutzername »system« konnte falsch sein.

Dann fiel ihr etwas anderes ein. Sie schüttelte den Kopf.

Nie und nimmer. Es war so unwahrscheinlich, dass sie beschloss, es damit zu probieren. Sie tippte als Benutzernamen »guest«, ließ das Passwort leer und bestätigte mit Enter. Auf dem Bildschirm erschien eine Botschaft:

»Willkommen am VAX-Server der Dubliner Börse.«

Und in der nächsten Zeile, höflich auf ihre Eingaben wartend, stand das begehrte VMS-$-Prompt. Sie war drin.

Grinsend lehnte sie sich zurück. Administratoren erstellten hin und wieder ungeschützte Gastkonten für neue oder gelegentliche Benutzer, eine Praxis, die allerdings höchst unsicher war. Zum ersten Mal dämmerte ihr, dass der schwächste Punkt in jedem System ein nachlässiger Administrator war.

Sie rollte die Pyjamaärmel nach oben und fing an, ihre Befehle einzugeben, umging Sicherheitschecks und drang immer weiter vor. Jedes Mal, wenn einer ihrer Befehle den Computer auf der Gegenseite übertölpelt hatte, hüpfte sie auf ihrem Sessel auf und ab.

Als sie erkannte, dass sie sich in einem Datenbank-Server befand, reckte sie dem Bildschirm den hochgestellten Daumen entgegen. Klasse. Datenbanken waren voller interessanter Informationen. Sie wühlte sich durch die Dateien. Die Aufzeichnungen schienen von irgendwelchen finanziellen Transaktionen zu handeln, die für sie jedoch kaum einen Sinn ergaben. Dann fand sie eine Liste mit Akronymen, die ihr entfernt bekannt vorkamen. NLD, CHF, DEM, HKD. Erst als sie in der Liste auf ESP traf und es als Abkürzung für die spanische Peseta erkannte, wusste sie, was sie hier vor sich hatte. Die Symbole ausländischer Währungen. Sie musste über Aufzeichnungen von Devisengeschäften gestolpert sein.

Harry überflog die Daten und musste blinzeln, als sie sah, um welche Beträge es ging. So viele Nullen. Es juckte ihr in den Fingern, etwas abzulegen, sie wissen zu lassen, dass sie hier gewesen war. Was konnte es schon schaden? Mit fliegenden Fingern fügte sie einem der kleineren Handelsgeschäfte einige Nullen an.

Dann schlich sie sich wieder aus dem System, schaltete ihre Modemverbindung ab und sprang ins Bett. Aber sie konnte nicht schlafen. Sie hatte eine neue Richtung eingeschlagen, und ihr wollte nicht aus dem Kopf, was sie damit angestellt hatte.

Sie musste nicht lange darauf warten. Die Börse entdeckte das Sicherheitsleck und heuerte die Dienste eines unabhängigen Beraters an, der herausfinden sollte, wer für den Einbruch verantwortlich war. Der Experte, ein einundzwanzigjähriger Hochschulabsolvent, war ein Crack in Sachen Computersicherheit. Er brauchte nur eine Woche, um sie aufzuspüren.

Sein Name lautete Dillon Fitzroy.

8

Erzähl mir von KWC.«

Harry riss sich von ihren Gedanken los und richtete den Blick auf Dillon, der sie ansah. KWC. War das erst heute gewesen?

Sie wand sich und verzog das Gesicht. »Ich hab's versaut.«

Dillon runzelte die Stirn. »Was ist passiert?«

»Sie sind alle ein Haufen Wichser – möchte ich zu meiner Verteidigung sagen.« Dann dachte sie an Jude Tiernan und hatte ein, na ja, schlechtes Gewissen. Vielleicht hatte sie es ihm unnötig schwergemacht. »Einer von denen hat auf meinen Vater angespielt. Und ich wurde …«

»Sag's nicht. Kratzbürstig.«

»Tut mir leid.«

»Scheiße, Harry, das hätte ein wichtiger Kunde werden können. Ich hab mich ziemlich einschleimen müssen, um überhaupt zu diesem Vorgespräch eingeladen zu werden.«

»Hey, du warst es doch, der irgendwas von kathartischer Therapie gefaselt hat!«

Er seufzte. »Keine Sorge. Ich werde anrufen, mal sehen, was sich noch retten lässt.«

Harry erwiderte nichts. Sie lehnte den Kopf wieder gegen den Sitz und schloss die Augen. Ihr Nacken schmerzte, überall am Körper musste sie blaue Flecken haben, die am Morgen höllisch weh tun würden.

»Du solltest heute Nacht nicht allein sein«, sagte Dillon. »Du stehst noch immer unter Schock.«
Sie hielt die Augen geschlossen. »Es geht schon.«
»Komm mit zu mir. Dann bekommst du einen Brandy, was zu essen und neue Sachen zum Anziehen, genau in dieser Reihenfolge.«
Harry warf ihm einen Blick zu. Sie war noch nie bei ihm zu Hause gewesen, aber laut Imogens Informationen wohnte er in einem geschmackvollen Herrenhaus draußen auf dem Land in Enniskerry. Ihre Informationen besagten auch, dass er ein überzeugter Single sei, weshalb sich Harry fragte, woher die ihr angebotenen Frauenklamotten stammten.
Unter anderen Umständen hätte sie sich von ihrer Neugier überreden lassen, im Moment aber wollte sie nichts anderes, als die Wohnungstür hinter sich zuzuschließen und nachzudenken.
»Danke, aber ich bin heute keine gute Gesellschaft«, sagte sie. »Ich will nur schlafen.«
Sie spürte, wie er ihr Gesicht musterte.
»Du weißt, was er damit gemeint hat, oder?«, sagte er.
»Was?«
»Der Typ auf dem Bahnhof, das Sorohan-Geld.« Kurz sah er zu ihr, bevor er sich wieder dem Verkehr zuwandte. »Es sagt dir doch was, oder?«
Sie schüttelte den Kopf und zwang sich zu einem Schulterzucken. »War nur so ein Irrer.«
Er betrachtete sie einen Moment, bevor er den Blick wieder auf den Verkehr richtete. »Wie du meinst.«
Seiner Miene nach zu schließen hatte er dichtgemacht. Was soll's. Sie konnte es nicht ändern. Es gab in ihrem Leben

ein paar Dinge, mit denen sie sich nicht beschäftigen konnte. Zumindest nicht, solange sie sie nicht besser verstand.

Dillon bog in die Raglan Road ein. Ihre Anspannung ließ nach, als sie durch die vertraute Allee fuhren. Viktorianische Backsteinbauten standen zu beiden Seiten, einige davon waren restauriert und zu eleganten Eigenheimen hergerichtet, die meisten allerdings in Apartmentgebäude umgewandelt worden. Die Miethäuser erkannte man an der abplatzenden Farbe an den Schiebefenstern.

Dillon beäugte sie. »Welches ist deins?«

Harry deutete auf ein Eckhaus mit kanariengelber Tür. Sie hatte sie erst vergangene Woche neu gestrichen. Irgendwann würde sie ihrem Vermieter die Wohnung abkaufen. Sie verdiente gut und hatte so viel zusammengespart, um über ein Darlehen nachdenken zu können.

Abrupt bremste Dillon ab, streifte die Bordsteinkante und kam zum Stehen. Harry hievte sich aus dem Wagen und ging zum Eingang voran.

Das Gebäude bestand aus einem Souterrain und drei Stockwerken. Harry wohnte in einem Apartment im Erdgeschoss, einem ehemaligen eleganten Salon, in dem Butler Tee serviert hatten. Jetzt nahm Harry dort das Frühstück im Bett zu sich, wenn sie Lust darauf hatte.

Sie schlurfte durch den Hausflur, gefolgt von Dillon, der ihr wie ein Stalker vorkam. Als sie ihre Wohnung erreichten, erstarrte Harry. Die Tür stand auf.

Vorsichtig betrat sie die Schwelle und zögerte. Dillon blieb hinter ihr und sah über ihre Schulter.

»O mein Gott«, sagte er.

Ihre Wohnung sah aus, als wäre eine wilde Hundemeute zehn Tage lang darin eingepfercht gewesen. Das Sofa war aufgeschnitten, der schwarze Lederbezug klaffte auseinander und gab den Blick auf gelben Schaumstoff frei. Alle ihre Taschenbücher waren von den Regalen gefegt und lagen haufenweise auf dem Boden.

Harry holte tief Luft. Sie trat ein und schlängelte sich durch den verwüsteten Raum. Es war, als bahnte sie sich einen Weg durch die Leichen von alten Freunden. Der Spiegel über dem offenen Kamin war zu Boden geschleudert worden, das Glas war zersplittert. Ihr einziges Bild, ein witziger Druck mit pokerspielenden Hunden, war aus der Wand gerissen; dort, wo der Nagel gesteckt hatte, war der Verputz aufgeplatzt. Der Druck lehnte am demolierten Sofa, der braune Pappkarton an der Rückseite stand weg. Harry schlang die Arme um sich und starrte auf das Chaos.

Dillon rief ihr von der Küche aus zu. »Sieh dir das mal an.«

Sie schleppte sich zu ihm hinüber, unter ihren Füßen knirschte es. Zucker, wie sich herausstellte, der zusammen mit allem anderen aus ihren Küchenregalen über die Steinfliesen verschüttet worden war.

Harry blieb die Luft weg. Der gesamte Inhalt ihrer Küche war in der Mitte des Raums aufgeschlichtet. Dosen, Pfannen, Gläser, Lebensmittel aus dem Kühlschrank. Die Besteckschubladen waren umgedreht in den Haufen geworfen. Die Schranktüren standen offen und zeigten die leeren Regalbretter. Als hätte ein Irrer in einem psychotischen Anfall von Küchenputz gewütet.

Harry sank gegen den Türrahmen. Mein Gott, wer machte so was? Dillon umkreiste kopfschüttelnd den Lebensmittelberg. Sie seufzte, schritt dann durch den Gang, um in ihrem Schlafzimmer nachzusehen. Es befand sich im sel-

ben Zustand wie die übrige Wohnung; Schubladen waren durchwühlt, ihre Kleidung verteilt. Nichts mehr von diesen Sachen würde sie noch tragen wollen.
Das Telefon neben ihrem Bett blinkte rot, ein stummer Schrei nach Aufmerksamkeit. Sie bemerkte ein vertrautes, abgegriffenes Buch, das mit den Seiten nach unten auf dem Bett lag, so weit aufgeschlagen, dass der Rücken gebrochen war; so lag es da, wie ein Vogel mit verletztem Flügel. Sie hob es auf, einige Seiten flatterten heraus. Ein Buch, das ihr Vater ihr geschenkt hatte, als sie zwölf Jahre alt gewesen war: *Wie man Poker spielt und gewinnt.* Auf den Umschlagseiten vorn und hinten waren mit blauem Faserschreiber Bemerkungen gekritzelt. Damit hatte sie einige Pokerrunden aufgezeichnet, die sie mit ihrem Vater gespielt hatte. Eine Angewohnheit, die sie von ihm gelernt hatte. Nach jeder Partie hatte er sich ausführliche Notizen gemacht, hatte die Karten notiert, die gespielt worden waren. Er vergaß nie ein Blatt, und er ließ sich von keinem Bluff zweimal täuschen.
Sie war sechs oder sieben gewesen, als ihr Vater sie zum ersten Mal zu seinen Pokerrunden mitgenommen hatte, die sich oft bis drei oder vier Uhr morgens hinzogen. Bei diesen Runden hatte sie einige ihrer besten Flüche aufgeschnappt, meistens aber war sie irgendwann auf einem Sofa eingeschlafen, während ihre Augen vom Zigarettenrauch gebrannt hatten. Später, als Teenagerin, hatte er sie nach London in die Kasinos in Soho und am Piccadilly geführt. Zu jener Zeit war sie sich unheimlich erwachsen vorgekommen, alles war ihr so aufregend erschienen. Im Nachhinein musste sie sich eingestehen, dass er nur ein miserabler Vater gewesen war.

Sie drehte das Vorsatzblatt des Pokerbuchs um. Die Inschrift war, wie sollte es anders sein, immer noch da.

A mi queridísima Harry,
sei immer unberechenbar. Spiel wild drauflos und lass sie im Ungewissen, aber steig bei einem 7-2 Offsuit immer aus.
Un abrazo muy fuerte,

Papá

Sie strich mit dem Daumen über die kräftige Handschrift. Dann klappte sie das Buch zu und wiegte es in den Händen, damit die Seiten nicht herausflatterten.

Dillon steckte den Kopf zur Tür herein. »Dein Arbeitszimmer und das Bad sind verwüstet.«

Harry fluchte. Es reichte. Sie klatschte das Buch auf den Nachttisch, blendete ihr pochendes Knie aus und ging zurück ins Wohnzimmer.

Dillon folgte ihr. »Ich ruf die Polizei.«

»Schon gut, ich mach es.«

Dillon ging im Zimmer auf und ab, während sie die nächste Polizeidienststelle anrief. Sie erzählte alles einem mitfühlenden Sergeant, der meinte, er würde jemanden vorbeischicken. Dann klappte sie das Handy zu und wühlte sich in den Bücherhaufen am Boden, bis sie die Gelben Seiten fand.

Dillon blieb stehen und sah ihr zu. »Und jetzt?«

»Einen Schlosser.« Sie klappte erneut ihr Handy auf und führte ein sachliches Gespräch mit einer Firma namens Express Locksmith, die ihr versicherte, in zehn Minuten würde sich ein Mitarbeiter in Bewegung setzen. Harry spürte, wie ihre Energie zurückkehrte. Absurd, wie übereifrige Geschäftigkeit einen zu dem Glauben verleiten konnte, man hätte alles im Griff.

Sie hockte sich gegen das Sofa und massierte sich Nacken und Schultern, die sich steif und empfindlich anfühlten, als müsste sie mit einer Erkältung rechnen. Dann fiel ihr das blinkende Licht im Schlafzimmer ein, und sie eilte zurück, um sich ihre Nachrichten anzuhören. Es gab nur eine. Sie erkannte die kehlige Stimme ihrer Mutter, die durch jahrelangen schweren Nikotingenuss tief und rauh geworden war.

»Harry, hier ist Miriam.«

Eine Pause, in der zu hören war, wie ihre Mutter an einer Zigarette zog.

Seit ihrem letzten Schultag redeten Harry und ihre Mutter sich mit Vornamen an. Als hätten sie beide stillschweigend die Übereinkunft getroffen, dass mit ihrem achtzehnten Geburtstag die Mutter-Tochter-Beziehung zu Ende gekommen wäre.

»Ich versuch dich schon den ganzen Tag zu erreichen, immer geht nur diese verdammte Maschine ran«, fuhr Miriam fort. »Könntest du dir bitte eine Minute Zeit nehmen und mich zurückrufen.«

Harry schloss die Augen und presste die Lippen zusammen. Dann drückte sie auf den Löschen-Knopf und kehrte ins Wohnzimmer zurück, wo Dillon noch immer auf Patrouille war.

Sie sah auf ihre Uhr. »Hör zu, es ist nach sieben. Fahr nach Hause, du musst nicht hierbleiben.«

Dillon winkte ab. »Ich bleibe hier.«

Sie musste sich eingestehen, dass sie insgeheim um seine

Anwesenheit froh war. Dann besah sie sich die Zerstörung und wagte es, eine Grenze zu überschreiten.
»Gilt dieses Brandy-Angebot noch?« Die Worte waren ein wenig lauter rübergekommen, als sie eigentlich vorgehabt hatte.
Dillon drehte sich zu ihr um und sah sie mit seinem verkniffenen Lächeln an. »Klar. Machen wir einen doppelten daraus. Es war ein schlimmer Tag für dich.«
Abrupt blieb er vor dem zerstörten Bild stehen, beugte sich herunter und betrachtete es. Er steckte die Hand durch den Riss im Karton. »Warum macht jemand so was?«
Harry zuckte mit den Schultern.
Dillon sah sich um. »Das alles hier. Sieht so aus, als hätten sie was gesucht.«
Harry warf ihm einen scharfen Blick zu. »Kommt es dir so vor?«
»Dir etwa nicht?«
Sie seufzte und rieb sich die Augen. Sie fühlten sich sandig an. »Doch, aber ich habe gehofft, ich hätte mich getäuscht.«
Sie erhob sich von der Sofalehne und ging in die Küche, ohne ihr lädiertes Knie allzu sehr zu belasten. Sie lehnte sich gegen den Türpfosten und starrte auf den chaotischen Haufen auf dem Boden.
Worauf zum Teufel hatten sie es abgesehen?
Dann dachte sie an den Typen im Bahnhof, an seinen heißen Atem an ihrem Ohr, und ihr schauderte.

9

»Und, was gefunden?«, fragte Leon.

Er schluckte und fuhr mit dem Finger innen am Hemdkragen entlang. Er lehnte an der Hintertür von O'Dowd's Pub und war über sein Handy gebeugt, als winde er sich unter Krämpfen.

»Nichts«, kam die Antwort. »Ich hab's doch gesagt, reine Zeitverschwendung.«

Lärmende Stimmen kamen von der Theke am anderen Ende des Gangs. Trotz des Durchzugs von der Straße schwitzte Leon.

»Sind Sie sich sicher?«, fragte Leon.

»Verdammt, klar. Ich hab die ganze Bude zerlegt, nur so zum Spaß, aber da ist nichts.« Eine Pause. »Also, wann werde ich bezahlt?«

»Machen Sie sich da mal keine Sorgen, okay? Sie kriegen Ihr Geld schon.«

Jemand öffnete die Tür der nahen Herrentoilette, ein Schwall Desinfektionsmittel und abgestandener Urin schlug ihm entgegen. Er drehte das Gesicht zur Wand und senkte die Stimme.

»Bleiben Sie an ihr dran. Ich will alles wissen, was sie so treibt. Aber kommen Sie ihr nicht zu nahe. Wenn Sie auffliegen, können Sie unseren Deal vergessen.«

Er beendete das Gespräch, ging zu der mit »Privat« gekennzeichneten Tür, stand davor und strich sich mit den Händen über die Hosenbeine. Dann öffnete er die Tür und trat ein.

Der Raum hatte die Größe einer Gefängniszelle und war auch so eingerichtet. Das Licht einer einzigen Glühbirne an der Decke raubte den Wänden und dem Teppich jegliche Farbe. Die Tür hinter ihm fiel mit einem dumpfen Plopp zu und sperrte jedes Geräusch aus, so als wäre er in ein Vakuum gesaugt worden. Er ging zu dem mit grünem Filztuch bespannten Tisch, an dem vier Leute saßen.

»Also, Leon, bist du dabei, oder was?« Der Dealer blickte ihn finster an, seine sonnengeschädigte Haut war voller Runzeln. Er hieß Mattie. Leon war zu Ohren gekommen, dass er den Großteil seines Lebens damit verbracht hatte, die Jachten anderer Leute durch das Mittelmeer zu schippern. Die übrige Zeit spielte er Poker.

Leon nickte und nahm seinen Platz rechts von Mattie ein. Er ließ sich auf den Stuhl fallen, schloss die Augen und rieb sich den Nasenrücken. Das einzige Geräusch war das Flitschen der Karten, die ausgegeben wurden.

Er hatte nicht erwartet, dass die Wohnung des Mädchens sauber sein würde. Irgendwo musste doch festgehalten sein, wo sich das Geld befand. Wo zum Teufel versteckte sie es?

Mattie klatschte das Kartendeck neben sich auf den Tisch. Leon richtete sich auf und versuchte, sich auf das Spiel zu konzentrieren. Es war schlicht unmöglich, High-Stakes-Poker zu spielen, wenn man abgelenkt war.

Sie spielten No Limit Texas Hold 'Em. Jeder Spieler erhält zwei verdeckte Karten, seine sogenannten Bunkerkarten, die er mit den fünf Tischkarten kombinieren muss, um so seine Pokerhand zu erstellen. Normalerweise war es Leons Lieblingsvariante, da jede Wettrunde die Gelegenheit bot, irgendeinem Loser die Kohle aus der Tasche zu ziehen. Heute Abend aber kam er sich selbst als Loser vor. Und wenn er die nächste Partie nicht gewann, war er am Arsch.

Er zog seine zwei Karten zu sich, schob sie übereinander und warf einen vorsichtigen Blick auf die untere Karte. Pik-König. Kurz ließ er den Blick über den Tisch schweifen. Keiner achtete auf ihn. Er bog die obere Karte hoch, nur so viel, um eine Ecke zu erkennen. Ein weiterer König. Sein Herz schlug schneller, und er tat sich schwer, sich nichts anmerken zu lassen.

Der Spieler rechts von Leon warf eine Handvoll Chips in die Tischmitte. »Erhöhe um einen Tausender.«

Leon sah ihn scharf an. Der Typ war wie ein Profi-Ringer gebaut, seine grauen Haare waren zu einem Pferdeschwanz gebunden, der ihm bis halb über den Rücken reichte. Seine Miene verriet nichts.

Leon zog eine kleine Show ab, indem er mit seinen Chips spielte, zögerte aber nicht zu lange. Mit zwei Königen im Bunker wollte er hart rangehen. »Ihren plus noch einen Tausender.«

Mattie schüttelte den Kopf und warf seine Karten auf den Tisch. Der alte Glatzkopf zu seiner Linken konsultierte seine Bunkerkarten und gab sie zu Matties Karten in den Muck.

Als Nächstes war Adele dran, die einzige Frau am Tisch. Leon kannte sie von früheren Runden. Sie war blond, in den Vierzigern, stets in einem eleganten Business-Kostüm gekleidet und agierte immer sehr vorsichtig. Sie musterte Leons Gesicht und ging mit.

Leon wartete auf den Ringer und dessen Entscheidung, ob er mitgehen oder aussteigen würde. Was zum Teufel hatte er? Leon hatte keine Lust, es auszuknobeln. Sal Martinez hätte es in null Komma nichts berechnet, aber bei solchen Sachen bekam Leon Kopfschmerzen. Alles, was er wusste, war: Im Pot lagen mittlerweile über achttausend Euro, und er musste unbedingt gewinnen.

Es machte es nicht unbedingt besser, dass er zum größten Teil mit dem Geld seiner Kunden spielte. Einige Läden, deren Rechnungsbücher er prüfte, hatten ihm Schecks für die Einkommensteuernachzahlung geschickt, Schecks, die Leon eigentlich beim Finanzamt einreichen musste. Irgendwie hatte das Geld auf dem Weg dorthin einen ungeplanten Zwischenstopp in seine eigene Tasche eingelegt. Nur für ein paar Tage.

Die Chips des Ringers fielen klappernd in die Mitte des Tischs. »Ich gehe mit.«

Leon atmete tief ein und spannte die Schultern an. Er hörte die Knochen am Nackenansatz knacken. Mattie schnippte die drei Flop-Karten, die ersten der fünf Tischkarten, mit der Bildseite nach oben auf den Tisch. Ein König, eine Drei und eine Fünf, alle von unterschiedlicher Farbe. Wie ein Stromstoß fuhr es durch Leon. Jetzt hatte er drei Könige.

Adele checkte ihre Karten und sah nicht glücklich dabei aus. Der Ringer war als Nächster dran. Mit seiner Faust in der Größe eines Baseballhandschuhs packte er sich eine Handvoll Chips und erhöhte um zweitausend Euro.

Leon musterte ihn. Völlig unbewegliche Gesichtszüge, bis auf das kaum wahrnehmbare Zucken eines Augenlids, das wie ein Sandfloh auf und ab hüpfte. Mehr brauchte Leon

nicht. Er wusste, der Typ hatte im besten Fall eine Drei und eine Fünf, was zwei Paare ergab. Damit war sein Königsdrilling nicht zu schlagen.
Zwei weitere Karten standen noch aus. Sollte er mitgehen oder es riskieren, noch einmal zu erhöhen? *Spiel gegen ihn, nicht gegen die Karten*, hätte Martinez gesagt. Aber Martinez war ein ziemlich nachlässiger Spieler. Leon hatte miterlebt, wie er einmal durch einen einzigen Pott eine halbe Million gewonnen hatte, nur um ein paar Minuten später alles durch einen Bluff mit einem Paar Dreien wieder zu verlieren.
Scheiß drauf, Selbstvertrauen war die halbe Miete. Leon erhöhte um drei weitere Riesen.
Adele warf ihre Karten auf den Tisch und lehnte sich zurück, um sich das Spiel anzusehen. Der Ringer ließ sich Zeit. Er mischte seine Chips, teilte sie in hohe Stapel und fügte sie dann mit einem Schnippen seiner Riesenfinger wieder zusammen.
»Gehe mit«, sagte er schließlich und starrte Leon herausfordernd und lange an. »Nur wir beide noch.«
Leon gefiel dessen selbstgefällige Miene nicht. Mittlerweile waren fast zwanzigtausend Euro im Pott, und achttausend davon gehörten ihm. Oder, um genauer zu sein, seinen Kunden.
Leons Magen krampfte sich zusammen. Großer Gott! Er war auf die geklaute Kohle lausiger Ladenbesitzer angewiesen. Welche Scheiße ist da abgelaufen? Neun Jahre zuvor hatte er noch Millionen verdient und anhand von Insiderinformationen getradet, die Gold wert waren. Er und andere hatten in einem einzigen Jahr über fünfundzwanzig Millionen Euro gemacht. Tolle Deals, jeder ein-

zelne. Bis zum Sorohan-Deal, klar. Dieser beschissene Martinez.
Er atmete tief ein und versuchte, sich auf die Partie zu konzentrieren. Er hatte sich noch immer nicht rasiert und roch seinen eigenen säuerlichen Geruch. Zeit für die Turn, die vierte Tischkarte.
Mattie deckte sie auf. Eine weitere Fünf. Leon rührte sich nicht. Der Tisch zeigte einen König, eine Drei und zwei Fünfen. Damit hatte Leon ein Full House aus Königen und Fünfen.
Der Ringer schob einen Stapel Chips in den Pot. »Fünftausend.«
Leon sah, wie der andere die Mundwinkel etwas anspannte, und wusste, dass er noch immer vorn lag. Der Ringer könnte einen Fünferdrilling haben, vielleicht ein House mit Dreien, sehr viel mehr aber nicht. Er ging mit.
Jetzt die River, die fünfte und letzte Karte. Mattie drehte eine Fünf um.
Scheiße. Es lagen jetzt drei Fünfen auf dem Tisch. Er musterte das Gesicht des Ringers, suchte nach verräterischen Anzeichen. Konnte er die letzte Fünf in der Hand halten? Die Stirn des Ringers glänzte unter dem Licht. Es sah aus wie eine schmelzende Wachsfigur. Und er schob den bislang größten Stapel raus. Sechstausend Euro. Die Mitte des Tisches sah allmählich aus wie das Modell einer Hochhaus-City.
Leon sah zum Pot. Über fünfunddreißigtausend Euro. Fast hätte er laut gewinselt. Er wusste, dass die dreizehntausend, die er reingelegt hatte, nicht mehr ihm gehörten. Sie gehörten dem Pot, und sie mit noch mehr eigenem Geld zu verteidigen wäre absoluter Schwachsinn gewesen.

Der Kluge hätte gepasst, wäre aufgestanden und gegangen.
Leon kramte seine letzten verbliebenen Chips zusammen und stapelte sie im Pot. »Gehe mit.«
Er sah dem Ringer in die Augen. Zeit, die Bunkerkarten aufzudecken. Der Ringer begann. Fast in Zeitlupe drehte er die obere Karte um. Kreuz-Drei. Damit hatte er bislang nur ein House mit Fünfen und Dreien. Leons Rücken war schweißnass. Wie gebannt starrte er auf die zweite Karte. Der Ringer drehte sie um. Karo-Fünf. Die einzige Karte im Deck, die ihn schlagen konnte.
Leon rutschte auf seinem Stuhl herum. Vier unschlagbare Scheiß-Fünfen. Übelkeit wand sich in seinem Bauch wie ein Aal. Sein Kopf begann zu pochen, am Rand seines Gesichtsfelds verschwamm alles. Dieser beschissene Arsch von Martinez. Der hatte ihm alles eingebrockt. Er hatte alles ruiniert. Leon knirschte mit den Zähnen und würgte einen Wutschrei hinunter. Dieses Mädchen, es hatte alles verdient, was ihr noch zustoßen sollte.

10

Voraussichtliche Ankunft in fünfzehn Minuten«, sagte Dillon.

So wie er den Motor aufheulen ließ, glaubte ihm Harry das gern. Er wechselte auf die Überholspur, und sie hielt sich mit beiden Händen am Türgriff fest. Falls er bemerkt haben sollte, dass sie sich bereits auf einen möglichen Aufprall einstellte, erwähnte er nichts davon.

Der Lexus glitt daraufhin über den leeren Motorway, und sie entspannte sich. Es war warm im Wagen, das Murmeln des Motors hatte etwas Hypnotisches. Harry schloss die Augen und lehnte sich gegen die Kopfstütze.

Über eine Stunde hatte sie mit der Polizei in ihrer Wohnung verbracht.

Zwei Beamte waren erschienen, einer davon derselbe junge Garda, der mit ihr bereits in der Pearse Station gesprochen hatte; der andere ein zivil gekleideter Detective, der sich nicht vorstellte. Der Jüngere hatte das Reden übernommen. Der andere hatte sie mit seinen stillen grauen Augen nur beobachtet, während sie die Fragen zum Einbruch beantwortet und erneut erklärt hatte, wie sie vor den Zug gefallen war.

Harry rutschte auf dem Beifahrersitz herum. Ihre Beine wurden schwer, sie merkte, wie sie immer wieder wegkippte. Als sie erneut die Augen aufschlug, war es stockdunkel,

und der Motorway hatte sich in eine schmale, von dichten Hecken gefasste Landstraße verwandelt.
Dillon bremste ab und rollte durch ein schmiedeeisernes Tor. »Wir sind da.«
Harry spähte aus dem Fenster. Die Auffahrt wurde bis zum Eingang von elektrischen Lichtern gesäumt, deren Schein wie beim Rampenlicht im Theater die Bäume und Büsche von unten anstrahlte.
Knirschend brachte Dillon den Lexus zum Halten. Harry stieg aus und starrte auf das Haus, das die Mitte der Bühne einnahm. Es hatte die Form eines riesigen L, ein steiles Dach mit Gauben, deren Fenster wie Augen herausragten. Die Nadelbäume, die am Eingang Wache hielten, sonderten einen intensiven Weihrauchduft ab.
»Gefällt's dir?«, fragte Dillon.
Harry sah zu ihm. Er beobachtete sie mit einem selbstzufriedenen Lächeln und genoss sichtlich ihre Reaktion auf sein tolles Haus.
Sie zog die Augenbrauen hoch. »Willst du damit angeben?«
Er zuckte mit den Schultern. »Vielleicht. Was soll ich sagen? Hat ja keinen Sinn, Geld zu haben, wenn man nicht weiß, wie man es ausgibt.« Dann führte er sie zur Tür, seine Hand strich ihr über den Rücken. »Komm, besorgen wir dir deinen Brandy.«
Die Eingangshalle war so groß wie ihre gesamte Wohnung. Dillon ging zu einem Zimmer an der Rückseite voraus. Harry zögerte. Plötzlich wurde ihr klar, wie sie aussehen musste.
»Vielleicht sollte ich erst ein Bad nehmen. Ich komm mir nämlich irgendwie dreckig vor.«

Bevor Dillon etwas erwidern konnte, klingelte sein Handy. Er sah nach, wer anrief.

»Ashford von KWC. Einen Moment, bitte.« Er nahm das Gespräch an. »Dillon Fitzroy.«

Mit gesenktem Blick lauschte er der Stimme. Harry versuchte, seinen Gesichtsausdruck einzuordnen. Bei der Vorstellung, was Ashford ihm wohl sagen würde, wand sie sich innerlich. Dann erinnerte sie sich an Felix Roches provokantes Verhalten, und sie reckte das Kinn.

»Danke, das ist sehr verständnisvoll von Ihnen.« Dillon warf ihr einen seltsamen Blick zu. »Leider hatte Harry einen kleinen Unfall, ich werde aber morgen gleich einen anderen Mitarbeiter damit beauftragen.«

Dillon zuckte bei der Erwiderung am anderen Ende der Leitung zusammen.

Harry fuchtelte abwehrend mit den Händen. Verdammt, sie konnte den Job doch übernehmen. Aber Dillon ignorierte sie.

»Nein, nein, es geht ihr gut, nichts Ernstes.« Mit verwirrter Miene sah er zu ihr. »Ja, bestimmt. Nein, sie ist nicht im Krankenhaus. Sie wird in der Lage sein, den Auftrag am Montag Imogen Brady zu übergeben.«

Dillon verabschiedete sich und beendete das Gespräch. Er starrte sie an.

»Ich kann den Pen-Test machen«, sagte sie, das Kinn noch immer in die Höhe gereckt.

»Wir sollten nichts überstürzen, okay?«

»Was hat er gesagt?«

»Hat sich tausendmal für alles entschuldigt und gemeint, es wäre nicht deine Schuld gewesen.« Er verschränkte die Arme. »Er schien sehr um dein Wohlergehen besorgt. Und war ziemlich schockiert, als er von deinem Unfall hörte. Kennt ihr euch?«

Harry schüttelte erstaunt den Kopf. Dann fiel es ihr ein. »Er kennt meinen Vater. Anscheinend waren sie alte Kumpel.«

»Ah.« Dillon sah auf seine Uhr. »Ich muss ein paar Telefonate führen. Nimm dein Bad. Oben, zweite Tür links. Im Schrank sind ein paar Sachen zum Anziehen.« Er ging ins Zimmer hinter ihr und war verschwunden.

Harry ging nach oben und betrachtete sich in den Spiegeln an den Wänden. Verwuscheltes Haar, schwarze Streifen im Gesicht, zerknitterte Kleidung. Sie sah aus wie eine Teenagerin, die von zu Hause abgehauen war und nichts Gutes im Schilde führte.

Harry fand das Zimmer, schloss die Tür hinter sich, ließ kurz den Blick schweifen und stieß einen Pfiff aus. Sie hatte in Fünf-Sterne-Hotels übernachtet, die nicht so luxuriös gewesen waren wie das hier. Sie warf ihre Tasche auf das große Bett und wollte sich daneben ausstrecken, als ihr Handy klingelte.

»Hallo?«

»Hallo, hier ist Sandra Nagle vom Kundensupport der Sheridan Bank. Spreche ich mit Ms. Harry Martinez?«

Harry riss sich das Handy vom Ohr, als wäre es versengt worden. Scheiße. Die Kundensupportleiterin, mit der sie heute zu tun gehabt hatte. Hatte sie sie aufgespürt und jetzt angerufen, um sie zusammenzustauchen? Dann erinnerte sie sich, dass die Frau sie ja nicht sehen konnte. Sie ging wieder ran.

»Ms. Martinez?«

»Entschuldigung, ja, am Apparat.« Harry kauerte auf der Bettkante.

»Unsere Aufzeichnungen weisen eine kleine Unregelmäßigkeit bezüglich Ihres Kontos auf. Ich würde mit Ihnen gern einige Details besprechen, wenn Sie nichts dagegen haben.«

Harry blinzelte. »Unregelmäßigkeit?«

»Ich wollte mir von Ihnen nur die Summe bestätigen lassen, die heute auf Ihr Konto eingezahlt wurde.«

»Welche Summe?«

Pause. »Laut unseren Aufzeichnungen wurden heute Nachmittag zwölf Millionen Euro auf Ihr Konto eingezahlt.«

Harry gingen die Augen über. »Soll das Ihr Ernst sein?«

»Stimmt die Summe nicht?«

War sie völlig übergeschnappt? »Natürlich nicht. Ich hab nichts eingezahlt.«

»Vielleicht von dritter Seite?«

Von dritter Seite. Harry rutschte das Herz in die Hose. »Ich weiß nichts von diesem Geld. Aus Ihren Unterlagen muss doch ersichtlich sein, woher das Geld stammt?«

Sandra räusperte sich. »Na ja, das ist eben die kleine Unregelmäßigkeit.«

»Was meinen Sie damit?«

»Unsere Aufzeichnungen scheinen nicht ganz vollständig zu sein. Ich habe die letzten Transaktionen vor mir auf dem Bildschirm. Die Einzahlung ist aufgeführt, aber es fehlen alle weiteren Informationen dazu. Normalerweise können wir sagen, ob es sich um einen Scheck, eine Online-Überweisung et cetera handelt, aber das fehlt hier alles.«

»Es steht nichts dabei? Eine Bankleitzahl? Ein Name?«

»Nein, nur die Summe. Zwölf Millionen.«

Harry ließ sich rückwärts aufs Bett fallen. Was zum Teufel war hier los?

»Diese zwölf Millionen Euro gehören mir nicht«, sagte sie. »Ich will sie nicht auf meinem Konto haben.«
Sie konnte förmlich hören, wie die andere Frau zusammenzuckte.
»Daran kann ich leider nichts ändern«, sagte Sandra. »Das Geld ist Ihrem Konto gutgeschrieben worden.«
»Das ist doch lächerlich.« Harry schloss die Augen und massierte sich den Nasenrücken. »Niemand überweist zwölf Millionen Euro, ohne dabei irgendwelche Informationen zu hinterlassen. Haben Sie nicht irgendwelche Prüfmechanismen, die automatisch greifen, wenn bestimmte Limits überschritten werden? Würde denn bei einer Summe wie dieser nicht jemand nachfragen?«
»Normalerweise schon, deshalb rufe ich Sie jetzt auch an.« Sie klang verärgert. »Es gibt ganz offensichtlich ein Problem mit dieser Transaktion. Ich werde sofort den Systemsupport darauf ansetzen. In der Zwischenzeit aber wird das Geld auf Ihrem Konto verbleiben.«
»Können Sie mir einen Kontoauszug zuschicken? Ich würde das alles gern sehen.«
»Natürlich.« Sie war die Freundlichkeit in Person.
Harry legte auf. Dann packte sie sich ihre Tasche, holte ihren Laptop heraus und verband ihn mit dem Netzwerkanschluss in der Wand. Keine Minute später war sie online und loggte sich in ihr Konto bei der Sheridan Bank ein. Sie ließ sich ihre Umsätze anzeigen und starrte auf den Bildschirm. Dann lud sie die Seite neu und überprüfte sie ein weiteres Mal. Das gleiche Ergebnis.

€ 12 000 120,42

Harry sank wieder auf das samtweiche Bett. Es musste ein Fehler sein, irgendein Problem mit den Transaktionsab-

wicklungen der Bank. Solche Sachen konnten doch passieren, oder?
Sie betrachtete ihre Handflächen. Die Schnitte vom Schotter sahen wie Zahnabdrücke aus. Seufzend setzte sie sich auf. Wem zum Teufel wollte sie hier was vormachen? Sie weigerte sich vielleicht, den Tatsachen ins Auge zu sehen, aber alles, was heute geschehen war, musste irgendwie miteinander in Verbindung stehen. Und ihr Bauchgefühl sagte ihr, dass das Verbindungsglied ihr Vater war. Wenn sie ehrlich war, hatte sie es schon gewusst, als der Typ im Bahnhof ihr ins Ohr geflüstert hatte. Sorohan war ein Name, der seit der Verhaftung ihres Vaters mit Bedeutung aufgeladen war.
Sie erinnerte sich an die Zeitungsschlagzeilen: *Sorohan-Betrug: Insider-Trading-Ring ausgehoben; KWC-Anführer von Dubliner Börse angeklagt.* Es zog ihr die Brust zusammen. Das alles war fast acht Jahre her. 7. Juni 2001, um genau zu sein. Der Tag, an dem zwischen ihr und ihrem Vater endgültig die Klappe gefallen war.
Aber wer zum Teufel sollte zwölf Millionen Dollar auf ihr Konto einzahlen? Sicherlich nicht ihr Vater. Der saß im Arbour-Hill-Gefängnis, und sie zweifelte, ob die Insassen in den Genuss von Online-Banking kamen. Sie klappte den Laptop zu. Nicht nur hatte jemand einen Haufen Geld auf ihr Konto eingezahlt, er hatte es auch getan, ohne irgendwelche Spuren zu hinterlassen. Das ergab keinen Sinn.
Sie erhob sich vom Bett und schlurfte ins angrenzende Badezimmer. Zu müde, um sich mit der kompliziert aussehenden Jacuzzi-Dusche abzugeben, steuerte sie ohne Umschweife die Wanne in der Ecke an und drehte die Hähne voll auf.

Sie zog sich aus und betrachtete sich im hohen Spiegel. Ihre Beine waren von blauen Flecken übersät wie eine überreife Banane. Ihr rußverschmiertes, hohläugiges Gesicht wirkte ängstlich, Schrammen zogen sich über die Wangen. Sie sah aus wie die verwahrlosten Kinder, die man früher in die Kamine klettern ließ.

Zentimeter für Zentimeter ließ sie sich in das dampfende Wasser sinken. Dann schloss sie die Augen, ließ ihre Gedanken schweifen und musste feststellen, dass sie nicht an ihren Vater oder an die zwölf Millionen Euro dachte, sondern an Dillon. Und nicht an den Dillon, der unten am Telefon hing und irgendeinen Deal abzog, sondern an den einundzwanzigjährigen Jungen, der bei ihr im Zimmer gesessen und ihr die Hand gehalten hatte.

11

»Warum willst du eine Hackerin sein?«

Die dreizehnjährige Harry suchte nach einer Antwort, mit der sie diesen braungebrannten, gutaussehenden Jungen mit seinem Halblächeln beeindrucken konnte. Ihr wollte nichts einfallen, weshalb sie ihm einfach die Wahrheit sagte.

»Weil ich es kann.«

Sie wartete auf seine Reaktion, aber es kam nichts. Stattdessen schien er ganz gefangen von der Lötkolben- und Schraubenziehersammlung, die über ihre Regale verteilt lag. Er war ganz in Schwarz gekleidet wie ein junger Priester, und seine schweren Haarsträhnen fielen ihm über die buschigen Augenbrauen. Wenn sie nur nicht ihre braune Schuluniform und die hässlichen Schnürschuhe tragen würde.

Ihre Mutter hatte ihn in ihr Zimmer geführt und sich dabei aufgeführt, als stünde das FBI vor der Tür. Als er sich als Dillon Fitzroy, Ermittler der Dubliner Börse, vorstellte, war es ihr eiskalt über den Rücken gelaufen.

Er griff sich einen der Schraubenzieher und klopfte damit gegen die Hand.

»Dann sag mir: Warum Pirata?«, fuhr er fort und bezog sich damit auf ihr Hacker-Pseudonym.

»Pi-rrata«, korrigierte sie und sprach das Wort mit einem

rollenden »r« und irre schnell aus. »Das ist Spanisch für Pirat.«
Plötzlich kam es ihr kindisch vor, aber er nickte nur, als wäre das Wort eine ganz vernünftige Wahl. Er sah ihr in die Augen und verzog den Mund zu einem netten Lächeln. »Ist es okay, wenn ich diese Fragen stelle?«
Sie nickte und spürte, wie ihre Wangen heiß wurden, setzte sich aufs Bett, starrte auf ihre unförmigen Treter und zwang sich dazu, ihre feuerrote Gesichtsfarbe abebben zu lassen. Sie war sich nur allzu bewusst, dass ihre Mutter auf der anderen Seite der Tür stand und jedes Wort belauschte.
Dillon ließ den Blick durch das Zimmer und über die zerlegten Rechner und ausgeschlachteten Radios schweifen. »Baust du hier irgendwas zusammen?«
Sie versuchte, ganz beiläufig mit den Schultern zu zucken. »Steck mich in ein Zimmer mit einem Kasten, in dem Drähte sind, und ich zerleg ihn.« Dann biss sie sich auf die Lippen und bedauerte ihre schnoddrige Antwort. Sie steckte hier in Schwierigkeiten, wie ihr nur allzu klar war.
Dillon zog den Schreibtischstuhl unter ihrem Tisch hervor. Darauf lag ein großes rotes Paket. Sie nahm es weg und wiegte es auf ihrem Schoß. Er setzte sich ihr gegenüber und verschränkte die Arme.
»Du weißt, warum ich hier bin, oder?«, sagte er.
Sie kamen also zur Sache. Sie starrte zu Boden. »Ja.«
»Was dagegen, wenn ich einen Blick darauf werfe?« Er deutete auf ihren PC.
Sie schüttelte den Kopf, doch er hatte sich bereits zum Bildschirm umgedreht. Seine Finger flogen über die Tastatur. Harry rückte näher an ihn heran, bis sie sehen konnte, was er trieb. Textzeilen liefen über den Bildschirm, wäh-

rend er ihre Dateien durchging und nach ihren Hacker-Tools suchte.
»Hübsches Haus, in dem du wohnst«, sagte er, ohne sie anzusehen.
Harry zog die Augenbrauen hoch. »Ja. Wir sind erst seit einem Jahr hier.« Sie sah zu den wolkigen weißen Vorhängen und dem spitzenbesetzten Laken. Ein Prinzessinnenzimmer. Wie absurd, dass sie noch immer das winzige Zimmer im ausgebauten Dachgeschoss vermisste, das sie mit Amaranta geteilt hatte – das Zimmer mit den schmalen Betten und dem Springseil, das ihre Schwester mitten durch den Raum gespannt hatte, um ihr Territorium abzugrenzen. Aber ihr Dad hatte einen neuen Job bekommen. Ihre Mutter ritt zwar immer noch darauf herum, wie übel es mit seiner Arbeit bei Schrodinger ausgegangen war, aber ihr Dad sagte, dass diesmal alles besser werden würde. Und er hatte recht damit.
Sie wandte sich wieder Dillon zu, der sie ansah. Sein Blick wanderte über ihre Schuluniform und blieb an ihren Schuhen hängen, die ihr das Gefühl gaben, sie hätte Klumpfüße.
»Bist du auch auf einer neuen Schule?«, fragte er und richtete seine Aufmerksamkeit wieder auf ihre Dateien.
Sobald sie an die Schule dachte, bekam sie Magenschmerzen. Sie zuckte mit den Schultern und setzte eine Miene auf, mit der sie zum Ausdruck bringen wollte, dass das alles keine große Sache sei.
»Ja, aber ich komm schon zurecht. Nur dass immer alle von Designer-Klamotten reden und wo sie in den Ferien Ski fahren gehen.« Sie senkte die Stimme und wies zur Tür. »Mum meint, ich sollte mehr Freunde haben.«

»Mütter sind immer schwer zufriedenzustellen.«
Verstohlen sah sie zu ihm. In seinen dunklen Augen lag nicht der geringste Anflug von Spott.
Er deutete auf das Paket auf ihrem Schoß. »Ein Weihnachtsgeschenk?«
Sie schob das Paket zur Seite. »Ist für meinen Dad. Ich hab's ihm noch nicht gegeben.«
»Ist er fort?«
»Er hat am Heiligabend Poker gespielt. Wahrscheinlich taucht er in ein, zwei Tagen wieder auf.«
Dillon hielt inne. »Er war Weihnachten nicht hier?«
Harry zuckte mit den Schultern. »Er ist meistens Weihnachten nicht da.«
Dillon schwieg eine Weile. Sie schob das Paket mit seinem klappernden Inhalt auf das Bett. Sie hatte ihrem Vater ein vollständiges Poker-Set gekauft: sechshundert Plastikchips, zwei Kartendecks und ein dickes Regelbuch, alles davon separat in glänzend schwarzen Hüllen verpackt. Sie hatte monatelang dafür gespart.
Dillon wandte sich wieder dem Bildschirm zu. Er arbeitete sich durch ihre Dateien, plötzlich kniff er die Augen zusammen. Harry spähte zum Schirm, um zu sehen, was sein Interesse geweckt hatte. Es war der Code von einem ihrer eigenen Hacker-Tools, das sie selbst geschrieben hatte.
Mit einer stakkatohaften Tastatureingabe schloss er die Datei und öffnete eine andere. Er scrollte durch den Inhalt, stoppte und untersuchte sie Zeile für Zeile. Den Blick auf den Bildschirm geheftet, gab er einen leisen Pfiff von sich.
Er zeigte auf eine Codezeile. »Wofür ist dieser Teil da?«
Harry las sie und begann, ihr Programm zu erklären. Die

Worte purzelten nur so aus ihr heraus, da sie es kaum erwarten konnte, ihre Ideen zu vermitteln. Sie musste sich über ihn beugen, um an die Tastatur zu kommen, und nahm dabei seinen warmen Körper und den dezenten Geruch seiner Seife wahr.

Als sie fertig war, musterte er sie eindringlich. »Hast du das alles allein gemacht?«

»Ja.« Sie holte tief Luft. »Kann ich jetzt Ihnen eine Frage stellen?«

»Klar.«

»Wie haben Sie mich gefunden?«

»Das war ganz einfach. Du hast zu viele Einzelheiten deiner Exploits in den Mailboxen gepostet. Die Sicherheitstypen überwachen sie die ganze Zeit, weißt du. Und wenn du lang genug online bist, können wir dich auch zurückverfolgen.«

Sie kam sich wie eine Idiotin vor. So einfach. Sie war leichtsinnig gewesen. Aber sie war es ja auch nicht gewohnt, sich zu verstecken.

Dillon tippte auf ein paar Tasten und schloss ihre Datei. Dann drehte er seinen Stuhl zu ihr. Er nahm wieder den Schraubenzieher zur Hand und ließ ihn auf dem Schreibtisch rotieren.

»Du hast die Handelsaufzeichnungen der Dubliner Börse manipuliert«, sagte er. »Weißt du, was passiert ist, als sie den Fehler bemerkt haben?«

»Nein.«

»Der Datenbank-Administrator hat fast seinen Job verloren.« Dillon beugte sich mit ernster Miene vor. »Er ist erst vierundzwanzig, und seine Frau ist schwanger.«

Harry ließ den Kopf hängen. Ihre Haut juckte, als hätte sie

einen widerlichen Ausschlag. »Ich hab mir nichts dabei gedacht. Es war doch nur so eine kleine Sache.«

Dillon schüttelte den Kopf. »Du pfuschst damit nicht nur in Computern herum, sondern ruinierst auch das Leben anderer Menschen.«

Sie konnte ihm nicht in die Augen sehen. »Es tut mir leid.«

»Also, erzähl mir von den anderen Systemen, die du beschädigt hast.«

Sie ließ den Kopf hochschnellen. »Ich hab so was davor noch nie gemacht. Ich mach nichts kaputt, ich seh mich nur um.«

Er betrachtete sie eine Weile. Es war nicht ersichtlich, ob er ihr glaubte. Dann warf er den Schraubenzieher auf den Tisch und verschränkte die Arme, als wäre er zu einer Entscheidung gelangt.

»Okay, jetzt hab ich gesehen, wie du hackst«, sagte er. »Jetzt will ich wissen, warum.«

»Aber das hab ich doch gesagt.«

»Nein, hast du nicht. Mit deiner Antwort hast du dich nur davor gedrückt. Sag's mir noch mal. Warum willst du hacken?«

In ihrem Gehirn war nur noch Leere. Welche Antwort wollte er hören? Sie kam sich vor, als wäre sie in der Schule, in der der Lehrer eine Reihe von Fragen stellte, die zu einer einzigen Antwort führten. Aber wie zum Teufel lautete sie?

Dann versuchte sie zu analysieren, wie sie sich fühlte, wenn sie mit einem Exploit begann. »Gut, na ja, vielleicht, weil ich gern einbreche und irgendwo bin, wo ich nicht sein sollte.«

»Du magst also das Risiko. Warum? Weil du dir dabei mächtig vorkommst?«

Sie musste daran denken, wie sich ihre Nackenhaare aufstellten, wenn sie kurz davor war, ein System zu knacken. Sie musste an das Hochgefühl denken, das wie eine Droge in ihre Blutbahn gepumpt wurde, wenn sie die letzte Tür zu einem fremden Netzwerk aufschloss. Er hatte recht. Beim Hacken fühlte sie sich so mächtig wie sonst nirgends in ihrem Leben. Doch da war noch etwas.

Sie schüttelte den Kopf. »Das ist ein Teil davon, glaub ich. Aber meistens trau ich den Leuten einfach nicht, die behaupten, ich könnte nicht in ihr System einbrechen. Nur weil es in der Betriebsanleitung so steht, heißt es noch lange nicht, dass es auch stimmt.« Sie rieb sich die Nase, als müsste sie erst ihre Gedanken entwirren. »Ich weiß einfach, es gibt immer einen Weg hinein, ich muss nur lang genug herumprobieren.«

»Dann geht's also um die Technik? Du willst herausfinden, wie alles funktioniert?«

»Ja, irgendwie. Es ist … ich weiß nicht.« Sie sah ihm in die Augen. »Es ist, als würde man die Wahrheit finden.«

Dillons Augen funkelten, während er völlig reglos vor ihr saß. »Genau darum geht es beim Hacken. Um die Suche nach Wahrheit.«

Dann beugte er sich vor, stützte die Ellbogen auf die Knie und verschränkte die Hände. Sein Gesicht war nur Zentimeter von ihrem entfernt.

»Die Leute glauben, beim Hacken geht's ums Zerstören, aber nichts ist weiter von der Wahrheit entfernt. Es geht darum, die Technologie zu erkunden, sie an die Grenzen zu führen und Wissen auszutauschen. Ein wahrer Hacker erweitert seinen Horizont, er geht über das hinaus, was in den Büchern steht oder ihm beigebracht wird. Er findet einen Weg, um Dinge zu tun, bei denen das konventionelle Denken versagt.« Er sah ihr in die Augen. »Das Hacken ist gut. Es sind die Menschen, die schlecht sind.«

Er umfasste ihre Hände. Die Berührung traf sie wie ein Blitz und ging ihr durch und durch.

»Betrachte das Hacken als eine Art Geisteshaltung«, sagte er. »Wir hacken nicht nur Computer, wir hacken unser gesamtes Leben.« Er drückte ihre Hände, unterstrich damit seine Worte, und seine Augen brannten sich in ihre. »Lass dich durch das, was andere Leute dir erzählen, niemals einschränken. Akzeptier es niemals, wenn sie dir sagen, wie die Dinge zu sein haben.«

Harry hörte gebannt zu. Einschränken. Damit beschrieb er genau, wie sie sich jeden Tag, jede Minute fühlte. Erdrückt von ihrer Mutter, die immer so enttäuscht von ihr war; abgestempelt in der Schule, wo sie den Erwartungen nicht entsprach. Plötzlich wurde ihr klar, dass er ihr erzählte, wie sie mit ihrem Leben umgehen konnte.

Unvermittelt ließ Dillon ihre Hände los und lehnte sich zurück, als wäre ihm sein plötzlicher Ausbruch an Leidenschaft peinlich. »Ende der Vorlesung. Danke für das Gespräch.« Er sprang auf und ging zur Tür. »Ich finde schon allein raus.«

Harry stand auf, ihr schwindelte von dieser abrupten Wendung der Dinge. »Einen Moment. Was passiert jetzt?«

Dillon zuckte mit den Schultern. »Wahrscheinlich nichts. Ich werde deine Eltern darüber in Kenntnis setzen müssen, was du so treibst, aber niemand wird Anklage gegen ein dreizehnjähriges Mädchen erheben. Sollte es allerdings

noch mal vorkommen, steckst du in ziemlichen Schwierigkeiten.«
Seine Hand lag auf dem Türknauf, seine Augen glänzten noch immer leicht fiebrig. »Eines Tages werde ich meine eigene Firma haben mit den besten Softwareingenieuren im Land.« Seine Lippen zuckten, und er zwinkerte ihr zu. »Wenn du es bis dahin schaffst, dich vom Gefängnis fernzuhalten, stelle ich dich vielleicht ein.«

12

Cameron stand außerhalb des schmiedeeisernen Tors. Die junge Frau war mittlerweile seit fast einer Stunde im Haus. Er drückte sich gegen die Gitterstäbe und verspürte das übermächtige Bedürfnis, das, was er angefangen hatte, auch zu Ende zu bringen.

Er bohrte die Fingernägel in die Handflächen. Am Bahnhof war es einfach nur beschissen gelaufen. Sie war so leicht gewesen wie ein Kind. Aber in dem Moment, in dem sie von ihm weggefallen war, hatte sich der Pendlermob vor ihn geschoben und ihm die Sicht verstellt. Er hatte die kreischenden Züge gehört, hatte sie vorbeirauschen sehen. Doch die Menge hatte ihn um das Vergnügen gebracht, ihre Angst miterleben zu dürfen.

Und ohnedem war er mit ihr noch nicht fertig.

Er spähte durch das Tor. Mit diesen verdammten Lichtern sah die Auffahrt wie eine Landebahn an. Er konnte die Silhouette des Hauses erkennen, zwei beleuchtete Fenster glühten in der Dunkelheit. Er legte das Gesicht gegen das kalte Metall und versuchte, sich die Frau in einem dieser Zimmer vorzustellen. Das erregte ihn.

Aber man hatte ihm gesagt, er soll sich fernhalten.

Er rüttelte am Gitter und testete dessen Halt. Es erstreckte sich mindestens vier Meter in die Höhe und war zu beiden Seiten in einer Betonmauer verankert, die sich entlang des dunklen Wegs hinzog. Über ihm auf einem Pfosten schwenkte eine Überwachungskamera hin und her, die die gesamte Auffahrt bis zum Tor abdeckte. Cameron trat zur Seite, außerhalb des Erfassungsbereichs. Häuser wie diese waren immer gleich. Gefängnismauern, auf Zäunen montierte Sensoren, Infrarotkameras. Maximaler Umgebungsschutz. Alles schön und gut, aber es gab immer einen Weg hinein.

Er ging an der Grundstücksmauer entlang, ließ die Hand über den Efeu streichen, der sich an die Ziegel geheftet hatte. Er roch den feuchten Wald um ihn herum. Etwas raschelte im Unterholz, ein kleines Tier wahrscheinlich. Er erreichte ein Seitentor und sah wieder zum langen L-förmigen Haus. Welch spektakulärer Anblick, wenn es in Flammen aufgehen würde.

Aber man hatte ihm gesagt, kein Feuer. Noch nicht.

Es gab nicht viele, die sich so mit dem Feuer auskannten wie Cameron. Die meisten hatten Angst davor. Doch er war dem Feuer nahe gekommen, so nahe, dass er seine flackernden Farben und schlanken Zungen beinahe hätte berühren können.

Er ging weiter, liebkoste das Efeulaub. Jemanden mit Feuer zu umzingeln war so viel befriedigender, als ihn vor einen Laster zu stoßen. Man konnte im Schatten bleiben und zusehen, was man getan hatte. Nicht wie bei einem Verkehrsunfall, bei dem alles mit einem einzigen Schrei erledigt war. Beim Feuer baute sich die Euphorie langsam auf und endete in einem tranceartigen Zustand, der seinen Drang, Dinge brennen zu sehen, mehr als befriedigte.

Er hatte gehört, viele Serienmörder seien in ihrer Pubertät Brandstifter gewesen. Son of Sam, zum Beispiel. Der hatte

Tausende von Bränden gelegt. Cameron lächelte. In dieser Liga spielte er noch nicht mit, aber eines Tages vielleicht.
Er betätigte die Klinke des Seitentors. Es war versperrt, die Eisenstäbe allerdings fühlten sich krümelig an, die Farbe blätterte ab. Er inspizierte das Tor. Es war älter und verrosteter als das andere, die Schweißnähte bröckelten. Camerons Atem beschleunigte sich.
Man hatte ihm gesagt, er solle sich eine Weile fernhalten, aber das hieß nicht, dass er sie nicht aus der Nähe in Augenschein nehmen konnte.

13

Der Schrank stellte sich als begehbarer Schrank heraus, der größer war als Harrys Schlafzimmer.
Sie schlenderte zur Stange, die sich die gesamte Wand entlangzog, und ging die Bügel durch. Die Kleider hatten unterschiedliche Größen, aber alle waren glitzernde Abendgarderoben und trugen die gleichen Designerlabel. Harry seufzte. Mit ihrem verschrammten Gesicht und den verbeulten Schuhen würde sie darin nicht gut aussehen.
Sie drehte sich um und wühlte in den Regalen hinter ihr, wo sie ein Paar Männerjeans, einen breiten Gürtel und einige steife weiße Hemden fand, die noch in Zellophanhüllen steckten. Ein paar Minuten später war sie angezogen, hatte sich das Hemd reingestopft und den Gürtel fest um die weiten Jeans geschlungen. Sie ging nach unten und wunderte sich über die Frauen, die ihre Sachen nicht mitgenommen hatten.
Sie fand das Zimmer an der Rückseite des Hauses, wo sie Dillon zurückgelassen hatte, und drückte die Tür auf. Von ihm keine Spur.
Sie sah sich um. Es musste das Zimmer sein, in dem er sich am häufigsten aufhielt. Eine Mischung aus Arbeitszimmer und Junggesellenbude; es roch nach Leder und gegrilltem Käse. Vor dem Fernseher stand ein übergroßer Armsessel mit Fußstütze und Bierhalter. Es fiel Harry schwer, sich

Dillon vorzustellen, wie er mit hochgelegten Füßen vor der Glotze saß.
Eine Wand wurde von einer großen Schwarzweißfotografie dominiert, die etwa eins fünfzig auf eins zwanzig maß. Eine nicht sehr alte Aufnahme von Dillon, aus der Luft aufgenommen. Er saß mit gekreuzten Beinen auf einem verlassenen Strand, um ihn herum waren Geraden und Spirallinien in den Sand gezeichnet. Das Muster wirkte keltisch und bildete eine ornamentale Gitterstruktur, die die Hälfte des Strands einnahm.
»Es ist ein einfach zusammenhängendes Labyrinth.«
Harry fuhr herum. Dillon stand in der Tür und beobachtete sie. Er hatte sich umgezogen, trug jetzt modische Chinos und ein blaues Rugby-Shirt, in den Händen hielt er ein Silbertablett. Mit dem Kopf wies er auf das Foto, während er ins Zimmer kam.
»Ich mach sie überall, wo ich bin. Im Gras, im Schnee. Ich hab sogar mal eins mit Spiegeln gebaut.«
Harry wandte sich dem Foto zu. Die verwirrenden Wirbel, das erkannte sie nun, ordneten sich zu Wegen und Sackgassen. Ähnliche Labyrinthe hatte sie auch als Kind gezeichnet.
»Was heißt einfach zusammenhängend?«, fragte sie.
»Jeder Weg, den du nimmst, führt entweder in eine Sackgasse oder zu einem anderen Weg.« Klappernd setzte er das Tablett auf dem Beistelltisch ab. »Die Wege sind untereinander nicht mehrfach miteinander verbunden, es ist also ein Labyrinth, das am einfachsten zu lösen ist.«
Blinzelnd betrachtete Harry das Labyrinth und versuchte, einem der Wege zu folgen, aber bald verschwammen sie ihr vor den Augen. Sie gab es auf.

»Wusste gar nicht, dass du so auf Labyrinthe stehst«, sagte sie.

»Hast du dich nie gefragt, wie ich meine Firma benannt habe?«

Sie sah ihn fragend an.

»Lúbra ist Gälisch für Labyrinth«, sagte er.

Sie lächelte. »Hübsch.«

Dann sah sie zum Tablett. Darauf befanden sich eine Flasche Brandy, zwei bauchige Kristallgläser und ein Teller mit einem hohen Stapel Sandwiches. Ihr knurrte der Magen. Sie hatte den ganzen Tag noch nichts gegessen.

Sie griff sich ein Sandwich und lümmelte sich auf einen der Sessel. Dillon reichte ihr einen Brandy. Mit einem Lüpfen der Augenbrauen quittierte er ihre Jeans und das Männerhemd, sagte aber nichts.

Harry nahm einen Schluck. »Hör zu, das mit Ashford tut mir leid.« Sie holte tief Luft. »Und das davor auch. Dass ich dir keinen Piep gesagt habe. Manchmal bin ich eben so.«

Dillon machte sich über ein Sandwich her. »Schon okay, du musst mir nicht alles erzählen, wenn du nicht willst.«

Harry seufzte. Warum nicht gleich die Karten auf den Tisch legen? »Es geht um meinen Vater. Ich glaube, es hat mit ihm zu tun.«

Dillon runzelte die Stirn. »Was? Der Einbruch?«

»Alles.«

»Auch der Typ im Bahnhof? Aber das ist ja verrückt. Warum?«

»Wegen dem, was der Typ gesagt hat. Der Sorohan-Deal, der Trading-Ring. Es weist alles auf meinen Vater hin.«

»Versteh ich nicht.«

Sie wich seinem Blick nicht aus. »Der Sorohan-Deal, das war die Sache, bei der mein Vater aufflog und ins Gefängnis musste.«
»Ah, verstehe. Aber was …«
Sie schüttelte den Kopf. »Stell mir keine weiteren Fragen, ich hab selbst noch nicht alles verstanden. Aber du weißt ja, wie ich auf meinen Vater reagiere.«
Dillon rollte mit den Augen. »Ja. Kratzbürstig.«
Sie lächelte und zuckte mit den Achseln. »Nun ja.«
»Hast du das auch der Polizei erzählt?«
Harry sah wieder den stummen Detective vor sich, der in ihre Wohnung gekommen war. Sie schüttelte den Kopf. »Das kann ich nicht. Sonst fangen sie vielleicht wieder damit an, in dem Fall zu ermitteln.«
»Na ja, er ist doch schon im Gefängnis. Was soll ihm noch passieren?«
Harry legte ihr Sandwich weg. Plötzlich hatte sie keinen Hunger mehr. »Er kommt raus.«
»Ich dachte, man hätte ihm acht Jahre aufgebrummt.«
»Straferlass.« Ihre Kehle war wie zugeschnürt. »Er könnte jederzeit freikommen.«
Dillon schien nachzudenken. »Wenn in dieser Sache also erneut Ermittlungen aufgenommen werden, liegt sein Straferlass auf Eis?«
»Oder wird ganz gestrichen.«
Schweigen. Sie spürte Dillons Blick auf sich.
»Du solltest mit deinem Vater reden«, sagte er. »Das sage ich dir seit Monaten.«
Sie schüttelte den Kopf und starrte auf ihr Glas, nahm es in die Hand und ließ die goldene Flüssigkeit kreisen. »Als ich klein war, hab ich ihn für einen wundervollen Menschen

gehalten. Er hat immer tolle Versprechungen gemacht, und wenn er sie gehalten hat, war es einfach wunderbar.« Mit einem Fingernagel fuhr sie durch die Rillen des geschliffenen Kristalls. »Sie waren dann fast die Enttäuschung wert, wenn er sie mal wieder vergessen hat.«
»Klingt, als hättet ihr euch beide sehr nahegestanden.«
Sie lächelte. »Da war meine Schwester Amaranta nicht ganz unschuldig. Als ich fünf war, hat sie mir erzählt, meine Eltern hätten mich als Baby auf der Straße gefunden. Sie würden mich eine Weile lang behalten, aber später irgendwann hätten sie vor, mich an die Nachbarn zu verkaufen.«
Dillon lachte. »Das ist typisch für große Schwestern.«
»Das Problem war nur, ich hab ihr geglaubt. Monatelang bin ich mir zu Hause wie eine Außenseiterin vorgekommen. Meine Mutter war aus ganz eigenen Gründen sowieso immer sehr distanziert zu mir, was es nicht unbedingt besser gemacht hat. Schließlich hab ich meinem Vater mein Herz ausgeschüttet, und er hat für mich wieder alles ins Lot gebracht. Von da an war er für mich wohl so was wie ein Verbündeter.«
Dillon nippte an seinem Brandy. »Und das alles hat sich mit seiner Verhaftung geändert?«
Sie schüttelte den Kopf. »Ich hatte schon lange davor genug von ihm. Wenn man immer wieder enttäuscht wird, hinterlässt das zwangsläufig seine Spuren. Als er dann ins Gefängnis musste, war das nur so eine Art Schlussstrich.« Lächelnd zuckte sie mit den Schultern. »Wir können uns unsere Eltern nicht aussuchen, oder?«
»Wahrscheinlich nicht. Obwohl man sagen könnte, dass zumindest meine Eltern mich ausgesucht haben.«
Harry war erstaunt.

»Ich wurde adoptiert«, erklärte er. »Meine Adoptiveltern konnten keine Kinder bekommen, also haben sie mich genommen, als ich noch ein Baby war. Als ich dann zwei war, wurde meine Mutter wie durch ein Wunder schwanger.«
»Sag mir jetzt nicht, dass du zugunsten des leiblichen Kindes nicht beachtet worden bist und du deswegen eine Menge Komplexe ausgebildet hast.«
Dillon zögerte. »Eine Weile lang, vielleicht. Aber ich weiß auf jeden Fall, wie es sich anfühlt, wenn man zu Hause der Außenseiter ist.« Er zuckte mit den Schultern. »Aber dann haben sie versucht, es wiedergutzumachen, und alles überkompensiert. Ich hab alle Aufmerksamkeit abbekommen, und mein Bruder war derjenige, der Komplexe entwickelt hat. Am Ende war er völlig von der Spur. Drogen, Gefängnis, die ganze Chose.«
Sie schlürfte an ihrem Brandy und wusste nicht, was sie sagen sollte. »Dann haben wir also beide Familien mit einer dunklen Vergangenheit?«
»Sieht ganz danach aus.«
Harry deutete mit weitausholender Geste auf den Raum. »Na ja, es hat dir zumindest nicht geschadet. Sieh dir das Haus an. Es ist fantastisch.« Ihre Ohren fingen an zu summen; sie fragte sich, ob sie bereits ein wenig angeheitert war.
»Es ist nicht schlecht.« Dillon wirkte zufrieden mit sich.
Harry sah sich um. »Was dagegen, wenn ich frage, aber du scheinst dich doch meistens hier aufzuhalten?«
Sein Lächeln wurde ein wenig schwächer. »Nicht, wenn ich Gäste habe, was meistens der Fall ist. Und wenn nicht, kann ich die Welt aussperren. Hohe Mauern, elektronische Tore. Wenn man sich mit Geld eines kaufen kann, dann Privatsphäre.«

»Oder Isolation«, sagte Harry und wünschte sich sofort, sie hätte es nicht getan. Dillon runzelte die Stirn und erhob sich.

»Komm, du siehst erschöpft aus. Du brauchst Ruhe.«

Er nahm sie bei der Hand und half ihr auf die Beine. Kurz stand sie ihm gegenüber, nur Zentimeter von ihm entfernt, und spürte die Wärme seines Körpers. Dann wandte er sich ab, schlenderte zu den Terrassentüren an der anderen Seite des Zimmers und bedeutete ihr, ihm zu folgen. »Aber erst will ich dir was zeigen.«

14

Das Erste, was Harry bemerkte, als sie ins Freie trat, war der durchdringende Eukalyptusgeruch. Er erinnerte sie an Weihnachten und machte augenblicklich ihren Kopf frei. Sie spähte in die Nacht und wartete, damit sich ihre Augen an die Dunkelheit gewöhnten. Dann erkannte sie es. Pechschwarz erhob sich mitten auf dem Rasen eine riesige Heckenwand, etwa drei Meter hoch und breiter als ein Fußballfeld.

»Mein Gott«, sagte Harry. »Ist das ein Labyrinth?«

In diesem Moment brach der Mond durch die Wolken, und sie sah das dichte Immergrün in Gestalt eines gewaltigen geschlossenen Rechtecks. Hier musste fast ein halber Hektar Hecke stehen.

»Beeindruckend, nicht wahr?«, sagte Dillon. »Die Vorbesitzer haben es vor ungefähr zwanzig Jahren angelegt. Ich musste es einfach haben. Komm, ich führ dich hinein.«

Er ging über den Rasen voraus, seine Turnschuhe gaben im trockenen Gras flüsternde Laute von sich. Harry folgte und blieb vor der roten dreieckigen Fahne stehen, die den Eingang zum Labyrinth markierte. Wie immer, wenn ihr Orientierungssinn herausgefordert wurde, spürte sie, wie sich ihr Gehirn in Matsch auflöste.

»Mir ist, als müsste ich erst eine Sechs würfeln, bevor ich anfangen darf.«

Dillon lachte. »Komm, bevor das Mondlicht weg ist. Ich möchte dir zeigen, was ich in der Mitte errichtet habe.«
Sie folgte ihm. Um sie herum standen nur noch hoch aufragende Hecken. Der grobe gewundene Lehmpfad war keinen Meter breit, weshalb sie hintereinander gehen mussten.
Dillon bog scharf nach links ab, und Harry trottete ihm hinterher. Der Pfad führte daraufhin um einen engen Bogen, und plötzlich war Dillon verschwunden. Das Mondlicht trübte sich ein, Harry lief es kalt über den Rücken. Sie beschleunigte ihre Schritte.
»Was machst du, wenn sich hier einer verirrt?«, rief sie ihm nach.
»Wir lotsen ihn von der Aussichtsplattform aus wieder raus.« Er klang, als wäre er ganz in der Nähe, nur wenige Meter entfernt. »Damit kann man das ganze Labyrinth überblicken. Aber wenn du dich verirrst, dann halt dich einfach an die Linke-Hand-Regel.«
»Die was?« Sie hielt sich strikt an den Hauptpfad und wollte sich keinesfalls von linken oder rechten Abzweigungen zu Richtungsänderungen verleiten lassen.
»Leg die linke Hand an die Hecke und folge immer der Wand. Irgendwann kommst du raus.«
Vom Mondlicht war nichts mehr zu sehen, die Hecken waren nur noch schwarze Wände. Harry streckte die Hände aus und tastete sich um die Windungen.
»Keine Sorge, es sieht schlimmer aus, als es ist«, sagte Dillon. »Vieles beruht nur auf optischen Illusionen.«
Harry stolperte. Optische Illusionen. Der Satz durchzuckte sie, das Bild ihres Kontoauszugs mit den zwölf Millionen Euro trat ihr vor Augen.

»Was meinst du damit?«
»Die Wege sind so angelegt, dass sie die Besucher in die falsche Richtung lenken. Ein psychologischer Trick.« Er klang, als wäre er drei bis fünf Meter entfernt, allerdings konnte sie nicht sagen, ob er links oder rechts von ihr war. »Zum Beispiel vermeiden die meisten Menschen solche Wege, die wieder in die Richtung zu führen scheinen, aus der man gerade kommt. Solche Sachen.«
Konnte das alles irgendwas mit ihrem Kontoauszug zu tun haben? War der auch eine Art Trick? Sie schüttelte den Kopf. Irgendwas aber hatte sie dazu angeregt, diese Verbindung herzustellen, doch konnte sie beim besten Willen nicht sagen, warum.
Hinter sich hörte sie schlurfende Schritte. Sie runzelte die Stirn. Hatte Dillon sie umkreist? Sie sah über die Schulter zurück, aber dort war nur dichte Hecke. Ihr Rücken kribbelte. Sie beeilte sich.
»Du kennst die Geschichte von König Minos und dem Labyrinth?« Dillons Stimme wurde schwächer.
»Welcher König?«
»Eine alte griechische Legende. König Minos auf Kreta errichtete einen riesigen Irrgarten, der Labyrinth genannt wurde. Er diente als Gefängnis für den Minotaurus.«
Hinter ihr drangen keuchende Atemzüge durch die Dunkelheit. Verzweifelt sah sie sich um und rannte im gleichen Augenblick gegen die Hecke. Wo zum Teufel steckte Dillon?
»Was ist ein Minotaurus?«, rief sie. Der Anflug von Panik in ihrer Stimme gefiel ihr ganz und gar nicht.
»Ein menschenfressendes Ungeheuer, halb Mensch, halb Stier.«

Sie joggte durch den schmalen Gang. Die schlurfenden Geräusche hinter ihr wurden lauter, drängender, der Atem schwerer. Wieder fuhr sie herum und starrte in die Dunkelheit.

»Dillon? Bist du das?«

Schweigen. Über ihr gurrte eine Ringeltaube. Hatte sie sich alles nur eingebildet?

»Harry?«

Sie fuhr herum, als sie Dillons Stimme hörte, und versuchte, ihn zu lokalisieren. Irgendwo weit links von ihr.

»Warte!« Sie eilte um eine Kurve. »Und rede weiter, damit ich dich finde.«

»Alles in Ordnung?«

»Red einfach weiter!« Sie begann zu laufen, ihr Herz pochte. »Erzähl vom Minotaurus.«

»Gut. Also, der König hat den Minotaurus in der Mitte des Labyrinths eingesperrt, und jedes Jahr opferte er ihm sieben Knaben und sieben Jungfrauen.« Seine Stimme wurde wieder lauter, sie musste fast bei ihm sein. »Sie verirrten sich im Labyrinth, und irgendwann würde der Minotaurus sie fressen.«

Hinter ihr wieder stampfende Schritte. Harry rang nach Atem. Sie bog um eine Ecke, ihr schwindelte. Abgehacktes Keuchen zerschnitt die Dunkelheit hinter ihr. Der Weg führte in eine Spirale mit so engen Windungen, dass sie nur einen Schritt vorausschauen konnte. Etwas Warmes, Feuchtes berührte sie an der Schulter. Sie schrie auf, schüttelte es ab und sprintete tiefer ins Labyrinth hinein.

»Harry! Alles in Ordnung?« Dillon klang, als wäre er irgendwo vor ihr. »Bleib, wo du bist. Ich werde dich finden!«

Dann stürzte Harry aus der Spirale her[illegible] stand vor einer Gabelung. Links oder rechts? Da[illegible]ausch hinter ihr hörte sich wie von einem Tier an. *Menschenfressendes Ungeheuer, halb Mensch, halb Stier.* Sie verdrängte das Bild und rannte nach links. Noch eine Kurve.

Sie wand sich durch den Gang, mit einer Hand immer an der Hecke. Die rauhen Zweige schnitten ihr in die Handflächen, brachen ab, und sie stolperte. Ihr verletztes Knie sackte unter ihr weg. Etwas brach hinter ihr grunzend durch die Hecke. Sie rappelte sich auf, in ihrem Kopf drehte sich alles.

Sie konzentrierte sich auf die Hecke und versuchte, sich nicht in den spiralenförmigen Sog des Weges ziehen zu lassen, hielt sich an den Stämmen fest und zog sich um die Windungen. Plötzlich hörte die Spirale auf, torkelnd kam sie auf einen breiteren Weg, bog laufend um die nächste Kurve und krachte jemandem gegen die Brust. Sie schrie auf.

»Harry!« Dillon packte sie an den Schultern.

Ihr Herz pochte. Das Keuchen und die Geräusche waren näher als zuvor. Dann, plötzlich, war nichts mehr zu hören.

»Was zum Teufel …« Dillon schob sich vor sie und machte einen Schritt hin zu dem Geräusch.

Harry hielt ihn zurück. »Nein!«

Wer wusste, was hinter diesen Hecken lauerte?

Er sah sie an, sah wieder zum Labyrinth und zögerte. Dann ergriff er ihre Hand. »Hier entlang.«

Er zog sich durch einen schmalen Gang und führte sie durch eine Reihe scheinbar willkürlicher Abzweigungen. Sie rannte hinter ihm her, während er sich im Zickzack durch das Labyrinth bewegte und niemals die Orientierung verlor. Zweige schrammten ihr über die Arme und das Gesicht, bis sie einen geraden Abschnitt erreichten und sich vor ihnen eine Öffnung auftat. Zusammen liefen sie hindurch; sie befanden sich an der Längsseite des Labyrinths.

Dillon schleifte sie über den Rasen. Kurz sah sie zur riesigen Hecke zurück, die wie eine schwarze Festung über ihr aufragte, und bog dann mit ihm um die Ecke des Hauses, wo sein Lexus abgestellt war.

15

Leon drehte den Umschlag um und betrachtete ihn. Es war ein dünner weißer Umschlag, auf dem über dem Zellophanfenster, das seine Adresse enthielt, das Wort »Persönlich« aufgedruckt war. Die Art von Umschlag, die er gewöhnlich in die Ecke zu den anderen unbezahlten Rechnungen warf. Wäre hier nicht ein bedeutender Unterschied gewesen. Dieser Brief war an Harry Martinez adressiert.

Er ließ sich auf seinem schäbigen Sofa nieder und klopfte mit dem Umschlag gegen die Hand. Die Vorhänge seines möblierten Zimmers waren zugezogen, obwohl es fast Mittag war, und in der Luft hing der Geruch von schmierigen Laken und den ranzigen Chips in der braunen Papiertüte.

Wie zum Teufel war seine Adresse auf einen Brief gelangt, der für Harry Martinez bestimmt war?

Er kratzte sich durchs T-Shirt an der Brust. Er müsste duschen, aber schon beim Gedanken an das widerwärtige Badezimmer auf der gegenüberliegenden Flurseite würgte es ihn. Er war nur aufgestanden, um seine Frau anzurufen. Danach hatte er eigentlich wieder ins Bett kriechen wollen. Aber dann war die Post gekommen.

Leon schloss die Augen. Die enorme Summe, die er vergangene Nacht beim Pokern verloren hatte, lastete seit dem

Aufwachen wie eine Tonne nasser Sand auf ihm. Als er das O'Dowd's Pub verlassen hatte, war seine Brieftasche um achtzigtausend Euro leichter gewesen. Rechnete man seine übrigen Pokerschulden hinzu, belief sich seine Rechnung mittlerweile auf knapp eine Viertelmillion. Am schlimmsten aber war: Er wusste, dass er am Abend wieder das O'Dowd's ansteuern würde.

Blinzelnd betrachtete er den Brief in seiner Hand. Er fasste zu den ausgebleichten Vorhängen und zog sie einige Zentimeter zurück; die Ringe an der Vorhangstange rasselten wie Ketten. Ein Strahl Sonnenlicht blendete ihn, er hielt den Umschlag davor. Alles, was er erkennen konnte, waren gewellte blaue und weiße Linien, der Inhalt des Briefes selbst war nicht zu ergründen.

Kein Zweifel, es steckte der Prophet dahinter. So operierte er. Unerklärliche Briefe, anonyme E-Mails. Wieder drehte Leon den Brief um. Er sollte ihn einfach öffnen. Er hatte ja nichts zu verlieren.

Er legte den Brief auf den Beistelltisch und starrte darauf. Es gefiel ihm nicht, dass der Prophet wusste, wo er wohnte.

Zehn Jahre zuvor, 1999, war er zum ersten Mal vom Propheten per Post kontaktiert worden. Damals war zu Hause in Killiney ein dicker brauner Umschlag eingetroffen, den ihm Maura zusammen mit einem Glas Champagner in sein Arbeitszimmer gebracht hatte.

»Zeit, dass du dich in deinen Smoking wirfst«, hatte sie ihm gesagt und das Glas neben seinen Ellbogen gestellt. Sie waren vom Vorstandsvorsitzenden von Merrion & Bernstein, der Investmentgesellschaft, bei der Leon arbeitete, zum Abendessen eingeladen.

»Ja, gleich.« Er nahm ihr den braunen Umschlag ab und riss ihn auf. Drinnen lag ein offiziell aussehendes Dokument, an das Deckblatt war eine Notiz geheftet.
»Wie sehe ich aus?« Mauras Stimme klang verführerisch wie Honig, während sie sich um die eigene Achse drehte und das silberfarbene mehrlagige Kleid um ihre braungebrannten Beine wirbelte. Leon beachtete sie nicht und las die Notiz.
Maura wurde unruhig. »Leon?«
»Geh schon mal runter«, sagte er, ohne aufzublicken. »Ich komm gleich nach.«
Sie seufzte. »Richard möchte dir noch gute Nacht sagen, bevor wir gehen.«
Leon schüttelte den Kopf. »Sag ihm, ich hab keine Zeit.«
Maura starrte ihn einen Augenblick lang reglos an. Dann drehte sie sich um und verließ das Zimmer. Leon las erneut die Notiz. Sie war kurz und prägnant.

Kaufen Sie Serbio-Aktien. TelTech-Angebot ist angenommen, wird nächste Woche offiziell bekanntgegeben. Gezeichnet: Der Prophet.

Leon überflog das Dokument, aber er musste nur die ersten Absätze lesen, um zu wissen, was er in Händen hielt. Den streng vertraulichen Plan für ein feindliches Übernahmeangebot. Er spürte den Reiz des Illegalen und kam sich wie ein Teenager mit seinem ersten Pornoheft vor.
Er blätterte es durch und besah sich die Details. Hinter der feindlichen Übernahme stand ein Unternehmen namens TelTech Internet Solutions. Leon zog die Augenbrauen hoch. Er kannte es. Wer hatte von ihm noch nicht gehört?

Das in Dublin ansässige Software-Unternehmen war einige Monate zuvor an der NASDAQ gelistet worden, wobei die Gründer innerhalb von wenigen Stunden ein Vermögen eingestrichen hatten.
Ziel der Übernahme war die amerikanische Firma Serbio Software, die seit Jahren auf dem Markt war, aber leider das Pech hatte, im selben E-Commerce-Bereich tätig zu sein wie TelTech. Leon besah sich die finanziellen Einzelheiten des Deals und stieß einen leisen Pfiff aus. Die TelTech-Jungs hatten mehr Kohle als Gott. Was hatte das Wort »Internet« nur an sich, um solche verrückten Transaktionen zu rechtfertigen? Er kannte noch Zeiten, als Software-Start-ups nur aus ein paar Tech-Nerds bestanden hatten, die unbedingt mal eine Dusche gebraucht hätten. Jetzt waren sie der Brutplatz für Multimillionäre. Dass keiner von ihnen bislang auch nur einen Cent Gewinn machte, schien keine Rolle mehr zu spielen.
Leon legte das Dokument auf seinen Schreibtisch, als könnte es jeden Moment explodieren. Wer zum Teufel war dieser Prophet, der Zugang zu so vertraulichen Papieren hatte? Und warum hatte er es ihm geschickt?
Leon sah nach, welche Investmentbank das Angebot betreute, und hoffte bei Gott, dass es nicht seine eigene war. Der Besitz von Informationen, die von Merrion & Bernstein durchgesickert waren, konnte ihn geradewegs in die Scheiße reiten. Aber er musste sich keine Sorgen machen. Das Angebot war von JX Warner vorbereitet worden. Er hatte für sie einige Jahre zuvor gearbeitet und war nach drei Monaten gefeuert worden, nachdem seine ethischen Grundsätze bei ihnen wenig Anklang gefunden hatten.
Leon drehte sich seinem PC zu und überprüfte den Kurs

der Serbio-Aktie an der NASDAQ. Knapp unter acht Dollar, niedrig genug, um zum Opfer einer Übernahme zu werden. Er las erneut die Notiz. Der Prophet, wer immer er sein mochte, erwartete anscheinend, dass der Kurs nach oben schoss, wenn das Übernahmeangebot offiziell veröffentlicht wurde. Falls es veröffentlicht wurde.

Leon klopfte mit den Fingern auf die Schreibtischplatte. Jeder, der jetzt Serbio-Aktien kaufte, bevor der Kurs hochschnellte, würde nachher fett abkassieren. Die Vorstellung gefiel ihm wegen ihrer Einfachheit. Wieder nahm er das Dokument zur Hand und betrachtete sich die Zahlen. Dann warf er es auf den Tisch. Das Risiko war zu groß. Seine persönlichen Trading-Aktivitäten wurden von der Compliance-Abteilung von Merrion & Bernstein streng überwacht. Insidergeschäfte gehörten zu den berufsbedingten Gefahren, die Investmentbanken auf jeden Fall zu vermeiden suchten.

Er mahlte mit den Zähnen und schloss das Dokument weg. Er versuchte es zu vergessen, aber in der darauffolgenden Woche suchte er jeden Tag in der Finanzpresse nach irgendwelchen Hinweisen auf die Übernahme. Nichts. Nach zwei Wochen kam er zu dem Schluss, dass alles nur ein sorgfältig ausgearbeiteter Scherz gewesen sein musste. Eine seltsame Mischung aus Erleichterung und Enttäuschung machte sich bei ihm breit.

Und dann, fast drei Wochen nach Ankunft des braunen Umschlags, fiel Leon eine Schlagzeile auf, bei der er die Fäuste ballte.

NASDAQ-Liebling TelTech in Übernahmegesprächen mit Serbio.

Er sperrte sich in sein Büro ein und überprüfte den Serbio-Kurs. Zehn Dollar, weiter steigend. Er schenkte sich einen großen Whiskey ein, lockerte die Krawatte und machte sich auf eine lange Sitzung gefasst. In den nächsten Stunden saß er gebannt vor dem NASDAQ-Ticker. Am Ende der Börsensitzung in New York, um 21:30 Uhr irischer Zeit, stand der Serbio-Kurs bei fast fünfundzwanzig Dollar. Leon überschlug es im Kopf und starrte finster auf die Zahlen vor sich. Bei einem Trade mit dreißigtausend Anteilen hätte er über eine halbe Million Dollar netto verdient.

Zwei Wochen später erhielt er den zweiten braunen Umschlag vom Propheten, und diesmal zögerte er nicht. Er richtete ein neues Depot ein, ohne Merrion & Bernstein davon zu unterrichten, und machte über siebenhunderttausend Dollar. Mit dem dritten Umschlag schickte der Prophet die Forderung nach einem Anteil am Gewinn und legte Instruktionen bei, wie das Geld zu zahlen war. So war es nachher dann immer gelaufen.

Jemand übergab sich im Gemeinschaftsbad auf dem Flur gegenüber, und nicht zum ersten Mal hätte Leon sein möbliertes Zimmer am liebsten abgefackelt. Seine Hand schoss zum weißen Umschlag auf dem Tisch, im letzten Augenblick aber griff er nach dem Telefonhörer. Vielleicht wäre es diesmal besser, wenn er mit Maura redete. Vielleicht gab es ja einen Weg zurück. Ohne den weißen Umschlag.

Er wischte sich die Hand an seinem T-Shirt ab und wählte seine alte Nummer. Er stellte sich vor, wie Maura zum Telefon eilte, wie ihre Absätze auf den schwarzen und weißen Marmorfliesen klackten, die schachbrettartig im Flur verlegt waren. Dann hörte er ihre Stimme.

»Hallo?«

Leon straffte die Schultern und konzentrierte sich auf den baufälligen offenen Kamin in seinem Zimmer. »Ich bin's.«

Ein kurzes Schweigen. »Leon. Ich wollte gerade gehen.«

»Oh, tut mir leid. Ich wollte nur kurz mit dir sprechen.«

»Ich hab wirklich nicht viel Zeit.«

Er rappelte sich auf und ging wie ein dementer Bär im Zoo die wenigen Schritte zwischen Kamin und Sofa hin und her. »Dachte, ich ruf mal an. Du weißt schon, um Richard zu sehen.«

»Was, jetzt? Ich hab eine Verabredung zum Essen.«

»Nein, natürlich nicht jetzt, ich weiß, du hast zu tun. Vielleicht später am Nachmittag?«

»Da hat Richard sein Rugbytraining.«

»Na, wie wär's dann heute Abend?«, fragte er. »Ich könnte zum Tee vorbeikommen.«

Sie schwieg eine Weile. »Du meinst, ich mach dir Tee?«

Er blieb vor dem Kamin stehen, schloss die Augen und hielt sich am Kaminsims fest. »Nein, nein, das meinte ich nicht. Nach dem Tee dann. Ich komme nach dem Tee.«

»Das geht nicht, er muss lernen. Er macht dieses Jahr sein Junior Certificate, falls du das vergessen haben solltest.«

Leon schlug die Augen auf und starrte auf den leeren, schwarzen, kalten Kaminrost. »Natürlich hab ich das nicht vergessen.« Scheiße, warum hatte er sich nicht daran erinnert? »Ich werde nicht lange bleiben. Nur auf einen kurzen Plausch.«

»Hör zu, ich will wirklich nicht, dass er gestört wird.«

Leon trottete zu seinem ungemachten Bett und ließ sich darauf nieder. »Komm schon, sei fair, es ist Monate her, dass ich ihn gesehen habe.«

»Es ist länger her, Leon.«
Er sah die Küchenzeile an der gegenüberliegenden Wand, auf der sich das verdreckte Geschirr und die Take-away-Kartons stapelten. »Na ja, war alles ein wenig hektisch bei mir.«
»Ja, kann ich mir vorstellen«, kam es von ihr mit tonloser Stimme ohne jeglichen sarkastischen Unterton.
»Fragt er nach mir?« Er hielt sich mit einer Hand das Knie.
»Nicht oft.«
Seine Kehle war wie zugeschnürt, eine Minute lang sagte er nichts.
»Ich spreche ihn auch nicht darauf an, um die Wahrheit zu sagen«, fuhr Maura fort. »Was soll ich schon sagen? Deinem Vater geht es toll, außer dass er mit Wirtschaftskriminalität zu tun und ein kleines Problem mit Glücksspielen hat? Du bist kein einfaches Gesprächsthema.«
Scheiße. Wieder entglitt ihm alles. »Aber das wird sich ändern, Maura, ich schwöre es.« Er warf einen Blick auf den Umschlag. »Ich krieg es auf die Reihe. Bald bin ich wieder da, wo ich früher war. Leon-the-Ritch.«
»Ich muss jetzt wirklich los.«
»Ich mein es ernst. Alles wird wieder gut.«
»Können wir später darüber reden?«
Er atmete tief durch. »Natürlich. Tut mir leid. Ich wollte dich nicht aufhalten. Ich melde mich diese Woche noch mal.«
»Sagen wir lieber, nach den Prüfungen.«
»Oh.« Mein Gott, noch volle zwei Monate. »Gut. Wenn du meinst, dass es besser so ist. Grüß Richard von mir.«
Aber sie hatte bereits aufgelegt.

Leon stützte die Ellbogen auf die Knie und ließ den Kopf sinken. Tränen brannten ihm in den Augen. Er schüttelte den Kopf. Jedes Mal, wenn er mit ihr redete, endete es so. Kein Wunder, dass er spielte, sie trieb ihn doch dazu. Besser, den Kick beim Poker zu spüren als den Schmerz über sein Versagen mit seinem Sohn. Er hob den Kopf und sah sich im verwahrlosten Zimmer um, dessen Möbel vom Sperrmüll stammten. Er könnte Richard nie hierher mitbringen.

Sein Blick blieb am weißen Umschlag hängen. Er ballte die Fäuste und ging hinüber zum Sofa, fuhr sich mit Zeigefinger und Daumen über den Mund, als wollte er eine Entscheidung treffen, und wusste, dass die Entscheidung längst gefallen war. Er nahm den Umschlag zur Hand und öffnete ihn.

Er enthielt zwei blassblaue Blätter. Leon starrte sie an, dann verstand er. Es war der Beweis des Propheten. Das Adrenalin schoss durch ihn wie eine brennende Zündschnur. Das Mädchen hatte also wirklich das Geld. Na, nicht mehr lange. Warte, bis er Ralphy-Boy davon erzählte.

Aber erst musste er ein anderes Telefonat führen. Wieder griff er zum Hörer und wählte die mittlerweile vertraute Nummer.

Nach dem zweiten Klingeln wurde abgenommen. »Mr. Ritch, ich wollte Sie gerade anrufen.«

»Was ist los? Wo ist das Mädchen jetzt?« Etwas an diesem Arsch machte ihm Gänsehaut, aber im Moment hatte er keine andere Wahl.

»Wieder in ihrer Wohnung.«

»Hören Sie, wir müssen in die Gänge kommen. Es gibt hier einige neue Entwicklungen.«

»Ja, hier gehen auch komische Sachen ab.«
»Was soll das heißen?«
»Das soll heißen, egal, was Sie vorhaben, machen Sie es schnell.« Eine Pause. »Wir sind nicht die Einzigen, die hinter ihr her sind.«

16

Harry saß über eine Tasse Tee gebeugt und dachte über optische Täuschungen nach. Jetzt siehst du mich, jetzt siehst du mich nicht.

Das Bild des Labyrinths trat ihr vor Augen, und ihr zog es den Brustkorb zusammen. Sie schob den Tee von sich und eilte durch den Flur, um die Wohnungstür zu überprüfen. Sie war noch immer abgesperrt. Dann streifte sie durch die übrigen Zimmer, rüttelte an den Fenstern, lauschte auf ungewöhnliche Geräusche. Es war der vierte Patrouillengang an diesem Morgen.

Dillon hatte sie am Abend zuvor in ihre Wohnung zurückgefahren und bei ihr ausgeharrt, bis sie auf der Couch eingeschlafen war. Als sie aufwachte, war die Decke bis über ihre Schultern gezogen, sonst deutete alles darauf hin, dass er auf dem Boden genächtigt hatte. Er war bereits wach und auf dem Weg ins Büro, kauerte neben ihr, strich ihr durchs Haar und befahl ihr, sich einige Tage freizunehmen.

Jetzt sah sie sich in der leeren Wohnung um. Sie fröstelte. Die letzten Stunden hatte sie mit Putzen und Aufräumen verbracht, trotzdem fühlte sie sich nicht wie zu Hause.

Dillon hatte, kurz nachdem sie aus dem Labyrinth gerannt waren, von seinem Wagen aus die Polizei gerufen, aber bis sie eintraf, war der Eindringling längst verschwunden. Die einzige Spur, die die Polizei gefunden hatte, war ein verrostetes Tor mit verbogenen Angeln.

Harry griff nach dem Riegel am Wohnzimmerfenster, dann ballte sie die Faust. Verdammt noch mal, Schluss mit diesen neurotischen Ritualen. Sie kehrte in die Küche zurück und machte sich Kaffee, stark genug, damit ihre Gehirnzellen in Schwung kamen, ging in der Küche auf und ab und trank das schwarze Gebräu. Ihr geschwollenes Knie fühlte sich besser an, ihr Körper weniger kraftlos. Das Bedürfnis, in die Gänge zu kommen, machte sie hibbelig.

Was sie brauchte, waren Informationen. Was zum Teufel war mit dem Sorohan-Deal geschehen? Wer waren die anderen Ring-Mitglieder? Wie hatte ihr Vater die Sache aufgezogen? Wenn sie verstand, wie ihr Vater seine Insidergeschäfte abgewickelt hatte, könnte sie vielleicht herausfinden, woher die zwölf Millionen Euro stammten. Und wer verdammt noch mal hinter ihnen her war.

Und was optische Täuschungen anging, so vertraute sie eher den Naturwissenschaften und der Technik, nicht irgendwelchen Spiegeln und Nebeln. Die zwölf Millionen waren keine Illusion. Sie hatte sie mit eigenen Augen auf dem Bildschirm gesehen, und die Bank hatte es bestätigt. Keine Houdini-Tricks.

Sie wuchtete ihre Tasche auf den Küchentisch und wühlte darin herum. Dillon hatte ihr gesagt, sie solle mit ihrem Vater reden. Er hatte recht. Sie brauchte Erklärungen, und was wäre besser, als mit ihm anzufangen? Aber das konnte sie nicht, noch nicht. Es musste einen anderen Weg geben.

Sie zog eine Handvoll Visitenkarten aus der Tasche und ging sie durch, bis sie die gesuchte gefunden hatte. Sie musterte sie und kaute auf ihrer Unterlippe herum. Sie war mit diesem Kerl schon einmal aneinandergeraten und hatte keine große Lust, ihn um einen Gefallen zu bitten. Aber ihr blieb nichts anderes übrig. Außer ihrem Vater war er der einzige Investmentbanker, den sie kannte.

Sie wählte die Nummer auf der Karte und wartete. Er musste da sein, auch an einem Samstag. Wochenenden zählten in diesen Kreisen nicht viel.

»Hallo, hier Jude Tiernan.« Er hatte eine tiefe Stimme wie die eines Holzblasinstruments.

Zu spät bemerkte sie, dass sie sich ihre Geschichte nicht zurechtgelegt hatte. Sie musste improvisieren. »Oh, hallo, hier ist Harry Martinez.«

Das Schweigen am anderen Ende der Leitung dauerte einen Tick zu lang. Sie half ihm auf die Sprünge. »Wir haben uns gestern gesehen.«

»Oh, keine Sorge, ich kann mich gut an Sie erinnern«, sagte er. »Ich will nur nicht glauben, dass ich mit Ihnen noch mal reden muss.«

Harry wand sich und schloss die Augen. Den Kommentar hatte sie wahrscheinlich verdient. Sie beschloss, zunächst bei der Wahrheit zu bleiben. »Hören Sie, ich muss mich bei Ihnen entschuldigen. Ich war gestern nicht ganz auf der Reihe.«

»Sie waren mehr als nicht ganz auf der Reihe. Was Sie gesagt haben, war diffamierend.«

Harry riss die Augen auf. »Hey, ich bin provoziert worden, vergessen Sie das nicht! Ihr Kollege hat seine Worte auch nicht unbedingt auf die Waagschale gelegt.«

»Felix Roche ist ein Dickschädel, zugegeben. Aber soweit ich mich erinnere, schienen Ihre Vorwürfe auf alle im Raum gemünzt gewesen zu sein.«

Harry setzte sich auf einen Stuhl und seufzte. »Hören Sie, können wir die Sache vorerst lassen? Ich würde nämlich gern über etwas ganz anderes reden.« Sie fummelte an einer Ecke seiner Visitenkarte herum. »Es geht um meinen Vater.«

Es folgte Schweigen. »Fahren Sie fort.«

»Ich würde Ihnen gern ein paar Fragen über das stellen, was er getan hat.«

»Warum fragen Sie ihn nicht persönlich?«

Harry zögerte. »Es ist ein wenig heikel. Wenn wir uns heute Nachmittag treffen, könnte ich es erklären.«

»Das wird nicht gehen. Ich häng hier noch den ganzen Tag fest, dann muss ich zum Flughafen. Wenn das also …«

»Gestern hat jemand versucht, mich vor einen Zug zu stoßen.« Verdammt, sie hatte eigentlich nicht vorgehabt, so damit herauszuplatzen. Sie hätte einen etwas geschäftsmäßigeren Ton vorgezogen. »Der Typ, der mich gestoßen hat, faselte was vom Sorohan-Geld.«

Wieder Schweigen. »Die Übernahme, wegen der Ihr Vater verhaftet wurde?«

»Ja.«

»Ich verstehe nicht. Vor allem weiß ich nicht, was Sie von mir wollen. Haben Sie das der Polizei erzählt?«

»Natürlich.« Sie kreuzte die Finger bei dieser Lüge. »Aber es würde mir wirklich sehr helfen, wenn ich Ihnen ein paar Fragen stellen könnte. Ich verspreche auch, es wird nicht lange dauern.«

Er zögerte. Sie wusste, sie hatte nur noch eine Möglichkeit, damit er anbiss. Er war Investmentbanker. Sie selbst war ihm wahrscheinlich völlig egal, aber er musste sich für das Geld interessieren. Sie holte tief Luft.

»Ich vermute, die Sorohan-Summe beläuft sich auf etwa zwölf Millionen Euro, und ich weiß, wo das Geld ist.«
Erneut nur Schweigen am anderen Ende. Dann sagte er: »Sie können mit mir zum Flughafen fahren. Ich hol Sie um sechs vor dem IFSC-Parkplatz ab. Mehr kann ich für Sie nicht tun.«
Sie lehnte sich auf ihrem Stuhl zurück. »Danke. Ich weiß es sehr zu schätzen.«
»Oh, ich mach es nicht für Sie. Bringen Sie da nichts durcheinander. Ich mach es für Ihren Vater.« Und dann, im herausfordernden Tonfall: »Ich hab ihn nämlich gemocht.«

17

Archiv der Irish Times. *Geben Sie bitte Ihren Suchbegriff ein.*

Harry sah sich in der Abstellkammer um, die sie als Arbeitszimmer benutzte, ihre Finger schwebten über der Tastatur. Dann biss sie die Zähne zusammen und tippte auf die Tasten. *Salvador Martinez, Sorohan, Insiderhandel.* Sie griff sich die Maus und klickte auf »Suchen«, bevor sie ihre Meinung noch änderte.

Der Bildschirm füllte sich mit einer Liste von Artikeln, die über ihren Vater veröffentlicht worden waren. Der erste war auf den 7. Juni 2001 datiert: *Hochrangiger KWC-Investmentbanker wegen Insiderhandel festgenommen.* Ein nur allzu bekannter Schmerz schnürte ihr die Kehle zu, als sie die nächsten Schlagzeilen überflog: *Banker Martinez weist Anschuldigungen zurück*; *Insider-Trading-Ring aufgeflogen, große Investmentbanken betroffen*; *Martinez: Millionengewinne durch Insidergeschäfte.* Harry ging die Liste durch, die den Abstieg ihres Vaters hin zur Katastrophe nachverfolgte, bis sie beim letzten Eintrag angekommen war. Er war auf den 14. April 2003 datiert. Die Schlagzeile war rein sachlich, von der Sensationsgier der früheren Einträge war nichts mehr zu spüren.

Salvador Martinez zu Gefängnishaft verurteilt.

Sie hatte sich an jenem Tag, als sie erfuhr, dass man ihren

Vater ins Gefängnis stecken würde, in der Küche ihrer Mutter aufgehalten. Miriam und Amaranta waren von der Urteilsverkündung zurückgekehrt. Harry hatte sie nicht begleitet. In den Monaten zuvor hatte sie es aufgegeben, die Gerichtsverhandlungen mitzuverfolgen oder die Zeitungsartikel zu lesen, die darüber berichteten. Da sie nicht mehr an die Unschuld ihres Vaters glaubte, sah sie sich auch außerstande, sich dem Ausmaß seiner Schuld zu stellen.

Harry hatte auf der Türschwelle gestanden, die Arme wie in einer Zwangsjacke um die Schultern geschlungen. Miriam saß kerzengerade am Küchentisch und fummelte an einem Geschirrtuch herum. Ihr blasses Haar war zu einem strengen Knoten gebunden, der ihre Haut spannte und ihrem Gesicht fast slawische Züge verlieh. Harry, die ihrer Mutter nicht in die Augen sehen konnte, konzentrierte sich auf das Geschirrtuch. Es war rot-weiß gestreift und erinnerte sie an das Schäferkostüm in ihrer ersten Theateraufführung an der Schule. Sie hätte einer der Engel mit Flügeln und Heiligenschein sein wollen, aber ihre Mutter hatte ihr gesagt, dass man für einen Engel blond sein musste.

»Dein Vater wird für acht Jahre ins Arbour-Hill-Gefängnis geschickt«, sagte Miriam. Sie sah sich in ihrer funkelnden Küche um. »Ich habe gehört, dort sitzen vor allem Mörder und Vergewaltiger.«

Harry zitterte bei dieser Erinnerung und versuchte, sich auf den Bildschirm zu konzentrieren. Sie scrollte zum Anfang der Seite und ging erneut die Schlagzeilen durch, dieses Mal las sie den gesamten Text jedes Artikels. Stück für Stück fügten sich die Details der Geschichte zusammen,

die sie zum größten Teil bereits gekannt hatte. Von manchen Dingen allerdings hatte sie nie zuvor gehört.
Alles hatte mit dem Sorohan-Deal begonnen. 1998 war Sorohan Software nur eines der vielen Start-up-Unternehmen, die zwar maßgeblich von einem Investor unterstützt, deren Anteile aber nicht oder kaum gehandelt wurden. Fehlende Unternehmensgewinne wurden durch cleveres Marketing wettgemacht, und 1999 schwebte die Firma an die Börse und erzielte am ersten Tag rekordverdächtige Kursgewinne. Fast ein Jahr lang trotzte der Sorohan-Kurs dem Gesetz der Schwerkraft.
Dann, im April 2000, wurde das Unternehmen Opfer der platzenden Dotcom-Blase. Der weltweite Sell Off von Technologiewerten ließ auch den Sorohan-Kurs einbrechen. Investoren hatten jegliches Interesse an dem Unternehmen verloren.
Bis dann ein halbes Jahr später das Handelsvolumen der Aktie urplötzlich solche Ausmaße annahm, dass es die Dubliner Börsenaufsicht auf den Plan rief. Zunächst wurde lediglich eine Routineuntersuchung eingeleitet. Zwei Wochen später allerdings wurde in der Presse verkündet, dass Sorohan vom Software-Riesen Aventus übernommen werde, woraufhin der Kurs wie ein Torpedo abging. Die Börse verstärkte ihre Ermittlungen und schaltete die Rechtsabteilung ein. Diese stürzte sich auf den Duft, der den durchgesickerten Informationen anhaftete, und begann, den betrügerischen Transaktionen nachzugehen. Sie befragte die Banken, über deren Depots die verdächtigen Aktiengeschäfte abgewickelt worden waren. Sie lud die Hauptverantwortlichen der Aventus-Sorohan-Übernahme zu Gesprächen vor.

Schließlich führten die Ermittlungen zu einem Mann namens Leon Ritch.

In einem der Zeitungsartikel war Leons Foto abgedruckt. Harry besah es sich genauer. Er hatte das Gesicht von der Kamera abgewandt, seine Mundwinkel hingen wie die einer knurrenden Bulldogge nach unten, während er der Presse zu entkommen versuchte. Er war Ende vierzig, klein, untersetzt und hatte so an die zehn Kilo Übergewicht.

Leon war Investmentbanker bei Merrion & Bernstein, der Gesellschaft, die von Aventus mit der Sorohan-Übernahme betraut worden war. Als die Börse seine vergangenen Trades unter die Lupe nahm, stellte man fest, dass er nicht nur kurz vor Bekanntgabe der Übernahme Sorohan-Aktien in großem Stil erworben, sondern in der Vergangenheit Geschäfte getätigt hatte, die alle nach demselben Muster abgelaufen waren. Der Fall wurde an die Staatsanwaltschaft weitergeleitet, kurz darauf wurde Leon verhaftet.

Doch Leon hatte nicht vor, allein unterzugehen. Er behauptete, als Teil eines Insider-Trading-Rings gehandelt zu haben, und wäre bereit, seine Kollegen preiszugeben, falls dies mildernd auf das Strafmaß Einfluss hätte. Laut seinen Aussagen erstreckte sich der Ring über drei der führenden Investmentbanken: KWC, Merrion & Bernstein und JX Warner. Dieses Netz aus Investmentbankern tauschte vertrauliche Informationen aus und fuhr mit deren Hilfe gewaltige Handelsgewinne ein. Sie waren auf Übernahmen und Fusionen im Technologiebereich spezialisiert und nutzten das explosive Kurzpotenzial der Tech-Aktien sowie den hohen Cash-Bestand der Internet-Unternehmen, die entschlossen schienen, andere Firmen ungeachtet aller

Kosten aufzukaufen. Leon zufolge hatte der Ring fast zwei Jahre lang unbemerkt operiert und dabei Gewinne von mehr als achtzig Millionen Dollar erzielt.
Leon hatte sich gut abgesichert. Er hatte eine Liste mit Namen zusammengestellt samt belastenden Dokumenten, E-Mails und aufgezeichneten Gesprächen, die er den Behörden übergab. Die Namensliste wurde niemals veröffentlicht, Gerüchten zufolge enthielt sie allerdings einige der einflussreichsten Gestalten im Bankensektor des Landes. Und eine davon war Salvador Martinez.
Harry blinzelte. Ohne Vorwarnung war auf ihrem Bildschirm das Gesicht ihres Vaters erschienen. Er stand mit dem Rücken zum Gerichtsgebäude und lächelte wie eine Berühmtheit in die Kamera. Sein graumeliertes Haar und sein Bart waren ordentlich frisiert. Im Gegensatz dazu erschienen seine Augenbrauen so dunkel, als wären sie mit einem schwarzer Marker angemalt worden. Sein Lächeln war entspannt, die Wärme, die seine braunen Augen ausstrahlten, wirkte vertrauenswürdig.
Harry schlug die Hand vor den Mund und starrte auf den Monitor. Es war das erste Mal seit über sechs Jahren, dass sie das Gesicht ihres Vaters sah. Sie schlang die Arme um sich und brauchte einen Moment, bis sie sich wieder gefangen hatte. Dann scrollte sie weiter nach unten, bis das Foto nicht mehr zu sehen war.
Sie überflog den Text des Artikels. Ihr Vater wurde als *freundlicher, höflicher Mensch* beschrieben, *der sich jedoch gebiert, als stünde er über dem Gesetz*. Harry zog die Augenbrauen hoch und suchte den Namen des Journalisten. Ruth Woods. Viele der Artikel, bemerkte sie erst jetzt, stammten von ihr. Ob sich Ms. Woods jemals mit ihrem

Vater getroffen hatte? Jedenfalls hatte sie mit dieser Beschreibung den Nagel auf den Kopf getroffen.
Sie atmete tief durch und klickte auf den letzten Artikel. Kurz und bündig wurden darin die nackten Tatsachen zusammengefasst, die das Ende der Geschichte markierten, zumindest, soweit sie die Presse betrafen. Nach einem langen Gerichtsverfahren, das sich über fast zwei Jahre erstreckte, wurden Harrys Vater und Leon Ritch in zwölf Fällen von Insiderhandel für schuldig befunden. Beide wurden mit einer Geldstrafe von vierzig Millionen belegt und zu acht Jahren Gefängnis verurteilt. Angesichts seiner Zusammenarbeit mit den Behörden wurde Leons Strafmaß auf ein Jahr reduziert. Sonst war niemand verhaftet worden.
Harrys Blick fiel auf das Foto, das diesen Artikel begleitete. Es zeigte einen Mann ungefähr in ihrem Alter, der auf dem Weg aus dem Gericht in die Kamera starrte. Verwundert betrachtete sie eingehender dessen dunkles Haar, die feingliedrigen Gesichtszüge und die wachsamen grauen Augen.
Dann fuhr sie zusammen. Er sah auf dem Foto jünger aus, aber es war derselbe Detective. Der Detective, der am Tag zuvor in ihre Wohnung gekommen war. Ihr Blick ging zur Bildunterschrift: *Detective Lynne, Garda-Betrugsdezernat.* Betrugsdezernat. Dann hatte er also vor neun Jahren am Fall ihres Vaters gearbeitet. Aber warum zum Teufel kam ein Beamter des Betrugsdezernats zu Routineermittlungen bei einem Einbruch in ihre Wohnung? Sie musste an das Geld auf ihrem Konto denken, das Geld, das vielleicht mit dem Sorohan-Deal zu tun hatte. Arbeitete Lynne noch immer am Fall ihres Vaters?

Sie seufzte und massierte sich die Augen, lehnte sich zurück und legte die Füße auf den Tisch, lauschte dem Summen des Laptops und versuchte, die Informationen erst einmal zu verdauen.
Ihre Recherche hatte zwar einige Lücken gefüllt, insgesamt aber mehr Fragen aufgeworfen als beantwortet. Wer gehörte noch zu den Namen auf Leons Liste? Was war mit dem Sorohan-Geld geschehen? Vielmehr, wie konnte nach den hohen Strafzahlungen überhaupt noch Geld übrig geblieben sein?
Sie dachte an Leons Liste. Dann dachte sie an die Reporterin und wie eng deren Kontakte zur Polizei sein mussten, wenn sie die Story so lange verfolgt hatte. Sie schwang die Füße vom Tisch, schlug die Telefonnummer der *Irish Times* nach, rief daraufhin in der Redaktion an und verlangte Ruth Woods zu sprechen.
Während sie in der Warteschleife hing, überlegte sie, wie sie es mit der Reporterin angehen sollte. Sie wollte nicht unbedingt ihre Identität preisgeben und riskieren, dass sie in der Presse damit etwas lostrat. Zeit, mal wieder Catalina herauszukramen.
Catalina Diegos Karriere als imaginäre Freundin hatte begonnen, als Harry fünf Jahre alt gewesen war. Sie hatte meistens die Schuld für Harrys Missetaten zugeschoben bekommen und hatte alles, was Harry nie hatte: Sie war blond und schön, beliebt in der Schule, und ihre Eltern liebten sie. Und sie hatte einen tollen Namen. Als Harry älter wurde, zog sie Pirata vor, später aber, als sie mit ihren Hacker-Betrügereien anfing, erfand sie sie neu. Als Harry vierzehn war, besaß Catalina ein eigenes E-Mail-Konto, einen Führerschein und sogar eine Kreditkarte.

»Woods.« Das Wort kam wie eine Kugel durch die Leitung geschossen.
Harry rückte näher an den Schreibtisch und griff sich einen Stift. Das Lügen fiel ihr leichter, wenn sie Stift und Kritzelblock zur Hand hatte.
»Oh, hallo, Ruth, hier ist Catalina Diego, ich bin Reporterin des *Daily Express* und wollte nur mal anfragen, ob Sie mir ein wenig aushelfen könnten. Ich sitze gerade an einem Artikel über Sal Martinez. Erinnern Sie sich noch, der Typ, der ...«
»Ja, ja, ich erinnere mich. Wegen Insiderhandel eingesperrt. Und?«
Harry sah die Frau vor sich, die am anderen Ende wohl genervt mit den Händen fuchtelte. Sie beschloss, sich den Smalltalk zu sparen. »Genau der. Na ja, ich müsste ein paar Fakten bestätigen und weiß, dass Sie damals die Ermittlungen eng begleitet haben. Ich dachte mir, vielleicht könnten wir uns auf ein kleines Tauschgeschäft einigen.«
Es folgte eine Pause. Harry hatte gehofft, ihre Story durchziehen zu können, bevor Ruth überhaupt Zeit fand, auf den Scheiß einzugehen, aber die Frau ließ sich ganz offensichtlich nicht aus der Ruhe bringen. Harry zeichnete ein dreidimensionales Dollarzeichen auf den vor ihr liegenden Block und wartete auf die Erwiderung der Reporterin.
»Der *Daily Express*«, sagte Ruth schließlich. »Ich dachte, ich würde da alle kennen.«
Verdammt, was für ein schlechter Start. »Na ja, ich bin neu hier und möchte mit der Sache einen richtigen Knaller landen. Was halten Sie also von einem Tauschgeschäft?«
»Was meinen Sie damit?«
»Ich hab ein paar neue Aspekte. Frische Hinweise.«

»Die Sie mir überlassen werden?«
Harry lachte. »Ich bin vielleicht noch neu, aber nicht blöd. Aber ich könnte Ihnen einiges zukommen lassen. Wenn Sie mir im Gegenzug dafür Informationen liefern.«
Ruth schien sich den Vorschlag durch den Kopf gehen zu lassen. »Welche Informationen?«, fragte sie schließlich.
Harry malte die Umrisse des Dollarzeichens dicker. »Haben Sie jemals die Namensliste zu Gesicht bekommen, die Leon Ritch den Behörden überreicht hat?«
Es folgte eine lange Pause. »Nein.«
»Aber Ihnen ist bestimmt was zu Ohren gekommen.«
»Und wenn? Es gab damals eine Menge Gerüchte zu dem Fall. Die Hälfte davon konnten wir nicht drucken.«
»Warum nicht?«
»Gerichtliche Verfügung, wir durften nicht in ein schwebendes Verfahren eingreifen.« Trocken fuhr sie fort: »Und auch vonseiten des Herausgebers, damit wir nicht wegen Verleumdung verklagt werden.«
»Von welchen Dingen reden wir hier?«
»Erst erzählen Sie mir von Ihren neuen Hinweisen«, kam augenblicklich Ruths Erwiderung.
Harry hörte Blätter rascheln. Wahrscheinlich bereitete sich die Reporterin darauf vor, sich Notizen zu machen. Sie ging die Fakten durch, die sie bislang hatte, und suchte nach etwas, womit sie das Interesse der Journalistin wecken konnte, ohne zu viel preiszugeben. Sie fing an, die S-Kurve des Dollarzeichens mit einem Schatten zu versehen. »Was, wenn ich Ihnen erzähle, dass jemand, der Martinez sehr nahesteht, gestern beinahe umgebracht worden wäre?«
»Und? Ständig sterben Menschen. Worauf wollen Sie hinaus?«

»Worauf ich hinauswill? Es sieht so aus, als wäre der Trading-Ring dafür verantwortlich.«

Schweigen am anderen Ende der Leitung. Kurz glaubte Harry, die Verbindung wäre unterbrochen. Dann räusperte sich Ruth und sagte im Brustton der Überzeugung: »Das ist unmöglich.«

Harry setzte sich kerzengerade auf. Hätte sie Antennen gehabt, würden diese jetzt unter den eintreffenden Signalen vibrieren. »Kommen Sie, Sie wissen doch was. Geben Sie mir einen Namen. Einen nur.«

»Vergessen Sie die dämliche Liste. Ohne Beweise können Sie nichts drucken.«

»Angenommen, ich nenne Ihnen einen Namen, und Sie sagen nur ja oder nein?«

»Das ist doch verrückt. Sie haben nichts in der Hand.«

»Wie wär's mit Folgendem, nur mal so zur Probe«, sagte Harry und dachte an ihr Treffen bei KWC. Sie zeichnete ein großes »F« mit einem Kreis darum. »Felix Roche.«

Wieder eine lange Pause. Dieses Schweigen, war sich Harry sicher, enthielt Informationen.

Dann sagte Ruth: »Okay, das ist Zeitverschwendung. Aber wissen Sie, was? Ich hab diesen Nachmittag sowieso nichts Besseres zu tun, also spiel ich das Spielchen mit. Kennen Sie die Palace Bar in der Fleet Street?«

Harry hörte mit ihren Kritzeleien auf. »Ja.«

»Treffen Sie mich dort in zwanzig Minuten.«

18

Harry bezahlte den Taxifahrer, sah zum Eingang der Palace Bar und überlegte, woran sie die Reporterin erkennen sollte.

Sie nahm ihre Tasche in die linke Hand und ging über die Pflastersteine. Sie hatte den Laptop mitgenommen, nachdem sie nichts Wertvolles mehr in ihrer Wohnung zurücklassen wollte. Sie sah über die Schulter, warf einen kurzen Blick auf die Passanten und spürte, wie ihr Gänsehaut über die Arme kroch. Es war das erste Mal seit dem Vorfall am Bahnhof, dass sie allein unterwegs war.

Sie drückte die Tür auf und trat aus dem Sonnenlicht in die Bar. Drinnen war es dunkel und seltsam gedämpft. Es dauerte etwas, bis ihr auffiel, was fehlte. Keine laute Musik, keine grölende Menge. Nur das Klacken der Kasse und das gelegentliche Murmeln der Handvoll Gäste. Harry betrachtete deren Gesichter und bemerkte, dass sie die einzige Frau hier war. Sie sah auf ihre Uhr. Sie war nur ein paar Minuten zu spät. Ruth Woods war doch nicht schon gegangen?

»Ich hab beim *Daily Express* nachgefragt«, erklang hinter ihr eine Stimme. »Dort hat man von einer Catalina Diego noch nie was gehört.«

Harry fuhr herum.

Eine dürre, dunkelhaarige Frau Anfang vierzig sah auf sie

herab, ihr Kopf ruckte wie der eines Vogels, der einen Wurm inspizierte.

»Sie sind Ruth Woods?«

»Ja.« Die Frau kniff die Augen zusammen. Sie trug eine schwarze Brille mit runden Gläsern, ihre Haare waren zu einem kinnlangen Bubikopf geschnitten mit einem Pony, der ihr bis zu den Augenbrauen reichte. Sie sah aus wie jemand, der einen schwarzen Sturzhelm mit dazugehöriger Brille trug.

Die Kettchen an ihrem Handgelenk klimperten, als sie mit dem Finger auf Harry zeigte. »Sie sind seine Tochter, nicht wahr?«

Scheiße. Harry hätte es sich denken können. Ihr ganzes Leben lang hatte man ihr gesagt, wie ähnlich sie ihm sehe. Die gleichen dunklen Augen und Brauen, die gleiche gerade Nase. Und, laut ihrer Mutter, die gleiche Nonchalance gegenüber Regeln und Gesetzen.

Sie zuckte mit den Schultern. »Okay, ich bin Harry Martinez. Macht es einen Unterschied?«

»Es macht es sicherlich interessanter. Suchen Sie sich einen Tisch aus.« Ohne auf eine Erwiderung zu warten, drehte sich Ruth um und stolzierte zur Theke.

Harry sah sich um. Es gab nicht gerade einen Run auf freie Plätze. Sie ging zu ihrem Lieblingsbereich des Pubs, den kleinen rechteckigen Raum hinten mit seinem verkratzten Holzboden und der Kuppel aus farbigen Glas. Sonnenlicht fiel herein und erhellte den Raum wie eine Laterne. Es saß niemand hier.

Harry nahm an einem Ecktisch Platz. Von der Rückwand blickte ein Porträt von Brendan Behan auf sie herab, dessen römische Nase und dunkler Teint sie – überflüssigerweise – an Dillon erinnerte. Sie spürte einen dumpfen Schmerz und musste tatsächlich feststellen, dass sie sich wünschte, er wäre hier. Dann schüttelte sie sich. Solche Gedanken waren sonst nicht ihre Sache.

Ruth kam an den Tisch und stellte zwei Tassen Kaffee ab. Sie setzte sich und starrte sie an. Harry zwang sich zurückzustarren.

Schließlich sagte Ruth: »Also, warum kommt Sal Martinez' Tochter zu mir und will Informationen?«

Wenn du deinen Einsatz abgibst, mach es selbstbewusst, hatte ihr Vater ihr immer eingetrichtert. Vor allem, wenn du bluffst. Sie griff sich ein Zuckertütchen und schüttelte es geziert, bevor sie es aufriss. »Weil ich die wirkliche Geschichte erfahren möchte, die Sachen, die nicht veröffentlicht wurden. Sie haben die Ermittlungen ausführlich mitverfolgt, Sie müssen so einiges gehört haben.«

»Natürlich hab ich eine Menge gehört, aber was tut das zur Sache? Ihr Vater wurde verurteilt, und jetzt ist er im Gefängnis, wo er auch hingehört.«

»Aber die restlichen Mitglieder des Rings sind noch auf freiem Fuß.«

»Und? Sie meinen doch nicht im Ernst, dass die Justiz alle Schuldigen zusammentreibt, bis die Straßen sauber sind?« Ruth schüttelte den Kopf. »Es werden ein paar der führenden Köpfe eingesperrt, und das war's dann. Ende des Spiels.«

»Man kann es wohl nicht mehr als Spiel bezeichnen, wenn der Ring versucht, einen umzubringen.«

Ruth musterte Harrys Gesicht, betrachtete die Schrammen auf ihren Wangen. »Jetzt kommen wir langsam auf den Punkt. Wer wird vom Ring verfolgt? Sie?«

Harry biss sich auf die Lippen. Sie wollte nicht mitten auf der Titelseite der Zeitung landen – das war das Letzte, was sie jetzt brauchte. »Vielleicht.«
Ruth tat ihre ausweichende Antwort einfach ab. »Warum gehen Sie nicht zur Polizei?«
»Das mach ich vielleicht. Aber erst möchte ich einiges über Felix Roche erfahren.«
Ruth nahm einen Schluck von ihrem Kaffee und ließ sich Zeit mit der Antwort. »Wenn ich Ihnen erzähle, was ich weiß, will ich die Exklusivrechte an der Story.«
»Wenn ich eine Story habe, gehört sie Ihnen, das garantiere ich. Also, erzählen Sie mir von Felix Roche. Stand er auf der Namensliste, die Leon Ritch der Polizei übergeben hat?«
»Nein, die Polizei hat Felix ganz allein ausgegraben. Aber sie konnten ihm nichts nachweisen.«
»Was hatte er überhaupt mit der ganzen Sache zu tun?«
»Er war damals bei KWC nur ein kleiner Systemadministrator, aber er hatte zu allem Zugang. E-Mails, Dokumente. Hielt sich für Gott. Anscheinend fing er ein paar E-Mails ab und stolperte per Zufall über den Ring.«
»Und er schloss sich ihnen an?«
»Nein, der Ring wusste gar nicht, dass es ihn überhaupt gab. Er verhielt sich einfach ruhig und hängte sich an ihre Trades dran. Jedes Mal, wenn eine Information durchging, tradete er darauf. Hat sich damit einen ziemlichen Batzen verdient, hab ich jedenfalls gehört.«
Der Zusammenbruch des Rings markierte für Felix also das Ende seiner lukrativen Nebeneinnahmen. Kein Wunder, dass er bei ihrem Treffen so sauer reagierte. Sie war der Wahrheit näher gewesen, als sie selbst gewusst hatte.

»Wie kam es, dass KWC ihn nicht entlassen hat?«

Ruth zuckte mit den Schultern. »Sie konnten ihn nicht feuern, ihm konnte nichts nachgewiesen werden. Ich hab gehört, er wurde irgendwie kaltgestellt, auf eine Stelle versetzt, wo er an sensible Informationen nicht mehr rankommt.«

»Er ist jetzt bei der IT-Beschaffung.«

Ruth lächelte. »Das muss der Tod für ihn sein.«

»Wenn er nicht auf Leons Liste stand, wer dann?«

»Ich hab sie nie gesehen, aber nach allem, was ich gehört habe, enthielt sie nur drei Namen. Ihr Vater war einer. Der zweite war eine anonyme Quelle, die sich Prophet nannte. Er beschaffte die Informationen für einige der größten Geschäfte.«

»Davon höre ich jetzt zum ersten Mal. Warum wurde er in den Zeitungen nie erwähnt?«

»Da hatte die Polizei den Deckel drauf. Sie wollten ihm keinen Wink geben, dass sie ihm auf der Spur waren. Sie versuchten, ihn anhand seiner E-Mails und Briefe zurückzuverfolgen, aber das alles führte zu nichts.«

»Man weiß also nicht, wer er ist?«

»Seine Insiderinformationen hatten immer mit JX-Warner-Geschäften zu tun, man vermutete also, dass er dort als Investmentbanker tätig war.«

Harry rief sich die Zeitungsartikel ins Gedächtnis. Drei Investmentbanken waren ihnen zufolge verstrickt gewesen. Sie zählte sie an den Fingern ab. »Leon war also bei Merrion & Bernstein, mein Vater war der Kontaktmann bei KWC, und der Prophet arbeitete bei JX Warner?«

»Richtig. Es gab Gerüchte, wonach ein weiterer Investmentbanker beteiligt gewesen soll, jemand ganz oben, von dem nur Leon wusste. Aber mir kam nie ein Name zu Ohren. Wer auch immer, er war jedenfalls nicht auf Leons Liste, und er stritt auch ab, dass es diese Person überhaupt gab.«

»Warum sollte er jemanden schützen, wenn er doch sowieso alles ausplauderte?«

»Könnte sein, dass er jemanden in der Hinterhand behalten wollte, falls er später, wenn es hart auf hart kam, noch jemanden brauchte, der ihm einen Gefallen tat. Leons Überlebensinstinkt war ziemlich ausgeprägt, soweit ich es beurteilen konnte. Er hatte sich damals wesentlich besser abgesichert als Ihr Vater, so viel steht fest.«

Harry senkte den Blick und fummelte an einem weiteren Zuckertütchen herum.

»Haben Sie sich mit meinem Vater jemals getroffen?«, fragte sie, den Blick immer noch gesenkt.

»Ich hab's versucht. Ich rief ihn ein paar Mal an. Er war höflich, wollte sich mit mir aber nicht treffen. Sprach mit mir die Hälfte der Zeit in Spanisch, was ich ziemlich anmaßend fand.«

Harry nahm es ihr sofort ab. Ihr Vater hatte immer großen Wert auf seine spanische Abstammung gelegt und war sich natürlich bewusst gewesen, dass es ihm einen exotischen Reiz verlieh, besonders bei Frauen.

»Dann, als er aus dem Gericht kam, fing ich ihn schließlich ab«, fuhr Ruth fort. »Er gab sich lässig, elegant, sehr distinguiert.« Ihr Mundwinkel zuckte. »Sagte mir, ich würde wie Kleopatra aussehen.«

»Klingt ja fast so, als würden Sie ihn bewundern.«

»Ich verachte ihn und alles, was er getan hat. Trotzdem, seinen Charme muss man ihm lassen.«

Harry warf das Zuckertütchen auf den Tisch. »Okay, mein Vater war also ein Charmeur. Kehren wir zu Leons Liste zurück. Sie sagten, drei Namen hätten darauf gestanden. Mein Vater, der Prophet, und wer noch?«

»Ein Typ namens Jonathan Spencer. Er arbeitete wie Ihr Vater bei KWC. Die Polizei ermittelte gegen ihn, aber es kam zu keiner Anklage.«

»Warum nicht?«

»Weil er tot war.«

Harry blinzelte. »Was ist ihm zugestoßen?«

Ruth, den Blick auf Harry fixiert, nahm einen weiteren Schluck vom Kaffee. »Sie sagten, der Ring hätte versucht, Sie umzubringen – erzählen Sie mir, wie es versucht wurde.«

Was konnte es ihr zu diesem Zeitpunkt schaden, wenn sie ihr die Wahrheit sagte? »Jemand hat mich vor einen Zug gestoßen.«

Ruth schwieg, dann nickte sie. »Dieser Spencer, er wurde einige Monate vor der Verhaftung Ihres Vaters vor einen Lkw gestoßen. Mitten im dichtesten Berufsverkehr. Patsch. Hatte keine Chance.«

Den Bruchteil einer Sekunde befand sich Harry wieder auf den Eisenbahngleisen, das Gesicht flach gegen kalten Stahl gedrückt, am ganzen Körper verkrampft, während laut kreischend der Zug einfuhr. Sie unterdrückte einen Schauer. »Wo ist das passiert?«

»Gleich vor dem IFSC, beim Denkmal der Ewigen Flamme. Er war auf dem Heimweg, in Richtung Connolly Station. Die Polizei ging zunächst von einem Unfall aus. Dann tauchte der Name auf Leons Liste auf.«

Harrys Herzschlag schien sich zu überschlagen. Sie musste

an ihre eigene Route denken, als sie KWC verlassen hatte. Auch sie war in Richtung der Ewigen Flamme unterwegs gewesen, bis sie gemeint hatte, sie müsse den Kopf freibekommen, und zur Pearse Station umgekehrt war.

Ruth war noch immer am Erzählen. »Ich hab ein bisschen über ihn recherchiert. Er war in den Zwanzigern, verheiratet, eine junge Familie, hatte sich nie was zuschulden kommen lassen. Wahrscheinlich war es das erste Mal, dass er etwas Gesetzwidriges getan hatte. Weiß Gott, warum er es machte. Schulden vielleicht. Wie auch immer, er geriet in den Ring, nach einigen Monaten allerdings schien er kalte Füße bekommen zu haben. Er wollte raus und wandte sich an Ihren Vater um Hilfe.«

»Wann war das alles?«

»Im Oktober 2000. Etwa zu der Zeit, als der Prophet mit den Informationen zur Sorohan-Übernahme herausrückte. Dieser Deal sollte der bislang größte Coup der Gruppe werden, aber plötzlich war Spencer ein unsicherer Wackelkandidat. Er hätte alles ruinieren können.«

Harry lief es kalt über den Rücken. »Also haben sie ihn umgebracht?«

»Die Polizei konnte nie etwas beweisen.« Ruth starrte sie unumwunden an. »Ich weiß nur, am Tag nachdem er mit Ihrem Vater gesprochen hatte, war er tot.«

19

Harry stand neben der Ewigen Flamme und bereitete sich darauf vor, die Straße zum IFSC zu überqueren. Autos rauschten auf der halbkreisförmig um das Zollgebäude führenden Straße an ihr vorbei. Die Fahrer waren nur auf ihre Spurwechsel fixiert. Harry zuckte zusammen; sie musste an den Typen denken, der sie vor den Zug gestoßen hatte. Hatte er ursprünglich vorgehabt, sie auf diese Rennstrecke zu befördern?

Zitternd blieb sie hinter den anderen Fußgängern zurück, tat so, als betrachte sie das Denkmal, und bemühte sich, Ruhe zu bewahren. Sie spürte die Wärme, die von der in einer großen schmiedeeisernen Kugel flackernden Flamme ausging, und musterte die Leute um sich. Zwei Männer mittleren Alters in Anzügen, ein jüngerer Typ mit Wollmütze, Frauen mit Buggys. Keiner von ihnen sah aus, als wolle er sie umbringen.

Der Verkehr kam zum Stillstand, plötzlich setzten sich alle in Bewegung. Harry folgte ihnen in einigem Abstand, ihr Herz pochte. Als sie auf der gegenüberliegenden Seite den Bordstein betrat, zitterte sie am ganzen Körper. Sie wich vom Straßenrand zurück, ihr Mund war wie ausgedörrt. Großer Gott, würde es jetzt immer so sein, wenn sie eine Straße überquerte?

Sie sah auf ihre Uhr. Sie war früh dran. Sie setzte ihre Tasche zwischen den Füßen auf den Boden und wartete auf Jude Tiernan.

Vor ihrem Aufbruch in der Palace Bar hatte sie Ruth noch nach dem Geld aus den Trades ihres Vaters gefragt. Die Reporterin hatte nur mit den Achseln gezuckt. Laut ihren Quellen war da nichts mehr zu holen. Harrys Vater und Leon Ritch waren durch die vom Gericht festgelegten Bußgelder bankrottgegangen, und die Gewinne, die die übrigen Ringmitglieder eingesackt hatten, waren nicht aufzuspüren.

Harry dachte an die anonymen zwölf Millionen Euro auf ihrem Konto. Jude wusste vielleicht mehr über die finanziellen Operationen des Rings. Das Geld musste irgendwo zu einer Spur führen.

Schnurrend kam ein silberfarbener Jaguar vor ihr zu stehen, das Beifahrerfenster wurde nach unten gelassen. Sie trat darauf zu, beugte sich hinunter und nahm den Fahrer in Augenschein. Graue Haarbüschel, die eine Glatze umwehten. Es war Ashford, der Vorstandsvorsitzende von KWC.

»Kann ich kurz mit Ihnen reden?«, fragte er.

Harry zögerte und dachte leicht verlegen an ihre letzte Begegnung. Dann schüttelte sie den Kopf und setzte eine liebenswürdige Ich-würde-ja-gern-kann-aber-nicht-Miene auf.

»Tut mir leid, ich bin mit jemandem verabredet«, antwortete sie.

»Dauert auch nicht lange.«

Kurz sah Harry auf den Verkehr, fand dort aber nichts, was ihr weitergeholfen hätte. Also glitt sie auf den Sitz, ließ allerdings die Tür offen und behielt einen Fuß auf dem

Randstein, um ihm deutlich zu machen, dass sie nicht lange bleiben wollte.
Sie spürte Ashfords Blick. Er musterte ihre Schrammen.
»Ich habe gehört, Sie hatten einen Unfall«, sagte er. »Was für einen Unfall?«
»Es war nichts, alles in Ordnung.«
»Aber was ist passiert? Hat jemand …«
»Keiner hat irgendwas.« Sie atmete tief durch. »Hören Sie, ich muss mich bei Ihnen entschuldigen.«
Er schüttelte den Kopf. »Ich hab mit Ihrem Chef gesprochen und ihm gesagt, dass KWC die volle Verantwortung für den Vorfall übernimmt.«
»Ja, ich weiß.« Wieder musste sie an ihr ungehobeltes Benehmen denken, das sie vor dem Konferenzraum gegenüber Ashford an den Tag gelegt hatte. Sie konnte ihm nicht in die Augen schauen. »Ich weiß es zu schätzen.«
Er winkte ab. »Ich kenne Ihren Vater schon sehr lange. Es war das Mindeste, was ich tun konnte.«
Die Erwähnung ihres Vaters ließ sie unruhig werden. Ihr linker Oberschenkel schmerzte, sie bereute es, den Fuß auf dem Randstein gelassen zu haben. Wieder spürte sie seinen Blick.
»Ich würde Ihnen gern etwas über Ihren Vater erzählen, wenn Sie nichts dagegen haben«, sagte er nach einer Weile.
Harry betrachtete ihre Hände. Ihr war, als müsse sie sich die Ohren zuhalten.
»Er war immer ein Einzelgänger, wissen Sie?«, sagte Ashford. »Mutig oder skrupellos, je nach Standpunkt. Aber ein Genie. Als ich ihn kennenlernte, arbeitete er für Schrodinger. Das war noch vor Ihrer Geburt.«

Harry runzelte die Stirn. Schrodinger. Der Name schien vertraut, der Kontext allerdings vage.
Ashford sah zum vorbeibrausenden Verkehr. »Er hat mir einmal die Karriere gerettet, müssen Sie wissen.«
Harry umklammerte ihre Tasche fester. »Hören Sie, ich sollte los …«
»Eine Sache, die mir über den Kopf wuchs«, fuhr Ashford fort. »Es ging um eine Aktie, die ich reif für die Übernahme hielt. Nur um dann festzustellen, dass sie keiner haben wollte. Chevron, so hieß das Papier.« Er schüttelte den Kopf. »Ich hatte nie zuvor so viel auf eine Aktie gesetzt. Als der Kurs fiel, stand meine gesamte Karriere auf dem Spiel. Aber dann kam Ihr Vater.«
Harry spürte, wie sich ihr Kiefer verkrampfte. »Lassen Sie mich raten. Er bot Ihnen an, Sie rauszukaufen, und verscherbelte es später mit riesigem Gewinn?«
»Nein. Er sagte nur, ich soll nichts tun, nur die Aktie verfolgen.«
Harry warf ihm einen überraschten Blick zu. Ashford fuhr fort.
»Zwei Tage darauf erschien ein kleiner Artikel, in dem wurden Gerüchte erwähnt, wonach KSA Chevron erwerben wollte. Stimmte natürlich nicht, aber für hektische Kaufaktivitäten reichte es aus, genug, damit der Kurs einige Tage nach oben kletterte. Ich konnte meine Position abstoßen, bevor der Kurs wieder fiel.«
»Mein Vater spielte der Presse Falschinformationen zu?«
Er nickte. »Er wusste, spekulative Käufe würden mir aus der Patsche helfen. Das entsprach nicht den ethischen Grundsätzen, aber es rettete mir die Karriere. Und hätte ihn seine kosten können.«

»Na, eine nette Geschichte.« Harry packte ihre Tasche und wollte aussteigen. »Aber gegen ethische Grundsätze zu verstoßen ist meinem Vater nie besonders schwergefallen, glauben Sie mir.«

Ashford legte ihr die Hand auf den Arm. Sie wandte sich ihm zu und sah ihm in die großen, traurigen Augen.

»Er war wahrscheinlich nicht der beste Vater. Und, weiß Gott, Miriam hätte einen besseren Ehemann verdient gehabt.«

»Sie kennen meine Mutter?«

Er hielt inne und schien kurz an ihr vorbeizublicken. »Ich kenne sie sehr gut. Und ich weiß, was sie all die Jahre durchgemacht hat.« Wieder sah er ihr in die Augen. »Aber verstehen Sie, Sal war für mich trotzdem ein guter Freund. Und was immer Sie sagen mögen, Sie sind ihm tatsächlich sehr ähnlich.«

Harry schüttelte den Kopf. »Das meint meine Mutter auch. Deswegen mag sie mich auch nicht besonders.«

Sie ignorierte seinen überraschten Blick und wandte sich ab, aber dann fiel ihr Schrodinger wieder ein.

»Schrodinger hat ihn schließlich gefeuert, oder?«, sagte sie.

Ashford seufzte und nickte mit seinem großen Kopf. »Etwa ein halbes Jahr danach. Wegen eines Zwischenfalls, der damit nichts zu tun hatte.«

Ein Zwischenfall, der damit nichts zu tun hatte. Ihre Mutter hatte sich bitterlich beschwert über diesen Zwischenfall, und Harry verstand auch, warum. Ihr Vater war dabei ertappt worden, wie er Kundengelder unterschlug, und die Bank hatte ihn hochkant rausgeworfen. Er hatte kein Einkommen mehr, kein Haus und drückende Schulden wegen seines hochtrabenden Lebenswandels. Mit einer schwangeren Frau und einer kleinen Tochter bestand seine Lösung des Problems darin, dass er sich für einige Jahre aus dem Staub machte und von einem Pokerturnier zum nächsten zog. Er verpasste Harrys Geburt, und seine Frau musste allein mit allem zurechtkommen. Kein Wunder, dass ihre Mutter von romantischen spanischen Namen die Schnauze voll hatte.

Harry runzelte die Stirn. »Haben Sie ihm geholfen, wieder im Bankgewerbe Fuß zu fassen?«

Er nickte. »Das war viele Jahre später. Wir liefen uns über den Weg, und mittlerweile war ich in der Position, um ihm helfen zu können. Ich schuldete ihm einen Gefallen, also gab ich ihm eine Chance.«

Sie seufzte. Das war das Problem. Es gab immer jemanden, der bereit war, ihrem Vater eine weitere Chance zu geben. Sie eingeschlossen.

20

Cameron öffnete eine Marlboro-Schachtel und zog zwei Zigaretten heraus. Eine war für ihn, er würde sie rauchen, wenn er so weit war. Die andere würde ihm dabei helfen, jemanden umzubringen.

Er warf die Packung auf den Küchentisch und legte beide Zigaretten in den Aschenbecher. Mitten auf dem Tisch stand eine Obstschale aus Glas. Er zog sie zu sich heran. Sie enthielt seine Souvenirsammlung an Streichholzbriefchen. Mit dem Finger wühlte er darin herum, lauschte, wie sie gegen das Glas kratzten. Mittlerweile hatte er fast zwei Dutzend davon, jedes war ein Erinnerungsstück.

Er griff sich eines davon aufs Geratewohl und betrachtete das Deckblatt: ein fromm wirkender weißer Vogel auf grünem Hintergrund. Er drehte es um, nickte und erinnerte sich. The Dove Bar and Grill, Galway. Vor vier Jahren. Ein junges Barmädchen mit blondem Stachelhaar und einem tollen Mund. Unwillkürlich wippte Camerons rechtes Bein auf dem Fußballen auf und ab. Das Mädchen war schwierig gewesen. Zu viel Blut.

Erneut griff er in die Schale und fischte ein weiteres Briefchen heraus. Es zeigte einen grinsenden Matador in blauer Kleidung, dahinter einen dumm dreinblickenden Stier, der auf dem falschen Fuß erwischt worden war. Cameron lächelte. El Torero. Er schnippte mit dem Daumen gegen das

Briefchen und erinnerte sich an die dunkelhaarige Bedienung in Madrid. Es war schon das zweite Mal in zwei Tagen, dass er an sie dachte. Unwillkürlich lief ihm ein Schauer über den Rücken. Bei ihr hatte er seine Hände eingesetzt und sie ihr um den Hals geschlungen. Er umfasste sein rechtes Knie und hielt es fest, bis das Wippen aufhörte. Dann ließ er das spanische Briefchen in die Schale fallen. Wäre schade, wenn er es jetzt dafür vergeudete. Die Streichhölzer vom Dove mussten reichen.

Cameron zog sich einen leeren Mülleimer aus Metall heran und stellte ihn sich zwischen die Beine. Er beugte sich darüber, schlug das grüne Streichholzbriefchen auf und bog das Deckblatt nach hinten. Drinnen befanden sich zwei dicht übereinandergepackte Lagen Streichhölzer. Er hebelte sie nach oben, eines nach dem anderen, und drückte die beiden Lagen auseinander. Dann brach er ein einzelnes Streichholz ab und zündete sich damit erst die eine, dann die andere Zigarette an. Er zog an beiden, inhalierte tief, schloss die Augen und genoss die schwindelerregende Wirkung des Nikotins.

Die erste Zigarette legte er zurück auf den Aschenbecher; die zweite schob er der Länge nach in das Briefchen zwischen die beiden Streichholzlagen, so dass die rosafarbenen Köpfchen auf der Zigarette zu liegen kamen. Das glühende Ende stand an der einen Seite einige Zentimeter heraus. Er legte das Briefchen flach auf den Mülleimerboden und sah auf seine Uhr. 18:35 Uhr.

Cameron lehnte sich auf dem Stuhl zurück, zog an seiner Zigarette und beobachtete den Rauchfaden, der sich aus dem Mülleimer kräuselte.

Der Anruf war am Nachmittag eingetroffen. Er war versucht gewesen, einfach wieder aufzulegen und sich wie ein Fötus in seinem Sessel zusammenzurollen. Aber er nahm nun schon so lange Befehle entgegen, dass er nicht mehr nein sagen konnte. Und als er hörte, worum er gebeten wurde, hatte er auch gar nicht mehr nein sagen wollen.

Cameron klopfte die Zigarettenasche auf den Boden und warf einen Blick auf die vollgestellte Küche. Das gesamte Cottage war für Pygmäen gebaut. Großartig, wenn man ein unterernährter Zwerg war, für seine geschmeidige Gestalt war es einfach nur scheißunbequem. Durch das Gnomenfenster war der Deansgrange Cemetery mit seinen trübseligen Engeln und gesichtslosen Grabsteinen zu sehen. Er zahlte keine Miete für dieses Puppenhaus; das machten andere für ihn. Trotzdem war es an der Zeit weiterzuziehen. Vielleicht würde er es beim nächsten Telefonat mal erwähnen. Er drückte die Zigarette im Aschenbecher aus. Sein Bein begann wieder zu wippen. Er kam einfach nicht davon los. Es würde immer einen nächsten Anruf geben.

Cameron beugte sich vor und inspizierte die Zigarette im Müllkorb. Die grauweiße Asche war gut zwei Zentimeter lang. Er sah zu, wie die Glut das Zigarettenpapier verschlang und immer näher an die prallen Streichholzköpfchen rückte.

Als Verzögerungsmechanismus war es ziemlich primitiv, aber genau darin lag sein Reiz. Mach etwas zu kompliziert, und die Chancen standen gut, dass es in die Hosen ging. Er hatte mal einen Typen gekannt, der sein Lagerhaus durch einen paraffingefüllten Ballon abfackeln wollte. Er hatte den Ballon an die Decke gehängt und über einer brennenden Kerze zum Schwingen gebracht. Laut seiner Theorie sollte der Ballon, wenn er ausgeschwungen hatte, genau über der Kerze zum Stillstand kommen, die Flamme würde ein Loch hineinbrennen, das Paraffin herausfließen und sich entzünden. Zu diesem Zeitpunkt wäre der Typ bereits meilenweit weg und würde sich um sein Alibi kümmern. Natürlich war es schiefgelaufen. Der blöde Idiot hatte viel zu viel Paraffin genommen, es war wie die Wassermassen der Niagarafälle herausgedonnert und hatte die Kerze erstickt.

Besser also, man hielt sich an das Einfache. Das mit dem Streichholzbriefchen hatte Cameron schon mal gemacht, dabei allerdings die Zeit falsch eingeschätzt, die ihm blieb, um sich selbst in Sicherheit zu bringen. Er hatte einfach zu lang gewartet. Die züngelnden Flammen waren bereits an ihm vorbei, sie hatten den Ausgang blockiert und jedes Mal, wenn er ihnen zu nahe kam, ein Schattenboxen mit ihm veranstaltet. Noch gut konnte er sich an den Geruch seiner versengten Haut erinnern. Er massierte sich die fein gekräuselte Narbe am rechten Arm, dort, wo er verbrannt worden war. Konnte von Glück sagen, dass er überhaupt noch lebend rausgekommen war. Diesmal wollte er es nicht drauf ankommen lassen.

Wieder sah er zur Zigarette. Die Asche war über fünf Zentimeter lang. Er musste daran denken, wie alte Leute rauchten, sie steckten sich die Zigarette zwischen die Lippen, bis die Asche fast so lang war wie ihre Finger. Seine Mutter hatte es so gemacht, wenn sie hinter ihrem Laufgestell hergetappt war und ihn durch den Rauch missbilligend angesehen hatte; die Zigarette klebte an ihren Lippen, die Asche war gefährlich lang, fiel aber nie zu Boden. Schon immer war sie ihm alt vorgekommen. So alt, dass sie zum Schluss

neunzehn Minuten gebraucht hatte, um sich aus ihrem Sessel herauszuarbeiten. Das wusste er, weil er sie einmal dabei gestoppt hatte.
Erneut beugte er sich über den Mülleimer. Die glühende Spitze war fast da. Die rosa Köpfchen warteten wie reife Beeren, bereit aufzuplatzen. Er rückte etwas weg, nur für den Fall. Die heiße, orangefarbene Glut berührte das erste Köpfchen. Zischelnd entflammte sich das Streichholz. Dann entzündete sich das zweite Streichholz, das dritte, das vierte, bis das ganze Briefchen brannte. Ein Flammenband, drei Zentimeter hoch, tanzte über dem Briefchen und erfüllte die Luft mit Schwefelgeruch.
Cameron sah auf seine Uhr: 18:44 Uhr. Neun Minuten. Er nickte. Neun Minuten, um den übrigen Brennstoff zu verteilen und die Wohnung zu verlassen, bevor sie ausbrannte. Er schloss die Augen und lächelte. Man hatte ihm gesagt, es soll wie ein Unfall aussehen. Ein heißes Kribbeln lief durch seinen Körper. Kein Problem.
Unfälle waren schließlich seine Spezialität.

21

Harry stand am Randstein und sah Ashfords Jaguar nach. Nicht zum ersten Mal wunderte sie sich, wie unterschiedlich die Menschen ihren Vater wahrnahmen. Treuer Freund gegen durchgebrannten Vater; Finanzgenie gegen bankrotten Betrüger. Aber schließlich fiel es ihr ja selbst schwer, den Unterschied zu benennen.

»Schnell, steigen Sie ein.«

Ein schicker roter Saab war vor ihr zum Halten gekommen. Harry erkannte hinter dem Steuer Judes breite Schultern. Sie ließ sich auf dem Beifahrersitz nieder und packte sich die Tasche auf den Schoß. Dann sah sie hinüber zu Jude, der sich abgewandt hatte und den Verkehr hinter sich beobachtete. Seine Footballspieler-Statur schien viel zu wuchtig für den Wagen. Mit der linken Hand hatte er den Schaltknüppel umfasst, die Hemdsärmel waren hochgerollt und gaben den Blick auf eine klobige Armbanduhr und einen stämmigen Unterarm frei. Kein Ehering.

Harry lauschte auf das Ticken des Blinkers. Wie lange, fragte sie sich, wollte er sie eigentlich noch ignorieren. Schließlich reihte sich Jude in den Verkehr ein und ließ dem Fahrer hinter sich eine Dankesgeste zukommen. Eine Weile lang schwiegen sie.

Wie zum Teufel sollte sie diesem halsstarrigen Typen irgendwelche Informationen entlocken?

Dann wies Jude mit einem Nicken auf die Tasche in ihrem Schoß und fragte: »Was ist das?«
»Mein Laptop.«
»Nein, ich meinte das Logo.«
»Oh.« Harry fuhr mit dem Finger über das silberne DefCon-Emblem. Der Totenschädel und die gekreuzten Knochen im Buchstaben »O« waren einmal tiefschwarz gewesen, mittlerweile aber zu einem gefleckten Grau abgewetzt.
»DefCon«, sagte sie. »Das ist ein Hacker-Treffen, das jedes Jahr in Las Vegas stattfindet. Ich hab die Tasche bei einem Wettbewerb gewonnen, als ich dreizehn war. Mein Vater hatte mich mitgenommen.«
Jude warf ihr einen ungläubigen Blick zu. »Ihr Vater hat Sie zu einem Hacker-Treffen mitgenommen?«
Sie nickte. »Ja, na ja, er wusste, dass ich unbedingt hinwollte. Ich hab mir einiges überlegt, wie ich mitten in der Nacht von zu Hause abhauen könnte, aber meine Schwester hat mich verpfiffen. Statt es mir also zu verbieten, ist er einfach mitgekommen.«
Sie musste bei der Erinnerung lächeln. DefCon galt als eine der berüchtigtsten Hacker-Versammlungen der Welt, und bei der Aussicht, mit einem Elternteil im Schlepptau dort aufzukreuzen, war ihr himmelangst geworden. Als sie dann aber im Alexis Hotel eintrafen, um sich für die Veranstaltung registrieren zu lassen, war es mit ihrer Aufsässigkeit vorbei. Hier war sie, dreizehn Jahre alt, im Herzen von Las Vegas, wo vierundzwanzig Stunden am Tag die Neonlichter flackerten und die Hitze einem das Atmen erschwerte. Im Foyer wimmelte es vor Teenage-Hackern, und bei der Vorstellung, jetzt zu allem dazuzugehören, war sie hin und weg.

Sie hatte sich umgesehen und alles in sich aufgesogen. Die Welt der Hacker war damals von Männern dominiert. Typen mit Tattoos und Lederjacken trafen sich mit Kids, die aussahen, als ließen sie sich liebend gern von ihrer Mami einkleiden. Einige saßen in der Ecke und diskutierten über die neuesten Hacker-Tools, während andere bereits um zwei Uhr nachmittags sternhagelvoll waren.

Es hatte zwei Registrierschlangen gegeben: eine für die Weißhüte und eine für die Schwarzhüte. Harry und ihr Vater hatten sich in die respektable Weißhut-Schlange gestellt, trotzdem musste sie verstohlene, faszinierte Blicke auf die *tough guys* in der anderen Schlange werfen. Sie lauschte deren Gesprächen und erkannte einige der verrufensten Hacker ihrer Zeit.

»Siehst du den Typen dort drüben?«, hatte sie ihren Vater gefragt und ihn angeschubst. »Der in den schwarzen Klamotten? Er nennt sich Tomahawk. Er ist ins Telefonnetz von AT&T eingebrochen und hat dort ziemliches Chaos veranstaltet.« Wieder zupfte sie an seinem Ärmel. »Und den trottelig aussehenden Typen neben ihm? Das ist Apollo. Er soll angeblich das FBI infiltriert haben.« Es fiel ihr schwer, die ehrfürchtige Bewunderung in ihrer Stimme zu verbergen.

Ihr Vater hatte sie einen Augenblick lang nur angesehen. Dann hatte er sie am Ellbogen gepackt und war mit ihr zur Schwarzhut-Schlange gewechselt. »Dann spielen wir auf Risiko, oder?«, hatte er ihr gesagt.

Irgendwo vor ihnen ertönte eine Hupe. Harry konzentrierte sich wieder darauf, wo sie sich befand. Durch Judes gleichmäßig gemächliche Fahrweise kamen sie sogar in der Stoßzeit gut voran, und zum Flughafen war es nicht weit.

Vor ihnen tat sich eine Lücke auf. Jude bremste ab, um einen Minivan einfädeln zu lassen. Sie hätte darauf gewettet, dass er immer so fuhr: höflich, ohne anzugeben, mit so viel Pep wie eine Schildkröte.

»Beschleunigen Sie denn nie?«, fragte sie.

»Nicht bei so einem Verkehr. Völlig sinnlos. Außerdem ist hohe Geschwindigkeit gefährlich.«

Harry rollte mit den Augen.

»Also, was war das für ein Wettbewerb?«, fragte Jude.

»Was?«

»Die Tasche. Wie haben Sie sie gewonnen?«

»Oh. Bei einem Social-Engineering-Wettbewerb.« Sie bemerkte seine leere Miene und beeilte sich, es ihm zu erklären. »Von Social Engineering spricht man, wenn Hacker andere dazu überreden, vertrauliche Informationen rauszurücken. Es werden also irgendwie Menschen geknackt und nicht Computer.«

Jude zog eine Augenbraue hoch. »Klingt für mich unmoralisch.«

»Oh, das ist es auch. Aber das macht auch den Spaß daran aus.« Sie reizte ihn und wusste es auch.

Er hielt den Blick auf die Straße gerichtet. »Was mussten Sie machen?«

»Uns wurde ein Name und die dazugehörige Telefonnummer gegeben, und derjenige, der als Erster die Kontodaten der Person samt seiner PIN für den Bankautomaten herausfand, war der Gewinner.«

»Klingt für mich wie ein Trainingslager für Telefonbetrüger.«

»War es wohl auch.« Harry sah einem Flugzeug hinterher, das gerade zur Landung ansetzte.

»Und?«, sagte Jude. »Wollen Sie mir nicht sagen, wie Sie es geschafft haben?«
»War nicht schwer. Ich hab den Typen angerufen und gesagt, ich sei von der Abteilung für Betrugsbekämpfung. Ich hab ihm erzählt, in der vergangenen Woche sei mit seiner Karte mehrmals mitten in der Nacht Geld abgehoben worden, insgesamt über dreitausend Dollar, und ich wollte nur mal nachfragen, ob das alles mit rechten Dingen zuging. Der arme Kerl wäre beinahe in Ohnmacht gefallen.«
»Kann ich ihm nicht verdenken.«
»Na, ich war sehr freundlich, wies ihn aber darauf hin, dass er trotzdem für die Schulden auf seinem Konto haften würde. Dann sagte ich, na, vielleicht könnte man ja was machen, vielleicht könnte ich entgegen den Bestimmungen ja veranlassen, dass alles rückgängig gemacht wird. Ich tat so, als würde ich ihm einen großen Gefallen tun. Dafür müsste er mir nur seine Kontodaten und seine PIN-Nummer geben, und ich würde die Abbuchungen auf der Stelle löschen. Er konnte mir gar nicht schnell genug die Zahlen aufsagen.«
Jude schüttelte den Kopf, und Harry hätte schwören können, ihn missbilligend mit der Zunge schnalzen gehört zu haben.
»Und damit haben Sie gewonnen?«
»Eigentlich bin ich nur Zweite geworden. Ich hab zu viel Zeit damit vertan, dem Typen zu versichern, dass das alles nicht stimmte, dass wir nur so eine Art Übung zur Betrugsbekämpfung durchgeführt haben. Ich musste ziemlich böse mit ihm werden. Er sollte mit seinen Daten wirklich vorsichtiger umgehen.« Harry schüttelte den Kopf und schnalzte selbst missbilligend mit der Zunge. »Man

sollte wirklich keine Bankdaten übers Telefon durchgeben. Er jedenfalls wird es nicht mehr machen, so viel steht fest.«

Sie spürte seinen Blick und sah ihn an. »Wissen Sie, darüber wollte ich mit Ihnen eigentlich gar nicht reden, und jetzt sind wir schon fast am Flughafen.«

Er sah sie kurz an, als wollte er sie erneut mustern, dann sagte er: »Keine Sorge, wir haben genügend Zeit.«

»Ich dachte, Sie müssten einen Flieger erwischen?«

»Wer hat was von einem Flieger gesagt?«

22

Sie befanden sich in einem Abschnitt des Flughafens, den sie und, nach dem heruntergekommenen Aussehen zu schließen, auch die meisten anderen noch nie zu Gesicht bekommen hatten.

Sie waren der Hauptroute zum Abflugbereich gefolgt, im letzten Moment war Jude dann aber links in eine schmale Nebenstraße eingebogen, die von der Rollbahn wegführte. Nach zwei oder drei Meilen ohne Erklärung seinerseits holperten sie mittlerweile über einen unbefestigten Weg, auf dem andere Fahrzeuge nicht mehr zu sehen waren.

Harry sah sich um. »Wo fahren wir hin?«

Die Flughafengebäude lagen weit hinter ihnen. Vor ihnen erstreckte sich nur die Wildnis einer von hohen Gräsern überwachsenen Brachfläche, die hier und da von den grauen Bändern einer wohl nur selten benutzten Rollbahn durchschnitten wurde.

»Das werden Sie schon sehen«, sagte Jude.

Er verließ den Weg und fuhr querfeldein über das Gelände. Vor ihnen lag ein Wellblechgebäude, das wie ein unbenutzter Hangar aussah. Jude fuhr um ihn herum, hielt an und machte den Motor aus.

Vor ihnen, auf dem geteerten Vorfeld, stand ein himmelblauer Helikopter. Das Triebwerk lief nicht, die Rotorblätter hingen weit über das Cockpit nach unten.

»Kommen Sie«, sagte Jude und sprang aus dem Wagen.

Langsam folgte ihm Harry. Ein Mann in grünem Overall kam unter dem Helikopter hervorgerollt. Er winkte ihnen zu, als er sie erblickte, reckte den Daumen nach oben und verzog sich in den Hangar. Jude begrüßte ihn und schlenderte zur Maschine. Ohne sich zu Harry umzudrehen, öffnete er die Tür und kletterte an Bord.

Harry zögerte. Dann marschierte sie über das Vorfeld und stieg nach ihm ins Cockpit. Er hatte sich auf dem Pilotensitz nach vorn gebeugt und inspizierte die Instrumentenanzeigen, als wisse er, was er dort tat. Harry wollte sich auf der Sitzreihe hinten niederlassen, aber Jude winkte sie nach vorn.

»Setzen Sie sich hierhin«, sagte er. »Da haben Sie den besseren Ausblick.«

Harry wand sich. Ihre Höhenangst war schlimmer als ihr Orientierungssinn. Sie holte mehrmals tief Luft, schob sich an Jude vorbei und ließ sich neben ihm nieder. Ihr präsentierte sich eine 180-Grad-Sicht auf schroffes Grasland und verlassene Rollbahnen. Sie kam sich wie am Ende der Welt vor.

»Jemand hat Sie also vor einen Zug gestoßen«, sagte Jude, noch immer mit den Anzeigen und Monitoren vor sich beschäftigt. »Worum geht es?«

»Jemand hat versucht, mich einzuschüchtern«, sagte sie, während sie sich im Cockpit umsah. Es glich der Brücke eines intergalaktischen Raumschiffs, jedenfalls war es nichts, was in die Hände eines steifen Bankers gehörte, der Bammel beim Beschleunigen hatte.

Sie beugte sich zu ihm, die Hände im Schoß verschränkt. »Wollen Sie dieses Ding wirklich fliegen?«

»Na ja, einer von uns beiden muss es ja tun.« Jude grinste sie an. »Keine Sorge, wir fliegen nicht weit. Ich muss sie nur auf Herz und Nieren prüfen.«
Er reichte ihr ein Paar überdimensionale Kopfhörer mit Mikro, und absurderweise musste sie an die Frauen im Kundensupport der Sheridan Bank denken. Sie stülpte sich die Kopfhörer über, den Blick dabei starr auf Jude gerichtet, der Schalter umlegte und Knöpfe drückte. Er hatte Kragen und Krawatte noch mehr gelockert und die Hemdsärmel noch weiter nach oben geschoben. Die Andeutung eines ausgebildeten Bizepses zeichnete sich unter seinem weißen Baumwollhemd ab. Der Motor dröhnte los, die Vibrationen rüttelten Harry durch und durch.
»Warum sollte jemand Sie einschüchtern wollen?« Judes elektronisch übertragene Stimme klang blechern und weit weg.
»Weil sie glauben, ich hätte Geld, das ihnen gehört. Zwölf Millionen Euro, um genau zu sein.«
»Und haben Sie es?«
»Möglicherweise.«
Die Rotorblätter begannen sich zu drehen, spannten sich, richteten sich aus und schnitten Schatten ins Sonnenlicht.
»Und was hab ich mit alldem zu tun?«, fragte Jude.
Die Rotorblätter drehten sich immer schneller und übertönten das Dröhnen der Maschine. Harry widerstand dem Drang, die Schultern einzuziehen. Selbst mit den Kopfhörern war der Lärm nahezu unerträglich.
»Sie haben damit zu tun, weil Sie ein Investmentbanker sind«, sagte sie und versuchte nicht zu brüllen. »Sie verstehen was vom Traden, vom internationalen Geldfluss.«
Die Vibrationen der Maschine übertrugen sich auf sie, ihr

ganzer Leib zitterte, sie musste sich an den Armlehnen festklammern, um ihre Hände ruhig zu halten. »Laut dem Typen, der mich auf die Gleise gestoßen hat, gehört das Geld dem Trading-Ring meines Vaters.«

Der Helikopter hob sich senkrecht in die Luft, Harrys Magen sackte geradewegs in den Unterleib. Jude sah zu ihr herüber.

»Schon mal in so einer Kiste gesessen?«

Harry schüttelte den Kopf und wagte nicht zu sprechen. Sie schwebten einen Augenblick mitten in der Luft, dann kippten sie nach links in eine steile Schräglage. Harry schluckte. Der Boden kam auf sie zu, einen Moment lang sah sie die Welt hochkant gestellt.

Als der Helikopter wieder ausgerichtet war, warf sie einen Blick zu Jude. Er steuerte die Maschine auf geradem Kurs, bewegte mit viel Fingerspitzengefühl den Steuerknüppel, suchte den Horizont ab und war im Einklang mit der Maschine. Seine Miene zeugte von Wachsamkeit und Intelligenz.

Wo zum Teufel war die steife Schildkröte abgeblieben, die sie zum Flughafen kutschiert hatte?

»Woher hatte der Trading-Ring die zwölf Millionen Euro?«, fragte er.

»Gut, ich reime mir Folgendes zusammen«, sagte sie. »Der Trading-Ring erhielt die Insiderinformation, dass Sorohan von Aventus übernommen werden sollte. Sie kauften Sorohan-Aktien, als der Kurs niedrig stand, und wussten, er würde durch die Decke schießen, wenn die Übernahme bekanntgegeben würde. Dann, nach der Veröffentlichung des Übernahmeangebots, verkauften sie zu Höchstpreisen und machten Gewinn.« Sie runzelte die Stirn. Das Folgen-

de konnte sie nur vermuten, hatte aber das Gefühl, dass sie damit richtiglag. »Irgendwie gelang es meinem Vater, einen Teil oder den ganzen Gewinn zur Seite zu schaffen. Und jetzt wollen die anderen Ringmitglieder es zurück.«
»Sie meinen, Ihr Vater hätte sie hintergangen?«
»Würde mich nicht überraschen. Mein Vater hat alle hintergangen.«
Jude sah sie lange an. »Na ja, mich hat er nie hintergangen. Er war einer der begabtesten Investmentbanker, die ich jemals kannte, und einfach zu clever für so einen Scheiß.«
Sie starrte ihn finster an. »Anscheinend nicht clever genug. Er wurde erwischt, vergessen Sie das nicht.« Sie sah weg. »Außerdem geht es hier nicht darum, ob er schuldig oder unschuldig ist.«
Plötzlich legte sich der Helikopter nach rechts. Der Boden schoss auf Harry zu. Sie versteifte sich. In der letzten Sekunde fing sich die Maschine und stieg senkrecht nach oben. Der Horizont raste unter ihnen weg.
Harry war wie versteinert. »Können Sie diese Macho-Manöver lassen und einfach geradeaus fliegen?«
Jude sah sie verblüfft an. Er richtete die Maschine aus, und die Welt lag wieder da, wo sie hingehörte. »So besser?«
»Ja. Danke.« Sie ließ den Sitz los und atmete ein paar Mal durch. Schweigen. Es war nicht möglich, sich mit diesem Typen zu unterhalten, ohne dabei sauer zu werden.
Jude räusperte sich. »Also, falls Ihr Vater das Geld hatte, dann ist vielleicht er es, der es auf Ihr Konto überwiesen hat.«
Harry rutschte auf ihrem Sitz herum. Das war ihr ebenfalls schon durch den Kopf gegangen. Vielleicht musste ihr Vater das Geld hin und her transferieren, damit es nicht

entdeckt werden konnte. Möglich. Ergab irgendwie Sinn. Es bedeutete aber auch, dass ihr Vater bewusst in Kauf nahm, sie in Gefahr zu bringen.

»Möglich«, sagte sie.

»Klingt jetzt vielleicht irgendwie naheliegend, aber warum fragen Sie ihn nicht einfach?«

Ihn einfach fragen. Wie simpel. Wie verlockend, ihn einfach besuchen zu gehen, ihm alles zu erzählen, was vorgefallen war, und sich dann in seine warme Umarmung zu werfen, wie sie es getan hatte, als sie fünf gewesen war.

Harry schlug die Beine übereinander und löste sie wieder. Wem wollte sie hier etwas vormachen? Sie würde an der einen Seite des Tisches sitzen, er an der anderen. »Aber ich weiß davon nichts, Harry, ganz ehrlich«, würde er ihr sagen. Und dann leicht mit den Schultern zucken und die Handflächen nach oben drehen, als könnte er damit beweisen, dass er nichts zu verbergen hatte.

Harry wandte sich zu Jude und lächelte ihn trocken an. »Glauben Sie mir, ihn zu fragen ist keine Option.«

Jude seufzte. »Was wollen Sie also von mir?«

»Ich muss verstehen, wie mein Vater und die anderen Ringmitglieder ihre Insidergeschäfte durchgeführt haben. Woher kam das Geld, wohin ging es?«

»Klingt fast so, als sollte ich das wissen.«

»Hören Sie, ich bitte Sie nur darum, Ihre Phantasie spielen zu lassen. Stellen Sie sich vor, Sie sind nicht der aufrechte Investmentbanker, der sich immer an alle Regeln hält, sondern ein Betrüger, ein Gauner.« Sie sah starr vor sich hin. »Stellen Sie sich vor, Sie wären mein Vater.«

Er schwieg eine Weile. Dann sagte er: »Okay. Nehmen wir an, ich bin ein Investmentbanker und verfüge über kurs-

relevante Informationen, die ich zu meinem Vorteil nützen möchte. Als Erstes wüsste ich: Ich kann meine normalen Depots nicht nutzen.«
»Warum nicht?«
»Weil sie überwacht werden. Investmentbanken haben ein Auge auf die Depots ihrer Angestellten. Ein zwielichtiger Deal, und die Alarmglocken schrillen.«
»Was würden Sie also tun?«
Jude zuckte mit den Achseln. »Ich würde ein geheimes Depot eröffnen, höchstwahrscheinlich bei einer Schweizer Bank, und darüber traden.«
»Eine Schweizer Bank?« Harry zog die Augenbrauen hoch. »Das machen doch sonst Agenten oder Leute, die Geld waschen wollen?«
»Nicht unbedingt. Man muss kein Verbrecher sein, um in der Schweiz ein Konto oder Depot zu eröffnen. Jeder kann es, wenn man seine Finanzgeschäfte geheim halten will.«
»Dann ist es also völlig anonym?«
Jude schüttelte den Kopf. »Nein, das ist ein Mythos. Es gibt kein wirklich anonymes Konto. Alle Schweizer Banken kennen die Identität ihrer Kunden.«
»Und was ist mit Nummernkonten? Ich dachte, die sind dafür gemacht, dass nirgends mehr ein Name auftaucht?«
»Der taucht auch nicht auf. Trotzdem hat die Bank irgendwo im Archiv den dazugehörigen Namen und die Adresse verzeichnet. Nur einige hochrangige Bankangestellte haben Zugang dazu, trotzdem existiert er.«
»Aber er ist geheim?«
»Oh, absolut.« Erst einmal in Fahrt gekommen, erwies sich Jude bei dem Thema als richtige Plaudertasche. »In der Schweiz ist es per Gesetz verboten, Kundeninforma-

tionen herauszugeben. Bankangestellte unterschreiben in ihrem Vertrag eine Verschwiegenheitsklausel. Wer auch nur zugibt, dass es das Konto überhaupt gibt, riskiert damit, ins Gefängnis zu wandern.«

Als Anreiz, den Mund zu halten, würde das reichen, ging Harry durch den Kopf. »Wenn eine ausländische Regierung an eine Schweizer Bank herantritt und Beweise vorlegt, wonach ein bestimmtes Konto zu kriminellen Machenschaften missbraucht worden ist, was geschieht dann?«

»Na ja, die Schweizer haben so ihre eigenen Vorstellungen, was kriminelle Machenschaften sind. Bei Steuerhinterziehung und Scheidungsquerelen ist nicht viel zu holen, bei Verbrechen wie Drogenhandel oder Insiderhandel würden sie wahrscheinlich kooperieren.«

»Also, wie geht man vor, wenn man so ein Konto eröffnen will?« Sie sah aus dem Fenster. Die Landschaft unter ihnen änderte sich. Das karge Grasland war von kleinen Hügeln abgelöst worden, direkt vor ihnen lagen die sanften Hänge des Sugarloaf. Sie flogen nach Süden in Richtung der Dublin Mountains.

Jude zuckte mit den Achseln. »Genauso, wie man auch sonst ein Konto eröffnet. Man füllt einige Formulare aus, legt einen Nachweis über seine Identität bei, meistens den Pass. Viele Schweizer Banken bestehen auf einem persönlichen Gespräch. Aber abgesehen von den Verschwiegenheitsbestimmungen, ist es nicht viel anders als bei jeder anderen Bank auch. Man bekommt seine VISA-Card, EC-Karte, Internet-Banking.«

»Wenn mein Vater also ein solches Konto eröffnet hat, dann musste er dazu in die Schweiz?«

»Oder in die Karibik. Auf die Bahamas, Bermudas, die Cayman Islands. Die Schweizer Banken betreiben dort Zweigstellen, für die die gleichen Bestimmungen gelten.«

Harry dachte an die zahlreichen Geschäftsreisen, die ihr Vater im Lauf der Jahre nach Amerika unternommen hatte. Die Karibik dürfte für ihn daher das wahrscheinlichere Ziel gewesen sein. »Und wie verwaltet er dieses Konto von zu Hause aus?«

Jude ließ sich nicht das Geringste anmerken, falls er bemerkt hatte, dass sie von hypothetischen Annahmen auf ganz gezielte Fragen zu den Geschäften ihres Vaters umgeschaltet hatte.

»Wenn er ein Nummernkonto besaß, dann war das wahrscheinlich an einen persönlichen Kontenbetreuer gebunden«, sagte er. »Relationship Manager, so werden solche Leute genannt. Höchstwahrscheinlich hat ihm Ihr Vater seine Anweisungen telefonisch durchgegeben.«

»Das klingt aber nicht sehr sicher. Jeder könnte dort anrufen und sich als mein Vater ausgeben.«

»Nicht ganz. Man muss seine Kontonummer durchgeben und dazu einen Geheimcode, um sich auszuweisen.«

»Einen Geheimcode?« Jetzt waren sie wieder bei der Spionage und den Doppelagenten. »Wie sieht der aus?«

»Das kann alles sein. Er könnte festgelegt haben, dass alle Anweisungen einen bestimmten Begriff enthalten müssen wie zum Beispiel … ich weiß nicht.« Jude zuckte mit den Achseln. »Mickymaus oder Abrakadabra. Irgendwas, das nur er und sein Relationship Manager kennen.«

Harry blinzelte ihn an. »Das ist ja wie bei James Bond, oder?«

»Aber vertraulich.«

Was würde ihr Vater als Geheimcode benutzt haben? Irgendwas Raffiniertes, das man sich leicht merken konnte. Was mit einem wichtigen Teil seines Lebens zu tun hatte. Allerdings hatte sein Leben eine Menge Facetten: Er war Investmentbanker, Gauner, Pokerspieler, Vater. Natürlich nicht unbedingt in dieser Reihenfolge. Der Gerechtigkeit halber musste gesagt werden, dass er wahrscheinlich ein besserer Pokerspieler als Gauner war.

Sie sah auf die Felder, die weit unter ihnen lagen. Ein großes L-förmiges Gebäude kam in ihr Blickfeld, und erst als sie die keltischen Muster der Hecken erkannte, wurde ihr klar, dass es sich um Dillons Anwesen handelte.

Das Labyrinth schien auf sie zuzustürzen. Ihr blieb die Luft weg, ihr Puls beschleunigte sich.

»Alles in Ordnung?« Jude starrte sie an.

Sie nickte und versuchte, sich vom Anblick des Labyrinths loszureißen, aber es war, als steckte ihr Kopf in einer Halskrause. Der Hubschrauber flog näher an die riesige Hecke heran, und, von Neugier gepackt, wollte sie sehen, was sich im Zentrum befand. Doch alles, was sie ausmachen konnte, war etwas Großes, Dunkles, das stellenweise im Sonnenlicht schimmerte.

Jude folgte ihrem Blick. »Das ist Dillon Fitzroys Haus, nicht wahr?«

»Ja.« Sie erinnerte sich, dass Felix gesagt hatte, Jude und Dillon seien alte Freunde. »Woher kennen Sie sich?«

»Wir waren zusammen auf dem College.« Sein Blick war noch immer auf das Haus gerichtet. »Er hat damals schon gesagt, dass er irgendwann ein Herrenhaus auf dem Land haben wird. Er nannte es immer sein ›Fuck you‹-Haus.«

Harry wunderte sich über den Ausdruck, der, aus Judes Mund, so fremd klang.

»Was hat er damit gemeint?«, fragte sie.
Jude zuckte mit den Schultern. »Er ist adoptiert worden, hat er Ihnen das mal erzählt?«
»Und?«
»Wenn Sie mich fragen, meint er deswegen wahrscheinlich, dass er allen irgendwas beweisen müsste. Aber fragen Sie mich nicht, was.«
»Sie mögen ihn nicht besonders, oder?«
Er sah zu ihr und steuerte den Helikopter in eine scharfe Kehre. »Zeit zum Umdrehen.«
Dillons Haus verschwand aus dem Sichtfeld. Harry lehnte sich in den Sitz zurück, atmete durch und wartete darauf, dass sich ihr Puls beruhigte.
»Sie haben mich gar nicht gefragt, wer alles zum Ring gehört hat«, sagte sie schließlich. »Interessiert Sie das nicht?«
Jude zuckte mit den Achseln. »Ich gehe davon aus, dass Sie es mir schon erzählen werden, falls Sie es wollen. Und falls nicht, hat es keinen Sinn, danach zu fragen.«
Harry betrachtete ihn und war sich nicht sicher, wie viel sie ihm anvertrauen konnte. Schließlich war er Investmentbanker, genau wie alle anderen auch. Aber sie wollte noch etwas von ihm.
»Sie kennen einige von ihnen«, sagte sie dann.
»Ja?«
»Felix Roche zum Beispiel. Ihren Mann in der IT-Beschaffung.«
Der Helikopter schmierte nach links ab. »Was? Roche hat zum Trading-Ring gehört?«
»Na ja, nicht richtig«, sagte Harry und musterte ihn. »Der Ring hat von ihm nichts gewusst. Er hat ihre E-Mails mit-

gelesen und als Trittbrettfahrer einige der Insiderinformationen genutzt.«
Stirnrunzelnd brachte Jude den Helikopter wieder in eine stabile Lage. »Woher haben Sie das? Und wenn es stimmt, warum ist er dann nie verhaftet worden?«
»Nicht genügend Beweise. Wahrscheinlich hat die Polizei ihn nicht für bedeutend genug gehalten. Aber ich tu es.« Sie beugte sich vor. »Ich möchte seine Dateien sehen. Seine E-Mails, seine Archive.«
»Warum?«
»Kann ja sein, dass er nur ein Schnorrer war, trotzdem hatte er Zugang zu den E-Mails aller Ringmitglieder. Er wusste, wer sie waren. Falls nicht, hatte er Informationen, mit denen man sie hätte aufspüren können.«
»Aber Sie können sich doch nicht seine E-Mails ansehen. Das sind vertrauliche Informationen.«
Sie seufzte. Jetzt zeigte sich wieder die Schildkröte. »Ich weiß. Deshalb brauche ich auch Ihre Hilfe.«
»Soll das ein Witz sein? Wie kommen Sie bloß darauf, dass ich Ihnen bei so etwas helfen würde?«
Harry drehte sich weg und betrachtete den Schatten des Helikopters, der ihnen über die sonnenbeschienenen Hügel folgte. »Schon mal was von einem Investmentbanker namens Spencer gehört? Hat bei KWC gearbeitet.«
»Jonathan Spencer? Was hat der damit zu schaffen?«
»Sie haben ihn gekannt?«
»Natürlich hab ich ihn gekannt. Wir haben ein paar Mal im Monat Squash gespielt. War ein feiner Kerl. Ist vor ein paar Jahren bei einem Verkehrsunfall ums Leben gekommen.«
»Nein, ist er nicht.«

Jude sah sie an, als hätte sie den Verstand verloren. Sie wich seinem Blick nicht aus.

»Er wurde vor einen Laster gestoßen, bevor er den Sorohan-Deal sabotieren konnte.«

Jude riss sich den Kopfhörer von den Ohren und ließ ihn um den Hals baumeln. Er sah sie kurz an, dann setzte er ihn wieder auf.

»Das ist verrückt«, sagte er. »Woher haben Sie diese Informationen? Ich glaube kein Wort davon.«

»Wenn ich tot unter einem Zug liege, werden Sie es dann glauben?«

Jude starrte nur mit zusammengepressten Lippen vor sich hin.

»Ich muss diese Dateien sehen«, sagte sie leise. »Ich brauche Ihre Hilfe, um mich bei KWC einzuhacken.«

23

Die Wahrscheinlichkeit sprach für den Hacker. Schließlich hatte er die Zeit auf seiner Seite. Harry verbrachte oft Tage und Wochen damit, einen Schlachtplan auszuarbeiten. Sie durchstreifte bei ihren ausführlichen Erkundigungen das Internet und besorgte sich Informationen über ihr Zielobjekt. Sie führte Perimeter-Scans durch, klopfte an die Wände des Systems, suchte nach Löchern. Dann rückte sie näher heran, pochte an Türen, rüttelte an Schlössern. Irgendwann gab irgendetwas nach, und sie schlüpfte hinein.

Ein guter Hacker konnte in nahezu alles einbrechen, vorausgesetzt, er hatte genügend Zeit. Aber Zeit war etwas, das ihr in diesem Fall vermutlich eher fehlte.

Sie sah zu Jude hinüber, der fester als nötig das Lenkrad seines Saabs umklammert hielt. Sein Mund war so verschlossen, als wären die Lippen mit einem Tacker zusammengeheftet. Seit sie den Flughafen verlassen hatten, hatte er kaum ein Wort gesagt.

»Hören Sie, es ist ja nicht so, dass ich Sie bitte, eine Bank auszurauben«, sagte sie. »Sie müssen mich nur an der Security vorbei ins Gebäude schleusen, den Rest erledige ich.«

»Nie und nimmer«, sagte Jude und unterstrich jedes Wort mit einem Karateschlag gegen das Lenkrad, »werde ich Sie

ins KWC-Gebäude schmuggeln. Weiß Gott, welchen Schaden Sie da anrichten.«
»Schaden? Mein Gott, ich möchte doch nur einen Blick auf Felix' alte E-Mails werfen. Sie müssen irgendwo archiviert sein, dauert keine fünf Minuten.«
»Tut mir leid, es ist zu riskant.«
Harry ließ sich gegen den Sitz fallen und verschränkte die Arme. Ihr Blick schweifte wieder nach draußen. Um neun Uhr abends brach die Dunkelheit herein, die Kneipen entlang der Townsend Street erstrahlten in einem weichen Licht. Sie würde es durchziehen, mit ihm oder ohne ihn. Aber es war einfach nur bescheuert, es auf die harte Tour zu machen.
Sie fuhren am Long-Stone-Pub mit seiner roten Fassade und den keltischen Schriftzügen vorbei, dann an der White's Bar, deren Aushänge Cocktails und WLAN-Zugang anpriesen.
Harry packte Jude am Arm. »Halten Sie an!«
»Was? Hier ist absolutes Halteverbot.«
»Fahren Sie doch einfach an den Straßenrand.«
Er bog in eine Seitenstraße und rangierte den Wagen in eine Parklücke. Harry riss die Tür auf, bevor er überhaupt Zeit hatte, den Motor abzustellen.
»Kommen Sie«, sagte sie. »Ich brauch einen Drink.«
Sie ging zur White's Bar voraus. Sie war erst einmal hier gewesen, konnte sich aber noch gut an die niedrigen dunklen Decken und den alles durchdringenden Geruch nasser Dufflecoats erinnern, als säße man in einer Bärenhöhle.
Sie sah über die Schulter und beschleunigte ihre Schritte. Zum ersten Mal seit Stunden war sie völlig ungeschützt im Freien unterwegs; allein bei der Vorstellung zuckte sie

leicht zusammen. Sie ließ den Blick über die dunklen Straßen schweifen, konnte jedoch nichts Ungewöhnliches erkennen. Hinter sich hörte sie Jude, der in sein Handy sprach. Seltsamerweise beruhigte sie das.

Sie schob die Tür der Bar auf, und das Erste, was sie traf, war der Geruch frischer Farbe. Sie stand in der Tür und sah sich um. Die niedrigen Holzbalken waren verschwunden, die Decke alabasterweiß gestrichen. Lichtspots beleuchteten das cremefarbene Ledermobiliar, auf den Tischen waren Kerzen verteilt, fast so, als würde jemand gleich die Messe lesen. Harry trat ein. Wo gingen heutzutage bloß die Bären hin, wenn sie was trinken wollten?

Für einen Samstagabend war wenig los. Sie suchte sich einen Tisch in der Ecke, Jude, der noch immer ins Handy sprach, folgte dichtauf. Harry warf sich auf das Ledersofa und saß mit dem Rücken an der Wand. Sie schob die Kerze aus dem Weg und packte ihre Tasche auf den Tisch.

»Wir müssen es bis morgen über die Bühne gebracht haben«, kam es von Jude. Er stand vor dem Tisch, halb von ihr abgewandt. Sie bemerkte, wie akkurat das Haar an seinen Ohren ausgeschnitten war.

Sie holte den Laptop heraus, wartete, bis er hochfuhr, und ging ihre Optionen durch. Es gab Hunderte verschiedene Möglichkeiten, die meisten davon kosteten Zeit. Sie aber wollte jetzt Zugang zum KWC-Netzwerk. Die E-Mails der Ringmitglieder gaben wichtige Hinweise auf ihre Identität. Leon Ritch und Jonathan Spencer waren ihr bereits bekannt. Die Figur, die sie jedoch am meisten interessierte, war die schattenhafte Gestalt des Propheten.

»Schau in deinen E-Mails nach, Frank«, sprach Jude ins Handy. »StarCom hat uns heute Nachmittag das neue

Konzept fürs Meeting gemailt. Ruf mich an, bevor du nach Hause fährst.«

Harry schaute ihn kurz an, dann kam ihr plötzlich eine Idee. Ihr Blick folgte seinem Handy, als er es auf dem Tisch ablegte.

»Ich hol uns was zu trinken«, sagte er. »Was wollen Sie?«

Blinzelnd sah sie zu ihm auf. »Oh, einen Weißwein. Danke.«

Sie beobachtete ihn, wie er zur Theke ging. Er sah eher wie der Rausschmeißer eines Nachtclubs aus, kaum wie ein Investmentbanker. Als sie sich sicher war, dass er sich nicht umdrehen würde, griff sie sich sein Handy, hielt es unter den Tisch, tippte darauf herum und suchte nach dem Namen des letzten Anrufers. Ein kurzer Blick zur Theke. Jude schob dem Barkeeper Geld rüber. Wieder sah sie aufs Handy. Hier war er ja. Frank Buckley. Bevor Jude mit den Getränken zurückkehrte, legte sie das Handy wieder auf den Tisch.

Und dann streckte sie ihm die Hand entgegen. »Geben Sie mir doch noch mal eine Ihrer Visitenkarten.«

Er runzelte die Stirn. »Wofür?«

»Kommen Sie, tun Sie mir den Gefallen.«

Er zog eine Karte aus seiner Brieftasche und reichte sie ihr. »Ich nehme doch nicht an, dass da vertrauliche Dinge drauf wären.«

»Sie werden überrascht sein.« Sie betrachtete die Karte und gab sie ihm zurück. Dann begann sie, auf den Laptop einzuhacken. »Hier, sagen Sie mir, was Sie auf der Karte sehen.«

Er warf einen Blick darauf, zuckte mit den Schultern und nahm auf einem Stuhl ihr gegenüber Platz. »Mein Name,

Telefonnummer, E-Mail-Adresse. Meine Kontaktdaten bei KWC.«

»Genau. Und jetzt sage ich Ihnen, was ein Hacker sieht.« Harry ergriff die Karte und deutete auf die Telefonnummer. »Hier. 2411200. Das ist die Nummer der Zentrale. Und hier Ihre Durchwahl, 2411802. Die gibt einem Hacker einen Anhaltspunkt, wie viele Nummern die Zentrale verwaltet. In Ihrem Fall Hunderte.«

»Und?«

»Bei so vielen Angestellten ist die Wahrscheinlichkeit recht hoch, dass einer von ihnen einen Computer über ein Modem direkt ans Telefonnetz angeschlossen hat. Das ist wahrscheinlich verboten und höchstwahrscheinlich unsicher.«

»Aber warum sollte jemand so was tun?«

»Meistens deswegen, weil er damit ins Internet kann, ohne dass die Firma ihn überwacht. Vielleicht lädt er Pornos runter, solche Sachen eben. Ein Hacker muss jetzt also nichts anderes tun, als der Reihe nach die Nummern anwählen, bis er auf ein Modem trifft. Und damit, bingo, ist er in diesem PC drin, und das Netzwerk gehört ihm.«

»Großer Gott. Und das wollen Sie jetzt machen?«

Harry schüttelte den Kopf. »Noch nicht.«

Sie begann, eine E-Mail mit folgender Betreffzeile aufzusetzen: »Dringend: Geändertes Konzept für das StarCom-Meeting«. Dann hängte sie noch ein falsches Word-Dokument an.

Jude rutschte auf seinem Stuhl herum. »Was genau machen Sie da?«

»Nur eine E-Mail verschicken.« Das war das andere nette Feature von Visitenkarten. Sie zeigten einem, wie das Unternehmen seine E-Mail-Adressen aufbaute. Wenn Judes Adresse jude.tiernan@kwc.com lautete, dann war anzunehmen, dass die von Frank Buckley derselben Regel folgte. Sie adressierte die Mail an frank.buckley@kwc.com und drückte auf »Senden«.

»Brauchen Sie denn nicht irgendein Kabel?«, fragte Jude und spähte unter den Tisch.

Harry deutete auf die WLAN-Schilder an den Wänden. »Wireless.« Dann legte sie den Kopf schief und betrachtete ihn. »Sie wissen nicht viel über Computer, oder?«

»So viel wie Sie über Unternehmensfinanzierung.«

Sie nickte. »Da haben Sie wohl recht.«

»Wollen Sie mir nicht sagen, was Sie da treiben?«

Harry musterte ihn kurz und beschloss, es ihm zu erklären. Schließlich konnte er sie nun nicht mehr stoppen. »Ich infiziere einen PC mit einem RAT.«

Jude, sein Pint halb an den Lippen, erstarrte. »Einem Rätt?«

»R-A-T. Einem Remote-Access-Trojaner.« Lächelnd nahm sie seine Verwirrung zur Kenntnis. »Benannt nach dem Trojanischen Pferd. Ein schädliches Programm, das die Sicherheitsvorkehrungen des Systems umgeht, indem es sich als etwas Unschuldiges ausgibt. Im Grunde trägt es den Feind ins Lager.«

Er blinzelte und nahm dann einen langen Schluck von seinem Guinness, wischte sich mit dem Handrücken über den Mund und ließ sich ihre Worte durch den Kopf gehen. »Und Ihrer kommt in einer E-Mail?«

Sie nickte. »Für alle anderen sieht er aus wie ein harmloses Word-Dokument. Sobald es aber geöffnet wird, startet der RAT.«

»Und was macht dann Ihr RAT?«
»Als Erstes schlüpft er in eine dunkle Ecke und versteckt sich. Dann öffnet er eine Hintertür im Computer und lässt mich rein.« Sie beugte sich vor und lächelte ihn an. »Und wenn ich erst drin bin, gehört der Computer mir. So als wäre ich in das KWC-Büro eingebrochen und würde an der Tastatur vor dem Rechner sitzen.«
Jude fuhr sich mehrmals durchs Haar, bis es nach allen Seiten abstand. »Ich bin mir nicht sicher, ob ich hier bei Ihnen sitzen und mir das alles anhören sollte.« Er nahm einen weiteren Schluck vom Bier. »Aber gibt es nicht Virenscanner, die dafür sorgen, dass solches Zeug nicht durchgeht?«
»Na, klar. Sie erkennen alle bekannten Trojaner und packen sie auf der Stelle weg.« Sie lächelte. »Aber sie können nichts erkennen, was sie noch nie zuvor gesehen haben. Dieser kleine RAT ist ein sogenannter Zero-Day-Exploit, frisch aus der Hacker-Unterwelt. Es gibt nur sehr wenige, die ihn schon kennen. Meistens lass ich so was als eine Art Visitenkarte zurück, wenn ich in ein System eindringe. Man weiß ja nie, wann man wieder reinschauen muss.«
Sie sah auf ihren Laptop, aber bislang kam von ihrem RAT keine Rückmeldung. Mach schon, Frank Buckley, lies deine E-Mail.
Jude fummelte an seinem Bieruntersetzer herum, faltete ihn zusammen, bis er auf Briefmarkengröße geschrumpft war. »Glauben Sie wirklich, Felix ist so dumm, um sich auf Insidergeschäfte einzulassen? Ich meine, was ist, wenn Ihre Informationen nicht stimmen?«
»Haben Sie sich nie gewundert, warum Felix in die Beschaffung abgeschoben wurde?« Harry nippte an ihrem Wein. »Als er bei unserem Treffen bei KWC so ausfallend

geworden ist, haben Sie ihm eine Notiz zukommen lassen. Was stand darauf?«

Er blinzelte, dann lächelte er reumütig. »Ich habe ihm gesagt, er soll aufhören, sich wie ein Arsch aufzuführen. Sie haben recht, er ist ein blöder Kerl.«

Sie lächelte und sah erneut auf ihren Bildschirm. Immer noch nichts.

»Erzählen Sie mir von Ihrem Hubschrauber«, sagte sie. »Ist das das neueste Spielzeug der Investmentbanker?«

Er schüttelte den Kopf. »Ich wollte nie Investmentbanker werden. Schon als Junge wollte ich nichts anderes als Hubschrauber fliegen.«

»Was hat Sie dazu bewogen, Ihre Meinung zu ändern?«

Er zuckte mit den Achseln. »Investmentbanking hat in unserer Familien Tradition, es gab also viel Druck.«

»Und Sie sind eingeknickt?«

»Nein.« Er sah sie finster an. »Ich habe mit meinem Vater eine Abmachung getroffen. Ich wollte ein Jahr in der Branche arbeiten und dann aufhören. Und dann meinen Pilotenschein machen.«

»Und dann?«

»Ich musste feststellen, dass ich nicht aufhören wollte. Ich war gut, und insgeheim hat es mir ziemlich viel Spaß gemacht. Also bin ich geblieben.«

»Aber Ihren Pilotenschein haben Sie trotzdem gemacht?«

Er nickte. »Früher bin ich ständig geflogen.«

»Früher?«

Er zögerte. »Hatte vor ein paar Jahren im Nebel einen schweren Unfall.« Gedankenversunken starrte er auf sein Pint. Dann sah er auf. »Wollen Sie die Wahrheit hören? Der Helikopter jagt mir eine Scheißangst ein.«

»Was?« Sie musste daran denken, wie souverän er die Maschine geflogen hatte. »Davon war nichts zu merken. Warum machen Sie es dann?«

Er zuckte mit den Schultern. »Investmentbanking ist zu sicher. Manchmal muss man Dinge tun, die einem Angst machen.«

Sie spürte das Kribbeln in ihrem Nacken und dachte an ihre Hacker-Erfahrungen, das Hochgefühl, wenn man Risiken einging. Ihr Blick streifte über seine muskulöse Statur, und sie musste an seinen vorsichtigen Fahrstil und die akrobatischen Luftnummern mit dem Helikopter denken. Schildkröte oder Stuntman? Sie musterte sein Gesicht. Was war er wirklich?

Plötzlich meldete sich der Laptop, ihr Blick flog zum Bildschirm. Ihr RAT hatte eine E-Mail geschickt. Sie las sie und atmete tief aus. Die Nachricht enthielt detaillierte Anweisungen, wie Frank Buckleys Computer über das Internet zu lokalisieren war.

Ihre Hintertür stand offen, der RAT wartete nur, um sie reinzulassen.

24

Brennstoff, Sauerstoff, Hitze: das Dreigespann des Feuers. Nimmt man eines davon weg, würde das Feuer erlöschen.

Cameron fuhr sich mit der Zunge über die Lippen und griff nach dem Rucksack auf dem Beifahrersitz. Er drückte gegen den rauhen Stoff, als müsse er sich vergewissern, dass er noch da war. Er enthielt alle Zutaten, die er brauchte.

Er rutschte tiefer in seinen Sitz und starrte zur Erdgeschosswohnung auf der gegenüberliegenden Straßenseite. Die Fenster waren dunkel, die Vorhänge aufgezogen. Niemand zu Hause. Er sah auf seine Uhr. Fast zehn. Sein rechtes Knie wippte erneut. Er rammte es gegen das Lenkrad, um es ruhig zu stellen.

Er hatte unter einem Baum geparkt, um nicht im Schein der Straßenlaternen zu stehen. Die Straße war ruhig, trotzdem hatte er seine Wollmütze tief über die Stirn gezogen. Ohne sie würden seine Haare leuchten wie ein fahler Mond.

Er zog den Rucksack zu sich heran und überprüfte ein weiteres Mal den Inhalt. Ein Spachtelmesser, zwei Streichholzbriefchen, eine Ausgabe der *Irish Times* vom Vortag, ein Paar OP-Handschuhe, zwei Saugnäpfe und einen kleinen Plastikbehälter mit Paraffin. Das alles lag zusammen in einem geflochtenen Papierkorb, einer von der Art, die sich beim kleinsten Funken entzündeten und knackten wie ein Bündel trockener Zweige.

Cameron holte den Paraffinbehälter heraus und schraubte den Deckel auf. Er schloss die Augen und sog tief die starken Dämpfe ein. Dann setzte er den Deckel wieder drauf und schraubte ihn fest. Der Behälter war noch nicht mal halb voll. Amateure benutzten fast immer zu viel Brandbeschleuniger, Cameron aber wusste, dass diese geringe Menge völlig ausreichte. Zu viel davon, und es wurde von den Bodendielen und Vorhängen aufgesogen, verbrannte nicht vollständig und lieferte den Ermittlern dann nur Hinweise auf Brandstiftung. Er verstaute alles wieder im Rucksack und holte die OP-Handschuhe heraus. Bei diesem Unfall würde es keine gerichtsmedizinischen Indizien geben.

Regen platschte auf die Windschutzscheibe, weshalb er das Seitenfenster nach unten kurbelte, um einen besseren Blick auf die Wohnung zu haben. Kühle Luft strich in das Wageninnere. Er hörte das Säuseln ferner, nasser Reifen, aber seit seiner Ankunft war niemand hier vorbeigekommen. Er spähte zum Gebäude. Die Schiebefenster sahen alt aus, der Kitt bröckelte. Reinkommen sollte kein Problem sein.

Hinter ihm klackten Absätze auf dem Pflaster. Er sah in den Rückspiegel. Eine junge dunkelhaarige Frau in Jeans und einer blauen Jacke überquerte die Straße und ging auf das Gebäude zu. Cameron rutschte noch tiefer in den Sitz und verbarg sein Gesicht mit der Hand. Zwischen den Fingern sah er, wie sie die Stufen zum Eingang hochging. Sein Blick haftete an ihrer zierlichen Figur und liebkoste ihre hübsche Taille und die festen Oberschenkel. Er schluckte, sein Atem beschleunigte sich. Die junge Frau sperrte die Tür auf und trat ein.

Cameron beobachtete die Fenster im Erdgeschoss und wartete. Zitternd schlug sein rechtes Knie gegen das Lenkrad, bevor er es mit der Hand festhielt. Sein Atem wurde so flach, als hätte er ganz aufgehört zu atmen. Plötzlich gingen in der Wohnung im obersten Stockwerk die Lichter an, er sah die Frau im Fenster, die sich streckte, um die Vorhänge zuzuziehen. Er setzte sich auf und schlug mit der Faust auf sein Knie ein. Im Erdgeschoss war es noch immer dunkel.

Cameron atmete tief durch und rieb sich die Hände an der Jeans ab. Dann zog er die Gummihandschuhe an. Er spannte die Finger und streifte das dünne, enge Latex über die Knöchel und zog es an den Handgelenken straff. Das blasse Material verlieh seinen Händen etwas Unmenschliches. Sie wirkten blutleer und wächsern, so wie die Hände seiner Mutter, nachdem sie bereits mehrere Stunden tot gewesen war.

Sie war sein erster Unfall gewesen. Er konnte sie noch immer vor sich sehen, ihr Leichnam unten an der Treppe, die unnatürlich verdrehten Beine, die Gehhilfe, die wie ein Käfig auf ihr lag. Er erinnerte sich an die schaurige Mischung aus Faszination und Angst, die sich seiner bemächtigt hatte. Es war das erste Mal gewesen, dass er jemanden umgebracht hatte.

Das Zucken seines Knies war mittlerweile nicht mehr zu kontrollieren, er ließ es auf und ab wippen wie ein kleiner Junge, der auf die Toilette musste. Wieder sah er zur Wohnung und versuchte sich vorzustellen, wie es aussah, wenn das Feuer sich festgefressen hatte: orange- und safrangelbe Flammen, die fünfzehn Meter hoch in den Himmel schlugen, schwarzer Rauch, der durch die Fenster qualmte, der

Geruch verkohlten Holzes, dazu der donnernde Lärm der Verwüstung.
Er atmete langsam aus, lehnte sich zurück und streckte die Beine aus. Endlich war sein Knie ruhig. Die Wohnung im Erdgeschoss lag noch immer in Dunkelheit, aber er wusste, er konnte warten. Er war sich sicher, dass bald jemand kommen würde.

25

Der RAT hatte seine Arbeit getan. Harry gab die Verbindungsdaten ein, und die Hintertür zu Frank Buckleys Computer schwang weit auf. Sie schlüpfte hinein und schloss mit einigen Befehlen die Tür hinter sich. Ein Kleinganove, der mit dem Hausschlüssel einen Einbruch beging, hätte es nicht leichter gehabt.

Sie sah zu Jude. Er ließ den letzten Rest seines Biers im Glas kreisen und studierte ihn, als läse er aus dem Teesatz. Das Pub war fast leer, sie hörte das Klirren der Gläser, die hinter der Theke geputzt und weggestellt wurden.

Sie wandte sich wieder der Tastatur zu und schlich auf Zehenspitzen um Frank Buckleys Dateien herum, ließ seinen persönlichen Kram links liegen und hatte es auf seine Netzwerkverbindungen abgesehen. Von hier aus tauchte sie in die Zentralrechner von KWC ein und begann mit ihrer Suche nach den E-Mail-Archiven des Unternehmens. Nebenbei startete sie die parallele Suche nach den Dateien mit den Systempasswörtern. Sie glaubte nicht, dass sie Administratorenrechte benötigte, aber es konnte ja nicht schaden, wenn man sie hatte.

»Also, wonach genau suchen Sie?«, fragte Jude, den Blick noch immer auf den Grund seines Glases gerichtet.

»Den Namen des Typen, der mich umbringen will.«

Er hörte auf, sein Bier kreisen zu lassen, und starrte sie an.

Dann stand er auf, kam zu ihr herum und sah über ihre Schulter auf den Bildschirm. Die Mischung aus seinem scharfen Aftershave und warmem Bier hatte etwas sehr Männliches an sich.

Ihre Archivsuche hatte Hunderte von alphabetisch geordneten Dateien eingetragen. Jede war nach einer Person benannt, das Datum reichte bis 1999 zurück.

»Hey, das ist eine Liste von KWC-Angestellten«, sagte Jude und beugte sich näher heran.

»Es sind ihre E-Mail-Archive.« Sie strahlte ihn an. »Ihres ist auch dabei.«

Jude ließ sich neben ihr auf dem Sofa nieder und starrte finster auf den Bildschirm. Verstohlen sah sie zu ihm. Aus einem bestimmten Winkel erinnerte sein massiger Oberkörper an einen Comic-Superhelden.

»Aber Sie werden doch sicherlich ein Passwort brauchen, wenn Sie sie öffnen wollen?« Seine Stimme schien durch die leere Bar zu hallen, wie die von jemandem, der zu laut in der Kirche sprach.

»Sollte man meinen, oder?« Harry scrollte durch die Liste, bis sie auf einen Haufen Dateien stieß, die Felix Roche gehörten. Es gab acht davon, eine für jedes Jahr zwischen 1999 bis 2007. »Die Leute sind so paranoid wegen ihrer E-Mails, sie sichern sie mit Benutzernamen und Passwörtern ab. Aber wenn es ums Backup geht, wird häufig alles einfach in eine Datei gepackt, die jeder lesen kann.«

Sie stupste ihre Maus an, so dass der Zeiger über dem Archiv aus dem Jahr 2000 schwebte. Das Jahr des Sorohan-Deals.

Ihre Hand erstarrte, ihr ganzer Körper schien sich zu verkrampfen, und sie musste sich zwingen, nicht sofort nach

Hause zu stürmen und sich zu verstecken. Dann dachte sie an die dunklen Straßen und die im Schatten liegenden Wege, die zwischen ihr und ihrer Wohnung standen. Sie klickte die Datei an und öffnete sie.

Laut Ruth Woods hatte Felix die Aktivitäten des Rings belauscht, indem er ihre E-Mails abgefangen hatte. Harry wollte darauf wetten, dass er diese Mails direkt in seinen Mailordner kopiert hatte. Sie durchsuchte das Archiv nach Mails, die von Leon Ritch stammten. Es gab Dutzende davon, und bei keiner war Felix der intendierte Empfänger. Ruth Woods hatte recht gehabt.

Harry öffnete die erste E-Mail. Sie war auf den 17. Januar 2000 datiert und an ihren Vater adressiert, salvador.martinez@kwc.com. Etwas in ihr zog sich zusammen, als sie den Namen ihres Vaters las.

Sal,
Mercury Corp hat den KeyWare-Deal heute abgenickt. Noch keine öffentliche Bekanntgabe! Schnapp Dir KeyWare, und wir fahren den nächsten Riesengewinn ein.

Leon

Jude neben ihr wurde unruhig. »Ich kann es einfach nicht glauben, dass Felix etwas aufgehoben hat, das so belastend ist.«

Harry zuckte mit den Schultern. »Vielleicht meinte er, er müsste sich ein wenig absichern.«

Sie öffnete eine weitere Mail, diesmal auf den 28. April datiert.

Sal,
laut meiner Quelle hat Dynamix Software zur Betreuung ihrer Übernahmen JX Warner angeheuert. Erstes Ziel ist entweder Zephyr oder Sage Solutions. Halt die Augen auf!

Leon

Jude sprang fast auf.

Harry warf ihm einen Blick zu, bevor sie ihn wieder auf den Bildschirm richtete. »Was?«

»Dynamix. Ich war an all ihren Deals beteiligt. Vor Juli oder August ist bei der Sache nichts an die Öffentlichkeit gelangt. Woher hat dieser kleine Scheißer schon im April davon wissen können?«

Ein Gedanke durchzuckte Harry. »Sie haben für JX Warner gearbeitet?«

Er nickte, den Blick noch immer auf den Bildschirm gerichtet. »Ein paar Jahre. Nach dem Dynamix-Deal ging ich zu KWC.«

Ihr sackte der Magen nach unten weg, wie er es tat, wenn sie auf der Treppe eine Stufe verpasste. Sie versuchte sich nichts anmerken zu lassen und musste gleichzeitig an Ruth Woods denken. Laut ihren Aussagen hatten die Insiderinformationen des Propheten immer mit von JX Warner betreuten Geschäften zu tun, weshalb die Polizei angenommen hatte, er müsse dort als Investmentbanker tätig gewesen sein. Und jetzt stellte sich heraus, dass der Typ, den sie um Hilfe angegangen hatte, exakt auf diese Beschreibung passte.

Na und? Es mussten zu der Zeit Dutzende von Investmentbankern bei JX Warner gearbeitet haben. Trotzdem gefiel es ihr nicht. Sie musterte Jude, der noch immer die E-Mail anstarrte.

»Fällt Ihnen bei dieser Mail noch was auf?«, fragte sie.

»Was?«

Sie klopfte mit dem Fingernagel gegen den Bildschirm und zeigte auf die Liste der Empfänger. Die E-Mail war an ihren Vater gerichtet, eine Kopie allerdings war auch an Jonathan Spencer gegangen. Es gab keinen Zweifel, dass er in die Sache verstrickt gewesen war.

Judes Miene verzerrte sich, als hätte man ihm soeben mitgeteilt, dass sein Hund gestorben war. »O Scheiße.«

Sie suchte seine Körpersprache nach Anzeichen von Verstellung ab. Ihr Vater hatte ihr beigebracht, Pokerbluffs wie ein Experte zu erkennen, und meistens konnte sie bei jedem sagen, ob er gerade log. Aber hier vermochte sie nichts Falsches zu erkennen, sein Bedauern schien aufrichtig zu sein. Dennoch, bei der JX-Warner-Koinzidenz klingelte es schrill, aber damit wollte sie sich später beschäftigen.

In den nächsten vierzig Minuten arbeiteten sie sich durch Leons übrige E-Mails. Das Ausmaß der Aktivitäten, die der Ring an den Tag gelegt hatte, war überwältigend. Bei einem Trade nach dem anderen hatten Leon, Jonathan und ihr Vater privilegierte Informationen ausgenutzt und dabei Millionen verdient. Als Harry mit der Maus über die letzte E-Mail fuhr, fühlte sie sich ausgelaugt. Und bislang hatte sie nichts über die Identität des Propheten erfahren.

»Einfach unglaublich.« Jude fuhr sich mit den Händen übers Gesicht. Er sah aus, als hätte man ihm mit dem Baseballschläger eins drübergezogen. »Der Verstoß gegen die ethischen Grundsätze, so eklatant.«

Harry sank gegen die Rückenlehne. »Ethische Grundsätze hatten für meinen Vater noch nie Vorrang, glauben Sie mir.«

»Die Leute meinen, Insiderhandel sei ein Verbrechen ohne Opfer, aber dem ist nicht so.« Er deutete auf den Bildschirm. »Wer auf diese Weise die Kurse manipuliert, zerstört das Vertrauen in die Märkte. Mit der Fairness ist es dann vorbei.« Wie betäubt sah er sie an. »Das waren drei hochrangige, hochangesehene Investmentbanker. Was zum Teufel haben die sich bloß gedacht?«

Drei hochrangige Investmentbanker. Dazu der Prophet, machte vier. Harrys Blick schnellte zum Bildschirm. Sie war so darauf versessen gewesen, den Propheten aufzuspüren, dass sie das angebliche fünfte Ring-Mitglied glatt vergessen hatte; jenen, dessen Identität Leon geschützt hatte, falls er später einen Gefallen einfordern musste. Spielte aber auch keine so große Rolle. In Leons Mails wurde er ebenfalls nicht erwähnt.

»Fahren Sie fort«, sagte Jude. »Jetzt können wir uns die letzte auch noch ansehen.«

Harry klickte darauf und öffnete Leons letzte Mail. Sie war auf den 8. August 2000 datiert und, wie die meisten anderen, an ihren Vater sowie Jonathan Spencer adressiert.

Warum geht ihr Jungs eigentlich nie ans Telefon? Der Dynamix-Zephyr-Deal ist ABGEBLASEN! Stoßt Zephyr SO SCHNELL WIE MÖGLICH ab, oder wir sitzen alle in der Scheiße!

Leon

Angehängt war eine andere E-Mail, die an Leon geschickt worden war.

Leon,
Dynamix hat Schwierigkeiten, die Gelder für die Zephyr-Übernahme aufzutreiben. Verhandlungen sind ausgesetzt. Pressemitteilung wird gerade vorbereitet. Schlage vor, ihr stellt eure Zephyr-Positionen umgehend glatt.

Der Prophet

Harrys Blick flog zur Adresse des Senders:

2877bp9@alias.cyber.net.

»Der Prophet?«, sagte Jude. »Wer zum Teufel ist das?«
Harry zögerte, doch dann erzählte sie ihm, was sie wusste, unter anderem die Gerüchte über einen fünften nicht-identifizierten Banker. Natürlich ging ihr durch den Kopf, dass ihm das alles nicht neu sein musste, schob den Gedanken jedoch vorerst zur Seite.
»Ist dieser Prophet der, der hinter Ihnen her ist?«, fragte er.
Sie zuckte mit den Schultern. »Vielleicht. Es könnte jeder von denen sein.«
Jude wies mit einem Nicken zum Bildschirm. »Die E-Mail-Adresse sieht ziemlich komisch aus.«
»Er hat sie über einen Remailer geschickt.« Bevor er sie wieder verständnislos anstarren konnte, fuhr sie fort: »Ein Remailer entfernt Namen und Adresse von der E-Mail, bevor er sie weiterleitet. Nichts deutet also mehr darauf hin, woher die Mail ursprünglich stammt.«

»Aber man kann sie doch bestimmt irgendwie zurückverfolgen?«

Harry schüttelte den Kopf. »Das ist schwierig. Remailer sind gewöhnlich zusammengeschaltet, die Mail springt vom einen zum nächsten, bevor sie den endgültigen Empfänger erreicht. Wobei die einzelnen Remailer in unterschiedlichen Ländern mit unterschiedlichen Gesetzen und Sicherheitsvorschriften operieren. So etwas nachzuverfolgen ist juristisch ein Alptraum.«

»Dann ist es also anonym?«

Sie sah ihn gequält an. »So anonym wie Ihre Schweizer Bankkonten. Bei den weniger sicheren Remail-Diensten gibt es immer irgendwo eine Datenbank, in der der richtige Name gespeichert ist. Man kann sich reinhacken oder einen Angestellten bestechen, damit er die Informationen rausrückt.« Sie zeigte auf den Bildschirm. »Den hier kenne ich. Er ist mittlerweile geschlossen, doch er war schwer zu knacken. Er operierte in etwa zwölf Ländern und verwandte hochentwickelte Verschlüsselungsverfahren. Es überrascht mich nicht, dass die Behörden sich schwertaten, den Propheten aufzuspüren.«

»Und was jetzt?«

Harry seufzte und sah auf die Uhr unten am Bildschirm. Es war fast elf. Sie rieb sich die trockenen Augen, ihr ganzer Körper tat ihr weh. Sie sehnte sich nach Schlaf und der Möglichkeit, dass sich ihr Unbewusstes eine Weile mit diesen Dingen beschäftigte. Aber sie war noch nicht fertig.

Sie tippte ein paar Befehle ein und durchsuchte erneut Felix' Archiv, diesmal nach E-Mails von Jonathan Spencer. Es gab keine. Er hatte sich in der Tat vorsichtig verhalten. Dann erinnerte sie sich an ihre Suche nach der Datei mit

den Systempasswörtern. Sie überprüfte das Ergebnis. Nichts.
Und dann stand noch etwas an. Sie spannte die Finger an und wusste, sie konnte es nicht mehr länger hinauszögern. Sie tippte auf die Tasten und startete die Suche nach den E-Mails ihres Vaters.
Es gab nur eine, datiert auf den 5. Oktober 2000.

Leon,
Sorohan hat einen Boden ausgebildet. Es ist an der Zeit einzusammeln, bevor Aventus an die Öffentlichkeit geht. Das ist die Chance, auf die wir gewartet haben. Dieses Mal sollten wir den Einsatz erhöhen.

Sal

Harry spürte einen dumpfen Schmerz in der Brust, als hätte sie eine alte Wunde aufgerissen. Der gute alte Dad. Sie sah ihn vor sich; sein entspanntes Lächeln, das braungebrannte Gesicht, die linke Augenbraue immer ein wenig keck nach oben gezogen, als wolle er sagen: »Wer, ich?«
Sie sah zu Jude. Er blinzelte auf den Bildschirm, las zum wiederholten Mal die Mail, als hätte er sie beim ersten Mal nicht verstanden. Sie kannte das Gefühl.
Mühsam wandte er den Blick ab und drehte sich ihr zu.
»Ich versteh es nicht«, sagte er. »Warum zum Teufel hat er das gemacht?«
Harry überlegte. Wie konnte man jemanden wie ihren Vater anderen verständlich machen? Er war Geschäftemacher, Gauner, jemand, der dem Glücksspiel und dem Risiko verfallen war; jemand, der keinerlei Gedanken daran verschwendete, welche Folgen sein Tun für andere hatte.

Sie zuckte mit den Schultern. »Weil er es konnte.«
Jude schüttelte stirnrunzelnd den Kopf. »Aber er hatte doch so viel zu verlieren.«
»Das macht einen Teil des Reizes aus. Je riskanter das Spiel, umso besser.« Sie spielte am Stiel ihres Weinglases herum. »Er hat mal in einer Pokerpartie unser Haus gesetzt und verloren. Es war kein besonders tolles Haus, die Gegend war ziemlich wüst, aber trotzdem – es war unser Haus.«
Jude sah sie verständnislos an. »Was habt ihr gemacht?«
»Wir mussten ausziehen. Meine Mutter wohnte mit mir und meiner Schwester drei Monate lang in einer Bed-&-Breakfast-Pension.«
Harry war damals neun Jahre alt gewesen. Sie konnte sich noch gut an das heruntergekommene Gebäude in der Gardiner Street erinnern, an den Geruch von Kohl und Zwiebeln, der im Treppenhaus hing. Sie sah das wackelige Bett vor sich, das sie mit Amaranta geteilt hatte, und den dicken, schnaufenden Mann, der jeden Freitag gekommen war, um Geld von ihrer Mutter zu holen.
»Und wo war Ihr Vater?«, fragte Jude.
»In einer Suite im Jury's Hotel. Er spielte dort Poker.«
Jude starrte sie lange an, dann deutete er auf den Bildschirm. »Ich war Ihnen dabei keine besonders große Hilfe, oder?«
Harry lächelte. »Nicht wirklich.« Dann dachte sie wieder an die versteckte Systempasswortdatei und kaute auf der Unterlippe herum. »Aber Sie könnten noch was für mich tun.«
»Oh?«
Sie zeigte auf den Bildschirm. »Ich weiß, was vor neun Jahren geschehen ist. Aber was geschieht jetzt? Was ist in den

letzten paar Tagen geschehen, um das alles wieder aufzurühren?«

Sie beugte sich vor und musterte sein Gesicht. »Ich muss Felix' aktuelle E-Mails sehen. Ich muss wissen, ob er neuere Sachen vom Ring abgefangen hat.«

»Aber er ist doch nicht mehr bei der IT-Sicherheit. Wie soll er da was abfangen?«

»Glauben Sie wirklich, dass er sein gesamtes Wissen und seine Macht einfach so aufgibt, ohne sich irgendwo einen Rückweg offenzuhalten? Ich wette, vor seinem Abschied aus der IT-Sicherheit hat er sich noch ein paar Hintertürchen eingebaut.«

»Aber die neuen Sicherheitstypen würden so was doch finden, oder?«

Sie schüttelte den Kopf. »Nicht unbedingt. Vergessen Sie nicht, er hat die Systeme eingerichtet. Nein, glauben Sie mir, er hat noch immer Zugang. Kein Wunder, dass er so entschieden dagegen war, dass ich hier rumschnüffle.« Eine Weile lang betrachtete sie ihn. »Und hier kommen jetzt Sie ins Spiel. Ich muss Felix' aktuelle E-Mails sehen. Und dafür brauche ich sein Passwort.«

Er sah sie mit leerer Miene an. »Aber ich habe sein Passwort nicht.«

»Nein, aber Sie können es besorgen.« Sie beugte sich vor, verschränkte die Arme und sah ihn herausfordernd an. »Ich denke, Sie sind so weit, um ein wenig Social Engineering zu betreiben.«

26

Soso, mein alter Kumpel Jude bittet mich um einen Gefallen.«

Verschliffen und heiser kam Felix' Stimme über die Lautsprechereinrichtung an Judes Handy.

Harry beugte sich näher heran. Sie saß am Schreibtisch in ihrem Arbeitszimmer. Jude schien das kleine Zimmer ganz auszufüllen.

Es war ihr Vorschlag gewesen, in ihre Wohnung zu gehen. Diese Phase des Hacks erforderte ein vertrauliches Umfeld.

»Kommt nicht so oft vor, dass einer von uns beiden dem anderen einen Gefallen tut, was?«, fuhr Felix fort.

Im Hintergrund waren dumpfe, dröhnende Geräusche zu hören, als hätte Felix den Anruf in einem riesigen Bienenstock entgegengenommen. Sie sah zu Jude. Angespannt starrte er auf das Handy, das zwischen ihnen auf dem Schreibtisch lag.

Sie griff sich ihren Stift und den Block und kritzelte ihm eine Notiz. *Seien Sie nett.* Schließlich gehörte es zum Social Engineering, dass man sich bei seiner Zielperson einschmeichelte.

Jude sah sie an und nickte.

»Fünf Minuten Ihrer Zeit, Felix«, sagte er. »Nur ein kleines Problem, bei dem Sie mir helfen müssten.«

»Zu dieser Stunde? Seit wann arbeite ich am Wochenende für KWC?«

»Ich weiß, es ist spät …«

»Spät? Es ist praktisch schon morgen.« Felix lachte. Es begann als ausgedehntes bronchiales Keuchen und endete mit einem rasselnden Husten, bei dem sich Harry die Frage stellte, ob er an Tuberkulose litt. Intuitiv wich sie vom Handy zurück.

Noch immer krächzend, fuhr Felix fort: »Hey, Judy, hab ich Ihnen schon gesagt, dass ich heute Geburtstag habe?«

Stirnrunzelnd sah Jude sie an. »Nein, ich glaube nicht.«

»Diese Ärsche im Büro. Allen hab ich gesagt, dass ich Geburtstag hab, aber keiner hat sich blicken lassen.«

Nach seinen verschliffenen Konsonanten und dem Lärm der Stimmen im Hintergrund zu schließen, musste das Pub, in dem sich Felix aufhielt, guten Umsatz machen.

»Also, worum geht's?« Seinem Tonfall war zu entnehmen, dass er sich schon darauf freute, Jude abblitzen zu lassen – egal, worum es ging.

»Wirklich eine ziemlich blöde Sache«, sagte Jude. »Ich bin im Büro und hab mein Netzwerk-Passwort vergessen. Als wäre bei mir oben alles ausgelöscht.«

»Warum belästigen Sie mich damit? Rufen Sie doch einen von den Sicherheits-Cracks an, einen von denen, die kaum ihren kurzen Hosen entwachsen sind.«

»Das hab ich versucht, glauben Sie mir. Aber es geht nur die Mailbox dran.«

»Na, ich würde ja wirklich gern helfen, wirklich, aber ich bin ja nur einer von den kleinen Typen in der Beschaffung.«

»Das können Sie anderen erzählen, Felix. Sie wissen mehr

über das KWC-Netzwerk als alle in der IT-Sicherheit zusammen.«

Felix hielt inne. »Sie schmeicheln mir, Judy. Sie müssen ja ganz verzweifelt sein.«

»Kommen Sie, helfen Sie mir, ohne Passwort kann ich hier nichts machen.«

»Dann gehen Sie doch nach Hause. Und ich komm dann morgen früh zu Ihnen.«

»Das hilft mir nicht weiter. Ich habe heute Nacht einen Abgabetermin, und ich muss an ein Dokument im Netzwerk ran. Können Sie nicht mein Passwort zurücksetzen, oder so was?«

»Nein, ohne Laptop geht das nicht. Und glauben Sie mir, ich werde diese Bar so schnell nicht verlassen.«

Fragend sah Jude zu Harry. Sie nickte und rückte näher ans Telefon. »Und wie wär's, wenn Sie mir eine andere Login-ID geben? Eine, mit der man Zugang zu vertraulichen Dateien im Netzwerk hat?«

Schallendes Gelächter dröhnte aus dem Lautsprecher, gefolgt von jubelnden Männerstimmen. Harry zuckte zusammen und strengte sich an, Felix' Stimme aus dem Radau herauszuhören.

Jude beugte sich über das Handy. »Felix? Sind Sie noch da?«

»Klar bin ich noch dran, Judy. Würde Sie doch nie hängenlassen. Hey, raten Sie mal, wie alt ich heute geworden bin. Kommen Sie, schätzen Sie mal.«

Jude seufzte und sah zur Decke. Harry fuchtelte mit den Armen und versuchte ihm verzweifelt klarzumachen, dass er Felix' Spielchen mitspielen sollte. Sie durften ihn jetzt nicht entschlüpfen lassen.

»Okay«, sagte Jude. »Vierzig.«
»Ich bin fünfundvierzig. Fünfundvierzig Jahre, auf den Tag genau. Wissen Sie, wie lang ich schon bei KWC bin?«
Jude zuckte mit den Achseln. »Zehn, elf Jahre?«
»Viel zu viele Jahre schon. Aber wissen Sie was? Ich werde nicht mehr lange hier sein.«
»Sie steigen aus?«
»Aber mit Stil. Hab da nämlich so ein paar Pläne.«
Jude atmete tief durch. »Hören Sie, Felix, wie wär's, wenn Sie mir das Passwort des Administrators geben? Das müsste doch reichen, oder?«
»Sind Sie völlig übergeschnappt? Soll ich Sie aufs ganze Netzwerk loslassen? Bleiben Sie mal schön bei Ihren Mergers und Acquisitions und überlassen Sie das Technische mir.«
»Kommen Sie, Felix, fünf Minuten, dann bin ich wieder draußen.«
Felix rülpste ins Telefon, lang und laut wie ein bellender Seelöwe. »Judy, dieses Gespräch nervt. Sie stören mich beim Trinken.«
Jude warf Harry einen verzweifelten Blick zu. Sie schloss kurz die Augen, dann schrieb sie ein einziges Wort auf den Block und unterstrich es doppelt: *CEO*.
Sie hatten es besprochen. Falls Felix auf die normale Überredungstaktik nicht einging, würden sie ihre letzte Karte ausspielen müssen: die des Vorgesetzten.
Jude zerrte an seiner Krawatte und lockerte sie. »Hören Sie, wenn ich diese Sache heute Abend nicht über die Bühne bringe, werde ich es dem CEO erklären müssen. Und glauben Sie mir, es wird Ihnen nicht gefallen, wenn er Ihnen dann im Nacken sitzt.«

»Ashford? Sie meinen, ich hätte Angst vor dem? Es gehört ja gar nicht zu meinem Aufgabenbereich, Ihnen zu helfen. Außerdem kann der mir sowieso nichts anhaben. Nicht mehr.«

Jude legte den Kopf schief und sah aufs Handy. Dann wandte er sich mit verwirrter Miene an Harry und schüttelte den Kopf.

Harry warf den Stift auf den Schreibtisch und sank auf ihrem Stuhl zurück. Das war es also. Sie hatten ihre letzte Karte ausgespielt. Sie schloss die Augen, massierte sich den Nacken und spürte das dumpfe Pochen, das sich von dort in den Kopf hochzog. Als sie die Augen aufschlug, bemerkte sie, dass Jude sie beobachtete. Sie schüttelte den Kopf und versuchte zu lächeln, strich sich mit der flachen Hand über die Kehle und signalisierte ihm, dass er aufgeben sollte. Wenn Felix Informationen besaß, die ihr weiterhelfen konnten, musste sie irgendwie anders rankommen.

Sie machte sich daran, den Laptop herunterzufahren, als sich Jude wieder dem Handy zuwandte.

»Es könnte sich für Sie aber vielleicht auszahlen«, sagte er.

Harry erstarrte und sah ihn an. Sein Unterkiefer war angespannt. Was zum Teufel trieb er da? Das hatten sie nicht besprochen.

»Ach?«, erwiderte Felix. »Wie?«

»Ein Tauschgeschäft. Sie geben mir eine Login-ID, und ich gebe Ihnen Informationen.«

»Was für Informationen?«

»Vertrauliche Informationen. Informationen, die noch keiner hat.«

Eine Pause. »Fahren Sie fort.«

Harry hielt den Atem an, den Blick auf Jude fixiert.

»Diese Sache, an der ich arbeite«, sagte er. »Es geht um Nectel. Sie übernehmen eine andere Firma.«

»Weiß doch jeder. Sie übernehmen BridgeCom. Stand alles schon in der Zeitung.«

»Nicht mehr. Sie haben das Zielobjekt gewechselt. Hab ich soeben vom Nectel-CEO bestätigt bekommen. Sie lassen BridgeCom fallen und haben es auf ein anderes Unternehmen abgesehen.«

Über das Telefon war Felix' abgehackter Atem zu hören. Was dachte sich Jude bloß dabei? Wollte er wirklich Felix Insiderinformationen zukommen lassen? Ihre Handflächen wurden feucht. Sie wusste, sie sollte ihn stoppen, aber sie konnte sich nicht rühren. Außerdem ging ihr durch den Kopf, dass er das alles schon mal gemacht haben könnte.

Jude beugte sich so nah übers Handy, dass er es fast mit dem Mund berührte. »Das alles wird erst in einem Monat offiziell bekanntgegeben. Ein ganzer Monat, in dem jemand seinen Reibach machen könnte. Und nichts, was ihn mit dieser Information in Verbindung bringen kann.« Er sah zu Harry. »Geben Sie mir brauchbare Login-Daten, Felix.«

Aus dem Handy kamen nur krächzende Hintergrundgeräusche.

»Sie müssen ja ziemlich verzweifelt sein«, sagte Felix nach einer Weile.

Jude antwortete nicht. Seine Miene war wie versteinert. Harry betrachtete ihn fasziniert.

Dann lachte Felix. »Okay, abgemacht. Was für ein Spaß! Sie geben mir den Namen des Zielobjekts, und ich gebe Ihnen eine Login-ID. Und, Judy?«

»Ja?«

»Verarschen Sie mich nicht, okay?«

»Bei meiner Bankerehre.«

Felix lachte ins Telefon. »Ja, genau. Also, schießen Sie los.«

»Das Ziel ist Aslan Technology.«

»Aslan. Schön, schön. Okay, die sind wohl einen Benutzernamen und ein Passwort wert. Aber nicht das Admin-Konto.«

Scheiße. Harry schloss die Augen. Sie brauchte Administratorenrechte. Außer Felix' eigenen Zugangsdaten war das die einzige sichere Möglichkeit, an seine E-Mails zu kommen.

»Ich trau Ihnen nämlich nicht«, fuhr Felix fort. »Sie bringen noch das ganze verdammte Netzwerk zum Einsturz.« Er räusperte sich mit einem schleimigen, kehligen Husten. »Sie können meine Zugangsdaten haben. Haben zwar nicht so viele Rechte wie der Admin, aber es reicht, damit Sie Ihre Dateien lesen können.«

Harry riss die Augen auf und spürte, wie ihr das Blut ins Gesicht schoss. Sie streckte beide Daumen nach oben. Jude lächelte sie an.

»Wunderbar, Felix«, sagte er, den Blick auf sie gerichtet. »Danke.«

»Benutzername ist Froche.« Er buchstabierte es ihm. »Und das Passwort Rasputin45. Und jetzt scheren Sie sich zum Teufel und rufen Sie mich nicht mehr an. Ich werde mein Handy ausschalten. Und mich über mein Glück freuen.«

Die Leitung war tot. Harry schrieb die Zugangsdaten auf und grinste Jude an. Sein Gesicht war gerötet, er sah zufrieden mit sich aus.

»Ich bin beeindruckt«, sagte sie. »Sie wären ein guter

Hacker. Aber was ist mit Ihren ethischen Grundsätzen, von denen Sie gesprochen haben? Oder stimmt das mit Aslan gar nicht?«

»Doch, doch, es stimmt.« Er lehnte sich zurück und verschränkte die Hände hinter dem Kopf. »Nectel hat wirklich BridgeCom fallenlassen und es auf Aslan abgesehen. Aber das werden sie nie schaffen. Nectel ist finanziell am Arsch, es ist ausgeschlossen, dass die Firma jemals das Geld für irgendeine Übernahme auftreiben wird.«

»Dann wird Felix von der Information also nicht profitieren?«

»Nein. Aber bis er das feststellt, wird es zu spät sein.«

Harry starrte ihn an. Wenn er die Sache moralisch für sich rechtfertigen konnte, dann wollte sie es auch tun. Aber sie wusste, dass ihm das Gespräch nicht leichtgefallen war.

»Danke«, sagte sie und wandte sich ihrem Laptop zu, bevor er etwas darauf erwidern konnte.

Sie reaktivierte die RAT-Verbindung zu Frank Buckleys Computer. Ihre Finger flogen über die Tastatur, und sobald sie sich aus Franks Netzwerkzugang ausgeloggt hatte, meldete sie sich mit Felix Roches Zugangsdaten an. Sekunden später hatte sie Felix' aktuelle E-Mails auf dem Bildschirm.

Sie ging seine Nachrichten durch und überflog die Adressen nach allem, was relevant erscheinen konnte. Wenn Felix noch immer E-Mails abfing, bestand die Möglichkeit, dass er etwas aufgeschnappt hatte, was ihr weiterhelfen könnte.

Sie fand es fast sofort. Eine Mail von Leon, datiert auf den Tag zuvor.

Ralphy-Boy,
weißt du irgendwas darüber??

Leon

Angehängt war eine zweite Nachricht:

Leon,
das Sorohan-Geld ist in Bewegung gekommen. Die Tochter hat es, Harry. Den Beweis werde ich dir zukommen lassen. Das Geld gehört doch wohl uns, meinst du nicht auch?

Der Prophet

Harry schauderte, als sie ihren eigenen Namen auf dem Bildschirm sah. Am liebsten hätte sie die Arme um sich geschlungen, um sich gegen diesen Übergriff auf ihre Person zu schützen.

»Der Prophet hat eine andere Adresse«, sagte Jude.

Harry blinzelte auf den Bildschirm. Er hatte recht. Die Mail des Propheten, die Leon weitergeleitet hatte, stammte von an7623398@anon.obfusc.com und nicht mehr von der alias.cyber.net-Adresse wie zuvor.

Sie massierte sich die Stirn. »Er hat den Remailer gewechselt. Musste er ja auch. Der andere ist vor zwei Jahren dichtgemacht worden. Es gab da schwerwiegende juristische Auseinandersetzungen mit einigen Regierungen.«

Sie las erneut Leons Mail. Wer zum Teufel war Ralphy-Boy?

Sie überprüfte den Empfänger. ww483554@realXremail.com. Ein weiteres nicht aufspürbares Alias. War Ralphy-Boy das letzte Mitglied des Trading-Rings?

Ihr Kopf pochte. Sie hätte es bitter nötig, sich in ihrem Bett zusammenzurollen und etwas Abstand zu gewinnen.
Jude berührte sie an der Schulter, mit sanfter Stimme sprach er sie an. »Sie sehen aus, als würden Sie jeden Moment zusammenbrechen. Sie sollten sich ein wenig ausruhen.«
Harry war nicht mehr danach zumute, sich ihm zu widersetzen. Sie langte nach ihrem Laptop und wollte ihn schon ausschalten, dann hielt sie inne. Ihr war die Systeminformation aufgefallen, die über der Mail angezeigt wurde.

Sie haben auf diese Nachricht am 10.04.2009 geantwortet. Zum Anzeigen aller relevanten Nachrichten, klicken Sie hier.

Felix hatte auf diese E-Mail geantwortet?
Harry klickte auf die gelbe Informationsleiste, kurz darauf hatte sie die E-Mail vor sich, die Felix Roche am Nachmittag zuvor verschickt hatte. Sie war adressiert an die anonyme Adresse des Propheten, an7623398@anon.obfusc.com.

Soso, Mr. Prophet, endlich dürfen wir uns unterhalten. Als Erstes möchte ich sagen, dass ich weiß, wer Sie wirklich sind. Ich habe Freunde bei anon.obfusc. Sie nehmen es mit der Sicherheit leider nicht so genau, wie sie eigentlich sollten. Leider, Mr. Prophet.
Ich vermisse die alten Zeiten. Buy low, sell high. Ihr Typen wart gut. Sie sollten es wieder machen. Bevor noch jemand herausfindet, wer Sie sind.
Ich bleibe in Kontakt.

Felix

Ihr wurde ganz heiß. Sie griff nach dem Stift und notierte sich die Remailer-Adresse. Sie packte Judes Handy und drückte auf die Wahlwiederholung. Nichts. Scheiße. Felix hatte sein Handy tatsächlich ausgeschaltet.
Sie war wieder hellwach, die Schmerzen waren vergessen, zumindest für den Moment. Felix wusste also, wer der Prophet war.
Und morgen würde er ihr den Namen rausrücken.

27

Cameron kroch näher an die Schlafzimmertür. Sie stand leicht offen, er beugte sich an den Spalt heran und lauschte. Schwerer, regelmäßiger Atem war zu hören, getragen vom langsamen, trunkenen Rhythmus desjenigen, der bereits eine Weile lang schlief.

Er hatte bis nach Mitternacht warten müssen, bis in der Erdgeschosswohnung die Lichter angingen. Dann eine weitere Stunde, bis die Fenster wieder in Dunkelheit getaucht waren und sich nichts mehr rührte. Danach hatte er sich in Bewegung gesetzt.

Cameron entfernte sich von der Schlafzimmertür und schob den Rucksack ein wenig höher auf die Schultern. Vorsichtig, langsam ging er durch den kurzen Flur, tastete sich durch die Dunkelheit, vorbei an den Türen zur Küche und zum Bad, und betrat schließlich das Wohnzimmer.

Die Dunkelheit war erstickend. Seiner Einschätzung nach musste das Fenster direkt vor ihm liegen, aber nicht ein Strahl der Straßenlaternen drang herein. Cameron schloss die Augen und ließ sich von seinen Sinnen leiten. Zentimeter für Zentimeter tastete er sich mit ausgestreckten Händen voran. Seine Finger streiften gegen etwas Glattes, Kaltes: einen Lederbezug. Er ging weiter.

Seine Hände stießen gegen ein hohes, leichtes Gestell, das schwankte und beinahe umfiel.

Er machte einen Schritt nach rechts und tappte weiter. Draußen fuhr ein Wagen vorbei, auf dem nassen Asphalt zischten die Reifen. Camerons Hände stießen gegen einen schweren Stoff, und er schlug die Augen auf. Er hatte das Fenster erreicht. Er zog am Vorhang, bis ein dünner Lichtstrahl die Dunkelheit durchschnitt, drehte sich um und betrachtete den Raum.

Brennstoff, Sauerstoff, Hitze: das Dreigespann des Feuers. Die Worte summten in seinem Kopf wie ein Mantra, hypnotisierend und verführerisch. Er blinzelte in das Zimmer und suchte nach möglichen Zündstellen. Die Auswahl der richtigen Stelle war entscheidend. Cameron wusste, so wie Hitze nach oben stieg, stieg auch das Feuer nach oben. Aber die Flammen wollten genährt werden. Sie mussten unausgesetzt mit neuem Brennstoff gefüttert werden, wenn sie überleben wollten.

Er sah hinauf zur hohen viktorianischen Decke. Das Feuer würde sich an ihrer Unterseite schneller als irgendwo anders im Zimmer ausbreiten. Aber dazu musste es erst dorthin gelangen. Er befingerte die Vorhänge, überprüfte deren Länge. Sie reichten von der Decke bis zum Boden. Cameron lächelte. Sie waren die perfekte Leitung.

Er fasste an die kalte Wand und runzelte die Stirn. Harte Außenwände lieferten meistens keinen guten Brennstoff. Nachdem Farbe und Tapete abgebrannt waren, neigte das Feuer meistens zum Erlöschen, außer es hatte etwas, woran es sich festklammern konnte. Er betrachtete die gegenüberliegende Wand und nickte. Sie war mit breiten Holzpaneelen verkleidet; wunderbares Anfachholz, das noch dazu direkt zur Wohnungstür führte. Das war die Fluchtroute, um die er sich kümmern musste.

Mittlerweile hatten sich die dunklen Schatten im Zimmer zu erkennbaren Gestalten aufgelöst. Das hohe Ding, gegen das er gestoßen war, war ein mit Handtüchern behängter zusammenklappbarer Wäscheständer. Der Lederbezug gehörte zu einem Sofa und zwei Sesseln in schlanker, moderner Linienführung. Gute Neuigkeiten. Das Pferdehaar, mit dem altes Mobiliar ausgestopft war, ließ sich nur schwer entzünden, die Schaumstoffpolsterung in solchen Dingern aber brannte besser als Reisig.

Cameron fuhr sich mit der Zunge über die Lippen.

Brennstoff, Sauerstoff, Hitze.

Er trat an den Wäscheständer und hob ihn ans Fenster. Dann packte er sich den nächsten Sessel und zerrte daran. Kreischend fuhren die Laufrollen über den Teppich. Cameron erstarrte.

Er hielt den Atem an und lauschte auf Geräusche aus dem Schlafzimmer. Aus dem Flur drang das Summen des Kühlschranks, irgendwo hinter ihm tickte ein Heizkörper. Er zählte bis dreißig. Nichts. Langsam atmete er aus und wischte sich die Hände am Hosenboden der Jeans ab. Dann bewegte er ganz vorsichtig den Sessel, bis er den Wäscheständer berührte.

Cameron nahm den Rucksack von den Schultern und ging auf die Knie. Er nahm den Papierkorb heraus, die Zeitung vom Vortag, Zigaretten, das Streichholzbriefchen und das Paraffin. Er zwängte den leeren Papierkorb zwischen Vorhang und Wäscheständer, riss die Zeitung in Streifen und füllte damit den Papierkorb. Er justierte eines der Handtücher so, dass es nur wenige Zentimeter über dem Papier baumelte, warf ein zweites Handtuch über den Sessel und stopfte es lose unter das Kissen. Dann drapierte er das

untere Ende des Vorhangs über den Wäscheständer und zog den Stoff zwischen den Querstreben durch.
Cameron ging in die Hocke, um sein Werk zu bewundern. Vorhang, Wäscheständer und Sessel waren zu einer leicht entflammbaren, tödlichen Kette verflochten, in deren Zentrum der Mülleimer stand und nur darauf wartete, entzündet zu werden. Es lief ihm heiß über den Rücken.
Er schraubte den Paraffinbehälter auf und goss einen kleinen Teil der Flüssigkeit in die Kappe. Durchdringender metallischer Geruch stieg ihm in die Nase, als er einige Tropfen über das Papier sprenkelte und dann über den Vorhang und die Handtücher. Vom Papierkorb abgewandt, zündete er die Zigaretten an und klemmte sie in das Streichholzbriefchen. Dann legte er es unten in den Papierkorb, drückte das zusammengeballte Papier zur Seite, damit es nicht den brennenden Tabak berührte.
Er stand auf und sah auf seine Uhr. 01:41 Uhr. Es blieben ihm neun Minuten, um von hier zu verschwinden.
Er griff in seine Hosentasche und holte die Batterien heraus, die er aus dem Rauchmelder der Wohnung entfernt hatte, und warf sie in den Rucksack. Dann packte er seine Sachen zusammen und schlang sich den Rucksack auf den Rücken. Er trat ans Fenster und schob es knapp fünfzehn Zentimeter hoch, gerade genug, damit ein wenig Luft hereinkam.
Brennstoff, Sauerstoff, Hitze.
Er schlich sich durchs Wohnzimmer hinaus in den Flur. Im Dämmerlicht war die Tür zum kleinen Arbeitszimmer zu erkennen, durch das er die Wohnung betreten hatte. Um dorthin zu gelangen, würde er am Schlafzimmer vorbeimüssen.

Er tastete sich an der Wand entlang, setzte die Füße flach auf, um sein Gewicht gleichmäßig zu verteilen.
In der Dunkelheit schrillte ein Telefon. Er fuhr zusammen. Es klingelte und klingelte, laut genug, um das ganze Gebäude zu wecken. Das Telefon musste ganz in der Nähe sein, wahrscheinlich auf einem Tisch im Flur. Er zwang sich zum Weitergehen und sank dann doch wieder nur gegen die Wand. Wer zum Teufel telefonierte um diese Zeit? Sein Herz pochte. Er wartete auf die unvermeidlichen Geräusche aus dem Schlafzimmer, auf den grellen Lichtschein, der den Flur erhellen würde. Er zählte mit, es klingelte zum achten Mal, zum neunten, zehnten Mal. Ihm wurde heiß, er roch seinen Schweiß, seinen Körpergeruch, scharf und sauer wie der Gestank von gekochten Zwiebeln. Nach dem zwölften Klingeln verstummte das Telefon.
Cameron war wie gelähmt. Er zählte bis sechzig und blinzelte auf seine Uhr. Noch drei Minuten. Er musste raus. Mit steifen Gliedern rückte er Zentimeter für Zentimeter durch den Flur. An der Schlafzimmertür zögerte er und lauschte auf den Atem. Noch immer der gleiche Rhythmus. Ein, aus, ein, aus, wie jemand, der einen kleinen Blasebalg betrieb.
Cameron huschte ins Arbeitszimmer. Er stieg durch den leeren Fensterrahmen und landete auf dem knirschenden Kies. Die Fensterscheibe lehnte an der Wand, wo er sie zusammen mit dem Kittmesser und den Saugnäpfen abgestellt hatte. Er setzte die Scheibe in den Rahmen und verstaute die Saugnäpfe und das Messer in seinem Rucksack. Die Scheibe saß nicht fest im Rahmen, aber das spielte keine Rolle mehr. Alle Spuren seines Einbruchs würden bald Opfer der Flammen werden.

Er joggte über die Straße, stieg in seinen Wagen und warf den Rucksack auf den Beifahrersitz. Er kauerte sich hinter das Lenkrad und schloss die Augen.

Adrenalin schoss durch seinen Körper, sein Atem ging hart, stoßweise. Er stellte sich die Szene vor, die er zurückgelassen hatte. Die Streichholzköpfchen mussten sich mittlerweile entzündet und das Papier in Brand gesetzt, der Papierkorb musste sich wie Zuckerwatte im Regen aufgelöst haben. Er stellte sich die lodernden Flammen vor, die am Vorhang züngelten, zögernd vom Stoff kosteten, bevor sie an ihm entlangrasten, um das ganze Zimmer zu verschlingen.

Cameron schlug die Augen auf und sah zur Wohnung. Ein orangefarbener Schein zuckte im Spalt der Vorhänge. Er rollte die Seitenscheibe nach unten. Der Regen hatte aufgehört, der Schein des Feuers spiegelte sich bereits auf dem nassen Bürgersteig. Er beobachtete die Flammen, die sich in ihrem zitternden Wüten verstärkt hatten, gegen die Fensterscheibe schlugen und an den Vorhängen zerrten. Camerons Atem wurde flach und beschleunigte sich, eine ekelhafte Heiterkeit kam über ihn, die er jetzt ganz auskosten wollte. Der Abscheu vor sich selbst würde sich später einstellen.

Er sah zum Feuer, solange er sich traute. Die Fenster barsten, schwarzer Rauch quoll in den Nachthimmel. Die lodernden Flammen zischten und knackten und spien Funkenschauer. Er spürte die Hitze im Gesicht, den süßen, rauchigen Geruch von verkohltem Holz. Dann hörte er ein anschwellendes Dröhnen, als donnerten mehrere Flugzeuge über ihn hinweg: ein Teil der Decke war eingestürzt. Flammen barsten durch die Fenster, schlugen zehn, fünfzehn Meter hoch in den Himmel, wo ihre Zungen über ihn aufragten.

Er versuchte sich die sengende Hitze in der Wohnung vorzustellen; das Ringen nach Luft, den Husten, die giftigen Dämpfe. Und die lähmende Angst, bei lebendigem Leib verbrannt zu werden. Cameron schloss die Augen und lächelte.

Niemand würde dieses Inferno überleben.

28

Felix Roche ist tot.«

Harry schoss im Bett hoch und schwang die nackten Beine zu Boden. »Was?«

»Er ist letzte Nacht in seiner Wohnung verbrannt.« Jude sprach leise ins Telefon, als wolle er nicht, dass es sonst jemand hörte. »Die Polizei war hier. Ich hab Ihren Namen bislang rausgehalten, aber es war nicht einfach. Dieser verdammte Detective, er ist wie eine Katze, beobachtet nur und wartet darauf, dass man selber redet.«

Detective Lynne. Ihr wurde übel. Sie musste schlucken. »Ein Unfall?«

»Bislang hat keiner was anderes gesagt. Aber sie haben viele Fragen gestellt.«

Scheiße, Scheiße, Scheiße. Harry schloss die Augen und schlang die Arme um sich. Wie konnte Felix nur tot sein? Sie hatten doch erst vor ein paar Stunden mit ihm gesprochen.

»Harry? Sind Sie noch da?«

»Mh-hmm.«

Mit eingezogenen Schultern wippte sie vor und zurück, als leide sie unter Krämpfen. Gestern hatte Felix dem Propheten mitgeteilt, er wisse, wer er sei. Heute war er tot.

Sie versuchte, sich Felix vorzustellen: übergewichtig, schnaufend, ein Ekelpaket. Sie hatte ihn nicht sehr gemocht, trotzdem hatte sie ihm nicht den Tod gewünscht. Und sie hätte unbedingt mit ihm reden müssen.

Plötzlich hielt sie abrupt inne. »Ich hab ihn letzte Nacht angerufen.«

Eine Pause am anderen Ende der Leitung. »Sie haben was?«

»Es war spät, fast zwei Uhr morgens. Ich konnte nicht schlafen.« Sie hatte in der Dunkelheit auf der Bettkante gesessen, auf das Klingeln im Hörer gelauscht und gehofft, dass Felix abnahm.

»Und?«, fragte Jude.

»Nichts. Er ist nicht rangegangen.« Ihre Beine zitterten, ihr T-Shirt fühlte sich kalt und klamm an. Das flaue Gefühl in ihrem Magen wurde stärker. »Meinen Sie, er war da schon tot?«

»Wer weiß? Wenigstens haben Sie nicht mit ihm geredet.«

»Ich wünschte, ich hätte es. Er wusste, wer der Prophet ist.«

»Mir scheint, je mehr man über diesen Propheten weiß, umso gefährlicher ist es.« Sein Tonfall wurde harscher. »An Ihrer Stelle würde ich mich von ihm fernhalten.«

Harry runzelte die Stirn. War er um ihre Sicherheit besorgt, oder hatte er soeben eine Drohung ausgesprochen? Sie schüttelte den Kopf und atmete tief durch die Nase ein. Jude hatte ihr letzte Nacht geholfen. Er war ein großes Risiko eingegangen, hatte Felix Insiderinformationen zukommen lassen und sich damit ihm ausgeliefert. Sie starrte auf ihre Zehen.

Es sei denn, er hatte bereits zu diesem Zeitpunkt gewusst, dass Felix in ein paar Stunden tot sein würde.

»Werden Sie mit der Polizei reden?«, fragte Jude mit hölzerner, schwer einzuschätzender Stimme.

»Über meinen Vater? Nein. Nein, das kann ich nicht.« Das Reden fiel ihr plötzlich schwer. Ihr Mund war so trocken, dass ihre Worte nur abgehackt herauszukommen schienen.

»Ist es nicht ein bisschen zu spät, um sich noch Sorgen zu machen? Um ihn? Außerdem kann es Ihnen doch egal sein. Sie hassen ihn doch, dachte ich.«

»Ich hasse ihn nicht.« Stimmte das wirklich? »Er ist immer noch mein Vater.«

»Auch wenn er an einem Mord beteiligt war?«

Harry schwankte, kurz war ihr, als würde sie ohnmächtig werden. Sie ließ den Hörer fallen und schaffte es gerade noch ins Badezimmer. Sie übergab sich ins Waschbecken, bis ihr Rachen wund war, und zitterte am ganzen Körper, während sie sich am kalten Emaillebecken festhielt. Sie spritzte sich kaltes Wasser ins Gesicht, taumelte zurück ins Bett und zog die Decke über sich. Erst dann griff sie wieder zum Hörer. Jude hatte bereits aufgelegt.

Was jetzt? Sie hatte keine Spuren mehr, denen sie folgen konnte. Der einzige Mensch, der die Identität des Propheten gekannt hatte, war tot. Und sie hatte ganz entschieden das Gefühl, dass sie als Nächstes an der Reihe sein könnte.

Sie rollte sich zusammen und blies den Atem gegen die Hände, damit sie warm wurden. Ihre Glieder waren schwer wie Blei, Folge des Schlafmangels. Nach dem Anruf bei Felix hatte sie sich an den Laptop gesetzt und die Sicherheitseinrichtungen von anon.obfusc geprüft, des Remailer-Dienstes, den der Prophet benutzte. Stundenlang hatte sie alles Mögliche probiert, hatte gescannt und experimentiert, aber der Perimenter-Schutz war wasserdicht. Social Engineering kam nicht in Frage. Die Remailer-Typen waren erfahrene Software-Sicherheitsexperten und würden solchen Spielchen nicht auf den Leim gehen. Um halb sieben morgens war sie zu dem Schluss gekommen, dass Felix eine Kontaktperson beim Remailer haben musste, jemanden, der ihm die Information zugetragen hatte. Das hatte ihre Stimmung nicht unbedingt befördert. Der Remailer operierte in verschiedenen Ländern. Felix' Maulwurf aufzuspüren würde nahezu unmöglich sein.

Harry verkroch sich tiefer unter die Decke. Das Tageslicht schimmerte durch die Vorhänge. Sie schloss die Augen. Warum konnte der Trading-Ring nicht einfach das verdammte Geld nehmen und sie in Ruhe lassen? Sie würde es sofort zurückgeben, wenn sie dafür nur ihr altes Leben zurückbekommen würde.

Sie riss die Augen auf, und eine Idee nahm Gestalt an. Das Geld zurückgeben. Warum nicht? Wenn der Prophet erst sein Geld hatte, würde er sie in Ruhe lassen, oder? Schließlich wusste sie ja nicht, wer er war; sie stellte für ihn keine Bedrohung dar.

Sie fuhr hoch. Ihr Magen fühlte sich leichter an, das flaue Gefühl war verschwunden. Sie warf die Decke auf den Boden und eilte durch den kurzen Flur in ihr Arbeitszimmer. Ihr Laptop stand noch so wie in der Nacht zuvor, sie setzte sich davor und spannte die Finger.

Es würde alles vom Tonfall der E-Mail abhängen. Es musste klingen, als hätte sie alles unter Kontrolle, als wüsste sie, was sie tat. Ihr Herz pochte, als sie die E-Mail aufsetzte. Sie brauchte mehrere Versuche, letztlich war sie nicht ganz zufrieden damit, aber es musste reichen. Ein letztes Mal las sie sie durch:

Ich habe Ihre zwölf Millionen. Sagen Sie mir, wohin ich sie schicken soll, und Sie können sie zurückhaben. Eine Bedingung: Pfeifen Sie Ihre Schläger zurück und lassen Sie mich in Ruhe. Ich bin für Sie keine Bedrohung – schließlich würde es meinem Vater kaum helfen, wenn ich zur Polizei gehe. Und Ihnen würde es kaum helfen, wenn Sie der Polizei meinen Leichnam zukommen lassen.

Harry Martinez

Sie hätte es gern schlagkräftiger formuliert, aber ihre Position war nicht so stark, wie sie es gern gehabt hätte. Wenn Sie erst das Geld überreichte, hätte sie überhaupt nichts mehr in der Hand.

Sie gab die Remailer-Adresse des Propheten ein und zögerte kurz. Dann klickte sie auf »Senden«.

Sie lehnte sich auf ihrem Schreibtischsessel zurück und atmete tief und lange aus. Zum ersten Mal seit Tagen hatte sie das Gefühl, als hätte sie alles im Griff.

Das Telefon klingelte. Sie ging ran. »Hallo.«

»Hey.« Es war Dillon.

»Hey.«

»Alles in Ordnung?«

»Ja, mir geht es gut.« Selbst in ihren Ohren klang sie nicht sonderlich überzeugend. Zum Teufel, wo waren ihre Verstellungskünste, wenn sie sie brauchte?

»Klingt aber nicht so.«

»Mach dir keine Sorgen.« Sie sah zu ihrem E-Mail-Programm. »Aber vielleicht sollte ich ein, zwei Tage freinehmen, wenn das möglich ist.«

»Da musst du gar nicht fragen, Harry, das weißt du.« Seine

Stimme klang sanft. »Vergiss die Arbeit. Imogen hat den Sheridan-Bericht weggeschickt. Sie sind zufrieden, keine Nachbesprechung, nimm dir also alle Zeit der Welt.«
Harry war überrascht. Keine Nachbesprechung? Irgendwas rührte sich in ihrem Hinterkopf, doch sie bekam es nicht zu fassen. Etwas, das noch zu tun gewesen wäre. Der Gedanke verschwand wie eine Fliege im Sirup. Sie schüttelte den Kopf und hakte es ab.
»Danke«, sagte sie.
Dillon zögerte. »Meinst du, du schaffst es, heute zum Abendessen noch mal zu mir rauszukommen? Ich werde kochen.«
Harry schloss die Augen. Plötzlich war sie wieder in der Dunkelheit, im Wirbel des Labyrinths. Ihr Mund wurde trocken.
»Tut mir leid, blöde Frage«, sagte Dillon in das Schweigen hinein. »Ist wahrscheinlich der letzte Ort, an dem du sein möchtest.« Er hielt kurz inne. »Es ist nur, ich will nicht, dass du jetzt für immer Bammel vor meinem Haus hast, weißt du? Falls du mal wiederkommen möchtest.«
Harrys Herzschlag machte einige Hüpfer, die sie zu ignorieren versuchte. »Ich hab keinen Bammel, ich komme sehr gern. Ich wusste gar nicht, dass du kochen kannst.«
»Ich kann Sachen aufwärmen. Meine Haushälterin kann kochen.« Das Lächeln war seiner Stimme anzuhören. »Dann hol ich dich um sieben ab?«
Harry zuckte zusammen, als sie an die rasante Autofahrt vor einigen Tagen denken musste. »Wahrscheinlich ist es besser, wenn ich selbst fahre. Ich muss vorher noch ein paar Dinge erledigen. Ich könnte so gegen halb acht da sein?«

»Halb acht, wunderbar. Ich sollte dir vielleicht noch den Weg beschreiben, das letzte Mal bist du eingeschlafen.«
Harry hörte sich seine knappe Beschreibung an und skizzierte auf der Rückseite eines Umschlags eine grobe Karte. Nachdem sie aufgelegt hatte, setzte sie sich auf die Bettkante und überlegte, was sie anziehen sollte. Es fiel ihr schwer, den bevorstehenden Abend nicht gleich zu überspringen und an das zu denken, was nach dem Abendessen folgen könnte. Im Moment aber kam sie gut und gern ohne die Komplikationen aus, die eine Affäre mit ihrem Boss mit sich bringen würde.
Vergangenen Sommer hatte sie sich schon einmal überlegt, was sie für Dillon anziehen sollte. Er hatte sie ohne jegliche Vorwarnung angerufen, um ihr einen Job anzubieten – fünfzehn Jahre nachdem er in ihrem Zimmer gesessen und von den ethischen Grundsätzen des Hackens gesprochen hatte. Daraufhin hatten sie sich im Shelbourne Hotel getroffen und sich bei Kaffee und Sandwiches gegenseitig gemustert.
Noch gut konnte sie sich an ihr prickelndes Gefühl erinnern. Der leidenschaftliche, gutaussehende Junge hatte sich zu einem attraktiven, selbstbewussten Mann entwickelt, der anscheinend mehr als mit sich zufrieden war. Die alte Begeisterung, die er ansonsten gut zu verbergen wusste, funkelte nur gelegentlich in seinem Blick auf. In seiner Gegenwart war sich Harry wieder wie eine Dreizehnjährige vorgekommen, die kaum von den Sandwiches zu nehmen wagte, aus Angst, ein Stück Salatblatt könnte ihr zwischen den Zähnen hängenbleiben.
Ihr Laptop piepte. Wieder sah sie auf ihre E-Mails. Ihr Rückgrat sirrte. Eine neue Nachricht.

Du bist ein vernünftiges Mädchen, Harry. Dein Daddy würde es dir nicht danken, wenn du die Polizei einschalten solltest. Es gibt eine ganze Menge Fragen zum Sorohan-Deal, die er nicht beantworten möchte.
Wir machen es so, wie du es vorgeschlagen hast. Ich bekomme mein Geld und du dein Leben zurück.
Aber enttäusch mich nicht, Harry. Dein Vater hat ein doppeltes Spiel mit mir getrieben. Und es wäre mir sehr unangenehm, wenn du das Gleiche machen solltest. Sei klug. Andernfalls werden du und alle, denen du nahestehst, in Gefahr geraten.
Zum Geld werde ich Anweisungen schicken.

Der Prophet

Harrys Handflächen waren feucht, ihr Atem ging flach. Hatte ihr Plan wirklich funktioniert? Fast widerwillig loggte sie sich in ihr Online-Konto ein und überprüfte ein weiteres Mal den Kontostand.
Sie betrachtete die Zahlen und zwinkerte. Dann aktualisierte sie die Seite und betrachtete sie ein weiteres Mal. Genau wie vorher. Ihr wurde schwindelig, und sie hörte fast auf zu atmen.
Jetzt siehst du mich, jetzt siehst du mich nicht.
Das Geld war fort.

29

Was soll das heißen, das Geld existiert gar nicht?«, fragte Harry.

Den Hörer gegen das Ohr gepresst, ging sie im Wohnzimmer auf und ab.

»Es muss existieren. Ich hab's mit eigenen Augen gesehen.«

»Was Sie gesehen haben, war leider ein Fehler unserer Banksoftware.« Sandra Nagle gab sich ausgesprochen höflich. »Ich habe es mir soeben von unserem technischen Support bestätigen lassen. Einige Tage lang scheinen unsere Online-Systeme Ihren Kontostand falsch angezeigt zu haben.«

»Falsch angezeigt? Jemand hat am Freitag zwölf Millionen Euro auf mein Konto überwiesen. Sie haben die Transaktion selbst gesehen.«

»Ja, aber das war leider nicht richtig.«

»Nicht richtig? Was soll das heißen?«

»Das heißt, dass diese Transaktion nie stattgefunden hat.« Kühl und schneidend kam Sandra Nagles Antwort, als hätte sie einen Haufen Stecknadeln im Mund. »Das wird durch unsere Aufzeichnungen zweifelsfrei bestätigt. Es gab nie eine Überweisung über diesen Betrag auf Ihr Konto.«

Harry blieb stehen. Ihre Muskeln fühlten sich steif an. »Sie erzählen mir also, die zwölf Millionen Euro waren nur ein Softwarefehler? Es war gar kein richtiges Geld?«

»Genau.« Sandra schien sehr zufrieden zu sein, dass Harry es so schnell kapierte. »Im Namen der Sheridan Bank möchte ich mich bei Ihnen dafür entschuldigen. Ihr Kontostand ist korrigiert worden, und ich kann Ihnen versichern, dass so etwas nicht wieder vorkommen wird.«

Harry ließ sich auf der Sofalehne nieder. Das Geld existierte nicht. Ihr war, als krieche ihr eine Spinne den Nacken hinauf. Soeben hatte sie mit dem Propheten ausgemacht, ihm die zwölf Millionen Euro zu übergeben. Was zum Teufel würde er tun, wenn sie nicht liefern konnte?

Ihr Herz pochte. Es war verrückt. Jemand, der hinter dem Sorohan-Geld her war, hatte sie vor einen Zug gestoßen, und am gleichen Tag zeigte ihr Kontostand aufgrund eines Softwarefehlers zufällig zwölf Millionen Euro an? Quatsch. Das Geld existierte. Aber wo war es?

Harry hob das Kinn. »Tut mir leid, aber die Erklärung reicht mir nicht. Kann ich mit jemandem vom technischen Support sprechen?«

Eine Pause am anderen Ende der Leitung. »Das Personal des technischen Supports ist nicht berechtigt, mit Außenstehenden über Einzelheiten der Buchungsvorgänge zu reden. Aus Sicherheitsgründen, wie Sie sicherlich verstehen.«

Harry schloss die Augen und überlegte fieberhaft, wie sie an dieser verstockten Frau vorbeikommen konnte. Dann beschloss sie, es sein zu lassen. Sie war es leid, mit ihr zu reden. Und außerdem war ihr gerade eine bessere Idee gekommen, um herauszufinden, was auf ihrem Konto abgelaufen war.

Sie wollte schon auflegen, als ihr noch etwas anderes einfiel. Es mochte zwar kleinlich sein, aber Harry hasste es, wenn Sandra Nagle einfach so davonkam.

»Ein Letztes noch«, sagte sie. »Ich hab vor ein paar Tagen darum gebeten, mir einen Kontoauszug zu schicken. Ich hab ihn bislang nicht bekommen.«
Die Frau seufzte, Harry hörte, wie sie etwas auf der Tastatur eingab.
»Ja, ich hab mich persönlich darum gekümmert«, kam es von Sandra Nagle. »Tatsächlich haben wir Ihnen an jenem Tag sowieso einen Monatsauszug zugeschickt. Sie hätten ihn gestern erhalten müssen.«
»Habe ich aber nicht.«
»Ich überprüfe mal die uns vorliegende Adresse.«
Harry stand auf und ging ans Fenster. Der Himmel hatte sich zugezogen, dicke Regentropfen platschten an die Scheibe. Sie lehnte sich mit der Stirn gegen den kühlen Fensterrahmen.
Warum zum Teufel hatte sie überhaupt den Propheten kontaktiert?
»Apartment 4, 13 St. Mary's Road, South Circular Road, Dublin 8.«
Harry riss den Kopf hoch. »Was? Das ist nicht meine Adresse.«
»Aber das liegt uns als Ihre Adresse vor. Dorthin haben wir am Freitag Ihren Kontoauszug geschickt.«
Harry packte sich Stift und Notizblock aus dem Regal und schrieb die Adresse auf. »Können Sie nachsehen, ob jemand kürzlich die Adresse geändert hat?«
Eine weitere Pause. »Nein, keinerlei Einträge über Änderungen Ihrer persönlichen Daten, seitdem Sie vor fünf Jahren das Konto eröffnet haben.«
Harry riss die Seite aus dem Notizblock. »Das ergibt keinen Sinn. Ich wohne in Ballsbridge. Die Kontoauszüge

kommen seit fünf Jahren bei mir an. Die Adresse muss geändert worden sein.«

Die Frau bot ihr an, noch einmal nachzusehen, aber mittlerweile erwartete sich Harry nicht mehr allzu viel von ihr. Sie dankte, legte auf und starrte auf die Adresse in ihrer Hand. 13 St. Mary's Road. Könnte einfach ein weiterer Softwarefehler sein, doch daran glaubte sie jetzt nicht mehr.

Sie schlenderte in die Küche und wühlte sich durch die Besteckschubladen, räumte Streichhölzer, Kerzen und eine Schachtel mit alten Weihnachtskarten zur Seite und fand schließlich eine Straßenkarte von Dublin. Sie ging das Straßenverzeichnis durch. St. Joseph's, St. Lawrence's, St. Martin's. Hier war sie: St. Mary's. Sie betrachtete die Karte, bis sie sich die Gegend eingeprägt hatte. Dann griff sie sich ihre schwarze Lederjacke und eilte zur Tür hinaus.

Schneidend traf sie die kühle Luft, der Regen hinterließ dicke Punkte auf ihrem gelben T-Shirt. Sie vergrub sich in ihrer Jacke, ging durchs Tor und wählte die Nummer von Ian Doyle, dem Systemadministrator der Sheridan Bank, mit dem sie einige Tage zuvor gesprochen hatte.

»Hallo, Ian? Hier ist Harry Martinez von Lúbra Security.«

»Hey, Harry, ich hab gerade an Sie gedacht.«

»Tatsächlich?« Am Randstein stand ihr Wagen, ein knallblauer Mini Cooper mit weißem Dach und weißer Zierleiste. Sie warf ihre Tasche auf den Beifahrersitz und glitt hinters Steuer.

»Ja, hab gestern Ihren Pen-Test-Bericht gelesen«, fuhr Ian fort. »Ich sag's nur ungern, aber Sie haben da gute Arbeit gemacht.«

»Danke. Hoffe, ich hab Ihnen damit nicht den Tag versaut.«

»Na ja, ich bin dafür nicht unbedingt mit Orden behängt worden.«

»Ich hab Sie gewarnt.«

»Ja, danke, weiß ich zu schätzen«, sagte er. »Damit habe ich wenigstens ein bisschen Zeit gewonnen, um mich abzusichern. Wie wär's, wenn ich Sie dafür auf einen Drink einlade? Sagen wir heute Abend?«

»Tut mir leid, Ian, ich bin über beide Ohren dicht. Aber Sie könnten mir bei einer anderen Sache helfen.«

»Schießen Sie los. Ich bin für den Wochenend-Support hier und hab einen Haufen anderer Dinge zu tun. Das wäre mal ein Lichtblick an diesem Sonntag.«

Sie erzählte ihm vom verschwundenen Geld und der mysteriösen Änderung ihrer Adresse.

»Beim Drachen vom Kundensupport komm ich nicht recht weiter«, sagte sie schließlich. »Aber vielleicht könnten Sie sich mal ein wenig umsehen und herausfinden, was wirklich geschehen ist?«

»Ja, klar, kann ich machen. Geben Sie mir eine Stunde. Ich ruf zurück.«

Harry ließ das Handy auf den Beifahrersitz fallen, fast im gleichen Augenblick klingelte es. Sie sah zur Anruferanzeige. Jude Tiernan. Mit klopfendem Herzen starrte sie auf seinen Namen. Vielleicht rief er ja nur an, um zu fragen, wie es ihr ging. Oder um herauszufinden, wie viel sie wusste. Das Gerät vibrierte in ihrer Hand. Sie holte tief Luft und stopfte es ganz nach unten in ihre Tasche.

Erneut beugte sie sich über die Karte. Sie ließ sie ausgebreitet auf dem Beifahrersitz liegen und drehte den Zündschlüssel um. Die Strecke, der sie zu folgen hatte, war im Grunde eine gerade Linie, aber wenn es um ihren Orientierungssinn ging, brauchte sie immer sämtliche Hilfsmittel, die sie bekommen konnte. Die Entscheidungen, sich links oder rechts zu halten, muteten ihr stets ein wenig wie eine lange Matheaufgabe an: unmöglich im Kopf zu machen, ohne dabei das Bewusstsein zu verlieren.

Sie sah in den Rückspiegel. Sie war zwischen zwei Volvos eingeklemmt. Mit jedem anderen Wagen hätte sie damit Probleme gehabt, aber ein Mini konnte auf einem Reißnagel wenden. Sie kurbelte das Lenkrad hart nach links und fädelte in den Verkehr ein.

Dillon fragte sie oft, warum sie sich kein richtiges Auto kaufte, aber nichts war ihr ferner. Für ihn war der Besitz eines Luxuswagens Ausdruck dessen, was er im Leben erreicht hatte. Für Harry aber spielte es keine Rolle, was andere sich dabei dachten. Ein Mini war perfekt, um in der Stadt herumzugurken, solange man keine Mitfahrer oder irgendwelche Möbelstücke transportieren musste. Und außerdem machte allein sein Anblick gute Laune. Sie ließ ihren Blick über die altmodischen runden Anzeigen und Kippschalter schweifen, die an die von Flugzeugen erinnerten, und musste wieder an den Hubschrauberflug denken. Sie tätschelte das Armaturenbrett. Richtige Autos waren was für Erwachsene. Dieses Baby passte genau zu ihr.

Sie zwängte den Mini in die Leeson Street, immer auf ihre Strecke konzentriert. Zur Stoßzeit wäre es eine Fahrt von fast einer Stunde gewesen, am Sonntag allerdings waren die Straßen frei. Als sie die South Circular Road erreichte, war sie keine Viertelstunde unterwegs gewesen.

Sie verringerte das Tempo und spähte zu den Straßenschildern, bis sie die St. Mary's Road fand. Eine schmale Sackgasse mit Wohnhäusern, die alle einen ziemlich heruntergekommenen Eindruck machten. Viele der Häuser waren mit Brettern vernagelt, die Graffiti-Künstler der Gegend hatten die Spanplatten verziert.

Nummer 13 gehörte zu einem zweistöckigen Backstein-Reihenhaus, dessen Souterrain vom Bürgersteig aus durch ein mit Rost überzogenes Geländer abgetrennt war. Die blaue Tür hätte etwas Farbe vertragen, das Klingelbrett daneben wies darauf hin, dass das Haus in ein Apartmentgebäude umgewandelt worden war.

Harry hielt nach einem Parkplatz Ausschau, von dem aus man gute Sicht auf das Haus hatte. Was hier in Innenstadtnähe schwierig war; alle Plätze waren belegt. Bis auf einen. Dort stand ein schwarzes Motorrad, dessen Fahrer gerade seinen Helm im Gepäckkoffer am Heck verstaute. Harry wartete, bis er damit fertig war und sich verzogen hatte. Dann zwängte sie ihren Wagen, sauber rückwärts einparkend, neben das Motorrad. Ein weiterer Vorteil des smarten Wagens. Wenn es sein musste, konnte sie ihn auch in einer Besenkammer parken.

Aus den Tiefen ihrer Tasche meldete sich ihr Handy. Sie wühlte es heraus. Es war Ian.

»Ich hab mich ein wenig umgesehen, Harry. Ich sag es nur ungern, aber es sieht so aus, als hätte der Drachen recht.«

»Was?«

»Es gab diese zwölf Millionen Euro nie.«

»Sie machen Witze.«

»Leider nicht. Hab mit den Jungs im technischen Support gesprochen, hab mir sogar die Buchungsprotokolle selbst angesehen. In unserer zentralen Datenbank scheint am

Montag irgendwas schiefgelaufen zu sein, dabei ist Ihr Konto beschädigt worden.«

»Beschädigt? Wie ist das geschehen?«

»Na ja, darum haben sie sich noch nicht gekümmert. Aber sie können mit Sicherheit sagen, dass es das Geld nie gegeben hat. Hören Sie, jede Nacht läuft ein Abgleichprogramm, das alle Geldtransfers des Tages überprüft. Am Freitagabend hat es bei Ihrem Konto Alarm geschlagen. Zu den Zahlen, die die Datenbank für Ihr Konto auswarf, gab es anscheinend keinen korrespondierenden Geldtransfer.«

»War nur mein Konto oder waren auch andere betroffen?«

Ian zögerte. »Eigentlich nur Ihres.«

»Dann kann man kaum von einer zufälligen Störung sprechen, oder?« Harry kaute an der Innenseite ihrer rechten Wange herum. »Kommen Sie, Ian, Sie sind nicht auf den Kopf gefallen. Sie haben die Buchungsprotokolle gesehen. Was ist Ihrer Meinung nach passiert?«

Wieder eine Pause. »Wenn Sie mich fragen, wurde bei Ihrem Konto illegal ein neuer Datensatz eingestellt.«

»Illegal eingestellt? Mit anderen Worten, jemand hat sich an der Datenbank zu schaffen gemacht?«

»Sieht so aus. Und schwer zu glauben, dass so was zufällig geschieht.«

»Können Sie mir sagen, wann es passiert ist?«

»Nach den Unterlagen, die ich eingesehen habe, muss es am Freitagnachmittag so um halb zwei geschehen sein. Aber es kommt noch besser. Der Eintrag wurde heute illegal vom System gelöscht.«

»Was? Ich habe angenommen, das hätten Ihre Jungs gemacht, als Sie mein Konto richtiggestellt haben.«

»Nein, jemand ist uns zuvorgekommen. Es wurde am Freitag eingestellt und heute gelöscht.«
Harry starrte zur blauen Tür auf der gegenüberliegenden Straßenseite. »Was ist mit der Adresse? Wann wurde die geändert?«
»Auf die gleiche Art, zur gleichen Zeit.« Dann lachte Ian. »Hey, Harry, das haben Sie doch nicht selbst gemacht? Schließlich haben Sie sich am Freitag ziemlich in unseren Systemen rumgetrieben. Ich würde meinem Guthaben auch ein paar Nullen hinzufügen, wenn ich wüsste, ich käme damit durch.«
»Nette Idee, aber ich war es leider nicht.«
Ian seufzte. »Na ja, wenn es nicht Zufall war und Sie auch nicht die Finger mit im Spiel hatten, dann wissen Sie, womit wir es hier zu tun haben, nicht wahr?«
Harry fixierte die Nummer 13 und nickte bedächtig, während Ian fortfuhr.
»Dann haben wir hier einen Hacker.«

30

Harry schlug mit der Faust aufs Lenkrad. Jetzt siehst du mich, jetzt siehst du mich nicht. Ihr Unbewusstes hatte es ihr schon vor einiger Zeit zu verstehen gegeben.

Bei ihrem ersten Anruf im Kundensupport hatte man ihr gesagt, dass die Buchung unvollständig sei: kein Datum, keine Zeitangabe, nichts, woher das Geld gekommen war. Datenbanken zu manipulieren war Harry nicht fremd. Insgeheim hatte sie die Symptome erkannt und bereits zu diesem Zeitpunkt gewusst, dass etwas nicht stimmen konnte.

War Felix der Hacker gewesen? Oder Jude? Der sich als Computer-Analphabet ausgab, aber genauso gut auch lügen konnte. Ian hatte versprochen, ein wenig in den Dateien zu wühlen, um Hinweise auf die Identität des Hackers zu finden, aber Harry hatte das Gefühl, dass es keine Spuren geben würde.

Sie fixierte die blaue Tür auf der anderen Straßenseite. Wer zum Teufel wohnte hier? Sie trommelte mit den Fingern auf das Lenkrad und ging ihre Möglichkeiten durch. Sie könnte sich zur Rückseite schleichen und dort nach einem Eingang suchen. Sie biss sich auf die Lippen; die Idee gefiel ihr nicht besonders. Oder sie wartete, bis jemand das Haus betrat, hinter dem sie dann hineinschlüpfen könnte. Sie blickte die Straße auf und ab, aber niemand war zu sehen.

Ihr Blick fiel auf den Rückspiegel und das Motorrad hinter ihr.

Angenommen, sie ging einfach zum Eingang und klingelte dort?

Bevor sie es sich anders überlegen konnte, beugte sie sich nach hinten zum Rücksitz und suchte in dem dort ständig hin und her rutschenden Stoß von Computerzeitschriften nach dem goldenen, mit Luftpolster gefütterten A4-Umschlag. Darin waren einmal bei Amazon bestellte Software-CDs zugestellt worden. Jetzt stopfte sie ihn mit vier alten Ausgaben von *Security Technology & Design* voll. Sie steckte die Lasche rein und betrachtete das Ergebnis. Das Paket sah schwer genug aus, um als wichtig durchzugehen. Zufrieden wühlte sie im Handschuhfach nach ihrem Schraubenzieher, nahm ihre Tasche, schaltete – nur für den Fall – ihr Handy stumm und stieg aus.

Die bleigrauen, regenschweren Wolken machten den Himmel dunkler als sonst. Von der South Circular war das Rauschen des wenigen Verkehrs zu hören, die St. Mary's Road hingegen wirkte öd und leer. Alles, was fehlte, waren die im Wind wirbelnden Sträucher, wie man sie aus Western kannte.

Harry knöpfte sich die Lederjacke zu, ging zum Motorrad und sah sich verstohlen um. Sie klemmte den Schraubenzieher unter den Deckel des Gepäckkoffers und hebelte ihn hoch. Das leichte Plastik bot wenig Widerstand, nach einigen harten Stößen war der Koffer offen. Mit einer stummen Entschuldigung gegenüber dem Motorradfahrer nahm sie den Helm heraus. Darunter lagen steife, nach Öl und Leder riechende Motorradhandschuhe, die ihr fast bis zum Ellbogen reichten, als sie sie anzog. Sie klemmte sich den Helm unter den Arm, schlenderte über die Straße und stieg die Stufen zu Nummer 13 hoch.

Das Klingelbrett war von eins bis vier durchnumeriert, Namensschilder gab es keine. Sie musterte die Fassade. Alter und Abgase hatten die roten viktorianischen Backsteine zu einem schmutzigen Hellrot ausgewaschen, die Dachrinnen bröckelten stellenweise. Sie holte tief Luft und zog sich den Helm über den Kopf. Er roch streng, wie ein altes Geschirrhandtuch, und ihr Kopf juckte. Sie drückte auf die Klingel für das Apartment 1, was vermutlich im Keller liegen durfte. Jemand würde ziemlich genervt sein, wenn sie ihn zwang, sich hier hochzuschleppen.

Sie wartete einen Augenblick, lauschte auf ihre eigenen Atemgeräusche, die durch den Helm noch verstärkt wurden.

Die Tür ging auf, und ein älterer Mann spähte heraus. Er sah aus, als wäre er so kurzsichtig wie Mr. Magoo ohne seine Brille.

»Ja«, sagte er.

Harry schlug sein konzentrierter Bieratem ins Gesicht; sie war versucht, das Visier herunterzuklappen. Stattdessen hielt sie den Umschlag hoch.

»Kurierlieferung für Apartment 4.« Ihre Stimme klang selbst in ihren Ohren viel zu laut.

Der Alte blinzelte sie nur an, bei jedem Atemzug pfiff seine Nase. Harry wollte ihr Sprüchlein bereits wiederholen, als er sich plötzlich umdrehte und von der Tür wegschlurfte. Sie zögerte, dann folgte sie ihm ins Haus.

Der Flur war schmal und schwach beleuchtet. Das fahle Lampenlicht verlieh allem einen matten, nikotingelben Schimmer. Sie schloss die Tür hinter sich, erst dann fiel ihr

ein leises, gedämpftes Ticken auf, das ihr irgendwie bekannt vorkam, sie aber nicht einordnen konnte.
Sie trat auf den schlurfenden Alten zu, der sie mit einer unwirschen Handbewegung wegscheuchte.
»Oben«, sagte er, ohne sie anzusehen. Er verschwand in der Tür am Ende des Flurs.
Harry zuckte mit den Schultern. Sie stand unten an der Treppe und reckte den Kopf, um nach oben in die Dunkelheit zu spähen. Zwei Treppenabsätze waren zu erkennen, die zum ersten Stock führten. Als sie den Fuß auf die erste Stufe setzte, ging das Licht aus.
Sie erstarrte. Die Dunkelheit war undurchdringlich, genau wie die Stille. Sogar das Ticken hatte aufgehört. Sie drückte sich mit dem Rücken gegen die Wand. Ihr Atem beschleunigte sich, unter dem Helm brach ihr der Schweiß aus. Sie zerrte ihn vom Kopf. Dann lauschte sie. Nichts.
Sie tastete hinter sich die Wand ab und stieß auf eine runde Plastikdose ähnlich einer alten Klingel. Sie drückte darauf, und das gelbe Licht ging wieder an. Auch das gleichmäßige Ticken hinter ihr war wieder zu hören. Sie sah zum Lichtschalter. Er war ungefähr so groß wie eine Schuhcremedose, in der Mitte saß ein Knopf, der langsam, aber gleichmäßig aus seiner Vertiefung nach oben wanderte, wobei er das tickende Geräusch von sich gab. Sie lehnte den Kopf gegen die Wand und atmete tief aus. Das Licht war an einen Timer gekoppelt. Sie verzog das Gesicht über ihre eigene Schreckhaftigkeit, drückte erneut auf den Lichtschalter, um das volle Zeitintervall nutzen zu können, und stieg die Treppe hinauf. In Gedanken zählte sie mit und fragte sich, wie lange es bis zum nächsten Blackout dauern würde. Was für ein knauseriger Vermieter.

Sie erreichte den ersten Treppenabsatz im Zwischengeschoss. Links von ihr befand sich eine offene Tür, hinter der sich, nach dem muffigen Uringestank zu schließen, eine Toilette befinden musste. Noch immer zählend, stieg sie den nächsten Absatz hinauf und stand oben genau vor der Tür zum Apartment 4.
Was jetzt? Sie hatte sich ins Haus geschlichen, nun war es mit ihrer Improvisationskunst vorbei. Sie zog die Handschuhe aus und stopfte sie in den Helm. Auf Zehenspitzen trat sie an die Tür und presste das Ohr dagegen. Gedämpfte Stimmen waren zu hören. Männerstimmen. Wie viele, konnte sie nicht sagen. Andere Türen auf dem Stockwerk waren nicht zu sehen. Es gab nur noch einen Weg – den nach unten.
Plötzlich stand sie erneut in pechschwarzer Dunkelheit. Großer Gott! Dreißig Sekunden Licht, mehr bekam man hier nicht. Kein Wunder, dass es der Alte unten so eilig gehabt hatte, wieder fortzukommen. Er hatte nicht in der Finsternis festsitzen wollen.
Die Stimmen hinter der Tür wurden lauter. Harry trat einen Schritt zurück. Der Türknauf klapperte. Sie fuhr zurück, tastete sich die Treppe hinunter und stürzte in die übelriechende Toilette, wo sie sich an die Wand presste, während oben die Tür zum Apartment 4 aufging.
»Ich will Ergebnisse, aber bislang haben Sie nichts geliefert.«
»Dann heuern Sie doch einen anderen an, wenn Sie meinen, das würde was ändern. Ich sag Ihnen, da gibt's verdammt noch mal nichts zu finden.«
Harry schlug sich die Hand vor den Mund. Sie rückte näher an die Tür und spähte durch den Spalt. Der Treppen-

absatz wurde von einem schmalen, oben durch den Türspalt fallenden Lichtstrahl beleuchtet. Ein Mann in dunkler Jacke stand oben an der Treppe, den Rücken halb zu ihr gewandt, sein Kopf glänzte im Licht. Ein Kopf, so glatt und haarlos wie ein Ei.

»Schaffen Sie mir was über sie ran, Quinney, ich brauch was, um sie unter Druck setzen zu können«, sagte der andere. Harry spähte nach ihm, aber der Glatzkopf verstellte ihr den Blick.

»Das dauert.«

»Alles dauert bei Ihnen.«

»Sie wollen doch, dass es richtig gemacht wird, oder?«

»Ich will, dass es schnell gemacht wird.«

Der Typ namens Quinney zuckte mit den Schultern, dann ging er die Treppe hinunter in Richtung Harry. Sie zog den Kopf zurück und drückte sich noch weiter an die Wand. Der Gestank der Toilette ließ sie würgen.

»Schaffen Sie mir dreckiges Zeug über sie ran, und Sie werden es nicht bereuen.«

Quinneys Schritte kamen direkt vor der Toilettentür zum Stehen. Harry konnte ihn atmen hören. Sie hatte noch immer die Hand vor den Mund gepresst, um aus Angst nicht laut aufzuschreien. Es bestand kein Zweifel: Sie unterhielten sich über sie.

Sie riskierte einen weiteren Blick, bekam aber nur Quinneys Hinterkopf zu sehen. Über seinem Kragen zeichnete sich sein feister Nacken ab, rosafarbene Wülste, die wie rohe Würstchen aussahen.

»Es gibt da einen Freund«, sagte er schließlich. Harry zog die Augenbrauen hoch. Das war ihr neu.

»Können wir den gebrauchen?«

Quinney zuckte mit den Achseln. »Vielleicht.«
Und während Harry den Kopf in den Schatten zurückzog, fiel ihr neben Quinneys Füßen auf dem Teppich etwas Rechteckiges auf. Mit offenem Mund starrte sie darauf. Der gefütterte Umschlag. Schnell ging sie die Sachen durch, die sie bei sich hatte: Schultertasche, Helm, Handschuhe. Aber keinen Umschlag. Scheiße.
Sie sank zu Boden, tastete die kalten Kacheln ab und zog sofort die Finger zurück, als sie feuchte Haar- und Papierklumpen berührte. Sie hätte die Handschuhe anlassen sollen. Sie schloss die Augen, ihr wurde schwindlig. Sie musste den Umschlag fallen gelassen haben, als sie die Treppe heruntergestürzt war.
»Wer ist dieser Freund?«
»Irgend so ein hohes Tier. Kann ihn ja mal überprüfen.«
Harrys Blick wanderte zu dem Paket am Boden. Es war keinen Meter von ihr entfernt, aber unmöglich zu erreichen, wenn sie sich nicht verraten wollte. Vielleicht spielte es keine Rolle. War ja schließlich nur ein Umschlag.
Aber dann gingen ihr die Augen über, und kurz glaubte sie, ihr Herz setze aus. Oben auf dem Umschlag, nicht zu übersehen, befand sich der Aufkleber mit ihrem Namen und ihrer Adresse.
»Gut, machen Sie das«, sagte Quinneys Kumpel. »Graben Sie alles aus, was Sie finden können. Schauen Sie sich diesen Freund an, ihre Familie, ihre Freunde, jeden, den Sie bei ihr sehen. Bringen Sie mir was, was ich verwenden kann.«
»Aber erst die Löhnung. Keine Kohle, keine Arbeit.«
»Ich zahle, wenn der Job beendet ist, vorher nicht.«
Eine Pause. »Vielleicht ist mein Honorar dann gestiegen.«

Sie hörte den anderen die Treppe heruntertrampeln. Der Lichtstrahl verschmälerte sich, als die Tür zum Apartment hinter ihm langsam zufiel. Harry beugte sich vor. Noch eine Sekunde, und es würde dunkel genug sein, um nach dem Umschlag zu greifen. Aber der andere war zu schnell für sie. Er musste auf den Lichtschalter an der Wand gedrückt haben, denn plötzlich war der gesamte Treppenabsatz in Licht getaucht.

Sie hielt die Luft an. Intuitiv zählte sie die Sekunden, während sie den beiden zuhörte. Wie absurd, in einer ekelerregenden Toilette zu kauern und zwei Fremde zu belauschen, die sich darüber beharkten, wie viel es kosten würde, wenn sie ihr das Leben kaputt machten.

Neun, zehn, elf. Erneut spähte sie durch den Türspalt. Quinney konnte auf den Mann, der sich vor ihm aufgebaut hatte, heruntersehen, der Vorteil seiner Größe schien ihm bei ihrem Streit aber nicht sonderlich zu helfen. Den anderen Typen konnte sie noch immer nicht richtig erkennen.

Sechzehn, siebzehn, achtzehn. Sie spannte die Finger und zählte weiter. Die beiden schienen eine Art Übereinkunft erzielt zu haben und allmählich zum Ende zu kommen.

Einundzwanzig, zweiundzwanzig, dreiundzwanzig. Harry schluckte, dann, mit einer Hand auf die feuchten Kacheln gestützt, schob sie langsam die andere Hand durch den Türspalt.

Achtundzwanzig, neunundzwanzig, dreißig.

Der Treppenabsatz fiel in Dunkelheit. Beide Männer fluchten. Im gleichen Augenblick schoss Harrys Hand vor und packte den Umschlag. Sie presste ihn an die Brust und kauerte sich gegen die Wand. Beide Männer verharrten kurz regungslos in der Finsternis, zwei Sekunden später hatte

einer von ihnen den Lichtschalter gefunden. Der Herzschlag dröhnte Harry in den Ohren, und es kostete sie einige Mühe, nicht laut aufzujapsen.
Die Männer gingen an ihr vorbei zum nächsten Treppenabsatz, wo sie sich verabschiedeten. Quinney stieg hinunter zum Eingang, während der andere sich umdrehte und wieder zu seinem Apartment hochtrottete. Als er an der Toilettentür vorbeikam, erhaschte Harry kurz sein Gesicht.
Sie kannte ihn, bestimmt. Sie hatte sein Foto in den Zeitungsarchiven gesehen. Er hatte einige Kilo zugelegt und seinen Anzug gegen ein verdrecktes T-Shirt eingetauscht, aber er war es.
Er war Leon Ritch.

31

Harry schwirrten jede Menge Fragen durch den Kopf, als sie die South Circular Road entlangfuhr.
Was zum Teufel machte Leon Ritch mit ihrem Kontoauszug? War Quinney der Typ, der ihre Wohnung auseinandergenommen hatte? Vielleicht war er derjenige, der sie vor den Zug gestoßen hatte. Sie hatte seine Stimme nicht erkannt, doch das war unter den gegebenen Umständen auch nur schwer möglich gewesen.
Eines war klar. Leon hatte ihren getürkten Kontoauszug gesehen und war nun überzeugt, dass sie das Geld hatte. Und jetzt versuchte er, an die Summe heranzukommen.
Ein kalter Schauer lief Harry über den Rücken, obwohl die Anspannung langsam von ihr abfiel. Sie dachte an Quinneys Plan, ein paar schmutzige Dinge über ihren Freund auszugraben, und überlegte, wen er in dieser Rolle sah. Sie hatte in den vergangenen Tagen einige Zeit mit Jude und mit Dillon verbracht; für einen Außenstehenden mochte es durchaus so aussehen, als wäre sie mit einem von ihnen liiert. Dann musste sie über sich selbst lächeln. Klar, Dillon hatte die Nacht bei ihr verbracht. Was ihn vermutlich zum wahrscheinlichsten Kandidaten machte.
Sie hätte Quinney folgen sollen, überlegte sie, während sie sich durch den Verkehr schlängelte, aber dazu hatte sie viel zu viel Angst gehabt. Außerdem war er wahrscheinlich der

weitaus bessere Überwachungsexperte. Er musste sie seit Tagen beschattet haben.
Und tat es vielleicht noch immer.
Ihr Blick ging zum Rückspiegel. Unmittelbar hinter ihr befanden sich ein schwarzer Fiesta und dahinter ein silberner Jaguar. Fuhr nicht Ashford einen Jaguar? Sie krampfte die Finger ums Lenkrad. Die Innenstadt war voller Luxuswagen, es musste nichts zu bedeuten haben. Versuchsweise wechselte sie die Fahrbahn, keiner der beiden Wagen folgte ihr. Als sie rechts in die Harcourt Street einbog, fuhr der Fiesta an ihr vorüber, und der Jaguar verschwand hinter einem Lieferwagen.
Harry versuchte, sich auf den Verkehr zu konzentrieren, aber die Fragen und Möglichkeiten sirrten ihr durch den Kopf, bis sich alles vor ihr zu drehen begann. Was, wenn sie jemanden brauchte, mit dem sie reden, dem sie sich anvertrauen konnte? Jemanden, der ihr nicht nur einfach sagte, sie solle ihren Vater besuchen?
Sie dachte an Amaranta, doch von ihr würde sie nur eine ganze Reihe herrischer Anweisungen bekommen. Ihre Mutter kam nicht in Frage. Miriam wollte von vertraulichen Gesprächen nichts wissen. Jedenfalls nicht mit ihr.
Sie trommelte mit den Fingern auf das Lenkrad und fädelte sich in den Verkehrsstrom ein, der sie nach Süden, zu ihrer Wohnung führen würde. Dann traf sie eine Entscheidung. Sie schob sich quer über zwei Fahrspuren und schlug wieder die Richtung nach Norden ein, zurück in die Stadt. In weniger als zehn Minuten stand sie vor der roten georgianischen Tür, die zum Büro von Lúbra Security führte.
Als sie die Straße überquerte, erinnerte sie sich daran, das Handy wieder einzuschalten. Piepend verkündete es, dass

sie drei weitere Anrufe von Jude verpasst hatte. Was zum Teufel wollte er von ihr? Sie schob das Handy in die Tasche. Das Letzte, was sie jetzt brauchte, war ein Plausch mit einem Banker, der wunderbar in das Profil des Propheten passte.

Sie zog ihre Büroschlüssel heraus, sperrte die Tür auf und ging an der verwaisten Rezeption vorbei durch die Glastüren, die zum Hauptraum führten. Ihr Blick schweifte durch das Büro. Dillons Firma nahm das gesamte Erdgeschoss des restaurierten georgianischen Hauses ein. Das Summen der Laptops erfüllte den gesamten Raum, auch wenn die Tische nicht besetzt waren. Die gepolsterten Trennwände zwischen den einzelnen Arbeitsplätzen erinnerten sie plötzlich an das Call-Center der Sheridan Bank.

Sie runzelte die Stirn. Da war es wieder, dieses nagende Gefühl, das ihr sagte, irgendwas sei noch nicht ganz erledigt. Sie nahm sich vor, unbedingt den Sheridan-Bericht zu überprüfen.

Harry eilte zu Dillons Büro, einem mit Glaswänden abgetrennten Bereich in der Ecke. Es war leer. Daneben stand ein großer Schreibtisch, der einzige im ganzen Raum, an dem jemand saß.

»Dachte ich mir doch, dass ich dich hier finden würde«, sagte Harry.

Imogen sah auf, ihre Augen wurden groß in ihrem zierlichen Gesicht. Zwei Pferdeschwänze flatterten wie Schmetterlingsflügel zu beiden Seiten und verstärkten noch das Bild von einem Chihuahua.

»Harry! Hab dich gar nicht reinkommen hören.« Sie setzte bereits zu einem Lächeln an, bis sie Harrys Gesicht sah. »Was ist denn mit dir passiert?«

Sie hüpfte von ihrem Stuhl auf, schob Harry energisch auf den nächsten, stellte sich vor sie, die Hände in die Hüften gestemmt, und inspizierte die Schrammen in ihrem Gesicht. Neben Imogens zierlicher Gestalt kam sich Harry ständig wie ein Holzfäller vor, selbst wenn sie wie jetzt vor ihr saß.

»Schau dich an, wie du nur aussiehst!«, sagte Imogen.

Harry lächelte über den bemutternden Tonfall. »Ist nicht so schlimm, wie es scheint.«

»Spar dir das. Hattest du einen Unfall?«

»So in der Art.«

Harry spürte, wie ihr Tränen in die Augen traten. Sie blinzelte sie sofort weg. Sie war es nicht gewohnt, bemuttert zu werden.

»Komm schon, Harry, raus mit der Sprache!«

Der Aussicht, ein geneigtes Ohr zu finden, konnte sie nur schwer widerstehen. So sprudelte es aus Harry nur so heraus, sie erzählte alles, was geschehen war, vom desaströsen KWC-Meeting über Felix' Tod bis zu ihrem Deal mit dem Propheten. Imogen hörte zu, ohne sie zu unterbrechen; keine Fragen, kein melodramatisches Getue.

Nachdem Harry fertig war, saßen sie eine Weile schweigend zusammen.

»Jemand hat dich wirklich vor den Zug gestoßen?«, fragte Imogen schließlich.

»Es war ein langsamer Zug. Nur ein paar Abschürfungen.«

»Großer Gott, Harry, ich weiß nicht, was ich sagen soll. Aber ich bin froh, dass du hier bist.« Sie hielt inne. »Woher wusstest du, dass ich hier bin?«

Harry raffte sich zu einem schwachen Lächeln auf. »Du

hast gerade mit deinem Freund Schluss gemacht. Du arbeitest immer sonntags, wenn du solo bist.«
Imogens trübselige Miene, die der letzte Satz bei ihr hervorrief, wurde schnell wieder ernst. »Du hättest früher zu mir kommen sollen, ich hätte dir helfen können. Ich hätte in ein paar Minuten KWC für dich geknackt.«
Harry lächelte. Das Bemutternde wich grundlegenderen Hacker-Instinkten. Sie zog die Beine auf den Stuhl und schlang die Arme um sich. Ihr war warm, sie fühlte sich schläfrig und kam sich wie ein Kleinkind vor, das sich auf seine heiße Schokolade vor dem Zubettgehen freute. Imogens Ratschläge waren nicht immer vernünftig, aber es tat schon gut, sie nur zu bekommen.
Dann erinnerte sie sich an das vage, nagende Gefühl.
»Es gibt wirklich was, wobei du mir helfen kannst«, sagte sie. »Könntest du mir den Bericht mailen, den du für Sheridan zusammengestellt hast?«
»Gibt es ein Problem damit? Dillon hat mir die Ergebnisse deines Pen-Tests geschickt, war alles ziemlich eindeutig.«
»War es auch. Am Bericht gibt's sicherlich nichts auszusetzen, ich wollte nur ein paar Sachen nachsehen.«
»Okay.« Imogen verschränkte die Arme und tappte mit dem Fuß. »Und in der Zwischenzeit – was willst du als Nächstes tun?«
»Ich bin offen für alle Vorschläge.«
»Quatsch. Du weißt ganz genau, was du zu tun hast.«
Harry schwang die Beine zu Boden. »Ich werde nicht zur Polizei gehen, und du auch nicht. Ich habe dir gesagt …«
»Ich weiß, ich weiß. Aber wenn du mich fragst, der Straferlass deines Vaters ist das Risiko nicht wert, das du hier eingehst.«

»Hör zu …«

Imogen wischte ihren Einwand beiseite. »Ich habe nicht gesagt, dass du zur Polizei gehen sollst.«

»Ach?«

»Liegt doch auf der Hand, oder? Du musst deinen Vater besuchen.«

Harry ließ sich wieder gegen die Lehne zurückfallen und schloss die Augen. Sie verspürte den kindischen Drang, die Finger in die Ohren zu stecken und laut vor sich hin zu summen.

»Ich weiß, die Beziehung zu deinem Vater ist kompliziert«, fuhr Imogen fort.

Kompliziert traf es nicht ganz. Harry wartete, dass Imogen weiterredete. Als nichts mehr von ihr kam, schlug sie die Augen auf.

Doch Imogen starrte nur an ihr vorbei zur anderen Seite des Raums. »Hast du die Tür nicht verschlossen?«

Harry fuhr herum.

Ashford stapfte durch das Büro auf sie zu.

»Einer meiner Angestellten ist letzte Nacht bei einem Brand ums Leben gekommen.«

Ashford schloss hinter sich die Tür zu Dillons Büro und fuhr fort: »Sie haben ihn kennengelernt. Felix Roche.«

»Das tut mir leid.«

Harry spielte auf Zeit, ließ sich auf dem Sessel hinter Dillons Schreibtisch nieder und bedeutete Ashford, ihr gegenüber Platz zu nehmen. Der psychologische Effekt war ein wenig zu offensichtlich, aber sei's drum. Sie hatte es bitter nötig, den Eindruck zu vermitteln, als hätte sie alles im Griff.

Ashford setzte sich, seine Coco-der-Clown-Frisur wollte so gar nicht zu seinem Anzug passen. »Und Ihr Unfall, habe ich erfahren, war wesentlich gravierender, als Sie mir weismachen wollten.«

Harry stutzte. »Wie haben Sie …«

»Jude Tiernan hat es erwähnt. Er hat mich wegen Felix angerufen. Und dann haben wir uns ein wenig über Sie unterhalten.«

Er lehnte sich auf seinem Stuhl zurück und ließ sie nicht aus den Augen.

Dieser verdammte Jude. Wie viel hatte er ihm erzählt? Und warum hatte Ashford sie aufgesucht? Sie erinnerte sich an den silbernen Jaguar, den sie hinter sich gesehen hatte.

»Woher wussten Sie, dass ich hier bin?«, fragte sie.

Er zögerte. »Ihre Mutter beschwert sich oft, dass Sie zu viel arbeiten, dass Sie an den Wochenenden nie zu Hause sind. Ich habe es einfach probiert.«

»Haben Sie mit meiner Mutter über diese Sache geredet?«

»Großer Gott, nein, es würde mir nicht im Traum einfallen, sie zu beunruhigen.« Er richtete einen ernsten Blick auf sie. »Stattdessen mache ich mir an ihrer Stelle Sorgen.«

Harry stieß sich vom Schreibtisch ab und verschränkte die Arme. »Dafür besteht wirklich kein Anlass.«

»Ich denke doch. Sie geraten da in Dinge, die Sie nichts angehen.«

Das erstaunte sie. »Das Gleiche könnte ich über Sie sagen.«

»Einverstanden. Aber die Folgen für Sie können sehr viel schlimmer sein.«

»Was hat Jude Ihnen alles erzählt?«

»Ich habe darauf gedrängt, die Einzelheiten über Ihren so-

genannten Unfall zu erfahren. Ich habe mir Sorgen gemacht.«
Harry musterte seinen gütigen Gesichtsausdruck und die freundlichen Basset-Augen. Mit den flauschigen Haarbüscheln zu beiden Seiten des Kopfs hätte er jederzeit als Großvater durchgehen können.
»Er hatte kein Recht, Ihnen irgendwas zu erzählen«, sagte sie.
Ashford wirkte nachdenklich, dann sagte er: »Vor mehreren Jahren ist ein anderer meiner Angestellten auf tragische Weise ums Leben gekommen. Bei einem Autounfall in der Nähe des IFSC.«
Harry spannte die Kiefer an, sagte aber nichts.
»Erst Jonathan, jetzt Felix«, fuhr Ashford fort. »Und laut Jude hat jemand versucht, Sie vor einen Zug zu stoßen.«
»Das ist eine ziemlich gewagte Schlussfolgerung, meinen Sie nicht auch?« Sie versuchte, so beiläufig wie möglich zu klingen. »Zwischen meinem Unfall in der Pearse Station und dem, was Ihrem Angestellten zugestoßen ist, einen Zusammenhang herzustellen!«
»Habe ich gesagt, dass ein Zusammenhang besteht?« Er beugte sich vor, die Hände wie zu einem Gebet gefaltet. »Ich möchte Ihnen nur raten, vorsichtig zu sein, das ist alles. Wenn schon nicht Ihretwegen, dann zumindest Ihrer Mutter zuliebe.«
Harry war erstaunt. »Sie scheinen meine Mutter sehr gut zu kennen.«
»Ich kenne Miriam länger als Sal.« Sein Blick ging in die Ferne. »Ich war es, der sie miteinander bekannt gemacht hat.«
Harry betrachtete ihre Fingernägel. »Waren meine Mutter und Sie … ich meine, sind Sie …«

Er schüttelte den Kopf. »Nicht mehr. Wir sind einfach nur zwei gute Freude, die aufeinander aufpassen.«
»Und davor?«
Er zögerte. »Früher, muss ich zugeben, vor langer Zeit haben wir uns sehr nahegestanden.«
»Was ist passiert?«
»Das ist fast dreißig Jahre her, es ist nicht mehr wichtig.«
»Bitte. Ich würde es gern wissen.« Sie fummelte an einer rauhen Stelle ihres Daumens herum. »Meine Mutter hat mal so was erwähnt, ich würde es aber gern von Ihnen hören.«
Sie warf ihm einen kurzen Blick zu. Wollte man jemanden dazu bringen, einem ein Geheimnis anzuvertrauen, sollte man ihm einfach zu verstehen geben, dass es bereits ein anderer erzählt hatte.
Ashford sah sie zweifelnd an und rutschte auf seinem Stuhl herum. »Es ist so lange her. Amaranta war noch ein Baby.« Er strich sich einen unsichtbaren Staubfaden vom Anzug. »Ich bin nicht stolz darauf, das dürfen Sie mir glauben.«
Harry starrte weiterhin auf ihre Nägel. Es konnte sie doch kaum überraschen, dass Miriam eine Affäre gehabt hatte. Mit ihrem Vater verheiratet zu sein war weiß Gott nicht einfach gewesen.
»Und? Was ist geschehen?«, fragte sie.
Ashford räusperte sich. »Nichts. Es ging nur ein paar Monate. Dann haben wir die Sache beendet.«
»Warum? Wegen meines Vaters?«
»Ich wünschte, es wäre so gewesen.« Er hielt inne. »Nein, Ihretwegen, Harry.«
Sie starrte ihm in die Augen. Seine Miene wurde noch trauriger.

»Miriam wurde mit Ihnen schwanger«, sagte er.
Harry sah ihn an, in ihrem Kopf drehte sich alles. Ashford musste ihren panischen Blick erfasst haben, denn sofort schüttelte er den Kopf.
»Nein, nein, keine Sorge, Harry«, sagte er. »Sie sind Sals Tochter, daran besteht nicht der geringste Zweifel. Schauen Sie doch nur in den Spiegel. Sie sind eine Martinez, durch und durch, was anderes ist gar nicht möglich.«
Harry blinzelte. Kurz fehlten ihr die Worte. Dann nickte sie und sagte: »Miriam hat also Schluss gemacht, weil ich unterwegs war?«
»Das hätte sie sicherlich irgendwann getan.« Ashford senkte den Blick. »Die Wahrheit ist: Ich habe kalte Füße bekommen.«
»Sie meinen, Sie haben Schluss gemacht?«
»Ich war nicht so weit, mich um die Familie eines anderen zu kümmern. Schon gar nicht um Sals Familie. Als sie schwanger wurde, ist mir das klargeworden. Also habe ich Schluss gemacht, ja.« Nun war er an der Reihe, seine Fingernägel zu inspizieren.
Ihr schwindelte. Sie musste daran denken, wie distanziert ihre Mutter immer gewesen war, wie nichts, was Harry getan hatte, sie zufriedenstellen konnte. Sie hatte immer gedacht, es läge daran, weil sie zu sehr ihrem Vater ähnelte. Aber jetzt erkannte sie, dass das nicht der einzige Grund gewesen war.
»Sie dürfen Ihrer Mutter nicht die Schuld geben«, sagte Ashford. »Die finanziellen Eskapaden Ihres Vaters haben das Leben mit ihm sehr schwergemacht, vor allem, nachdem sie sich um Amaranta kümmern musste.«
»Aber wenn ich nicht gekommen wäre, hätte Miriams Le-

ben ganz anders aussehen können. Sie hätten ihr die Sicherheit geboten, die sie immer gesucht hat.«

Er schüttelte den Kopf. »Sie wäre letztlich wieder zu Ihrem Vater zurückgekehrt, davon bin ich überzeugt.«

»Aber diese Wahl hat sich ihr nie gestellt, nicht wahr?«

Harry biss sich auf die Lippen. »Weil ich unterwegs war.«

Ashford sagte nichts, es war auch nicht nötig. Sie wusste, dass sie recht hatte. Nicht nur erinnerte sie ihre Mutter an den Mann, der ihr so viel Kummer bereitet hatte, sie hatte ihr auch die einzige Möglichkeit geraubt, ihn zu verlassen. Als Mutter und Tochter hatten sie nie auch nur den Hauch einer Chance gehabt.

32

Es war fast sechs Uhr, als Harry in ihre Wohnung zurückkehrte, aber es ging bereits auf acht zu, als sie sich an die Verabredung mit Dillon erinnerte.

Sie schlug sich gegen die Stirn, zog sich aus, sprang unter die Dusche und drehte das Wasser so heiß auf, wie es gerade noch erträglich war. Sie wusch sich zweimal die Haare, um den Helmgeruch loszuwerden, und versuchte, nicht über ihre Mutter nachzudenken.

Ashford hatte sich von ihr im Lúbra-Büro mit der nochmaligen Bitte verabschiedet, sie solle auf sich aufpassen; dabei hatte er ausgesehen, als würde er es bedauern, überhaupt gekommen zu sein. Sie hatte daraufhin reglos auf Dillons Stuhl gesessen, bis Imogen sie nach Hause gescheucht hatte.

Sie trat aus der Dusche, zog sich Jeans und einen weißen ärmellosen Baumwollpullover an und wollte zur Tür. Meistens besserte sich ihre Laune, wenn sie sich in rastlose Aktivitäten stürzte, diesmal hatte sie jedoch das Gefühl, dass es nicht so recht funktionieren wollte.

Als sie an ihrem Arbeitszimmer vorbeikam, zögerte sie, trat dann ein und sah ihre E-Mails nach. Nichts.

Sie lehnte sich auf ihrem Schreibtischsessel zurück und massierte die Stirn. Es war nur eine Frage der Zeit, bis sich der Prophet mit den Anweisungen für das Geld melden würde. Was in Gottes Namen sollte sie dann machen?

Sie schlug mit der Faust auf den Tisch. Ihr verdammter Vater und seine dreckigen Deals. Was zum Teufel hatten sie mit ihr zu tun? Jahrelang hatte sie es geschafft, ihn auszublenden, sich emotional von ihm abzuschotten. Aber selbst aus dem Gefängnis heraus schien er es zu schaffen, ihr das Leben zu versauen.

Sie knallte den Laptopdeckel zu, stampfte aus der Wohnung und ließ die Tür hinter sich zukrachen. Sie setzte sich in ihren Wagen, ließ den Motor aufheulen, schaltete die Scheinwerfer an und schlug die Richtung nach Süden, nach Enniskerry ein.

Eigentlich verschwendete sie nicht mehr viele Gedanken an ihren Vater. Jahrelang hatte sie sich mit ihm beschäftigt, und es war ihr nie sonderlich bekommen. Jetzt allerdings kamen wieder die Gefühle in ihr hoch – wie Milch, die zum Kochen gebracht wurde. Sie atmete durch und versuchte, sich auf die Straße zu konzentrieren.

Es war nicht mehr viel Verkehr, in weniger als zehn Minuten hatte sie die zweispurige Schnellstraße erreicht. Ihr Griff um das Lenkrad lockerte sich, als sie über die offene Straße fuhr, und sie entspannte sich. Ein Abendessen und ein Glas Wein waren vielleicht genau das, was ihr jetzt guttun würde.

Sie fuhr von der Hauptstraße ab und steuerte Stepaside Village an. Die beleuchtete Schnellstraße mit ihren Tankstellen lag nun hinter ihr, es ging über schmale Straßen, an denen kleine Häuser mit Rasengärten lagen.

Nachdem sie das Dorf hinter sich hatte, stieg die Straße, die kaum breit genug für einen Wagen war, leicht an. Es gab keine Straßenbeleuchtung mehr, die Äste der dichtstehenden Bäume verschluckten den Himmel. Harry schaltete einen Gang runter und stellte das Fernlicht an. Gräben und dichte Hecken säumten zu beiden Seiten die Fahrbahn, uneinsehbare Kurven zwangen sie dazu, das Tempo noch mehr zu drosseln.

Plötzlich tauchten hinter ihr blendende Scheinwerferlichter auf. Blinzelnd sah sie in den Rückspiegel. Irgendein Verrückter fuhr dicht auf. Nach der Höhe seiner Scheinwerfer musste es sich um eine Art Geländewagen handeln. Harry stieg kurz auf die Bremse und hoffte, die aufleuchtenden Bremslichter würden ihm Warnung genug sein. Nach der nächsten Kurve sah sie erneut in den Rückspiegel. Der Geländewagen war nicht mehr zu sehen.

Der Motor des Minis heulte auf, sie schaltete in den zweiten Gang zurück. Vor ihr, der einzige Lichtschein in der Dunkelheit, brannten die Lichter des Johnnie Fox's Pubs. Harry runzelte die Stirn. Bei seiner Wegbeschreibung hatte Dillon nichts davon erwähnt. Mit der bösen Ahnung, sie würde den letzten ihrer Schutzengel hier zurücklassen, fuhr sie daran vorbei. Ein Frösteln lief ihr über den Rücken.

Die nächste Viertelstunde ging es bergauf und bergab. Ihre Geschwindigkeit betrug dreißig Stundenkilometer, ihre Augen weiteten sich beim Anblick der Landschaft, die im Kegel der Scheinwerfer sichtbar wurde. Zu ihrer Linken wurde die Straße von niedrigen Steinmauern begrenzt, die einzige Barriere zwischen ihr und dem senkrechten Abhang dahinter. Zu ihrer Rechten erhob sich ein Berg mit dichtem Nadelwald. Und vor ihr nichts als schwarze Kurven.

Als sie in den ersten Gang runterschaltete, musste sie sich eingestehen, dass sie irgendwo auf der Strecke die falsche

Abzweigung genommen haben musste. Dillon hatte nichts von dieser steilen, hügeligen Straße gesagt, die, so viel war ihr klar, direkt in die Dublin Mountains führen musste. Sie verfluchte ihren inneren Kompass und hielt nach einer Ausweichstelle Ausschau, auf der sie umdrehen konnte.

Als sie den dumpfen Aufschlag hörte, glaubte sie im ersten Augenblick, ein heruntergekommener Felsblock sei gegen den Wagen gekracht. Der Aufprall ließ den Mini nach vorn schnellen und drückte sie in den Sitz. Kurz war sie wie gelähmt, dann stieg sie auf die Bremse. Sofort brach der Wagen seitlich zur Steinmauer hin aus. Sie riss am Lenkrad und versuchte, den Wagen vor der nächsten Kurve wieder unter Kontrolle zu bringen. Dann sah sie in den Rückspiegel und stöhnte auf.

Der Geländewagen war wieder da und rückte zunehmend auf. Ungläubig starrte Harry in den Spiegel. Die Scheinwerferlichter kamen stetig näher. Und dann, wie ein Bulldozer, rammte der Geländewagen sie. Der Mini geriet ins Schlingern und prallte gegen die Steinmauer. Das Beifahrerfenster zerbarst. Harry knallte den Fuß auf die Bremse und erhob sich fast in ihrem Sitz, um sich mit dem gesamten Gewicht auf das Pedal zu stemmen. Der Wagen schlitterte quer über die Straße und holperte am Rand des unbefestigten Seitenstreifen entlang. Äste strichen über die Scheiben. Ihre Arme vibrierten am Lenkrad, während sie damit zu tun hatte, den Wagen gerade zu halten.

Dann reagierte der Mini und kam wieder auf die Fahrbahn. Ein erneuter Blick in den Rückspiegel. Der Geländewagen war nur wenige Meter hinter ihr. Sie nahm den Fuß von der Bremse und drückte aufs Gaspedal. Der Mini schoss davon und raste die Steigung hinauf. Wieder wurde sie nach hin-

ten gedrückt. Bitte, Gott, lass keinen Laster entgegenkommen!
Mit quietschenden Reifen fraß sich der Mini durch die Haarnadelkurven. Harry wurde von der einen zur anderen Seite geworfen, die Hände fest um das Lenkrad gekrallt, alle Muskeln gespannt. Jede Faser ihres Körpers war darauf ausgerichtet, den Wagen auf der Straße zu halten. Sie ignorierte den aufheulenden Motor und beschleunigte weiter. Kurz tauchte im Licht der Scheinwerfer am Straßenrand ein großes, leuchtendes Verkehrsschild auf, das vor der nächsten, engen Kurve warnte. Harry schluckte und packte das Steuer noch fester.
Sie sah zum Geländewagen. Er hatte mit den scharfen Kurven zu kämpfen. Sie hatte ein wenig Vorsprung. Wer zum Teufel war dieser Typ? Quinney? Vielleicht hatte er ihren Wagen vor Leons Wohnung entdeckt und war ihr seitdem gefolgt? Aber warum meinte er hier am Berghang mit ihr Autoskooter spielen zu müssen?
Es folgte ein gerader Straßenabschnitt, auf dem der Geländewagen hinter ihr dröhnend aufholte. Die Steinmauern an der linken Straßenbegrenzung waren verschwunden, alles, was sie vom Abhang noch trennte, war eine kniehohe Grasböschung. Ihr wurde angst und bang. Wenn es hart auf hart ging, war der Mini für den Geländewagen kein Gegner. Als würde man einen Gokart gegen einen Laster antreten lassen. Ihre Chancen dabei gefielen Harry nicht besonders.
Der Geländewagen kam auf sie zugerast, er war jetzt so nah, dass sie im Rückspiegel die schimmernden Rammbügel erkennen konnte. Ein gewaltiger Stoß warf sie nach vorn, ihr Kopf wurde herumgeschleudert, und plötzlich befand sie sich in der Luft.

Harry schrie auf und stemmte sich gegen das Lenkrad. Der Wagen schoss über die Böschung, und dann, für einen kurzen Augenblick, lief alles wie in Zeitlupe ab. Der Motor erstarb, es herrschte eine gespenstische Stille, die nur vom Geräusch der leerlaufenden Räder durchbrochen wurde. Ihre Gedanken schienen sich schneller zu bewegen als die Ereignisse. Ihr kam es vor, als hätte sie alle Zeit der Welt. Sie dachte noch daran, Arme und Beine zu entspannen, damit der Aufprall sie nicht mit voller Wucht treffen und sie sich sämtliche Knochen brechen würde. Sie bemerkte, dass ihre Tasche unter den Beifahrersitz gerutscht war.

Und dann, wie bei einem in die Tiefe rauschenden Fahrstuhl, spürte sie den einsetzenden Fall. Luft pfiff durch die geborstenen Scheiben, der Boden kam auf sie zugeschossen. Der Wagen krachte ins Gras und wurde wie ein übers Wasser geschnellter Stein wieder hochgehoben. Harry prallte gegen das Dach und die Türen. Schließlich landete der Wagen auf der Seite, alle Scheiben zersplitterten. Einmal schaukelte der Mini noch, dann lag er still.

In ihrem Kopf drehte sich alles. Sie hörte das Ächzen des verbogenen Metalls, Glasscherben rieselten nieder. Kopf und Schultern waren gegen die Seitenscheibe der Fahrerseite gedrückt, die jetzt den Boden darstellte. Sie hatte noch immer den Sicherheitsgurt um. In ihrem Mund lag ein warmer, metallischer Geschmack. Sie musste sich beim Aufprall in die Lippe gebissen haben. Sie versuchte, den Kopf zu bewegen, aber er war zu schwer, als wäre er in Blei verwandelt worden. Schnell schätzte sie den Zustand ihres Körpers ein. Nichts schien gebrochen.

Sie lauschte auf die Geräusche. Der Mini knackte und knisterte, sie musste an die vielen Autos denken, die sie im

Fernsehen hatte explodieren sehen. Wahrscheinlich sollte sie raus. Sie rührte sich nicht. Wenn sie einfach nur hier in der Dunkelheit kauerte und so tat, als wäre sie tot, würde der Typ vielleicht verschwinden. Ob sie eine leichte Gehirnerschütterung hatte?

Plötzlich wurde der Wagen in grelles Licht getaucht. Geblendet legte sie die Hand vor die Augen. Dann drehte sie sich auf dem Sitz herum und blinzelte durch die Heckscheibe. Zwei runde Scheinwerfer strahlten sie von der Straße aus an. Sie zuckte zusammen. Der Geländewagen, der seine Lichter auf sie gerichtet hatte. Sie erkannte eine dunkle Silhouette, die den Abhang herunterlief und dabei wie jemand, der zu spät ins Kino kam, mehrmals durch den blendenden Lichtstrahl huschte. Dunkle Mütze, leuchtendweißes Haar, Gesicht nicht erkennbar.

Harry löste den Sicherheitsgurt und kroch über den Schaltknüppel zum Beifahrersitz, wodurch der Wagen durch ihr Gewicht wieder aufgestellt wurde. Sie trat die Tür auf und fiel aufs Gras, rappelte sich hoch und fing an zu laufen.

Sie jagte den Abhang hinunter, grub die Fersen in den Boden, um nicht wegzurutschen, und hörte hinter sich die stampfenden Schritte ihres Verfolgers. Sie brach durch ein Stechginsterdickicht, achtete nicht auf die Stacheln, die sich durch ihre Jeans bohrten.

Plötzlich verstummten die Schritte hinter ihr, der Verfolger warf sie mit einem Hechtsprung zu Boden. Er setzte sich auf sie, presste ihr die Knie in den Rücken und heftete sie mit seinem Gewicht am Boden fest. Ihr blieb fast die Luft weg. Mit einer Hand drückte er ihr das Gesicht gegen den Boden, bis sie den Geruch der feuchten Erde in Mund und Nase hatte. Sie wollte schreien, bekam aber keine Luft.

Dann packte er sie am Haar und riss ihr den Kopf nach hinten. Keuchend schluchzte sie. Als sie versuchte, auf ihn einzuschlagen, packte er ihr linkes Handgelenk und verdrehte ihr den Arm auf den Rücken, bis sie laut aufschrie. Er beugte sich dicht an ihr Ohr, sie spürte seinen warmen Atem. Sie zitterte. Als er etwas sagte, wusste sie, dass es der Mann vom Bahnhof war.

»Ich hab gehört, du hast eine Abmachung.« Seine Stimme klang rauh und heiser.

Sie schluckte und wollte etwas erwidern. Ihre Kehle war wie ausgedörrt.

»Ich mach alles, was Sie wollen«, brachte sie schließlich heraus. »Ich gebe das Geld zurück.«

»Der Prophet traut dir nicht. Er traut keinem. Nur mir.«

»Der Prophet hat Sie geschickt?«

»Der Prophet schickt mich immer.« Er riss ihr den Kopf noch weiter zurück, bis sie vor Schmerzen aufheulte. »Er mag es nicht, wenn sich jemand vor einer Abmachung drücken will.«

Sie zuckte zusammen und versuchte, ehrlich zu klingen. »Warum sollte ich mich drücken? Sagen Sie mir, wohin ich das Geld überweisen soll, und es gehört ihm.«

Er presste sein Gesicht in ihr Haar und flüsterte nur noch. »Der Letzte, der sich vor einer Abmachung drücken wollte, hat auch bei einem Verkehrsunfall sein Ende gefunden.«

Harry musste an Jonathan Spencer denken, der von einem Laster überrollt worden war. Erneut musste sie schlucken. »Der Prophet weiß, dass ich mich nicht drücken will«, sagte sie. Mit den Fingern der rechten Hand tastete sie den Boden ab, irgendwo musste es einen Stein oder einen Stock geben, den sie als Waffe einsetzen konnte.

»Irgendwann werden die Leute gierig. Und dann sorge ich dafür, dass sie in Flammen aufgehen.«
Felix, der in seiner eigenen Wohnung verbrannt war. Harry unterdrückte ein Wimmern. Ihre Finger berührten etwas Hartes, Kaltes. Einen Stein.
»Und was hat der Prophet für mich vorgesehen?«, fragte sie, einen Hauch von Aufsässigkeit in der Stimme. Ihre Finger schlossen sich um den rauhen Granit. Der Felsen hatte in etwa die Größe einer Grapefruit und eine gezackte Kante. »Verkehrsopfer oder Scheiterhaufen?«
Wieder riss er ihren Kopf zurück und drückte ihr den Arm noch weiter nach oben. Harry kniff die Augen zu und spürte, wie ihr vor Schmerzen die Tränen kamen. Hals und Nacken taten ihr weh, sie glaubte, jeden Moment müsste ihr Kopf abbrechen.
Er beugte sich noch näher an sie heran, seine Stimme wurde heiser. »Bei dir darf ich es mir aussuchen.«
Dann, ohne Vorwarnung, rammte er ihr die Faust seitlich gegen den Kopf. In ihrem Schädel verschwamm alles, ein hoher Pfeifton sirrte in ihrem Ohr. Abermals drückte er ihr das Gesicht in die Erde. Zu spät wurde ihr bewusst, dass sie den Stein losgelassen hatte.
»Bleib liegen und zähle«, sagte er. »Und hör nicht eher auf, bevor du bei dreihundert bist.«
Als sie darauf nicht reagierte, verpasste er ihr einen weiteren Schlag gegen den Kopf. Das Pfeifen in ihren Ohren wurde lauter.
»Zähle!«
Sie spuckte kleine Steine und Dreck aus, begann zu zählen und hasste die Angst in ihrer zittrigen Stimme. Sie spürte, wie er aufstand. Ohne sein Gewicht fiel das Atmen leich-

ter. Sie hob Nase und Mund leicht an, sog den Geruch von feuchter Erde und Gras ein und zählte weiter. Seine Schuhe raschelten im Gras und wurden allmählich leiser.

Dann hörte sie das Dröhnen des Geländewagens, die aufwühlenden Räder, als er mit hoher Geschwindigkeit davonfuhr. Das Tal versank wieder in Dunkelheit. Sie zählte weiter. Sie zählte bis vierhundert, bevor sie es schließlich sein ließ und in die feuchte Erde schluchzte.

33

Tut mir leid, dass ich gleich zweimal in einer Woche diese Jungfrau-in-der-Not-Show abgezogen habe«, sagte Harry.

Sie sah zu Dillon. Seine Miene war nur schwer einzuschätzen. Er ließ den Motor an und wendete den Lexus auf der schmalen Straße. Sein Blick war starr nach vorn gerichtet. Er hatte kaum ein Wort gesagt, seitdem er sie im Tal gefunden hatte.

Irgendwie hatte sie es geschafft, zu ihrem Wagen zurückzutaumeln und ihre Tasche unter dem Sitz herauszuziehen. Sie war auf den Boden gesunken und hatte, gegen den Mini gekauert, ihn mit zitternden Händen angerufen. Bis er sie gefunden hatte, war sie völlig ausgekühlt, alle ihre Glieder waren steif.

Wieder ein Blick zu ihm. Sein Mund war fest geschlossen, hin und wieder streckte er die Finger, mit denen er das Lenkrad umklammerte, als versuche er, über irgendetwas zu einer Entscheidung zu kommen.

Er warf ihr einen Blick zu. »Die Schnitte an deinen Händen sehen ziemlich übel aus. Genau wie der über dem Auge. Ich bring dich zur Notaufnahme, das sollte genäht werden.«

»Nein, ich hab doch gesagt, es geht mir gut.« Sie zwang sich zu einem Lächeln. »Wirklich.«

»Wenn du mich fragst, siehst du aus, als hättest du eine Gehirnerschütterung.«
Sie schüttelte den Kopf, im gleichen Augenblick wünschte sie sich, sie hätte es nicht getan. Stechende Schmerzen schossen ihr durch die Stirn. Vielleicht hatte er recht mit der Gehirnerschütterung.
»Wird schon wieder.« Sie massierte sich den steifen Nacken. »Ich brauch nur etwas Ruhe.«
Er runzelte die Stirn und richtete seine Aufmerksamkeit wieder auf die Straße. Er trug Jeans und eine teuer aussehende Lederjacke, die lässig an seinem Körper hing. Das schwarze Leder schien so weich wie Butter. Was würde passieren, ging ihr durch den Kopf, wenn sie einfach die Hand ausstreckte und sie berührte.
Sie räusperte sich. »Wohin fahren wir?«
»Wohin möchtest du?«
Harry sah hinaus auf die schwarzen Felder und Hecken. Vom Land hatte sie erst einmal genug. »Was dagegen, wenn du mich in die Stadt zurückbringen würdest? Wir könnten zu mir fahren und uns was von einem Take-away holen, wenn du Lust hast.«
Dillon sah ihr fragend in die Augen, dann zuckte er nur mit den Schultern und wandte sich wieder ab. »Gut.«
Harry lehnte sich gegen die Kopfstütze, schloss die Augen und versuchte, ihn auszublenden. Im Moment konnte sie sich nur um die grundlegendsten Bedürfnisse kümmern wie Schutz, Schlaf und Essen. Alles, was komplizierter war, musste warten. Sie fühlte sich träge und schläfrig, während das Adrenalin langsam aus ihrem Körper floss.
Vielleicht hätte sie ihn besser auf den fürchterlichen Zustand ihres Wagens vorbereiten sollen. Sie hatte ihm am

Handy nur gesagt, dass sie von der Straße abgekommen sei und einen Unfall hatte. Zu mehr hatte sie sich nicht aufraffen können. Ein Wort mehr, und das Zittern in ihrer Stimme hätte sie verraten.

Aber als er den Strahl seiner Taschenlampe über ihren Wagen hatte streichen lassen und das Ausmaß des Schadens erfasste, war er still geworden. Die Windschutzscheibe war zu einem matten Netz zerplatzt, die anderen Fenster sahen aus, als wären sie von einer unsichtbaren Faust herausgeschlagen worden. Die Motorhaube war platt und flach gedrückt, als würde der Wagen zu schmelzen beginnen. Selbst Harry wunderte sich, wie sie es geschafft hatte, lebend aus dem Fahrzeug zu kommen.

Mehrere Minuten hatte sie neben dem Mini gestanden, hatte über die Motorhaube gestrichen, als wäre der Wagen ein verletzter Welpe, und nicht von seiner Seite weichen wollen. Dann hatte Dillon sie ohne ein Wort am Ellbogen gefasst und sie den Berg hinauf zu seinem Wagen geführt.

Der Lexus surrte über die kurvenreiche Straße. Harrys Kopf schwebte, während der Wagen den Berg hinabglitt. Der Schlaf überkam sie und drückte sie wie eine bleierne Decke in den Sitz. Als Dillon auf die Bremse trat, wurde Harry nach vorn gerissen, ihre Tasche rutschte ihr fast vom Schoß. Sie schlug die Augen auf und starrte ihn finster an. Sie wollte wetten, dass er es absichtlich getan hatte. Worüber zum Teufel war er überhaupt so verärgert? Schließlich war sie doch diejenige, die fast ums Leben gekommen wäre.

»Willst du mich nicht fragen, was passiert ist?«, fragte sie.

Dillon schlug mit der Faust aufs Lenkrad ein. Sie fuhr zusammen.

»Ich weiß nicht, Harry. Soll ich wirklich?« Er rammte den Schaltknüppel in den zweiten Gang und schoss um eine Kurve. »Und wenn ich es tue, erzählst du mir dann die Wahrheit? Oder bekomme ich wieder nur zu hören, dass alles in Ordnung ist?«

Harry riss die Augen auf. Sie wollte etwas sagen, ließ es aber bleiben.

»Du hattest also einen Unfall und bist von der Straße abgekommen.« Er schüttelte den Kopf. »Der Wagen ist nicht von allein abgekommen, das sieht man sofort.«

»Hör zu, wenn du wegen unserer Verabredung so verärgert ...«

»Mein Gott, Harry, natürlich bin ich nicht wegen unserer Verabredung verärgert.« Er stieg auf die Bremse, quietschend kam der Wagen zum Stehen. »Für wen hältst du mich eigentlich?«

Dillon fuhr sich durchs Haar. Dann atmete er langsam aus und drehte sich, einen Arm über das Lenkrad gelegt, ihr zu.

»Wir wissen beide, dass du in ernsthaften Schwierigkeiten steckst«, sagte er und sah ihr in die Augen. Für einen Moment sah sie wieder den Jungen mit den dunklen Augen vor sich, der in ihrem Zimmer gesessen und ihr mit solch glühender Leidenschaft vom Leben und von ethischen Grundsätzen erzählt hatte.

Seufzend schüttelte er den Kopf. »Würde es dich umbringen, wenn du nur einmal zulassen würdest, dass ich dir helfe?«

Harry biss sich auf die Lippen. Er hatte recht. Sie hatte ihn ausgeschlossen. Es war ihr so in Fleisch und Blut übergegangen, dass sie sich auf niemanden verlassen konnte außer auf sich selbst. Damit ersparte man sich einige Enttäuschungen. Andererseits war sie so damit beschäftigt, ihre Unabhängigkeit zu wahren, dass sie es kaum mehr wahrnahm, wenn andere sich verletzt fühlten, weil sie ausgeschlossen wurden. Sie versuchte, eine zerknirschte Miene aufzusetzen, insgeheim aber trällerte es fröhlich in ihr bei der Vorstellung, dass er sich Sorgen um sie machte.

»Tut mir leid. Ich bin es gewohnt, meine Sachen selbst zu regeln.« Sie zuckte mit den Achseln. »Nur diesmal scheint es nicht so recht zu klappen.«

»Willst du mir davon erzählen?«

Sie nickte. »Du fährst, ich erzähle.« Sie sah zu den dunklen Schatten draußen. »Kehren wir in die Zivilisation zurück.«

Wo anfangen, fragte sie sich, während der Lexus den Berg hinabschwebte. Sie seufzte. Wie alles, dachte sie sich, begann und endete es mit ihrem Vater.

»Ich bin immer noch dabei, mir die Dinge zusammenzureimen. Folgendes also: Bevor mein Vater verhaftet wurde, brachte er einen Haufen Kohle aus seinen Insidergeschäften zur Seite, und jetzt wollen seine alten Kumpel das Geld zurückhaben. Das Problem ist nur: Sie meinen, ich hätte das Geld. Was eine Weile lang auch stimmte, aber dann stellte sich heraus, dass das alles nur ein Irrtum war.«

Dillon warf ihr einen ratlosen Blick zu. Harry, die an den manipulierten Kontoauszug denken musste, verzog das Gesicht.

»Frag nicht«, sagte sie. »Es wird mir immer noch schlecht, wenn ich nur daran denke. Jedenfalls hab ich einen fürchterlichen Fehler gemacht.« Sie schloss die Augen; beim Gedanken an ihre Dummheit wurde ihr schwindlig. »Ich habe mit dem Trading-Ring eine Abmachung getroffen.«

»Du hast was? Bist du völlig übergeschnappt?«

Sie schlug die Augen auf. »Ich war ziemlich verzweifelt, muss ich zu meiner Verteidigung sagen. Kurz davor habe ich herausgefunden, dass sie, soweit ich weiß, jemanden umgebracht haben und ich als Nächstes an der Reihe wäre.« Sie schlang die Arme um sich. »Also hab ich eine Abmachung getroffen. Ich gebe ihnen das Geld zurück, und sie lassen mich in Ruhe. Andernfalls würden sie mich umbringen.«

Es lief ihr kalt über den Rücken, als sie an den Typen in den Bergen dachte und was er mit ihr vorhatte.

»Klar, das ist keine Abmachung, der ich mich entziehen möchte, wenn es nicht sein muss.«

Dillon schwieg. Nur sein Hals bewegte sich, als hätte er Probleme beim Schlucken.

»Worauf lässt du dich da bloß ein, Harry? Wer in Gottes Namen sind diese Leute?«

»Ein ziemlich großer Kreis.«

Sie zählte ihm die Ringmitglieder auf, die sie bislang aufgedeckt hatte: den Propheten, der dem Ring anonyme Informationen von JX Warner zugespielt hatte; Leon Ritch, der der Verurteilung entkommen war, weil er über seine Kumpel ausgesagt hatte; Jonathan Spencer, der hatte aussteigen wollen, aber umgebracht wurde, um den Sorohan-Deal nicht zu gefährden; Ralphy-Boy, dessen Identität sie nicht kannte, der wahrscheinlich aber der Banker war, den Leon geschützt hatte; Felix Roche, der sich an die Insidergeschäfte des Rings heimlich drangehängt hatte und jetzt gestorben war, weil er die Identität des Propheten kannte; und, last, not least, ihr Vater, der Einzige, der wegen dieser fürchterlichen Geschichte im Gefängnis saß.

Dillon stieß einen leisen Pfiff aus. Er verminderte die Geschwindigkeit, bis der Wagen nur noch langsam dahinkroch, und konzentrierte sich ganz auf sie. »Woher weißt du das alles?«

Harry erzählte von ihrem Treffen mit Ruth Woods. Kaum zu glauben, dass sie die Journalistin erst am Tag zuvor in der Palace Bar getroffen hatte. Dass sie Felix' E-Mails gehackt hatte, verschwieg sie lieber, weil sie nicht wusste, wie Dillon dazu stehen würde.

»Und wer ist der Rädelsführer? Dein Vater?«

Harry schüttelte den Kopf. »Der Prophet scheint die Fäden zu ziehen. Mit ihm habe ich die Abmachung getroffen.« Sie deutete nach hinten auf die Berge. »Es war sein Schläger, der mich von der Straße gerammt hat.«

»Was?« Dillon wich auf den Seitenstreifen aus, um einem entgegenkommenden Fahrzeug Platz zu machen. »Aber er hätte dich dabei umbringen können. Warum sollte er das tun, bevor du überhaupt das Geld übergeben hast?«

»Er hat nicht versucht, mich umzubringen, auch wenn es ihm fast gelungen wäre. Er wollte mich einschüchtern, sicherstellen, dass ich mich auch an die Abmachung halte.« Als sie sich wieder die leise, heisere Stimme des Typen in Erinnerung rief, zog sich alles in ihr zusammen. »Es war der gleiche Typ, der mich vor den Zug gestoßen hat. Vielleicht war es auch der im Labyrinth.«

»Großer Gott!«

»Und Leon hat ebenfalls jemanden auf mich angesetzt.« Sie erzählte von Quinney. »Ich weiß nicht, ob sie alle zusammenarbeiten oder jeder seinen eigenen Plan verfolgt, aber egal, was im Einzelnen abläuft, ich habe jedenfalls eine Scheißangst vor ihnen.«

»Und du hast keine Ahnung, wer dieser Prophet ist?«

Harry schüttelte den Kopf. Ihre Gedanken schweiften zu Jude, den sie allerdings nur deswegen verdächtigte, weil er früher für JX Warner gearbeitet hatte. Und weil er sich für einen steifen Investmentbanker ziemlich raffiniert angestellt hatte, als er Felix bestochen hatte.

»Was ist mit Ralphy-Boy?«, sagte Dillon. »Vielleicht ist er es. Schließlich ist er von Leon Ritch gedeckt worden, er muss also wichtig sein.«

»Daran hab ich nicht gedacht.« Harry runzelte die Stirn. »Mal sehen, was ich über ihn noch herausfinden kann.«

Sein Blick durchbohrte sie. »Harry, du kannst das nicht allein durchziehen. Du musst zur Polizei.«

Sie wandte sich ab.

Dillon warf die Hände in die Höhe, und eine Sekunde lang war der Wagen führerlos. »Komm schon, Harry, es ist kein Zeichen von Schwäche, andere um Hilfe zu bitten.«

»Darum geht es nicht.«

»Und erzähl mir nicht, dass du dir Sorgen um den Straferlass deines Vaters machst. Es geht hier um dein Leben.«

Harry wickelte sich den Riemen ihrer Tasche um den Zeigefinger. Wahrscheinlich hatte er recht.

»Versprich mir, dass du es dir wenigstens durch den Kopf gehen lässt«, sagte er. »Und dass du mich auf dem Laufenden hältst.«

Sie wollte schon nicken, zuckte dann aber zusammen. Ihr Nacken schmerzte bei jeder Bewegung. Dann fiel ihr noch etwas ein. »Vielleicht bist du sogar schon mehr in die Geschichte verwickelt, als du glaubst.«

Sie erzählte ihm von Quinneys Plan, in seiner Vergangenheit zu wühlen, um über ihn an sie heranzukommen. Stirnrunzelnd drehte er sich weg.

»Mach dir um mich keine Sorgen«, sagte er. »Ich kann schon auf mich aufpassen.«

Eine Weile lang schwiegen sie. Dann sagte Dillon: »Wenn du also das Geld nicht hast, wer hat es dann?«

Kurz sah sie ihm in die Augen, sagte aber nichts. Sie wussten wahrscheinlich beide die Antwort auf diese Frage.

Als sie an ihrer Wohnung eintrafen, war es nach zehn. Dillon marschierte schnurstracks an ihr vorbei in die Küche. Harry hörte, wie er die Schränke aufriss, bevor sie auch nur die Eingangstür schließen konnte.

»Gibt es hier irgendwas zu essen?«, rief er.

»Nicht viel.«

Sie stand auf der Küchenschwelle und betrachtete ihn. Er hatte ihr den Rücken zugewandt und inspizierte die Schränke. Die Jacke hatte er einfach auf die Küchenarbeitsfläche geworfen, und in seinem weißen T-Shirt sah er fit und gebräunt wie ein ehemaliger Tennisprofi aus.

»Du musst oft auswärts essen«, sagte er und schloss den letzten leeren Küchenschrank.

»Es gibt hier in der Nähe einen Take-away.«

Um an die Besteckschublade zu kommen, musste sich Harry in der schmalen Küche an ihm vorbeidrängen. Als ihr Arm dabei über seine Brust strich, zuckte sie zusammen, als hätte sie sich verbrannt. Sie drehte sich weg und machte sich an der Schublade zu schaffen.

»Das hier nenne ich mein Sonntagabendfach.« Vorsichtig, auf die Schnitte an ihrer Hand achtend, wühlte sie darin herum. »Da ist alles, was ich für einen gemütlichen Abend brauche. Speisekarten von Take-aways, Korkenzieher, Ausweis für den Videoladen und eine Riesenpackung Schokoladenéclairs.«

Harry schloss die Augen. Hör auf mit dem Geplapper, um Gottes willen. Dass sie ihm soeben das erbärmliche Bild ihres Soziallebens gezeichnet hatte, machte es auch nicht besser. Sie hörte ihn hinter sich, und die Härchen in ihrem Nacken kräuselten sich. Sie tastete in der Schublade, bis sie die Speisekarten fand. Und da sie jetzt keine Entschuldigung mehr hatte, ihm den Rücken zuzukehren, holte sie tief Luft und drehte sich um.

Er war näher, als sie gedacht hatte. Sie drückte den Stapel mit den Karten an die Brust, aber er nahm ihn ihr einfach ab und legte ihn auf die Arbeitsfläche. Er kam einen weiteren Schritt auf sie zu, sah sie berechnend an und legte ihr die Hände auf die Schultern. Gänsehaut lief ihr über beide Arme.

»Du warst so ein komisches kleines Mädchen«, sagte er. »So wild, so reizbar. Wie ein kleiner Tiger.«

Harry spürte, wie sie rot wurde, und versuchte, cool zu bleiben. Jetzt war nicht die Zeit, wieder zu dem komischen kleinen Mädchen zu werden.

»Ich kann mich nicht erinnern, ein Tiger gewesen zu sein. Alles, woran ich mich erinnere, waren meine klobigen Schulschuhe.« Sie musste sich zwingen, nicht nach unten zu schauen, um sich zu vergewissern, dass sie sie nicht mehr trug.

Er lächelte. »Du warst wütend auf mich.«

Sie war überrascht. »Eigentlich hatte ich Angst vor dir.«

Dillon umfasste ihr Kinn und fuhr ihr mit den Fingerspitzen übers Ohr. Ein Kribbeln zog sich über ihre Schulterblätter bis hinunter zum Rückgrat.

»Ich glaube nicht, dass du vor irgendwas Angst haben könntest.«

»Du wärst überrascht. Auftragskiller und gute Onkel stehen momentan ganz oben auf meiner Liste.«
Sie hielt den Mund, bevor sie wieder ins Plappern geriet.
Sein Daumen fuhr über ihre Wange und die neuen Schrammen.
Plötzlich wurde ihr klar, wie sie nach den Ereignissen in den Bergen aussehen musste. Sie senkte den Blick.
»Jage ich dir jetzt Angst ein?«, fragte er.
Sie schüttelte den Kopf, nickte, und dann wurde sie vor Verwirrung ganz rot. Er hob ihr Kinn an, so dass sie wieder zu ihm aufblickte. Dann legte er ihr seine Hand an den Hinterkopf und zog sie zu sich heran. Die Kopfhaut schmerzte unter seiner Berührung, und sie erinnerte sich, dass der Typ in den Bergen ihr fast die Haare ausgerissen hätte.
Gebannt verfolgte sie, wie er sich zu ihr herunterbeugte. Und das, schoss ihr durch Kopf, war also der Junge, der sie so fasziniert hatte, als sie dreizehn gewesen war, das war der Mann, zu dem er nun herangewachsen war, das war Dillon. Er fand ihren Mund. Seiner war weich und warm; mit seiner Zunge teilte er ihre Lippen, und ein köstlicher Schauer lief ihr durch den Körper. Sie war sich nicht sicher, aber sie glaubte, laut aufgestöhnt zu haben.
Er trat zurück, musterte sie mit besorgtem Blick und zögerte. Ein bestürzender Gedanke kam ihr.
»Jage ich *dir* Angst ein?«, fragte sie.
Er schluckte und überlegte, dann nickte er. »Ein bisschen.«
Sie grinste. Sie konnte nicht anders. Seine Mundwinkel zuckten. Dann drückte er die Hand gegen ihren Rücken, zog sie dicht an sich heran und beugte sich erneut zu ihr. Diesmal war es ihm ernst mit seinem Kuss. Ihr wurde heiß, sie spürte seinen Herzschlag. Er ließ seine Zunge über ihre

Unterlippe schnellen, reizte sie. Diesmal stöhnte sie ganz definitiv laut auf.
Wieder löste er sich, und Harry öffnete die Augen. Ihr Gesicht war erhitzt, ihre Lider fühlten sich schwer an.
Dillon lächelte, ein breites, träges Lächeln, und führte sie an der Hand in ihr Schlafzimmer – sacht, unter Rücksichtnahme auf die Schmerzen in ihrem Nacken und die brennenden Schnitte an ihren Händen. Und in der nächsten Stunde atmete sie seinen erdigen Geruch, sah gebannt seine Bewegungen, gefangen von seinem Rhythmus, in den sie gesogen wurde, bis er auch zu ihrem Rhythmus wurde und die Worte *das ist Dillon, das ist Dillon* ihr wie eine Beschwörungsformel durch den Kopf schwirrten, bis sie unter den Schauern, die ihren Körper erzittern ließen, verstummten.
Danach, als sie ihm beim Schlafen zusah, die Finger einer Hand in ihre geschoben, musste sie daran denken, was der Prophet gesagt hatte.

Sei klug. Andernfalls werden du und alle, denen du nahestehst, in Gefahr geraten.

Sie sah Dillons Brustkorb, der sich hob und senkte, und lauschte seinem leisen Atem. In Gedanken strich sie ihm mit dem Finger über die dunklen Brauen und berührte die leicht gebogene Linie seiner Nase, dann zeichnete sie seine Lippen nach, sein Kinn, hinunter zu seiner Brust.
Schließlich drehte sie sich weg und starrte an die Decke. Imogen hatte recht. Morgen würde sie ihren Vater besuchen.

34

Harry war noch nie in einem Gefängnis gewesen. Es war heller und wärmer, als sie erwartet hatte. Sie rutschte auf dem orangefarbenen Plastikstuhl herum, schlug die Beine übereinander, löste sie wieder.

Sie sah zu den Stühlen an den Wänden des Warteraums. Die einzig andere anwesende Person war eine Frau über sechzig. Sie trug einen flaschengrünen Wintermantel.

Harry massierte sich den Nacken, der zu verkrampfen drohte. Die Schnitte an den Händen heilten bereits, außerdem hatte sie genügend Make-up aufgetragen, um die schlimmsten Abschürfungen zu kaschieren.

Sie sah auf ihre Uhr. Noch hatte sie Zeit, um sich wieder davonzumachen. Sie sah zu dem rundgesichtigen Beamten hinter der Glasscheibe neben der Tür. Er hatte sich einen Kugelschreiber hinters Ohr geklemmt und telefonierte, neigte dann leicht den Kopf, um ihr über den Brillenrand hinweg einen Blick zuzuwerfen. Aufmunternd lächelte er sie an. Harry erwiderte das Lächeln und sah weg.

Über sechs Jahre lang hatte sie ihren Vater nicht mehr gesehen. Irgendwie war es ihr gelungen, diese Tatsache zu verdrängen und mit ihrem Leben zurechtzukommen. Jetzt allerdings war es an der Zeit, alles wieder auszugraben und sich dem zu stellen.

Sie spielte mit der Schließe an ihrer Tasche herum. Sechs

Jahre waren eine lange Zeit. Es hätte sie wahrscheinlich nicht umgebracht, wenn sie ihn hin und wieder besucht hätte. Sie zupfte an einem Niednagel an ihrem Daumen. Sie musste an die vielen Schwindeleien und vergessenen Versprechen ihres Vaters denken und versuchte, damit zu rechtfertigen, warum sie ihm so lange ferngeblieben war.
Es fiel ihr eine ganze Menge dazu ein, unzählige Erinnerungen, aus denen sie nach Belieben auswählen konnte. Zum Beispiel damals, als sie sechs Jahre alt gewesen war und ihre Mutter im Krankenhaus gelegen hatte. Ihr Vater hätte sie von der Schule abholen sollen. Natürlich war er nie aufgetaucht. Sie hatte auf der Schulmauer gesessen, mit den Fersen gegen die Mauer geschlagen und gewartet, bis es fast dunkel geworden war. Noch gut konnte sie sich an das Gefühl des Verlassenseins erinnern, an ihre Angst, als fremde Passanten sie angestarrt hatten. Als ihr Vater schließlich erschien, die Taschen voll mit seinem Pokergewinn, hatte er sie hoch in die Luft gehoben und gesagt, er hätte sie doch glatt vergessen.
Harry seufzte. Das Problem mit ihrem Vater war: Er glaubte, er habe nie etwas falsch gemacht. Er enttäuschte Menschen und war dann völlig verblüfft, wie sie darauf reagierten. Ihre Mutter hatte sich schon vor langer Zeit von ihm zurückgezogen, weil sie es nicht mehr ausgehalten hatte. Harry konnte es gut verstehen. Es tat weh, wenn man wusste, dass der, den man sich zum Helden erkoren hatte, nur ein Hochstapler war.
»Meine Damen, es ist so weit.«
Harry fuhr zusammen. Der Beamte winkte sie heran und schob Papiere durch die Luke unter der Glasscheibe. Sie wartete und ließ der anderen Frau den Vortritt.

Die Frau reichte ein in Geschenkpapier gewickeltes Päckchen durch die Luke. Verdammt, vielleicht hätte sie ihrem Vater auch etwas mitbringen sollen. Schokolade oder Obst. Dann richtete sie sich auf und trat an die Luke. Es war nicht die Zeit für Süßigkeiten oder Trauben. Ihr Vater saß wegen Insiderhandel im Gefängnis, er lag nicht wegen einer Blinddarmentzündung im Krankenhaus.

Der Beamte schob ein Blatt durch die Luke.

»Hier ist Ihr Ausweis«, sagte er. »Den geben Sie am Gefängnistor ab. Ich passe so lang auf Ihre Tasche auf, Sie bekommen Sie wieder, wenn Sie gehen.« Wieder betrachtete er sie über den Brillenrand. »Folgen Sie einfach Gracie, sie kennt sich hier aus.«

Harry dankte ihm, reichte ihm ihre Tasche und nahm die Quittung in Empfang. Dann folgte sie der älteren Frau nach draußen.

Es war kalt und feucht. Der bleigraue Morgenhimmel sah aus, als würde er gleich einen heftigen Schauer niedergehen lassen. Das Arbour-Hill-Gefängnis lag in der Nähe des Hafens, die üblichen Verkehrsgeräusche aber klangen weit entfernt, als wäre die Welt draußen ausgesperrt.

Harry drehte sich zum Gefängnistor um. Unwillkürlich wich sie einen Schritt zurück. Die graue Gefängnismauer ragte fünf, sechs Meter hoch vor ihr auf, die öde Betonwand schien sich unendlich weit zu erstrecken. Sie kam sich vor, als würde sie erdrückt werden. Vor ihr in der Wand lag der zentrale Eingangsbereich, ein hoher, gotisch aussehender Bau mit zinnenbewehrtem Portal. Gracie marschierte geradewegs darauf zu. Harry konnte sich nicht rühren. In den Horrorstorys wohnten in genau solchen Gebäuden die Vampire.

»Lassen Sie sich von den Mauern nicht stören«, sagte Gracie, ohne sich umzudrehen. »Die jagen einem Angst ein, aber man gewöhnt sich daran.«
Zitternd folgte Harry ihr zum Stahltor, wo ein Beamter ihre Ausweise in Empfang nahm und sie durch eine schwere Eisentür geleitete. Dahinter führte sie ein weiterer Beamter durch einen schmalen Gang, der Harry an ihre alte Grundschule erinnerte: grüne Wände, harte Böden und etwas, was man als Zentralheizung bezeichnen könnte. Der Beamte erklärte beim Gehen die grundlegenden Besucherregeln: eine halbe Stunde Besuchszeit, ein Besuch pro Woche, Rauchen verboten, den Gefangenen berühren verboten, Übergabe eingeschmuggelter Dinge verboten. Er öffnete eine Tür, auf der »Besuchsraum« stand, und trat zur Seite, um sie einzulassen.
Harry folgte Gracie in den Raum, unangenehm wurde ihr bewusst, wie sehr ihr Herz pochte. Vor ihr stand ein langer Holztisch mit einer Reihe von Stühlen an jeder Längsseite. Der Tisch war ungewöhnlich breit, knapp zwei Meter, breit genug jedenfalls, um jeden Körperkontakt mit den Insassen zu verhindern.
Zwei Aufsichtsbeamte saßen an den gegenüberliegenden Wandseiten auf erhöht postierten Stühlen. Die einzige Person am Tisch war ein ältlicher Mann, der aufsah, als sich Gracie ihm gegenüber niederließ. Harry zögerte, dann nahm sie auf einem Stuhl in der Mitte des Tisches Platz und verschränkte die Hände. Sie wünschte, sie hätte noch ihre Tasche bei sich, damit sie etwas zum Herumfummeln hätte. Ihr direkt gegenüber lag eine weitere Tür. Darauf richtete sie ihren Blick und wartete auf ihren Vater.
Gracie neben ihr unterhielt sich leise mit dem älteren Mann.

Harry sah kurz hinüber. Er hatte ein plumpes Gesicht, Hängebacken, an denen er nestelte, während er Gracie zuhörte.

Ein leises Klicken war zu hören, und die Tür gegenüber von Harry schwang auf. Ein Beamter trat über die Schwelle, stellte sich an die offene Tür und lächelte dem Mann zu, der in den Raum trat.

»Bis dann, Sal«, sagte der Beamte und salutierte, bevor er ging.

»Gracias«, sagte der Mann.

Er blieb an der Tür stehen. Er trug einen marineblauen Pullover und dunkle Hosen, beides gewaschen und gebügelt. Sein Haar war vollkommen ergraut, der Bart dicht und schneeweiß, was ihm das Aussehen eines Seebären verlieh. Als Kind hatte Harry ihren Vater immer für den echten Käpt'n Iglo gehalten.

Bildete sie sich das alles nur ein, oder hatte sie getrunken?

Er blinzelte sie an. Harry streckte den Rücken durch, zog die Beine unter den Stuhl und kreuzte die Knöchel. Ihr war bewusst, wie verkrampft sie dasaß, eine lockere Haltung aber wollte ihr einfach nicht gelingen. Schon jetzt spürte sie, wie belegt ihr Gaumen war, wie die Gefühle in ihr hochkamen.

Er lächelte sie an, schüttelte den Kopf, streckte ihr die Arme entgegen und ließ sie wieder fallen.

»Hija mía.« Meine Tochter.

Einen Augenblick lang betrachtete er den Boden, dann räusperte er sich und setzte sich ihr gegenüber.

»Man hat mir nicht gesagt, dass du es bist, Harry«, sagte er. »Es tut so gut, dich wiederzusehen, du hast ja keine Vorstellung.«

Er beugte sich vor und streckte den Arm aus, überlegte es sich dann anders, zog ihn wieder zurück und verschränkte die Hände vor sich. Wieder spürte Harry, wie die Gefühle in ihr hochkamen. Sie versuchte sich vorzustellen, wie sie auf der Schulmauer saß. Es gelang ihr nicht.

»Schau dich an«, sagte er. »Du bist so erwachsen geworden. Eine junge Frau.«

Seine braunen Augen hatten etwas Trübes an sich, die Brauen aber waren so schwarz wie eh und je. Harry ließ den Blick sinken.

»Ich hätte schon früher kommen sollen«, sagte sie.

»Schhh, Unsinn, Liebes, das hier ist kein Ort für dich. Es war schon richtig, nicht hierherzukommen. Ich habe deiner Mutter gesagt, dass ich keinen von euch hier sehen möchte.«

»Besucht sie dich?«

Er schüttelte den Kopf. »Wir haben uns darauf verständigt, dass es besser ist, wenn sie nicht kommt.«

Harry versuchte, sich ihre elegante Mutter in einer Umgebung wie dieser vorzustellen, aber das Bild verweigerte sich ihr.

Ihr Vater zupfte an seinem Ärmel. »Deine Mutter hatte hohe Erwartungen an das Leben mit einem Investmentbanker. Dem konnte ich leider nicht entsprechen. Es ist meine Schuld, nicht ihre.«

»Und Amaranta? Kommt sie dich besuchen?«

»Na ja, am Anfang, ja. Ziemlich regelmäßig.« Er lächelte sie verschwörerisch an. »Du kennst Amaranta. Tut immer ihre Pflicht. Aber dann hat sie das Baby gekriegt, und sie war natürlich ziemlich eingespannt. Anfangs wollte sie Ella mitbringen, doch das habe ich mir ausdrücklich verbeten.«

Er strich mit der flachen Hand durch die Luft, die Innenfläche nach unten gekehrt, als würde er ein Kartendeck ausbreiten. »Unter keinen Umständen konnte ich zulassen, dass meine Enkeltochter an einen solchen Ort kommt.«

Harry lehnte sich zurück. Sie hatte gedacht, sie wäre die Einzige gewesen, die nicht gekommen wäre. »Dann bekommst du also keinen Besuch?«

Er zuckte mit den Schultern. »Besucher machen manchmal alles nur schwerer.« Er nickte in Richtung Gracie und ihres Gefährten. »Nimm Brendan dort drüben. Seine Schwester besucht ihn jeden Dienstag. Seit dreiundzwanzig Jahren. Und dann sitzt sie da und foltert ihn mit ihren Erzählungen von einem Leben und einer Familie, die er nie mehr sehen wird. Er schläft nicht gut am Dienstagabend.«

»Warum ist er hier?«

Ihr Vater wich ihrem Blick aus. Dann schüttelte er den Kopf.

»Es ist besser, wenn du es nicht weißt«, sagte er leise.

Harry gingen die Augen über, sie sah zu dem ältlichen Mann. Noch immer zog er mit seiner zitternden Hand an den Hautfalten am Hals, dann sah er mit leerem, wässrigem Blick zu ihr herüber. Ihr rutschte der Magen eine Etage tiefer. Sie sah weg und betrachtete das Gesicht ihres Vaters. Er wirkte sehr viel älter als seine vierundsechzig Jahre. Seine Haut war schlaff, die Stirn von tiefen, gewellten Falten durchzogen wie die Linien, die die Ebbe im Sand hinterließ.

»Ist es in Ordnung hier drinnen?«, fragte sie. »Geht es dir gut?«

»Mach dir um mich keine Sorgen, Liebes. Ich komme zurecht.« Er verzog das Gesicht. »Ich vermisse das Sonnenlicht. Und ich kann es nicht ertragen, wenn andere darüber bestimmen, wann das Licht an ist oder aus. Aber ich beschäftige mich. Ich habe ein gewisses Talent für die Schreinerei. Ich spiele ein wenig Poker, schreibe ein paar Briefe. Ich schreibe dir ziemlich oft, Harry.«

»Wirklich? Ich habe noch nie einen Brief bekommen.«

»Oh, nein, ich schick sie niemals ab.« Er lächelte, als wäre alles wie früher nur irgendein Blödsinn. Dann runzelte er die Stirn, beugte sich vor und streckte beide Arme über den Tisch, die Handflächen nach oben, als wolle er ihre Hände ergreifen, obwohl er wusste, dass sie ihn nicht erreichen konnte.

»Warum bist du gekommen, Harry?«, fragte er. »Stimmt etwas nicht? Bist du deswegen hier?«

Sie seufzte und spürte, wie ihre Schultern einsackten. Wie er legte sie die offenen Handflächen auf den Tisch. In ihr zerrte etwas, sie kam sich wie ein Kleinkind vor, das gleich losheulte. Sie holte tief Luft.

»Ein paar Freunde von dir haben mich aufgesucht«, begann sie.

35

Harry redete ziemliche lange. Ihr Vater ballte die Hände zu Fäusten, während sie erklärte, wie Leon und der Prophet ihr nachstellten. Als sie vom Vorfall in den Dublin Mountains erzählte, hielt er die Augen fest geschlossen. Er neigte den Kopf und presste sich die Fäuste gegen die Stirn. Als er schließlich aufsah, war jede Farbe aus seinem Gesicht gewichen.

»Es tut mir leid.« Seine Stimme war kaum ein Flüstern. »Du solltest da nie mit hineingezogen werden. Nie.« Er drückte eine Hand gegen die Brust und streckte die andere wieder über den Tisch ihr entgegen. »Ich werde alles tun, um dir zu helfen, Liebes. Das weißt du, oder?«

Seine Augen waren rot gerändert, der Mund zu einer entschlossenen Linie zusammengepresst. Harry schob ihre Hände näher zu ihm. Der Abstand zwischen ihren Fingern betrug nicht mehr als einen halben Meter, es hätte aber genauso gut eine Meile sein können. Sie biss sich auf die Unterlippe und nickte. Ihr versagten die Worte.

»Ich werde mit Leon reden«, sagte ihr Vater und richtete sich auf. »Ich ruf ihn an und sag ihm, er soll dich in Ruhe lassen.«

Harry schluckte und schüttelte den Kopf. »Um ihn müssen wir uns keine Sorgen machen. Sondern um den Propheten. Der steht hinter allem.«

»Dann sag mir, was du brauchst, Harry. Ich mach alles, was nötig ist. Frag mich, was du willst.«
Sie sah ihn an und wünschte sich, sie hätte mehr Zeit. Es gab so vieles, was sie ihn fragen wollte, aber die halbe Stunde war fast vorüber.
»Erzähl mir vom Sorohan-Deal«, sagte sie schließlich.
Sein Blick schien sich kurz zu verklären. »Es war unser größter Deal. Die Aktie war nach dem ganzen Dotcom-Quatsch so gut wie wertlos. Und dann hörten wir, dass Aventus hinter dem Unternehmen her sei. Ich investierte alles, was wir hatten, und kaufte für den Ring Aktien, bevor andere davon erfuhren.«
»Dann warst du also für die Finanzen des ganzen Rings zuständig?«
»Für bestimmte Geschäfte, ja. Wir tradeten nie auf unsere eigenen Informationen, das war unsere oberste Regel. Es wäre einfach zu riskant gewesen. Wenn von Merrion & Bernstein Informationen durchsickerten, dann zog jemand von KWC die Trades ab. Und umgekehrt. Danach wurden die Gewinne aufgeteilt. Auf diese Weise konnten die Trades nicht auf privilegierte Informationen zurückgeführt werden. Es war eine unserer Vorsichtsmaßnahmen.«
»Was war mit JX Warner? Der Prophet hat für sie gearbeitet, oder?«
»Ja, soweit wir das zu sagen vermochten. Aber er hat nie einen Trade durchgeführt. So hat er es gehalten, von Anfang an. Er hat das Geld kassiert, aber keinerlei Risiko übernommen.« Er schüttelte den Kopf. »Er hat andere die Drecksarbeit für sich machen lassen.«
Harry musste an den flüsternden Angreifer von vergangener Nacht denken und zitterte. Der Prophet ließ noch im-

mer andere die Drecksarbeit erledigen. Sie legte die Hände an die Brust und riss sich von der Erinnerung los. »Beim Sorohan-Deal warst also du verantwortlich für das Geld?«

Er nickte. »Sorohan beauftragte JX Warner mit der Durchführung der Übernahmeverhandlungen. Daher hatte der Prophet seine Informationen. Aber Aventus beauftragte Merrion & Bernstein, damit war Leon aus dem Spiel. KWC war nicht beteiligt, ich war also frei für die Transaktionen.«

»Und was ist dann schiefgelaufen?«

Er seufzte. »Wir haben unsere oberste Regel verletzt. Leon hatte noch Geld aus einem früheren Deal, und in der letzten Minute überredete ich ihn dazu, damit Sorohan-Aktien zu kaufen. Eine solche Gelegenheit, dachte ich, wäre das Risiko wert. Nur dieses eine Mal. Aber die Börse wurde bei dem Handelsaufkommen der Aktie natürlich misstrauisch. Klar fiel dann bald Leons Name wegen der Verbindung zu Merrion & Bernstein und Aventus.« Er schüttelte den Kopf. »Es war dumm und gierig.«

Harry sah auf ihre Hände. Sie hatte noch eine Frage, die sie stellen musste, aber es fiel ihr schwer.

»Was war mit Jonathan Spencer?«, sagte sie, ohne ihn anzusehen. »Was ist mit ihm passiert?«

Ihr Vater war sichtlich erstaunt. »Du weißt von Jonathan?« Er schüttelte den Kopf und seufzte. »Er hätte sich nie darauf einlassen dürfen, er war dafür nicht geschaffen. Er war noch ein Junge, genauso alt wie Amaranta. Ich habe versucht, seinen Namen aus dem Prozess herauszuhalten. Um die Zeit des Sorohan-Deals sagte er mir, dass er aussteigen möchte. Er hatte eine Heidenangst. Ich überredete ihn, stillzuhalten und mich die Sache regeln zu lassen.«

»Und das hast du getan?«

Er verzog das Gesicht. »Ich habe mit Leon gesprochen, und der hat überreagiert. Er war überzeugt, dass Jonathan für den Ring eine Gefahr darstellt. Aber das war Unsinn. Der Junge hätte uns keine Probleme bereitet. Doch Leon wollte nicht auf mich hören. Er ist in Panik geraten, hat den Propheten kontaktiert und ihm gesagt, der Sorohan-Deal wäre abgeblasen.« Kopfschüttelnd stierte er in die Ferne. »Die ganze Sache hat sich dann sowieso erledigt, weil der arme Junge kurz darauf bei einem Verkehrsunfall ums Leben gekommen ist.«

Harry sah zu ihrem Vater. Er schien sie in seiner Selbstversunkenheit völlig vergessen zu haben. Glaubte er wirklich, Jonathans Tod wäre ein Unfall gewesen? Sie schloss die Augen. Ihr war nicht danach, den Punkt weiterzuverfolgen, und brachte das Gespräch auf das Geld zurück.

»Wie viel habt ihr mit dem Sorohan-Deal verdient?«

Kurz richtete er den Blick auf sie, dann lehnte er sich so weit auf dem Stuhl zurück, dass dieser nur noch auf den Hinterbeinen stand, und verschränkte die Hände im Nacken. Kopfschüttelnd lächelte er die Decke an.

»Etwa sechzehn Millionen Dollar«, sagte er. »Mit einem einzigen Trade.«

Harry rechnete es um. Es entsprach etwa zwölf Millionen Euro.

»Wo ist das Geld jetzt?«, fragte sie. »Haben die Behörden es?«

Er kippelte auf dem Stuhl vor und zurück. Harry schlug das Herz bis zum Hals, während sie auf seine Antwort wartete. Wenn er sagte, das Geld sei fort, würde sie Probleme haben.

Er ließ den Stuhl knarrend zu Boden krachen und schüttelte den Kopf. »Die Behörden haben es nicht finden können. Ich hatte die Bank gewechselt.« Er sah zu den Aufsehern und senkte die Stimme. »Als Leon mich verpfiff, nannte er ihnen mein Konto bei der Credit Suisse auf den Bahamas. Das war das einzige, das er kannte. Ich hatte es 1999 eröffnet, als wir mit dem Ring anfingen, und darüber mehr als ein Jahr lang die Trades abgewickelt. Die Behörden hatten damit alle Beweise, die sie brauchten.«
»Aber es gab noch ein anderes Konto?«
Er nickte. »Etwa ein halbes Jahr vor dem Sorohan-Deal fing die Credit Suisse an, unangenehme Fragen zu stellen. Das Muster, das sie bei meinen Trades entdeckten, gefiel ihnen nicht. Aktienkäufe eines Unternehmens kurz vor der Übernahme können ziemlich verdächtig aussehen, wenn man es zu oft macht. Also beschloss ich, mir was Neues zu suchen.«
»Du hast die Bahamas verlassen?«
»Nein, nein, dort gefiel es mir viel zu gut.« Er lächelte sie an. »Sonne, Sand und ein funktionierendes Bankgeheimnis, was will ein unlauterer Banker mehr?«
Sie schüttelte den Kopf über ihn. Manchmal hatte sie den Eindruck, als redete sie mit einem boshaften Kind.
»Du hast dir dort also eine andere Bank gesucht?«, fragte sie.
»Na ja, ich hab mich umgesehen. Schließlich ging es ja darum, eine Bank zu finden, die ein gehöriges Maß an Diskretion aufbringt, wenn du verstehst.«
Harry nickte seufzend.
»Dann lernte ich bei einer Pokerpartie in Nassau einen Typen kennen«, fuhr ihr Vater fort. »Philippe Rousseau, so

hieß er. Interessanter Spieler. Stellte sich heraus, dass er Banker war, also sagte ich ihm, ich wäre auf der Suche nach jemandem, der meine Investments managt.« Er lächelte sarkastisch. »So wie er Poker spielte, glaubte ich, dass wir miteinander auskommen könnten. Er ging Risiken ein und war sich auch nicht zu schade, hin und wieder ein paar unsaubere Dinge abzuziehen. Also kamen wir ins Geschäft.«

»Du hast bei einem Fremden, den du beim Pokern kennengelernt hast, ein Konto eröffnet?«

»Warum nicht? Es war eine höchst angesehene Bank und sehr sicher. Ich faxte ihm meine Handelsanweisungen unter Angabe eines vorher festgelegten Pseudonyms. Barabhebungen oder Überweisungen mussten persönlich vorgenommen und per Fax mit demselben Codewort vorher angekündigt werden.« Er sah ihr lange in die Augen und lächelte dann. »Der Name, den ich gewählt habe, hätte dir gefallen.« Seufzend sah er wieder weg. »Wie auch immer, ich war vollkommen zufrieden. Und er war es auch. Denn er kopierte meine Trades und machte dabei selbst ein kleines Vermögen. Erfolgreiche Strategien werden oft imitiert.«

Harry nickte und musste an den Trittbrettfahrer Felix Roche denken. Und an das Ende, das er gefunden hatte. Seine imitierten Trades hatten ihm nicht gutgetan.

»Für einen Banker natürlich professioneller Selbstmord«, fuhr ihr Vater fort, womit er ihre eigenen Gedankengänge weiterspann. »Aber Risiken gefielen ihm. Ich traf mich mit ihm alle paar Monate zu einem kleinen Pokerspiel und einigen Geschäften. Am Ende wurde er zum Leiter der Investmentabteilung ernannt, und auf seinen Platz rückte ir-

gendein farbloser Kontenbetreuer. Owen oder John oder so ähnlich. Hatte bei ihm nie einen Trade plaziert. Zu dem Zeitpunkt ließ ich nichts mehr über dieses Konto laufen.«
»Aber das Sorohan-Geld ist noch immer dort?«
»O ja.«
Harry spielte an ihrem Uhrarmband. Die halbe Stunde war beinahe um. Zeit, um auf den Punkt zu kommen. Es gab noch etwas, was sie wissen wollte. Sie hielt den Blick auf die Uhr fixiert, als könnte sie sich vor schmerzhaften Antworten schützen, wenn sie ihn nicht ansah.
»Warum hast du es gemacht?«, fragte sie.
Er zögerte. »Ich wünschte, ich wüsste, was ich dir darauf antworten soll, Harry. Ich hatte hier drin viel Zeit, um darüber nachzudenken, und ich habe mir diese Frage unzählige Male selbst gestellt. Warum habe ich es gemacht? War es das alles wert? Würde ich es wieder machen, wenn ich die Möglichkeit dazu hätte?« Er seufzte. »Wahrscheinlich schon.«
Sie sah zu ihm auf. Er hatte entschuldigend die Augenbrauen hochgezogen, aber er hielt ihrem Blick stand.
»Es ging nicht nur ums Geld«, sagte er. »Zum Teil natürlich, aber das war nicht alles.« Er runzelte die Stirn und schien nach den richtigen Worten zu suchen. »Ich weiß es nicht. Vielleicht ging es um Macht. Durch unsere Insiderinformationen hatten wir alles unter Kontrolle, wir waren allwissend.« Seine Augen unter den dunklen Brauen glänzten. »Der Markt gehörte uns.«
Harry versteifte sich. Das kam ihr bekannt vor. *Der Markt gehört uns.* Ein Satz, der ein Bild in ihr wachrief: Sie selbst an der Tastatur, wie sie ein Netzwerk sondierte, durch die Perimeter brach, an den Firewalls vorbeischlüpfte, das Ad-

ministratorenkonto knackte, eine verbotene Erregung in sich spürte, wenn das Netzwerk schließlich ihr gehörte.

Wieder war der Blick ihres Vaters in unbestimmte Ferne geschweift. Er beugte sich vor und verschränkte so fest die Hände, dass sich die Haut runzelte.

»Die Gefahr und das Risiko haben den Kitzel nur erhöht. Ich habe mich so lebendig gefühlt. Das Leben macht nicht sonderlich viel Spaß, wenn man es nicht hin und wieder spürt.« Er schüttelte den Kopf und sackte auf seinem Stuhl zurück. Wieder sah er sie entschuldigend an. »Kannst du das irgendwie verstehen, Harry?«

Sie konnte ihm nicht darauf antworten.

Links von ihnen war eine Bewegung wahrzunehmen. Einer der Aufseher sah auf seine Uhr. Ihr Vater musste es ebenfalls mitbekommen haben, denn er beugte sich vor und streckte ihr die Arme entgegen.

»Hör zu, das alles hilft dir nicht weiter«, sagte er. »Lass mich die Sache mit Leon und dem Propheten regeln. Ich kann mit ihnen reden, ich kann sie …«

Sie schüttelte den Kopf. »Mit ihnen reden wird nichts nützen. Nicht beim Propheten.«

»Dann sag mir, was ich tun kann.«

Harry holte tief Luft. »Ich brauche das Geld. Alles.«

Er zog die Hände zurück, bis seine Ellbogen eng am Körper lagen. »Was?«

Harry rutschte auf dem Stuhl herum. »Ich habe es dir erklärt. Wenn ich dem Propheten nicht die zwölf Millionen Euro aushändige, wird er diesen Psychopathen wieder auf mich ansetzen. Und auf andere vielleicht auch. Ich habe keine andere Wahl.«

Ihr Vater starrte auf den Tisch und zupfte an seinem Bart.

Auf seiner Stirn schimmerten winzige Schweißtropfen.
Er schüttelte den Kopf. »Du kannst einem Typen wie ihm nicht trauen, woher willst du wissen, dass er sich an die Abmachung hält? Wer sagt, dass er seinen Killer nicht trotzdem auf dich hetzt, nachdem er das Geld bekommen hat?«
»Mit dem Geld habe ich wenigsten etwas Verhandlungsspielraum. Ohne das Geld bin ich tot.« Sie konnte es nicht fassen. Was gab es hier noch zu diskutieren? Ihr Leben stand auf dem Spiel.
Ihr Vater strich sich mit den Händen übers Gesicht, als könnte er damit die Blutzirkulation anregen und eine Antwort aus sich herauslocken, die weiterhelfen würde. Als er die Hände auf den Tisch fallen ließ, wirkte er müde und ausgelaugt.
»Sie haben kein Recht auf dieses Geld«, sagte er leise. »Ich bin der Einzige, der den Preis dafür gezahlt hat. Sechs Jahre hab ich in diesem Betonklotz verbracht. Drei Jahre hab ich mich mit Pädophilen und Mördern zum Frühstück angestellt, und jeder von denen hatte einen Atem, bei dem es einem den Magen umdreht. Sechs Jahre an einem Ort, in dem Selbstmord für die meisten der einzige Ausweg ist.« Tief atmete er durch die Nase. »Das Geld war das Einzige, was mich am Leben gehalten hat.«
Harry schloss die Augen und versuchte, sich nicht von den von ihm beschriebenen Bildern beeindrucken zu lassen. »Es tut mir leid, aber ich weiß keinen anderen Ausweg. Außer ich gehe zur Polizei.«
Ihr Vater versteifte sich. »Es muss eine andere Möglichkeit geben, es muss sie einfach geben.«
Harry sah ihn an. Etwas in ihr schrumpfte noch mehr zusammen.

»Du wirst mir nicht helfen, nicht wahr?«, fragte sie.
Sie hörte die Verletztheit in ihrer Stimme. Sie befand sich wieder auf der Schulmauer. Ein harter Knoten bildete sich in ihrer Brust. Er entzog sich ihr, so wie er es immer getan hatte. Welch kindischer Wunsch, dass sie meinte, es könnte jetzt anders sein!
Plötzlich änderte sich seine ganze Haltung. Er sah ihr in die Augen und lächelte. Harry erschien es aufgesetzt. Was immer jetzt kommen sollte, sein Blick sagte etwas anderes.
»Unsinn, klar werde ich dir helfen, Harry.« Sein Blick schwankte nicht. »Aber sei vernünftig, ich kann dir das Geld doch kaum hier überreichen, oder? Ist ja nicht so, dass ich es mit mir herumtrage.«
Er kehrte die Handflächen nach oben und zog die Schultern hoch, eine Geste, die Harry von ihm nur allzu gut kannte. Sie mutete ihr eher französisch, nicht spanisch an, und wahrscheinlich hatte er sie sich irgendwann einmal absichtlich zugelegt.
Die Tür hinter ihrem Vater ging auf, und ein Gefängnisbeamter trat in den Raum.
»Die Zeit ist um, Gentlemen«, sagte der Beamte an der Tür.
Der ältere Mann links von ihrem Vater erhob sich schwer. Gracie blieb sitzen, entschlossen, ihre einseitige Unterhaltung zu Ende zu führen, bevor ihr Bruder wieder in seine Zelle entkommen konnte.
Harrys Vater schob den Stuhl zurück und sah zu den Aufsehern. »*Hablemos esta tarde*.« Reden wir am Nachmittag darüber.
»Diesen Nachmittag?«

Er erhob sich. Aufrecht und entspannt stand er vor ihr. »Hol mich um zwei Uhr vor dem Tor ab.«

»Vor dem Tor? Ich verstehe nicht.«

Er neigte den Kopf zur Seite. »Ich komm heute raus. Mein Straferlass ist durchgegangen. Ich dachte, du wüsstest es.«

Harry blinzelte. »Nein. Nein, das habe ich nicht gewusst. Zumindest nicht, dass es so schnell ging.«

Sie dachte an die Nachricht, die ihre Mutter auf dem Anrufbeantworter hinterlassen hatte. Wahrscheinlich hatte sie versucht, es ihr mitzuteilen.

Ihr Vater kam also wirklich raus. Sie fühlte sich so platt wie ein durchstochener Reifen.

Sie seufzte. »Wenn ich dich abhole, wirst du mir dann helfen.«

Sie machte sich nicht die Mühe, es als Frage zu formulieren. Wozu, wenn die Antwort so irrelevant war.

»Natürlich, Liebes.« Er ging zur Tür. »Keine Sorge, alles wird gut werden.«

Harry starrte ihm hinterher. Sie glaubte ihm kein Wort.

36

Harry fuhr an den Piers entlang und versuchte, nicht an ihren Vater zu denken. Sie hätte ihn nie besuchen sollen. Sie umklammerte das Lenkrad fester.
Die Wolken lösten ihr früheres Versprechen auf Regen ein. Die Wischer kratzten über die Windschutzscheibe und unterstrichen die Satzfetzen, die ihr noch durch den Kopf schwirrten.

Du solltest da nie mit hineingezogen werden.
Ich werde alles tun, um dir zu helfen.
Keine Sorge, alles wird gut werden.

Harry schaltete die Scheibenwischer aus und bremste scharf vor einer roten Ampel ab. Sie stützte den Kopf auf die Faust und sah dem Regen zu, der in Schlieren über die Windschutzscheibe strömte.
Ihr Vater würde ihr nicht helfen, so viel war klar. Er hatte sie gebeten, sie vor dem Gefängnis abzuholen, aber wozu? Für weitere Ausflüchte und Entschuldigungen? Harry schüttelte den Kopf. Sie hatte nicht vor, auch nur in die Nähe des Gefängnisses zu kommen.
Der Regen verwandelte sich in Hagel, Eiskügelchen hämmerten auf den Wagen ein. Der Fahrer hinter Harry hupte. Sie schreckte auf und machte sich am Schaltknüppel zu

schaffen. Er fühlte sich klebrig an und ließ sich nur schwer bewegen. Sie fuhr einen zwei Jahre alten Nissan Micra, den Ersatzwagen, den ihr die Autoversicherung zur Verfügung gestellt hatte, nachdem ihr Mini abgeschleppt worden war. Sie hatte die Versicherung davon überzeugen können, dass kein anderes Fahrzeug am Unfall beteiligt gewesen war und es daher unnötig sei, die Polizei einzuschalten. Das Letzte, was sie jetzt brauchte, war eine weitere Begegnung mit Detective Lynne. Mit Gewalt legte sie den Gang ein und dachte seufzend an ihren geliebten Mini, der sich wie mit Butter geschmiert hatte schalten lassen. Sie würde nie wieder mit ihm fahren können.

Sie stellte die Scheibenwischer an und bog nach rechts auf die O'Connell Bridge. Eigentlich hatte sie nach Hause fahren wollen, dann aber fiel ihr ein, dass das Lúbra-Security-Büro nicht weit entfernt und es langsam wieder an der Zeit war, sich an die Arbeit zu machen.

Sie musste an Dillon denken: sein Gesicht über ihr, sein Atem auf ihren Lippen. Ihre Oberschenkel kribbelten, etwas in ihr schwoll an. Vor sechs Uhr morgens, sie war kaum wach gewesen, hatte er ihre Wohnung verlassen. Er wollte noch an diesem Tag nach Kopenhagen fliegen, um die Fusion zwischen Lúbra und einer anderen Sicherheitsfirma unter Dach und Fach zu bringen. Einige Tage lang würden sie sich also nicht sehen. Plötzlich hatte sie das ganz starke Bedürfnis, seine Stimme zu hören.

Mit einer Hand wühlte sie in ihrer Tasche, bis sie das Handy gefunden hatte. Sie wählte seine Nummer und wartete, bekam aber nur Dillons Mailbox. Was vielleicht gar nicht so schlecht war. Es war keine gute Idee, einen Typen anzurufen, wenn man meinte, ihn nötig zu haben. Vor allem zu einem so frühen Zeitpunkt der Beziehung, wenn man seine Persönlichkeitsstörungen am besten noch unter Verschluss halten sollte.

Sie seufzte und warf das Handy auf den Beifahrersitz. Fast im gleichen Augenblick klingelte es. Sie hob es auf.

»Hallo?«

»Na endlich. Wir versuchen dich seit Tagen zu erreichen.«

Sie spürte, wie ihre Schultern nach unten sanken. Es war Amaranta, ihre Schwester.

»Tut mir leid«, sagte Harry. »Hatte die ganze Woche eine Menge zu tun.«

»Wir haben alle zu tun, weißt du.«

Bei ihrem schulmeisterlichen Tonfall rollte Harry mit den Augen. »Gut.«

»Es geht um Dad«, begann Amaranta.

Harry schnitt ihr das Wort ab. »Ich weiß. Er kommt heute raus. Ich war gerade bei ihm.«

Schweigen. Harry sah Amaranta vor sich, wie sie unter der Treppe saß und die Notizblöcke und Stifte auf dem Telefontischchen vor ihr im rechten Winkel ausrichtete. Diesen peniblen Ordnungswahn hatte sie bereits gehabt, als sie sich noch zu Hause das Zimmer auf dem Dachboden geteilt hatten. Auf Amarantas Seite des Sprungseils standen die Schuhe alle in einer Reihe, die Buchrücken waren wie mit einem Lineal ausgerichtet. Auf Harrys Seite ging es etwas chaotischer zu.

»Wie sieht er aus?«, fragte Amaranta schließlich.

Harry atmete laut aus. Wie sollte sie diesen fesselnden, unehrlichen und intriganten Mann beschreiben?

»Er ist alt geworden«, sagte sie letztendlich nur.

»Hat er gesagt, wo er wohnen will?«

»Ich habe ihn nicht gefragt.«
Eine weitere Pause. Harry fuhr um das College Green herum, nahm kurz beide Hände vom Steuer, um in den nächsten Gang zu wechseln. Der Busfahrer hinter ihr war von dem Manöver nicht begeistert.
Sie riskierte eine direkte Frage. »Warum hast du aufgehört, ihn zu besuchen?«
»Ich habe nicht einfach nur aufgehört, ich musste mich um Ella kümmern. Kleinkinder beanspruchen viel Zeit, weißt du. Daddy hat es verstanden. Ella hatte Vorrang.«
Nach ihrem Ton zu schließen, war das Thema für sie damit erledigt. Dann räusperte sie sich. »Die Dinge ändern sich, wenn man Kinder hat. Man sieht vieles mit anderen Augen.«
»Du meinst, du hast gesehen, welch lausiger Vater er war?«
»Zumindest habe ich ihn nicht ganz im Stich gelassen.«
Toll. Jetzt führte sie sich als Harrys gutes Gewissen auf. Waren alle großen Schwestern so?
»Wie ich, meinst du?«, erwiderte Harry.
»Eigentlich wollte er immer nur dich sehen. Du warst schon immer sein Liebling.«
Sie klang nicht verbittert, sie sprach damit nur eine Tatsache aus, die sie beide schon vor Jahren akzeptiert hatten.
»Hör zu, ich mach lieber Schluss. Ich sitze hier im Auto, und der Verkehr ist ziemlich dicht.«
»Hast du mit ihm was ausgemacht, wann ihr euch wiederseht?«
Harry musste an die hoch aufragenden Gefängnismauern denken und knallte den zweiten Gang rein. »Nein. Nein, habe ich nicht. Hör zu, ich ruf dich nächste Woche an.«

Sie warf das Handy auf den Beifahrersitz und bog um die Ecke in die Kildare Street. Verflucht seien die großen Schwestern, die einem immer Schuldgefühle einreden wollten. Es hatte keinen Sinn, sich mit ihrem Vater zu treffen. Sie brauchte seine Hilfe, aber die bekam sie nicht. Eine Sackgasse.

Trotzdem beschlich sie eine böse Ahnung. Vielleicht sollte sie doch noch mal mit ihm reden, ihm eine weitere Chance geben. Schließlich hatte sie noch einige Fragen. Zum Beispiel: Wer war der Prophet? Er musste irgendwelche Vermutungen dazu haben, irgendwelche Hinweise auf dessen Identität. Und wer war Ralphy-Boy? Vielleicht kannte ihr Vater ihn.

Sie schüttelte den Kopf. Es spielte keine Rolle, wer der Prophet war. So oder so, sie musste ihm die zwölf Millionen Euro beschaffen.

Wenige Meter vor dem Lúbra-Büro hielt sie an. Sie packte ihre Tasche, sperrte den Wagen zu und rannte mit eingezogenem Kopf durch den Hagelschauer über die Straße.

Sie drückte die Tür zum Eingangsbereich auf, wo Annabelle, die Rezeptionistin, telefonierte. Harry winkte ihr kurz zu und betrat das Hauptbüro.

Es war voller Leute. Hier und da waren Gruppen um einen Schreibtisch versammelt und deuteten auf einen Bildschirm. Ihr Blick wanderte von ihnen zum Büro an der Rückwand. Keine Spur von Dillon.

Harry eilte zu ihrem Tisch am Fenster, schnappte einige Willkommensgrüße auf, blieb aber nirgends stehen, um sich nicht Fragen über die Schnitte in ihrem Gesicht anhören zu müssen. Sie setzte sich, fuhr den Laptop hoch, lauschte den Hagelkörnern, die gegen die Fensterscheibe

trommelten, während sie sich anmeldete und das E-Mail-Programm aufrief.
»Der Schnitt war gestern noch nicht da.«
Sie sah auf. Imogen starrte mit verschränkten Armen auf die klaffende Wunde über ihrem Auge. Harry seufzte.
»Ich weiß. Seit gestern ist einiges passiert. Aber bevor du über mich herfällst, ich habe mich an deinen Ratschlag gehalten.«
»Ach, wirklich?« Imogen warf sich auf einen Stuhl neben Harry. »Und?«
»Lief nicht besonders gut. Erzähl ich dir später.«
Imogen schüttelte den Kopf. »Was ist das nur mit den Familien? Ich dachte immer, in so einer Kleinfamilie wie deiner käme man besser miteinander aus.« Imogen stammte aus einer sechsköpfigen Familie, deren Mitglieder sich ständig kabbelten und untereinander wechselnde Bündnisse eingingen. Im Moment redete sie mit keinem von ihnen.
»Scheint auch nicht so einfach zu sein.«
»Das ist es nicht, glaub mir.« Harry hielt inne. Es kostete sie einige Mühe, nicht die Stimme zu erheben. »Ist Dillon da?«
»Das Junggesellchen? Nein, ist nach Kopenhagen geflogen.«
»Jetzt schon?«
»Hat einen früheren Flug bekommen.« Imogen runzelte die Stirn. »Stimmt was nicht?«
Harry kontrollierte die Signale, die ihr Körper aussandte. Das Bedürfnis, seine Stimme zu hören, war noch immer da. Verdammt!
Sie schüttelte den Kopf. »Wollte nur mal mit ihm reden. Werde ich wohl auf später verschieben müssen.«

Sie sah zum Bildschirm und zuckte vor Schmerzen kurz zusammen. Jede Bewegung von Kopf und Nacken tat ihr weh, ein klassischer Fall von Schleudertrauma. Vielleicht sollte sie einen Chiropraktiker aufsuchen.

»Nicht bewegen.« Imogen hüpfte vom Stuhl und verschwand. Eine Minute später kehrte sie zurück, in der Hand ein Glas Wasser und zwei weiße Tabletten.

»Was ist das?«, fragte Harry.

»Einfach schlucken.«

Harry tat wie ihr befohlen. Imogen nahm ihr das leere Glas ab.

»Du hast hier nichts verloren, du siehst schrecklich aus«, sagte sie, während sie zu ihrem Schreibtisch ging. »Ich werde ein Auge auf dich haben.«

Harry wartete, bis ihre Freundin fort war. Dann drehte sie sich um, wobei sie den Kopf so wenig wie möglich bewegte, und ging ihre E-Mails durch. Zweiundsiebzig ungelesene Nachrichten. Seit Freitag war doch einiges zusammengekommen. Es standen drei weitere Penetrationstests an, zwei Untersuchungen von möglicherweise angegriffenen Rechnern und eine Sicherheitsstudie bei einem Unternehmen, aber Gott sei Dank nichts davon besonders dringlich. Sie überflog die Nachrichten, überprüfte die Absender, falls etwas Dringendes dabei sein sollte. Dann erstarrte sie.

Der Domainname des Absenders schien auf dem Bildschirm zu pulsieren. Anon.obfusc.com. Mit zitternder Hand griff sie zur Maus. Sie biss die Zähne zusammen. Doppelklick.

Zeit für die Geldübergabe, Harry. Überweis es bis Mittwoch, 17:00 Uhr, auf das folgende Konto:
SWIFT-Code: CRBSCHZ9
IBAN: CH9300762011623852957.
Meine Informanten meinen, du willst mich vielleicht hinhalten. Tu es nicht. Heute werde ich dir zeigen, was mit Leuten geschieht, die mich hintergehen. Du hast achtundvierzig Stunden, Harry.

Der Prophet

Harry schlug die Hand vor den Mund. Mittwoch, 17:00 Uhr. Heute war Montag. Was, wenn sie ihm sagte, dass sie das Geld nicht hatte? Was dann?
Als ihr Bürotelefon klingelte, zuckte sie zusammen. Es war Annabelle.
»Ein Mr. Tiernan ist für dich am Empfang.«
Sie sah zur Tür in Richtung Rezeption und dann wieder auf die E-Mail des Propheten. Ihr Puls beschleunigte sich. Was zum Teufel machte Jude hier?
Sie musste schlucken, aber ihr Mund war zu trocken. »Sag ihm, ich komme gleich.«
Jude schritt im Eingangsbereich auf und ab, als sie die Türen aufdrückte. Nachdem er sie erblickt hatte, blieb er stehen. Mit weitaufgerissenen Augen bemerkte er ihre neuen Schnitte und Schrammen.
»Mein Gott, Harry!«
Vom Investmentbanker war nichts mehr zu sehen. Statt eines Anzugs trug er ausgebleichte Jeans und ein enganliegendes T-Shirt. Er ballte die Fäuste, worauf sich die muskulösen Oberarme wölbten. Er glich eher einem Ringer, der sich auf den Kampf vorbereitet.

Er kam auf sie zu. Unwillkürlich wich Harry zurück, trat in ein leeres Büro rechts von ihr und bedeutete ihm, ihr zu folgen. Er knallte die Tür hinter sich zu.
»Großer Gott, Harry, alles in Ordnung? Was zum Teufel geht hier vor sich?«
Sie deutete auf ihr Gesicht. »Ist nichts Ernsthaftes.«
Er trat einen Schritt auf sie zu. Sie versuchte, nicht zusammenzuzucken.
»Nichts Ernsthaftes?« Er zählte die Argumente an den Fingern seiner Hand auf. »Ich helfe Ihnen, Felix Roche hinters Licht zu führen, er wird daraufhin ermordet, die Polizei befragt mich, Sie antworten nicht auf meine Anrufe, und jetzt finde ich Sie hier, und Sie sind von oben bis unten mit Schrammen übersät. Ich habe das alles vielleicht vorher nicht ganz ernst genommen, aber, bei Gott, glauben Sie mir, ich tu es jetzt.«
»Hören Sie, ich weiß Ihre Hilfe zu schätzen, aber es gibt keinen Grund, warum Sie weiterhin in diese Sache verwickelt sein sollten.«
»Verwickelt? Die Polizei weiß, dass ich ihn in der Nacht seines Todes angerufen habe. Natürlich bin ich verdammt noch mal in die Sache verwickelt.« Er fuhr sich durchs Haar. Er sah aus, als hätte er in den letzten achtundvierzig Stunden nicht geschlafen. »Felix jedenfalls geht mir nicht aus dem Sinn.« Er hielt inne und sah sie an. »Und Sie auch nicht.«
Sie sah weg. Sanft berührte er sie an der Schulter.
»Was ist, Harry?«
Sie verschränkte die Arme und starrte ihn finster an. »Wie viel haben Sie Ashford erzählt?«
»Was?«

»Er war gestern hier. Sie haben mit ihm über mich gesprochen.«
»Er hat nach Ihrem Unfall gefragt, er klang besorgt.«
»Und mehr haben Sie ihm nicht erzählt, bestimmt nicht?«
Jude verengte die Augen. »Kommen Sie, Harry, was soll das? Wir haben über Ihren Unfall gesprochen, das war alles. Ist irgendwas Neues passiert?«
Sie dachte daran, was alles in den vergangenen zwei Tagen an Neuem passiert war. Was, wenn sie ihm von dem vermissten Geld erzählte? Allein der Gedanke schnürte ihr die Kehle zu. Sie konnte es nicht riskieren. Er hatte mit Ashford bereits darüber gesprochen. Mit wem würde er noch darüber reden? Egal, was geschah, der Prophet durfte auf keinen Fall erfahren, dass das Geld nicht mehr da war.
Sie schüttelte den Kopf. »Nichts ist passiert.«
Jude packte sie an den Schultern. Sie rang nach Luft, als er sein Gesicht nah an ihres schob und sie seinen heißen Atem auf der Wange spürte. Er roch nach Bier und sauberem männlichen Schweiß.
»Geht es um Felix?« Seine Finger gruben sich in ihre Schultern. »Vielleicht haben Sie mit ihm nachts doch noch gesprochen. Hat er Ihnen was erzählt? Was hat er gesagt?«
»Nichts. Ich habe Ihnen doch gesagt, er ist nicht rangegangen.«
Sein Blick bohrte sich in sie, ihre Nasen berührten sich fast. Sie suchte in seinem Gesicht nach Spuren des tugendhaften Bankers, der niemals die Regeln brach, fand jedoch nichts mehr davon.
Alles, was sie sah, war der draufgängerische Pilot, der zu allem bereit war.
Plötzlich ließ er sie los.

»Wie Sie wollen.« Er ging zur Tür. »Aber ich lasse Sie nicht in Ruhe, Harry. Nichts davon wird Sie in Ruhe lassen.«

»Warten Sie …«

Doch er war bereits durch die Tür verschwunden.

Harry verschränkte die Arme und rieb sich die Schultern. Sie zitterte. Er hatte recht. Das alles würde ihr keine Ruhe lassen. Sie dachte an die Achtundvierzig-Stunden-Deadline und das Geld, das nicht da war. Sie dachte an ihren Vater, der darauf wartete, dass sie ihn vom Gefängnis abholte.

Zum Teufel mit ihm. Warum hatte er ihr nicht gesagt, wo das Geld lag? Auf irgendeiner anonymen Bank, das war alles, was sie wusste. Wobei es ihr auch nicht sehr viel weiterhelfen würde, wenn sie wüsste, um welche Bank es sich handelte. Was sollte sie denn machen, sich in ein geheimes Bankkonto auf den Bahamas einhacken? Harry schloss die Augen und schüttelte den Kopf. Selbst sie konnte unmöglich so was abziehen.

Dann riss sie die Augen auf.

Oder doch?

37

Wie ist es in Kopenhagen?«
»Kalt«, sagte Dillon.
Harry lächelte ins Telefon. »Das hast du davon, wenn du Skandinavien erobern willst.«
Er lachte. »Wo bist du?«
Sie warf einen Blick auf die lange graue Festung, die sich über den gesamten Arbour Hill erstreckte und vor deren düsterer Fassade sich ein in der Sonne glitzernder metallener Gitterzaun entlangzog.
»Im Wagen«, antwortete sie.
Das zumindest stimmte. Sie hatte soeben vor dem Gefängnis angehalten, als Dillon anrief. Sie starrte auf die schmalen, hohen, gebogenen Fenster im Haupteingang, die aus Dutzenden kleinen rechteckigen Glasscheiben bestanden und gut und gern auch in eine Kathedrale gepasst hätten, wären die Gitter nicht gewesen.
Sie wandte sich ab. Dillon würde ihr sagen, sie solle zur Polizei gehen, aber das konnte sie nicht. Mochte ihr Vater noch so viele Schwächen haben, sie wollte es keinesfalls darauf ankommen lassen, dass er hinter diese Mauern zurückgeschickt wurde.
»In ein paar Tagen werde ich wieder da sein«, sagte Dillon. »Vielleicht füllst du ja dein Sonntagabendfach ein bisschen auf, dann könnten wir uns einen netten Abend machen.«

Harry rollte mit den Augen, beschämt darüber, dass er sich doch tatsächlich an ihre Küchenschublade mit deren Durcheinander erinnerte.
»Klingt toll«, sagte sie. »Bring einen Karton mit echtem dänischen Bier mit, und du hast dein Date.«
Date! Warum hatte sie Date gesagt? Deal, es war ein Deal, das wäre es gewesen. Sie lehnte sich gegen die Kopfstütze und schloss die Augen. Sie wollte ihn nach ihrer gemeinsamen Nacht fragen und was sie ihm bedeutete, aber es fiel ihr schwer, das in eine beiläufige Unterhaltung einzubauen. Sie schüttelte den Kopf. Zölibatär zu leben hatte auch seine Vorteile.
»Und, wie war der Flug?« Harry wand sich. Als Nächstes würde sie ihn noch nach dem Wetter fragen.
»Ohne besondere Ereignisse. Nur glaube ich, mir ist jemand zum Flughafen gefolgt.«
»Was?« Mit einem Ruck setzte sie sich auf.
»Kräftiger Typ in schwarzer Jacke, Schädel wie eine Billardkugel.«
Quinney. »Klingt ganz nach Leons Kumpel.«
»Habe ich mir auch gedacht. Aber soweit ich weiß, ist er nicht mit an Bord gegangen.«
»Scheiße. Tut mir leid, dass du da mit hineingezogen worden bist.«
»Ich hab dir doch gesagt, mach dir um mich mal keine Sorgen. Und was will er schon machen? In meiner Vergangenheit rumwühlen, um was zu finden? Da gibt es nichts, womit er dich drankriegen könnte. Er wird mit leeren Händen zu Leon zurückkehren.«
»Ich hoffe es.«
»Vergiss es. Ich habe es schon vergessen.«

Harry biss sich auf die Lippen. Sie war sich nur allzu bewusst, dass sie ihm einiges vorenthielt. Alte Gewohnheiten ließen sich nicht über Nacht ändern. Sie holte tief Luft.
»Ich habe heute Morgen meinen Vater besucht.«
»Wow.« Es folgte eine Pause. »Na, freut mich. Wie lief es?«
»Nicht gut. Er will mir nicht helfen. Vielleicht können wir darüber reden, wenn du zurück bist.«
»Ja, gern.« Eine weitere Pause. »Hör zu, ich muss noch duschen und mich frisch machen, ich ruf dich später noch mal an. Wenn es okay ist?«
Bei der Vorstellung, ihn unter der Dusche zu sehen, lächelte sie. »Ja, schon okay. Und vergiss das dänische Bier nicht.«
Nachdem Dillon aufgelegt hatte, kontrollierte sie ihren inneren Druckmesser: Bedürfnis nach ihm gleich null, Lust gleich einhundert. Schon besser.
Sie sah auf die Uhr. 13:45 Uhr. Bald sollte ihr Vater rauskommen. Die Sonne brannte durch die Windschutzscheibe und heizte die Sitzbezüge auf Kochtemperatur auf. Die Regenwolken hatten sich entleert, waren weitergezogen und hatten einen klaren, blauen Himmel zurückgelassen. Harry kurbelte die Seitenscheibe herunter und sah die Straße rauf und runter. Arbour Hill war eine einsame Gegend mit wenig Verkehr. Sie hatte gegenüber dem Haupteingang des Gefängnisses geparkt, nah an den Steinmauern der alten Collins Kaserne. Unübersichtliche Kurven in beiden Richtungen verstärkten noch das Gefühl der Abgeschiedenheit.
Eine Frau in rotem Jogginganzug kam um die Kurve und schob einen Buggy den Hügel herauf. Das Kleinkind hatte einen Stock in der Hand und ließ ihn die Gefängnisgitterstäbe entlangklacken.

Harry richtete den Blick wieder auf das nüchterne viktorianische Gebäude, das den Hügel beherrschte. Der Eingang mit seiner Vorhalle wurde durch ein Eisentor gesichert, das den Fallgattern in mittelalterlichen Burgen glich. Die Gefängnismauern, hier und da mit dicken, abschreckenden und dornigen Stacheldrahtknäueln gekrönt, kamen ihr noch höher vor als beim letzten Mal. Sie musste an das Böse denken, das hinter diesen Mauern versammelt war, das eingeschränkte Leben, das die Insassen führten. Sie schauderte.

Hier wohnen die Drachen, dachte sie.

Die Frau mit dem Buggy lief an ihr vorüber, das Kind hatte den Stock von den Gitterstäben genommen, um damit auf die gelben Rosenbüsche zu zeigen, die vor dem Gefängniseingang wuchsen. Die Frau joggte weiter, Harry sah sie im Rückspiegel verschwinden.

Plötzlich ertönte ein lautes metallisches Geräusch. Ihr Blick kehrte zum Gefängnis zurück. Ein Wachmann unter der Vorhalle schloss das Tor auf. Es schwang weit auf und quietschte wie eine schlaffe Geigensaite. Der Wachmann machte einen Schritt zur Seite, und Harrys Vater trat heraus in den Sonnenschein.

Er trug graue Hosen und einen weißen Pullover mit rundem Ausschnitt, darüber einen marineblauen Blazer. In der einen Hand hielt er eine blaue Reisetasche, mit der anderen schützte er die Augen, als er zum Himmel aufschaute. Dann schüttelte er mit einem Lächeln dem Wachmann die Hand. Er hätte gut und gern ein Marineoffizier sein können, der seinen Landgang genoss.

Er trat auf den Zugangsweg, hinter ihm schloss sich quietschend das Tor. Harry beobachtete ihn. Welche Rolle spiel-

te er nun? Den Wirtschaftskriminellen oder den erfolgreichen Banker? Den Helden ihrer Kindheit oder den gescheiterten Vater? Jedes Mal, wenn sie ihm begegnete, musste sie diese Frage aufs Neue abwägen.
Sie atmete tief durch und stieg aus. Nach der Treibhausatmosphäre in ihrem Micra genoss sie die Luft, die ihr über die nackten Arme und das Gesicht strich. Beim Geräusch des zufallenden Tores sah er zu ihr, seine Miene verzog sich zu einem breiten, herzlichen Lächeln, das wunderbar zum fröhlichen Seemannsbild passte. Trotz ihrer Zweifel erwiderte Harry unwillkürlich das Lächeln.
Sie trat auf die Straße und sah, wie er zu ihr eilte. Sein Gesicht schien im Sonnenschein noch bleicher zu sein, die schwarzen Brauen auf seiner aschfahlen Haut wirkten künstlich. Er schritt an den gelben Rosen vorbei, die Reisetasche schlug ihm gegen das Bein.
Vielleicht würde wirklich alles gut werden. Vielleicht hatte ihr Vater einen Plan, um ihr zu helfen. Und falls nicht, würde sie damit auch zurechtkommen. Alles, was sie brauchte, war der Name der Bank. Ihre Fertigkeiten beim Social Engineering besorgten dann den Rest.
Ihr Vater nahm die Reisetasche in die andere Hand, öffnete das Tor im Gitterzaun und trat auf die Straße. Dann runzelte er die Stirn und blinzelte nach links. Erschreckt riss er die Augen auf, und sie folgte seinem Blick.
Das Erste, was sie sah, waren breite chromblitzende Rammbügel. Der Geländewagen, an dem sie befestigt waren, röhrte auf ihren Vater zu. Sie versuchte, sich zu bewegen, aber ihre Beine waren wie gelähmt. Sie sah, wie ihr Vater ihren Namen rief, aber sie hörte keinen Ton.
Die Zeit schien sich auszudehnen. Eine Sekunde kam ihr

wie fünf vor. Sie nahm alles gleichzeitig wahr: das Sonnenlicht, das sich auf den glitzernden Rammbügeln brach; das blasse, von Falten überzogene Gesicht ihres Vaters; die Hitze, die vom Micra hinter ihr aufstieg; die bräunlichen Ränder der gelben Rosenblüten.

Ihr Vater rannte los, versuchte, dem Geländewagen zu entkommen, und krachte im Fallen auf sie, wodurch sie gegen ihren Wagen geschleudert wurde. Heißes Metall versengte ihre Haut, ein stechender Schmerz fuhr ihr durch die Schulterblätter. Ihr Gehör setzte wieder ein, das Dröhnen des Geländewagens bohrte sich in ihr Trommelfell. Ein lauter dumpfer Aufprall, und ihr Vater wurde hoch in die Luft geschleudert. Harry hörte sich aufschreien.

»Papa!«

Er landete wenige Meter von ihr entfernt auf dem Boden. Der Geländewagen raste mit aufheulendem Motor und quietschenden Reifen davon, brach auf nur zwei Rädern um die vorausliegende Kurve und verschwand aus dem Blickfeld.

Mit zitternden Armen und Beinen stieß sich Harry vom Wagen ab und taumelte zu ihrem Vater. Er lag regungslos auf dem Rücken, die Augen geschlossen, sein Gesicht kreidebleich. Ein scharlachrotes Rinnsal sickerte aus dem Mundwinkel in seinen Bart.

Heute werde ich dir zeigen, was mit Leuten geschieht, die mich hintergehen.

Sie hörte das kreischende Tor, Schritte. Sie kniete sich neben ihren Vater und berührte seine Wange. Trotz der warmen Sonne fühlte sich seine Haut kalt an.

38

Harry sah sich im Kreis der Familie um und versuchte, sich zu erinnern, wann sich das letzte Mal alle zusammen in einem Raum befunden hatten. Es gelang ihr nicht.

Ihre Mutter saß ihr gegenüber, ihre knochigen Hände umklammerten wie Klauen die Gucci-Handtasche. Neben ihr Amaranta, die Fingerknöchel gegen die Lippen gepresst, so dass von ihrem Mund nichts mehr zu sehen war.

In der Stille war nur das Zischen und Säuseln des Beatmungsgeräts zu hören, das seine Lunge mit Sauerstoff versorgte. Harry beobachtete das gleichmäßige Heben und Senken seiner Brust, das einzige Anzeichen, dass ihr Vater noch am Leben war. Schlaff hing die Haut von seinen Armen, Blutergüsse in der Farbe von Auberginen waren an den Stellen zu erkennen, wo man nach einer Vene gesucht hatte.

Gravierende innere Verletzungen, hatten die Ärzte gesagt. Milzriss, punktierte Lunge, Schäden an Leber und Nieren. Er war sofort operiert worden, um die Blutungen zu stillen. Ob er überleben würde, wollten sie nicht sagen.

Harry atmete tief durch. Ihre Augen brannten, das Taschentuch in ihrer Hand hatte sich beinahe aufgelöst. Ihre Füße berührten die blaue Reisetasche ihres Vaters, die unter dem Bett verstaut war. Sie rutschte auf dem Stuhl herum.

Amaranta richtete ihre rotgeränderten Augen auf sie. »Mit der Polizei bist du fertig?«

»Sind vor etwa einer Stunde gegangen«, sagte Harry. »Sie behandeln es als Fahrerflucht.«

Die Polizei hatte sie beinahe zwei Stunden lang befragt. Erneut hatte Detective Lynne schweigend, aber aufmerksam zugehört. Sie hatte ihnen alles erzählt. Alles, bis auf die zwölf Millionen Euro. Sie sah zu den Schläuchen, die aus dem Körper ihres Vaters wucherten und sich zu den Monitoren neben dem Bett schlängelten. Vielleicht hätte sie davon auch erzählen sollen. Was konnten sie ihm in seinem Zustand jetzt noch antun?

Ihrer Familie hatte sie nichts erzählt. Ihre Mutter und ihre Schwester gingen davon aus, dass ihre Schnitte und Abschürfungen von heute stammten, sie hatte sich nicht die Mühe gemacht, sie eines Besseren zu belehren. Es hatte ja keinen Sinn. Selbst die Polizei schien an ihrer Geschichte zu zweifeln und vermittelte nicht das Gefühl, als wäre die Kavallerie unterwegs. Sie wussten ja noch weniger als sie.

»Du hättest mich mit ihnen reden lassen sollen«, sagte Amaranta.

»Als ob es an mir gelegen hätte. Warum sollten sie mit dir reden wollen? Schließlich bist du nicht mit dabei gewesen, als es passiert ist.«

»Ich hätte aber dabei sein sollen. Er hätte bei mir wohnen können.« Finster sah sie Harry an. »Ich hab ihm ein Zimmer angeboten, er hätte so lange bleiben können, wie er wollte. Wo hätte er sonst hin sollen?«

Harry zuckte mit den Schultern. »Hab ich dir doch gesagt, ich weiß es nicht.«

Das Beatmungsgerät zischte und fauchte, der Herzmonitor piepte sekündlich.
»Er wollte zu mir kommen«, sagte Miriam mit leiser und so rauher Stimme, als wäre ihr Gaumen mit Sirup belegt.
Harry zog die Brauen hoch. Es war das Erste, was ihre Mutter seit einer Stunde gesagt hatte.
Miriam sah sie an. »Warum nicht? Ich wohne lange genug allein dort. Ich hab ihm gesagt, er könnte für eine Nacht bleiben. Nur damit er auf die Beine kommt.«
Ihr Blick blieb an Harry hängen. Ihre Augen waren wässrig und trüb. Falten zogen sich quer über ihre Oberlippe, als wäre ihr Mund ständig um eine Zigarette gespitzt. Sie schniefte und sah wieder weg.
»Ich wusste nicht, dass er andere Pläne hatte«, sagte sie.
War es zu fassen? Harry rollte mit den Augen und stand auf. »Ich brauch mal eine Pause. Ich geh kurz vor die Tür.«
Sie trat in den Gang und schloss hinter sich die Tür, lehnte sich dagegen und atmete den Geruch von Kranken und Kantinenessen ein.
»Wie geht es ihm?«
Sie fuhr herum. Jude Tiernan. Intuitiv stellte sie sich vor die Tür, als wolle sie ihm den Zutritt verwehren.
Er hob beide Hände. »Ich bin nicht gekommen, damit wir uns wieder streiten. Ich wollte mich nur erkundigen, wie es ihm geht.« Er hielt inne. »Wie geht es Ihnen?«
Harry starrte ihn an und versuchte, seine Absichten einzuschätzen. Er trug wieder seinen ordentlichen, steifen Anzug, nur das Haar stand ihm an einer Stelle hoch, wo er sich mit der Hand durchgefahren sein musste.
»Woher wissen Sie, dass er hier ist?«, fragte sie.

»Ashford hat es mir gesagt. Fragen Sie mich nicht, woher er es wusste.« Er schob die Hände tief in die Taschen und sah sich im Gang um. »Krankenhäuser und Gefängnisse. Kann beides nicht ausstehen.«

»Ich auch nicht.«

Er starrte auf seine Schuhe. »Ich hätte ihn besuchen sollen. Im Gefängnis, meine ich.«

»Warum sollten Sie?«, sagte sie. »Wir haben ihn alle nicht besucht.«

»Weil ich eigentlich sein Freund bin.«

Mit jämmerlicher Miene und eingefallenen Schultern stand er vor ihr. Die Vorstellung, er könnte ihr Böses wollen, kam ihr im Moment völlig absurd vor.

Einige Minuten lang schwiegen sie. Dann, ohne aufzublicken, sagte Jude: »Meinen Sie, er schafft es?«

Die Frage traf sie wie ein Schlag in den Magen. Sie schüttelte den Kopf und schluckte; sie konnte darauf nichts antworten. Ihr Vater konnte doch nicht sterben. Er musste doch für immer leben.

Sie schloss die Augen. Wieder sah sie den Geländewagen vor sich, der auf sie zuraste: metallic-schwarz, Rammbügel aus Aluminium. Ein weiteres Standbild, eine Nahaufnahme: der Fahrer mit dunkler Mütze, weiße Haarsträhnen, tief über das Steuer gebeugt, während er ihren Vater niedermähte. Sie schlug die Augen auf und biss sich auf die Lippen. *Nicht weinen, nicht weinen.* Es dauerte einige Sekunden, bis sie sich so weit gefasst hatte, dass sie etwas sagen konnte.

»Die Ärzte haben ihn noch nicht aufgegeben, und ich auch nicht«, sagte sie schließlich. »Ich geh lieber mal wieder rein.«

Jude nickte und berührte sie leicht am Arm. »Ich weiß, Sie können selbst auf sich aufpassen, aber ich würde gern helfen, wenn Sie nichts dagegen haben.«

Bevor sie etwas darauf erwidern konnte, drehte er sich um und ging mit den Händen in den Taschen davon. Sie sah ihm nach. Dann betrat sie wieder das Zimmer ihres Vaters.

Ihre Mutter und Amaranta hatten sich nicht von der Stelle bewegt. Sie saßen Seite an Seite. Verblüfft wurde Harry klar, wie ähnlich sie sich sahen. Eine Ähnlichkeit, die mit dem Alter noch zuzunehmen schien. Die gleiche helle Haut, die gleiche knochige Gestalt, der gleiche gereizte Gesichtsausdruck. Sie sahen auf, als sie den Raum betrat. Mutter und Tochter, eine gemeinsame Front. Harry, die sich nicht mehr setzen wollte, blieb am Kopfende des Bettes stehen.

Amaranta warf sich den Riemen ihrer Tasche über die Schulter und stand auf.

»Komm, Mum, ich fahr dich nach Hause. Du bist erschöpft.« Sie wartete, dass sich ihre Mutter rührte. »Du bist seit Stunden hier. Wir kommen morgen früh wieder. Die Schwestern werden uns Bescheid geben, falls sich was ändern sollte.«

»Fahr du ruhig zu deiner Familie nach Hause.« Miriam umklammerte fester ihre Handtasche. »Harry kann mich nach Hause bringen.«

Blinzelnd sah Harry zu ihrer Schwester, die glatt vergessen hatte, ihren Mund wieder zu schließen.

Amaranta runzelte die Stirn. »Hör zu, Mum …«

»Ich möchte mit Harry reden.«

Harry war völlig perplex.

»Gut, wenn du meinst.« Amaranta zögerte noch einen Augenblick, als erwarte sie, dass ihre Mutter ihre Meinung änderte. Dann machte sie auf dem Absatz kehrt, durchbohrte Harry mit ihrem Blick und rauschte an ihr vorbei. »Sorg dafür, dass sie nicht zu lange hierbleibt.«

Harry schüttelte den Kopf und sah ihr hinterher, bis die Tür ins Schloss fiel. Dann blickte sie zu ihrer Mutter, die ihren Mann, das Heben und Senken seiner Brust, beobachtete und dabei an der Perlenkette an ihrem Hals zupfte. Die Sehnen an ihrem Hals standen wie Baumwurzeln heraus, die Haut darum war schlaff und faltig. Trotz ihrer Ankündigung schien ihr nicht nach Reden zumute zu sein. Harry beschloss, einfach zu warten.

Sie starrte auf das wächserne Gesicht ihres Vaters. Das Kopfende des Bettes war hochgestellt, so als könnte er jeden Moment die Augen aufschlagen und sich im Zimmer umsehen wollen. Harry hätte einiges dafür gegeben, wenn er die Augen aufgeschlagen hätte.

»Er war so bezaubernd, als ich ihn das erste Mal gesehen habe«, sagte Miriam plötzlich. »So attraktiv, mit seinem dunklen Teint. Und so ehrgeizig. Pläne für dieses, Ideen für jenes.« Ihre Finger strichen über die Perlenkette, als wäre diese ein Rosenkranz. »Aber es hat nichts Bezauberndes, wenn kein Geld mehr da ist. Nicht mit zwei Kindern.«

Sie ließ von der Kette ab und öffnete ihre Handtasche, holte ein goldenes Feuerzeug heraus und eine Schachtel Zigaretten. Dann schien sie sich daran zu erinnern, wo sie sich befand, und stopfte alles wieder in die Tasche. Ihre Finger glitten zurück zur Perlenkette.

»Die meiste Zeit wusste ich nicht, wo er sich aufhielt oder

ob er überhaupt zurückkommen würde. Und wenn er kam, konnte es entweder sein, dass er sagte, wir hätten kein Dach mehr überm Kopf, oder dass er meinte, uns zum Essen ausführen zu wollen. Man wusste es nie.«

Harry hätte gern nach Ashford gefragt, konnte es aber nicht. Es war eine Sache, wenn man wusste, dass die eigene Mutter einem etwas verübelte, eine ganz andere aber, wenn man es laut ausgesprochen hörte.

»Ich habe ein- oder zweimal versucht, ihn zu verlassen«, fuhr ihre Mutter fort und streifte damit unbewusst selbst dieses Thema. »Aber es hat nie geklappt. Immer hatte Salvador einen neuen tollen Plan, eine neue Sache, nach der alles anders sein würde.«

Seufzend schüttelte sie den Kopf. Dann sah sie Harry lang an. »Du bist ihm so ähnlich. Früher habe ich mir gewünscht, es wäre nicht so.«

Harry sah weg. Sie strich ihr Taschentuch glatt und legte es zusammen. Schwer zu sagen, wer Miriam am meisten enttäuscht hatte: ihr Mann oder ihre Tochter.

»Als du klein warst, warst du ihm so nahe«, sagte Miriam. »Du und er, ihr beide gegen den Rest der Welt. Und gegen mich.«

Harry runzelte die Stirn. »So war es nicht.«

»Er hat mich letzte Woche angerufen«, fuhr Miriam fort, als hätte sie es nicht gehört. »Hat davon gesprochen, dass er auf die Bahamas will, um dort ein neues Leben anzufangen.«

Harry wurde es eng in der Brust. Sie knüllte das Taschentuch zusammen.

»Er wollte sich von mir verabschieden.« Miriam runzelte die Stirn. »Er hat sich sonst nie verabschiedet.«

Harry drückte das Taschentuchknäuel in der Faust. Ihr Vater hatte also vorgehabt, wieder zu verschwinden. Und die anderen hätten dann sehen können, wie sie mit seinen Hinterlassenschaften zurechtkamen.

»Ich habe mir natürlich so meine Gedanken gemacht«, sagte Miriam und fixierte Harry. »Hat er wieder was vor? Gibt es noch andere Probleme mit der Polizei? Er hat mit dir doch immer geredet. Hat er dir irgendwas erzählt?«

Harry sah weg. Es gab keinen Grund, ihrer Mutter nicht davon zu erzählen. Sie hatte ein Recht darauf zu erfahren, was vor sich ging. Sie starrte auf ihren Vater, dessen Arme so dünn wie die eines Kindes waren. Aus einem Grund, den sie sich nicht erklären konnte, schüttelte sie den Kopf.

»Er hat mir nichts gesagt«, antwortete sie.

Leise klopfte es an der Tür, die daraufhin geöffnet wurde. Sie erkannte die grauen Haarsträhnen und die traurigen Augen. Ashford.

Er trat ein, ging sofort auf ihre Mutter zu und streckte ihr die Arme entgegen.

»Miriam, meine Liebe, es tut mir so leid. Ich bin so schnell gekommen, wie ich konnte.«

Ihre Mutter ließ die Kette los, ergriff seine Hände und sah ihn an. Die Stränge in ihrem Nacken schienen sich zu entspannen.

Ashford wandte sich zu Harry und umfasste mit beiden Händen ihre Hand.

»Harry, es tut mir so leid.«

Miriam war erstaunt. »Ihr kennt euch?«

»Ja, wir haben uns kennengelernt.« Er neigte seinen großen Kopf und drückte Harry die Hand. Sein Blick war voller Mitgefühl.

Harry nickte nur, aber es fiel ihr schwer, sich nicht abzuwenden. Seine Anwesenheit kam ihr aufdringlich vor, ein unwillkommener Einbruch der Welt draußen in ihren ganz persönlichen Schmerz.

Ashford ließ ihre Hand los und ging um das Bett herum, bis er an der Schulter ihres Vaters stand. Er strich mit dem Handrücken über die aschfahle Stirn.

»Mein alter Freund«, sagte er, mehr zu sich selbst. Er starrte ihn an, als spräche er ein stilles Gebet, dann sah er zu Harry. »Wie schlecht steht es um ihn?«

Harry schüttelte den Kopf. »Das sagt keiner.«

Er ließ seinen Blick zu ihrer Mutter schweifen. »Miriam, du siehst todmüde aus. Wie lang bist du schon hier?«

Sie seufzte. »Alle sagen mir, ich soll nach Hause gehen. Es geht mir gut.«

»Nun, ich bestehe darauf. Ich werde dich nach Hause fahren.«

Er ging um das Bett herum zu ihr, fasste sie am Ellbogen und half ihr aufzustehen. Zu Harrys Überraschung wehrte sie sich nicht. Er führte sie behutsam zur Tür, und Harry musste mehr als einmal schlucken, um den Kloß im Hals loszuwerden. Das alles erinnerte sie daran, wie Dillon sie oben in den Bergen zum Wagen geführt hatte. Plötzlich war der Wunsch, Dillon möge sie in den Arm nehmen, überwältigend.

Bevor Ashford die Tür erreichte, drehte er sich zu ihr um und reichte ihr seine Visitenkarte.

»Wenn Sie Hilfe brauchen, egal wobei, dann rufen Sie mich an«, sagte er. »Unter einer der Nummern bin ich immer zu erreichen.«

Harry zog die Augenbrauen hoch und dankte ihm. Plötzlich wollten ihr alle helfen. Die Tür schloss sich hinter ihnen, und zum ersten Mal war sie mit ihrem Vater im Zimmer allein.

Sie ging um das Bett herum und sank wieder auf den Stuhl, auf dem sie zuvor gesessen hatte. Sie kam sich völlig zerschlagen vor, Nachwirkung des Aufpralls auf ihren eigenen Wagen.

Ihr Blick kam auf dem Gesicht ihres Vaters zu ruhen. Weiße, gefurchte Schläuche kamen aus seinem Mund. Die Nasenlöcher darüber sahen gequetscht und in die Länge gezogen aus. Seine Hand lag auf dem Bett. Sie umfasste sie.

Dann sah sie auf die Visitenkarte, die sie noch immer in der anderen Hand hielt. Blaues Logo, Klein, Webberly and Caulfield, Ralph Ashford, Chief Executive Officer.

Harry blieb der Mund offen. Ralph? Dann schüttelte sie den Kopf. Es war – um Gottes willen – doch nur ein Name.

Ralphy-Boy.

Konnte Ashford der fünfte Banker sein?

Sie erinnerte sich an Ashfords Besuch in ihrem Büro, den silbernen Jaguar, den sie hinter sich gesehen hatte. Hatte er sie doch verfolgt? Sie dachte an Felix' Gelächter, als sie versucht hatten, ihm das Passwort zu entlocken, und dabei Ashford als Drohkulisse gebraucht hatten. Hatte Felix gewusst, dass er in diese Sache verstrickt war? War er der Prophet?

Scheiß auf Ashford, und Scheiß auf den Propheten, wer immer er sein mochte. Sie musste das Geld finden, aber wie? Sie wusste noch nicht einmal, bei welcher Bank ihr Vater sein Konto hatte. Hätte er doch bloß mit ihr geredet und ihr geholfen.

Sie starrte zu Boden. Die blaue Reisetasche stand noch immer zu ihren Füßen. Sie stupste mit dem Fuß dagegen. Dann runzelte sie die Stirn. Sein gesamtes Hab und Gut aus Arbour Hill war darin verpackt. Ihr Nacken kribbelte.

Vielleicht konnte er ihr doch helfen.

39

Mathematiker lieben Zahlen. Sie lieben ihre Symmetrie und ihre Struktur, die Muster, die hinter ihrer subtilen Hexerei verborgen sind.

Harry wusste, dass ihr Vater von Natur aus ein Mathematiker war. Er konnte aus dem Gedächtnis alle Details seiner M&A-Transaktionen sowie die dazugehörigen Kalkulationen aufsagen. Er konnte einem auch zu jedem beliebigen Zeitpunkt die Wahrscheinlichkeit für einen Straight Flush ausrechnen.

Aber wie gut er auch mit Zahlen umgehen konnte, selbst er würde sich nicht nur auf sein Gedächtnis verlassen, um sich die einzelnen Daten eines Offshore-Kontos zu merken. Nicht, wenn es dabei um zwölf Millionen Euro ging.

Harry starrte zur blauen Reisetasche auf dem Beistelltisch. Irgendwo musste er seine Bankdaten aufgezeichnet haben. Und alles, was er in den vergangenen sechs Jahren besessen hatte, befand sich hier in dieser Tasche.

Sie zog die Reisetasche näher heran. Sie hatte die Größe einer ansehnlichen Sporttasche mit einem doppelten Reißverschluss oben sowie breiten, ebenfalls mit Reißverschluss versehenen Seitentaschen vorn und hinten. Die Tasche war schwer, die Nähte der Leinwand spannten sich.

Sie zögerte und sah zum Wohnzimmerfenster. Die Dunkelheit hatte es zu einem schwarzen Rechteck werden lassen. Vor über zwei Stunden hatte sie das Krankenhaus verlassen, nicht ohne sich vorher von den Schwestern versichern zu lassen, dass sie sofort benachrichtigt werde, sollte sich der Zustand ihres Vaters ändern.

Es war seltsam ruhig im Wohnzimmer. Gewöhnlich hatte die Stille für sie etwas Beruhigendes, jetzt aber kam ihr die Wohnung leer vor. Sie war versucht, die Waschmaschine anzuwerfen, damit wenigstens irgendetwas Geräusche verursachte.

Sie wandte sich wieder der Tasche zu und öffnete die Reißverschlüsse oben. Das Erste, was sie zu sehen bekam, waren die Sachen, die ihr Vater getragen hatte, als er am Nachmittag Arbour Hill verlassen hatte. Es schnürte ihr beinahe die Luft ab. Der marineblaue Blazer und der weiße Pullover waren wahrscheinlich von einer der Schwestern zusammengerollt und in die Tasche gestopft worden. Behutsam nahm Harry sie heraus, strich die Falten glatt und legte sie auf dem Sofa neben ihr zusammen. Darunter befanden sich weitere Kleidungsstücke, ordentlich zu kompakten Stapeln gefaltet. Sie hob sie heraus: Hemden, Krawatten, Schuhe, Hosen, weitere Pullover.

Am Boden der Tasche stieß sie auf etwas Hartes. Mit beiden Händen nahm sie es heraus. Ein schwarzer Aktenkoffer. Sie setzte ihn auf ihrem Schoß ab und fuhr über das angeschlagene und stellenweise abgenutzte Vinyl. Sie wusste sofort, was es war: das Pokerset, das sie ihrem Vater vor sechzehn Jahren zu Weihnachten geschenkt hatte.

Sie ließ die Schlösser aufschnappen und hob den Deckel an. In den acht entsprechenden Vertiefungen im schwarzen Filz lagen Chips aus Plastik: rote, grüne, blaue und weiße. Lücken zeigten an, dass manche verlorengegangen waren.

Auch einer der Kartenstapel war verschwunden, der andere lag fein säuberlich in seiner Vertiefung.
Das Regelbuch fehlte ebenfalls, an seiner Stelle befand sich ein Taschenbuch, das sie ebenfalls sofort erkannte. Die Ausgabe von *Wie man Poker spielt und gewinnt*. Sie schlug es auf. Genau wie ihre Ausgabe waren die Innenseiten des Umschlags mit Aufzeichnungen seiner Pokerpartien vollgekritzelt. Sie überflog die ersten Partien. Er hatte Texas Hold 'Em gespielt und jeweils sein Blatt und das seiner Gegenspieler notiert, dazu die fünf Tischkarten. Er hatte gut angefangen, hatte Asse in der ersten Partie, aber sein Glück hatte nicht angehalten. Im zweiten Spiel bekam er eine Sieben und eine Zwei, was gegen das Full House mit drei Fünfen, das sein Gegner hatte, nichts ausrichten konnte. Und in der dritten Partie wurden seine Karo-Ass und Karo-Zwei von einem schwachen Paar Vierer geschlagen. Kopfschüttelnd musste Harry lächeln. Ihr Vater war nach eigener Aussage ein lausiger Spieler. Er erhöhte lieber, bevor er mitging, er bluffte, bevor er straight seine Karten spielte. Und vor allem stieg er nur selten aus.
Sie blätterte durch das Buch, hielt es dann am Rücken und schüttelte es. Sie wusste nicht, was sie erwartete, aber aus den Seiten fiel nichts heraus. Sie nahm einige Chips aus dem Koffer und drehte sie in der Hand hin und her. Dann nahm sie, Stapel für Stapel, alle heraus und baute sie neben dem Buch und den Karten auf dem Beistelltisch auf. Sie fuhr den Filzbezug ab. Nichts. Seufzend stellte sie den Koffer auf den Boden und wandte sich den Seitentaschen zu.
Die linke Tasche enthielt eine Zahnbürste, Zahnpasta, ein Deodorant, eine Schere und eine Packung Taschentücher.

Die rechte Tasche war interessanter. Darin befanden sich die Brieftasche ihres Vaters, ein Schlüsselbund und ein schmales schwarzes Notizbuch in der Größe einer Zigarettenschachtel. Sie öffnete die Brieftasche. Sie enthielt ein halbes Dutzend Kredit- und Debitkarten, alle von irischen Banken ausgestellt, bei den meisten war das Gültigkeitsdatum längst überschritten. Kein Bargeld und auch kein nützlicher Zettel, auf dem die Kontonummer einer Offshore-Bank notiert gewesen wäre.
Harry warf die Brieftasche auf den Tisch und nahm den Schlüsselbund zur Hand. Der Ring bestand aus einem schwarzen Lederanhänger, auf dem auf beiden Seiten das blau-goldene KWC-Logo aufgeprägt war. Nur zwei Schlüssel waren daran befestigt. Zum einen ein Mercedes-Zündschlüssel, er hatte zu dem Auto gehört, das er vor seiner Inhaftierung gefahren hatte. Ihre Mutter hatte es vor langer Zeit verkauft, um damit einen Teil der Anwaltsgebühren begleichen zu können. Der zweite war ein silberner Schlüssel für ein Zylinderschloss. Stirnrunzelnd betrachtete sie ihn. Dann schlenderte sie in die Küche, zog ihr Sonntagabendfach auf und wühlte so lange darin herum, bis sie den Schlüsselbund gefunden hatte. Sie pickte sich einen mattsilbernen Schlüssel heraus, hielt ihn gegen den ihres Vaters und verglich die Einkerbungen. Sie waren gleich. Es war der Schlüssel zu ihrem alten Haus in Sandymount, wo ihre Mutter noch immer wohnte.
Sie schob die Schublade zu, kehrte ins Wohnzimmer zurück und ließ sich aufs Sofa fallen. Sie nahm das schwarze Notizbuch zur Hand und begann es durchzublättern. Es war ein Adressbuch, Namen und Telefonnummern waren in der breiten Handschrift ihres Vaters alphabetisch aufge-

listet. Sie runzelte die Stirn. Hier musste etwas zu finden sein.
Beginnend mit dem Buchstaben A, arbeitete sie sich durch die Namen. Die meisten sagten ihr nichts, nur gelegentlich fand sie einen Namen, den sie kannte. Amaranta war verzeichnet, unter H entdeckte sie ihren eigenen Namen samt Handynummer. Sie konnte sich nicht erinnern, sie ihrem Vater mitgeteilt zu haben. Vielleicht hatte Amaranta sie ihm gegeben.
Gegen Ende des Alphabets traf sie auf einige Namen, bei denen es ihr kalt über den Rücken lief. Leon Ritch, Jonathan Spencer, Jude Tiernan. Harry starrte auf Judes Namen. Es gab keinen Grund, warum ihr Vater seine Nummer nicht haben sollte. Schließlich hatten sie beide im gleichen Unternehmen gearbeitet.
Nach Judes Namen kamen keine Einträge mehr. Sie klatschte das Notizbuch auf den Tisch. Dann griff sie sich die Karten. Es waren gewöhnliche Spielkarten, auf deren Rückseite ein Kaleidoskop von blauen und weißen Wirbeln aufgedruckt war. Sie fächerte die Karten auf und inspizierte bei jeder Karte jeweils die Vorder- und Rückseite. Die Karten waren abgegriffen und klebrig, ansonsten aber gaben sie nichts preis.
Sie trommelte mit den Fingern auf dem Tisch und kaute auf ihrer Unterlippe. Schließlich wandte sie sich der Kleidung ihres Vaters zu. Sie überprüfte die Hosentaschen, griff in die Schuhe und zog sogar einen Sockenballen auseinander. Nichts. Sie kam sich wie ein Eindringling vor, als sie den Blazer zur Hand nahm und über das Futter strich. Die Innentasche knisterte leise. Sie zog einen weißen Umschlag heraus. Darauf stand ihr Name, innen befand sich

ein einziges Blatt Papier, mit dem heutigen Datum versehen.
Es war ein Brief von ihrem Vater. Er musste ihn nach ihrem Besuch geschrieben haben. Mit einem beklemmenden Gefühl fing sie an, ihn zu lesen.

Mi queridísima Harry,
es hat so gutgetan, dich nach so langer Zeit wiederzusehen. Durch dich ist alles wieder ins Lot gekommen. Du hast ja keine Vorstellung, wie stolz ich auf dich bin. Du bist zu einer so wunderbaren, intelligenten jungen Frau herangewachsen. Ich stehe bei deiner Mutter tief in der Schuld für die Kraft, die sie aufgebracht hat, um unsere Familie großzuziehen. Dieses Verdienst gebührt einzig und allein ihr.
Ich weiß, du bist heute gekommen, weil ich dir helfen soll, und ebenso weiß ich, dass ich dich enttäuscht habe. Aber gib mich nicht auf. Nicht um alles in der Welt will ich dich verletzen, und ich werde versuchen, dich nicht mehr fallenzulassen.
Aber sei vorsichtig, stell die Menschen nicht auf ein Podest, Harry. Ich liebe dich, aber ich bin nun mal der, der ich bin. Geh nicht zu harsch mit mir ins Gericht.
Tu papa que te quiere

Harry fuhr mit dem Daumen über seine letzten Worte. *Dein Papa, der dich liebt.* Das Bild seines wächsernen Gesichts trat ihr vor Augen. Sie schluckte. Dann faltete sie den Brief zusammen, schob ihn in den Umschlag zurück und dachte über seinen Ratschlag nach. Er hatte recht. In ihrer Kindheit hatte sie ihn zu ihrem Helden erhoben, und der Aufprall in der Wirklichkeit hatte ihr sehr zu schaffen gemacht. Sie fragte sich, ob sie dabei war, bei Dillon den gleichen Fehler zu begehen. Ihre Vernarrtheit in ihn als Teenagerin war nie ganz abgeklungen und jetzt zu etwas Neuem entfacht worden. Zu Liebe? Seufzend schob sie den Gedanken fort.

Sie starrte auf den vor ihr ausgebreiteten Inhalt der Reisetasche.

Komm schon, Dad, hilf mir weiter!

Sie klopfte mit dem Fingernagel gegen das Adressbuch. Namen und Zahlen. Sie dachte daran, wie ihr Vater sein Konto gemanagt hatte. Er hatte die Handelsanweisungen unter Angabe eines Codeworts direkt an die Bank gefaxt. Barabhebungen oder Überweisungen konnten nur persönlich vorgenommen werden, wobei sie durch ein Fax angekündigt werden mussten.

Versteckte sich das Codewort irgendwo unter den Einträgen im Adressbuch, und war die Kontonummer als falsche Telefonnummer kaschiert? Es kam ihr irgendwie unwahrscheinlich vor, war aber einen Versuch wert.

Die nächste Stunde verbrachte sie damit, auf ihrem Festnetztelefon, das ihre Rufnummer unterdrückte, jeden im Adressbuch aufgeführten Eintrag anzurufen. Wenn sich jemand meldete, verlangte sie die aufgeführte Person zu sprechen und legte sofort auf, wenn jemand ranging. Sie kam sich zunächst dämlich vor, nach dem zwölften Anruf aber war sie dagegen gefeit. Telefonverkäufer konnten wahrscheinlich nur so überleben. Nach den vielen Anrufen vergaß man leicht, dass die Stimme am anderen Ende der Leitung wirklich zu einem Menschen gehörte.

Sie hakte die angerufenen Nummern ab. Bei manchen meldete sich die Mailbox, bei einigen ging niemand ran. Sie wählte sogar die Nummern von Leon Ritch und Jonathan Spencer, die beide auf Anrufbeantworter weitergeleitet wurden. Sie hatte nicht den Nerv, Jude anzurufen, und verglich nur seine Nummer mit der auf seiner Visitenkarte. Es war die gleiche. Sie machte weiter, bis sie das Adressbuch durchhatte. Alle Nummern hatten gepasst. Keine einzige hatte diesen hohen Piepton ausgelöst, der einem sagte, dass sie nicht existierte.

Mit einem Seufzen sank sie gegen die Sofalehne. Es war kein endgültiger Beweis. Natürlich könnte die Kontonummer auch eine gültige Telefonnummer sein. Aber das wäre Zufall, und Zufälle mochte Harry nicht.

Sie sah zur Reisetasche und fragte sich, ob sie ihre Zeit verschwendete. Vielleicht hatte ihr Vater die Informationen gar nicht bei sich. Sie konnten überall sein. Beiläufig nahm sie die Karten zur Hand und gab sich ein Pokerblatt. Sie dachte an den Schlüssel ihres Vaters für das Haus in Sandymount und an seine Pläne, dort die erste Nacht nach seiner Entlassung aus dem Gefängnis zu verbringen. Vielleicht hatte er dort alles Nötige aufbewahrt. Sie gab die drei Flop-Karten und bekam mit ihrer Karte ein Zehner-Pärchen. Sie schüttelte den Kopf. Ihre Mutter hatte an dem Tag, nachdem er ins Gefängnis musste, alle Habseligkeiten ihres Vaters der Wohltätigkeitsorganisation St. Vincent de Paul vermacht. Das Haus war von allen seinen Spuren gereinigt worden. Sie drehte beim Turn eine Neun um und beim River eine Zehn, wodurch sie jetzt einen Drilling hatte, dann sammelte sie die Karten ein und gab erneut. Sie beschloss, sich an die Reisetasche zu halten. Mehr hatte sie nicht.

Abermals musste sie an die Handelsanweisungen denken,

die ihr Vater an die Bank gefaxt hatte, und überlegte, wie die Vorwahl der Bahamas lautete. Sie legte die Karten weg, ging hinaus in den Flur und blätterte das Telefonbuch durch, bis sie es gefunden hatte. Die Vorwahl der Bahamas lautete 1-242.

Harry runzelte die Stirn. Die Zahlen kamen ihr bekannt vor. Sie kehrte ins Wohnzimmer zurück und überflog die Adressbucheinträge nach der Kombination 1242. Nach einer halben Stunde Suche hatte sie nichts gefunden.

Erneut gab sie die Karten und erhielt Buben. Die Flop-Karten verbesserten ihre Hand nicht, aber beim River bekam sie einen weiteren Buben. Buben-Drilling, ein Gewinnerblatt.

Sie dachte an den Brief ihres Vaters. Stand da irgendetwas, eine versteckte Botschaft? Es schien ihr zu weit hergeholt. Sie warf die Karten zusammen, gab ein weiteres Mal und besah sich ihre Karten. Kreuz-Sieben, Karo-Zwei. Ganz automatisch stieg sie aus und schob die anderen Karten zu sich heran. Selbst ihr Vater wäre bei einem 7-2-Offsuit ausgestiegen. Es ist das schlechteste Startblatt beim Texas Hold 'Em.

Ihre Hände erstarrten mitten im Geben. 7-2-Offsuit. Ihr Vater hatte es nie gespielt. Sie legte die Karten auf den Tisch, packte sich das Poker-Buch und vertiefte sich in die Notizen auf der inneren Umschlagseite. Da war es. Die zweite Partie. 7c-2s. *Seven of clubs, two of spades.* Kreuz-Sieben, Pik-Zwei. Warum spielte er ein solches Blatt? Und warum sollte er es notieren?

Sie betrachtete sich die Partie genauer. Seine Aufzeichnungen wiesen immer das gleiche Muster auf. Als Erstes kamen seine beiden verdeckten Karten, darunter die Karten seiner Gegner. Abgetrennt durch eine Linie, standen daneben die fünf Tischkarten. In diesem Fall hatte der andere Spieler ein Fünfer-Paar, in der Notation ihres Vaters als 5c-5d abgekürzt. Durch die Tischkarten bekam der Gegenspieler ein Full House: 9d, 3c, 5s, 3h, Js.

Harry starrte auf die Zahlen. Für jeden anderen war es nur ein Pokerblatt, für sie aber war es ein Blatt, von dem sie wusste, dass er es nie gespielt hätte. Hatte es eine andere Bedeutung?

Sie holte sich Stift und Notizblock und schrieb die Zahlen auf.

7-2-5-5-9-3-5-3-J. War es möglich, dass ihr Vater die Kontonummer als Pokerblatt getarnt hatte? Wie viele Stellen hatte ein Konto auf den Bahamas überhaupt? Und was war mit dem Buchstaben J? Dem Jack, dem Buben? Gehörten zu den Kontonummern dort auch Buchstaben?

Sie runzelte die Stirn und betrachtete sich die nächste Partie der Liste, bei der das Karo-Ass und die Karo-Zwei ihres Vaters von einem Paar mit Vieren geschlagen wurden. Zweien und Vieren. Ihr gingen die Augen über. Sie kritzelte die Zahlen unter die ersten, wobei sie das Ass als die Zahl 1 übersetzte. Bei dieser Partie waren drei Spieler beteiligt, wodurch sich diesmal mehr Zahlen ergaben. 1-2 für die verdeckten Karten ihres Vater, 4-2 für die des zweiten und 5-1 für den dritten Spieler. Dann die Tischkarten: 3-8-4-6-9. Sie sah auf die Ziffern vor sich. 1-2-4-2-5-1-3-8-4-6-9. Die Kombination 1242 schien auf der Seite regelrecht zu leuchten. Konnte es sein, dass sie auf die Faxnummer der Offshore-Bank ihres Vaters blickte?

Es gab nur eine Möglichkeit, um es herauszufinden. Sie wählte die Doppel-Null für internationale Gespräche, gefolgt von den elf Ziffern auf ihrem Block. Die Leitung klickte, während die Ziffern gewählt wurden, und dann kreischte es ihr ins Ohr. Ein Modem.

Sie legte auf. Ihr Herz raste. Was jetzt? Sie hatte ein Fax angewählt, aber wessen? Einen Moment lang sah sie auf die Ziffern und wählte dann erneut, ersetzte diesmal aber die 9 am Schluss durch eine 8. Sie wurde mit einem Klingeln belohnt, doch niemand ging ran. Sie versuchte es erneut und änderte die letzte Ziffer in eine 7. Sie sah auf ihre Uhr. 20:05 Uhr hier, 15:05 Uhr auf den Bahamas. Wo immer das Fax stand, irgendwo musste es im gleichen Gebäude eine Leitung geben, an der jemand saß.

»Hallo?«

Harry fuhr zusammen. Es war eine weibliche Stimme, die nichts von sich verriet. Über diesen Teil hatte sie sich noch keine Gedanken gemacht. Ihr Blick fiel auf den Notizblock vor sich. Sie schluckte und verpasste sich einen geschäftsmäßigen Tonfall.

»Hallo, hier ist der Schreibwarenservice, wir haben eine Lieferung für Ihre Abteilung, unsere Unterlagen sind allerdings unvollständig. Ich wollte nur mal fragen, ob Sie mir Ihre volle Adresse bestätigen könnten?«

»Klar, kein Problem«, kam die trällernde weibliche Stimme. »Investment Services, Rosenstock Bank and Trust, 322 Bay Street, Nassau.«

Harry blieb die Spucke weg. »Wunderbar, danke. Und dann wollte ich nur noch mal die Faxnummer nachprüfen, die ich habe. Sie lautet 5138469. Ist das die der Rechnungsstelle? Ich muss nämlich noch die Rechnung schicken.«

»Ich schau mal nach.« Die Frau ließ sich Zeit. Als sie sich wieder meldete, klang sie verwirrt. »Nein, das ist die Faxnummer von Owen Johnson, einem unserer Relationship Manager.«

Harry runzelte die Stirn. Der Name kam ihr bekannt vor.

»Ich gebe Ihnen die richtige Nummer für die Rechnungsstelle«, fuhr die Frau fort. »Sie lautet 5138773.«

Harry dankte ihr und legte auf. Dann starrte sie auf den Namen, den sie sich notiert hatte. Owen Johnson. Sie schüttelte den Kopf. Es war nicht der Name des pokerspielenden Bankers, der sich um das Geld ihres Vaters gekümmert hatte. Der hatte Philippe Rousseau geheißen. Sie runzelte die Stirn. Moment, war er nicht befördert worden? *Auf seinen Platz rückte irgendein farbloser Kontenbetreuer. Owen oder John oder so ähnlich.*

Owen Johnson. Sie malte einen Kreis um den Namen, und ein heißes Kribbeln lief ihr über den Rücken. Sie hatte eine Leitung zum Kontenbetreuer ihres Vaters gefunden.

Eine Weile lang klopfte sie sich mit dem Stift gegen die Zähne. Dann trat sie in den kleinen Raum, den sie als Arbeitszimmer benutzte, und fuhr ihren Laptop hoch. Zeit, sich ein wenig über Rosenstock Bank and Trust kundig zu machen.

40

Bevor ein Ganove in ein Haus einbricht, wirft er einen Blick auf die Sicherheitsvorkehrungen. Wie viele Ausgänge gab es, wie viele Wachen, wo waren die Überwachungskameras? Das Gleiche galt für einen klugen Hacker. Bevor Harry in ein System einbrach, überprüfte sie erst das Sicherheitsprofil ihres Zielunternehmens. Wie lautete der Domainname, wie die IP-Adressen, welches Intrusion-Detection-System verwendete es?

Ganoven nannten es Ausbaldowern. Hacker nannten es Footprinting des Zielsystems. Wie auch immer, solche Erkundigungen waren von wesentlicher Bedeutung. Aber sie waren auch zeitaufwendig, weshalb Harry wusste, dass sie einige Abkürzungen nehmen musste.

Sie ließ sich gegen die Rückenlehne ihres Schreibtischstuhls fallen, woraufhin ihr Rückgrat wie ein dürrer Ast knackte. Die Steifheit in ihren Schultern und im Nacken ließ allmählich nach, aber sie fühlte sich immer noch so klapprig wie ein alter Liegestuhl.

Sie beugte sich wieder über die Tastatur, gab »rosenstockbankandtrust.com« in den Browser ein, rief die Website der Bank auf und warf einen Blick auf die Zahlen, die sie in ihren Block gekritzelt hatte. 72559353J. Ihrer Intuition zufolge müsste es die Kontonummer ihres Vaters sein, doch das war nur geraten. Sie musste sich vergewissern.

Sie betrachtete die Website, auf der Einzelheiten zur Organisation der Bank verzeichnet waren. Rosenstock besaß Zweigniederlassungen in der gesamten Karibik: auf Barbados, Jamaika, Santa Lucia, den Caymans sowie mehrere Filialen auf den Bahamas. Gänsehaut zog sich über ihre Arme, als sie die Adresse der Filiale erkannte, die sie gerade telefonisch eingeholt hatte. 322 Bay Street, Nassau, New Providence Island, Bahamas.

Sie ging die Site durch und machte sich Notizen. Wie immer staunte sie über die Informationen, die Unternehmen ihren Websites anvertrauten: Unternehmensstruktur, Adressen, Telefonnummern, Faxnummern, E-Mail-Adressen, Lagepläne, Nummern des Kundensupports; alles potenzielle Angriffspunkte für einen Hacker.

Unter dem Punkt »Karriere« fand sich eine Stellenausschreibung für den Kundensupport samt der E-Mail-Adresse des Personalleiters. Aus ihr ging hervor, dass Bewerber erfahren im Umgang mit Computern, kontaktfreudig sowie von freundlichem Auftreten sein mussten. Stirnrunzelnd musste sie an Sandra Nagle denken. Die Anforderungen bei der Sheridan Bank waren offensichtlich um einiges niedriger.

Sie starrte auf die E-Mail-Adresse. Konnte nicht schaden, wenn sie einen Versuch startete. Sie setzte eine kurze E-Mail auf, in der sie sich für die ausgeschriebene Stelle im Support bewarf. Dann grub sie den RAT aus, den sie bereits bei dem Einbruch ins KWC-Netzwerk gebraucht hatte, und tarnte ihn als unschuldiges Word-Dokument, dem sie den Namen »Lebenslauf« verpasste. Sie hängte es der E-Mail an und drückte auf »Senden«. Nun musste der Personalleiter nur noch den Anhang öffnen. Sobald der

RAT freigelassen wurde, schloss er für sie eine Hintertür ins Netzwerk von Rosenstock auf, und sie konnte hineinschlüpfen. Es sei denn, der RAT wurde von den Virenscannern der Bank erfasst. Wenn die Scanner aktuell gehalten wurden, musste mit dieser Möglichkeit gerechnet werden.

Und wenn sie schon dabei war, ging ihr durch den Kopf, konnte sie auch gleich einen War-Dialer auf die Bank loslassen. Sie überflog noch mal die Telefonnummern der Filiale in Nassau. Wie die Fax- und Telefonnummer, die sie bereits hatte, begannen sie alle mit 51384, die beiden darauffolgenden Ziffern bezeichneten daher die unterschiedlichen Durchwahlen. Mit einigen Tastatureingaben wies sie ihren War-Dialer an, alle Rufnummern zwischen 5138400 bis 5138499 anzurufen, bis er auf ein Modem stieß. Und wenn das Modem zu einem Computer des Rosenstock-Netzwerks gehörte, war sie drin.

Harry trommelte auf die Tischfläche. So oder so, sie musste in die Bank eindringen und das Nummernkonto ihres Vaters ausfindig machen. Sie gab sich nicht der Illusion hin, dass sie Zugang zu dem Geld erhalten würde. Klar konnte sie einige Zahlen in einer Datenbank manipulieren, aber damit wurde noch nicht richtiges Geld in Bewegung gesetzt. Es wäre nur ein Trugbild, genau wie die zwölf Millionen Euro auf ihrem Konto. Manipulierte Transaktionen flogen bei der Kontenabstimmung der Banken immer auf. Online Geld zu klauen war sehr viel schwieriger, als die Leute gemeinhin glaubten.

Sie stand auf und ging in die Küche, um sich ein Glas Wein einzuschenken. Als sie damit ins Arbeitszimmer zurückkehrte, war sie in Gedanken bei den Sicherheitsbestimmungen, denen das Konto ihres Vaters unterlag. Barabhebungen oder Überweisungen mussten laut seiner Aussage persönlich vollzogen werden, nachdem sie im Voraus durch ein codiertes Fax angekündigt worden waren.

Um also an das Geld zu kommen, musste sie sich als ihren Vater ausgeben und seinen Code knacken, und das alles innerhalb von zwei Tagen. Die Wahrscheinlichkeit dafür gefiel ihr nicht besonders.

Seufzend setzte sie sich vor den Laptop und starrte zu den Ziffern auf ihrem Block. Als Erstes musste sie verifizieren, dass es überhaupt das Konto ihres Vaters war. Sie spreizte die Finger, dann fing sie das Tippen an. Selbst wenn sie das Konto lokalisieren konnte, erwartete sie nicht, dass der Name ihres Vaters angegeben war. Nach Judes Informationen war die Identität der Kontoinhaber in einer separaten Akte irgendwo im Bankarchiv abgelegt und niemals online gespeichert. Aber wenn sie herausfinden konnte, dass es diese Kontonummer wirklich gab, wäre es ihr Bestätigung genug.

Sie überprüfte den RAT und den War-Dialer. Keines der beiden Programme hatte bislang etwas ausgestoßen. Sie erweiterte vorsichtshalber den Nummernbereich des War-Dialers, wusste jedoch, dass sie es sich nicht leisten konnte, untätig herumzusitzen. Sie musste sich über das Rosenstock-Netzwerk hermachen und einen anderen Zugang finden.

Sie verließ die Website und startete bei den öffentlichen Registrar-Datenbanken eine Suche nach dem Domainnamen »rosenstockbankandtrust.com«. Wenn ein Unternehmen seinen Internet-Domainnamen registrieren ließ, wurden dabei oftmals auch umfangreiche zusätzliche Informationen mit eingetragen, die für Hacker unschätzbar waren: Namen des technischen Personals, Telefon- und Faxnummern, E-Mail-Adressen, am wichtigsten aber waren die Server- und IP-Adressen des Unternehmens. Die IP-Adresse war so etwas wie Straßenname und Hausnummer im Internet. Sie sagte einem, wo etwas lag und wie es zu finden war.

Die Daten erschienen auf dem Bildschirm. Ihr Puls raste, als sie die Ziffern für die Rosenstock-Computer kopierte. Nachdem sie jetzt wusste, wo das Netzwerk der Bank angesiedelt war, musste sie sich nur noch an die Türen heranschleichen und an den Schlössern rütteln.

Zuerst musste sie jedoch feststellen, ob jemand zu Hause war. Es bestand immer die Möglichkeit, dass die registrierten Informationen veraltet oder die IP-Adressen nicht mehr im Gebrauch waren. Sie startete einen Ping-Sweeper, ein Programm, das Datenpakete an die Zielcomputer schickte, um zu überprüfen, ob sie online waren. Das Netz von Rosenstock antwortete brav. Bingo.

Als Nächstes musste sie herausfinden, mit welcher Software die Rechner liefen. Was Harry am meisten an Software gefiel, war die Tatsache, dass sie von Menschen geschrieben wurde. Und wie jeder Hacker wusste, konnte man sich immer darauf verlassen, dass Menschen Fehler machten. Viele Fehler. Hacker waren darauf angewiesen. Egal wie intelligent ein Programmierer war, immer würde es irgendwelche Löcher in seiner Software geben. Die Löcher, als Sicherheitslücken bezeichnet, wurden in der Unterwelt der Hacker ausführlich dokumentiert. Und die Schwarzhüte benutzten sie, um einzubrechen.

Harry hackte auf die Tastatur ein, bestürmte die Rechner

von Rosenstock mit fingierten Verbindungsversuchen und wollte so die Software überlisten, damit sie sich zu erkennen gab. Mit einigem Glück handelte es sich um eine Softwareversion mit bekannten Sicherheitslücken, die sie ausnutzen konnte. Sie konzentrierte sich auf die Daten, die sie über ihren Bildschirm scrollen ließ. Nach weniger als einer Minute gab eine der Rosenstock-Maschinen eine geschwätzige Fehlermeldung zurück.

»Bad Request. Server: Apache 2.0.38. Your browser sent a non-HTTP compliant message.«

Sie nickte und lehnte sich zurück. Apache-Webserver waren sehr beliebt, ältere Versionen wiesen jedoch einige wohlbekannte Schwachstellen auf. Sie klopfte mit dem Fingernagel gegen den Schreibtisch und ging die Waffen durch, die ihr zur Verfügung standen. Dann erstellte sie einen weiteren Befehl und feuerte ihn wie einen Pfeil auf den Apache-Server ab. Die Sicherheitslücke, auf die sie es abgesehen hatte, erlaubte ihr, die Speicherpuffer des Servers mit ungeprüften Daten zu überschwemmen, bis der Puffer überlief. Das an sich brachte sie nicht viel weiter. Aber wenn die Überlaufdaten zufällig einen bestimmten Code enthielten, konnte die Apache-Software dazu gebracht werden, ihn auszuführen. Und Harrys Datenpakete enthielten eben einen solchen hübschen Code-Brocken, der ihr, falls ausgeführt, den Zugang zum System ermöglichen würde.

Ihr Pfeil traf ins Schwarze. Sekunden später war ein Fenster auf ihrem Bildschirm aufgeklappt, in dem das System-Prompt geduldig auf ihre Eingabe wartete. Sie war drinnen, konnte ungestört durch die Rechner streifen, als säße sie auf den Bahamas direkt vor ihnen.

Harry lief es kalt über den Rücken. Sie ignorierte das unerklärliche Bedürfnis, über die Schulter zu sehen, ob sie auch nicht beobachtet wurde, sondern wandte sich ihrer Tastatur zu, durchstreifte die Computer und legte dabei im System ihre Einbrecherwerkzeuge ab. Darunter befand sich ein Sniffer, ein Programm, das den Netzwerkverkehr protokollierte. Zehn Minuten später hatte sie das Administratorenpasswort erschnüffelt und damit ihre Privilegien enorm ausgeweitet. Das Netzwerk gehörte jetzt ihr.

Sie runzelte die Stirn. Statt der üblichen Euphorie machte sich bei ihr allerdings eine leichte Nervosität breit. Als Hackerin hatte sie gelernt, ihrer Intuition ebenso sehr zu vertrauen wie ihren technischen Fertigkeiten, und wenn sich etwas nicht richtig anfühlte, dann gab es meist auch einen guten Grund dafür. Vorerst aber schüttelte sie das Gefühl ab und machte weiter. Die Zeit wurde knapp.

Mit ihrem privilegierten Status grub sie sich durch das Netzwerk von Rosenstock, wühlte sich durch alle Dateien, die ihr des Weges kamen. Ihr Blick war geschärft für interessante Daten, und diese gab es in Hülle und Fülle. Archive, Logdateien, Datenbanken, Tabellenkalkulationen, E-Mails, vertrauliche Dokumente. Sie pflügte sich durch sie und nahm stirnrunzelnd wahr, dass die Reaktionen auf ihre Befehle von Mal zu Mal träger wurden. Im Normalfall konnte sie von Datei zu Datei huschen wie ein Schmetterling, der Himmel und Hölle spielte. Diesmal jedoch war es, als watete sie durch Sirup. Manche ihrer Befehle wurden komplett abgewiesen oder auf eine Art und Weise eingeschränkt, wie es ihr noch nie untergekommen war. Einige ihrer Hacker-Tools funktionierten nicht mehr richtig und verlangsamten sie noch mehr. Zaghaft meldete sich eine

Stimme in ihrem Hinterkopf, aber sie konnte sie nicht verstehen.
Gerade als sie sich bereits davonmachen wollte, entdeckte sie die Datenbank, nach der sie gesucht hatte. Eine Schatztruhe an Bankinformationen: Kontonummern, Transaktionsarchive, Kontoauszüge, Überziehungslimits. Sie betrachtete sich die Kontonummern. Sie waren unterschiedlich lang, die meisten jedoch hatten acht Ziffern. Keine einzige verfügte über Buchstaben. Sie startete eine Suche nach der Kontonummer 72559353, einmal mit und einmal ohne den Buchstaben J, erhielt aber kein Ergebnis.
Sie spielte mit dem Stiel des Weinglases und starrte auf die Daten auf ihrem Monitor. Ein seltsames, unwirkliches Gefühl beschlich sie, bei dem ihr fast schwindlig wurde und sie daran denken musste, wie sie zum ersten Mal die zwölf Millionen Euro auf ihrem Konto gesehen hatte. Optische Illusionen. Litt sie erneut darunter? Sie schüttelte den Kopf. Sie fühlte sich orientierungslos, als würde jemand mit ihr Verstecken spielen, als würde sie auf falsche Fährten gelotst so wie Fliegen, die mit Honig angelockt wurden.
Sie riss die Augen auf. Scheiße, das war es! Wie hatte sie es nur übersehen können? Sie riss die Hand vom Weinglas, das krachend zu Boden fiel, zog das Netzwerkkabel aus dem Laptop und sprang von ihren Stuhl, als hätte sie sich am verschütteten Wein die Hand verbrüht.
Von einem Honeypot hereingelegt. Was zum Teufel war mit ihr bloß los? Jeder Anfänger hätte es bemerken müssen. War ihr Hirn von den Schlägen, die sie in letzter Zeit abbekommen hatte, so zermatscht, dass sie nicht mehr sah, was abging?

Ihr Puls fühlte sich an, als hätte er mit einem einzigen Herzschlag von sechzig auf hundertachtzig beschleunigt. Tief durchatmend, setzte sie sich wieder und schüttelte den Kopf. Ihre melodramatische Reaktion war ihr peinlich. Schließlich war es nur ein Honeypot, keine Atombombe.
Als Honeypot bezeichnet man Computer, die als Köder fungieren, und sie war geradewegs in einen hineinmarschiert. Ihre Aufgabe besteht darin, Hacker vom tatsächlichen System in eine fingierte Umgebung zu locken, in der jede Tastatureingabe aufgezeichnet wurde. Sie wurden verwendet, um die Systeme zu schützen, aber auch, um herauszufinden, wie Hacker operierten, und an neue Tools und Zero-Day-Exploits zu kommen, die Hacker mitbrachten. Ein gut aufgebauter Honeypot konnte einem Schwarzhut vorgaukeln, er hätte einen Server voller bombastischer Passwörter und Daten geknackt, ohne jemals zu erfahren, dass er die ganze Zeit über beobachtet worden war.
Harry seufzte. Rosenstock musste einen Bait-and-Switch-Honeypot installiert haben. Das richtige System war der Köder, und sobald sie eingedrungen war, musste sie auf den falschen Server umgeleitet worden sein. Ihr Pufferüberlauf musste Alarm geschlagen haben. Von diesem Punkt an war sie durch ein Phantomnetz gewandert und dabei die gesamte Zeit überwacht worden.
Scheiße. Sie ballte die Fäuste. Sie hatte ihre Einbruchswerkzeuge zurückgelassen, ein unverhoffter Glücksfall für ihre Verfolger.
Und offensichtlich hatten sie ihren eigenen Sniffer auf sie angesetzt und jeden ihrer Schritte protokolliert. Sie vermutete, dass der Sniffer schlecht konfiguriert war und damit die Reaktionszeit des Systems ausgebremst hatte. Kein

Wunder, dass ihr alles so langsam erschienen war. Und jetzt verstand sie auch, warum manche ihrer Tools nicht mehr funktioniert hatten. Ein Honeypot imitierte so gut wie möglich ein richtiges System, konnte dem Hacker aber trotzdem nicht alle Freiheiten lassen. Sonst wäre es möglich, dass der Hacker von dort wieder auf die anderen Netzwerke übersprang.

Verdammt, vielleicht hätte sie nicht so schnell das Netzwerkkabel kappen sollen. Vielleicht hätte sie den Honeypot ausnutzen können, um irgendwie wieder auf das richtige Netz zu kommen. Sie schüttelte den Kopf. Zu spät. Es gab keinen Weg mehr zurück. Sie hatte nicht die Zeit gehabt, um sich irgendwelche Hintertürchen offen zu halten. Jedenfalls hatten sie jetzt ihre IP-Adresse und würden sie bei weiteren Verbindungsversuchen blockieren. Außerdem hatten sie genügend Beweise gesammelt, um sie verklagen zu können, falls ihnen danach zumute war.

Seufzend fuhr sie den Laptop herunter. Wahrscheinlich spielte es sowieso keine Rolle. Sie ging davon aus, dass der Honeypot gut abgeschottet war und keinen Ausweg mehr zuließ. Honeypots waren in Unternehmensnetzwerken nicht unüblich; Harry fasste es als Zeichen auf, dass es Rosenstock mit der Sicherheit ernst war.

Ebenso war sie mittlerweile davon überzeugt, dass ihr RAT nichts liefern würde. Die Virenscanner hatten ihn wohl bereits eingefangen und in Quarantäne gesteckt. Und ebenso war ihr War-Dialer reine Zeitverschwendung. Ein Unternehmen, das so auf seine Sicherheit bedacht war, ließ in seinem Netzwerk nicht irgendwelche ungeschützten Modems herumliegen.

Ihr Pulsschlag beschleunigte sich erneut, als sie sich endlich eingestand, was sie insgeheim die ganze Zeit gewusst hatte. Sie sah auf die Adresse, die sie sich auf dem Block notiert hatte. 322 Bay Street, Nassau, New Providence Island, Bahamas.

Sie würde nicht an das Geld ihres Vaters kommen, wenn sie vor ihrem Laptop saß. Seit einiger Zeit war ihr bereits klar, was zu tun war. Sie musste in die Bank.

41

Harry schritt in der Wohnung auf und ab, bis die erste Hälfte ihres Plans in ihrem Kopf Gestalt angenommen hatte. Über die zweite Hälfte konnte sie später nachdenken, jetzt musste sie erst ein Telefonat führen.

Wieder sah sie auf ihre Uhr. 21:15 Uhr hier ergab 16:15 Uhr auf den Bahamas. Sie griff zum Hörer und wählte.

»Guten Tag, Rosenstock Bank and Trust.«

Harry griff sich einen Stift und ein Blatt Papier. »Hallo, ich möchte bei Ihnen ein Konto eröffnen.«

»Einen Moment, ich verbinde.«

Sie setzte sich wieder in Bewegung, während sie wartete. Zumindest dieses eine Mal wünschte sie sich, ihre Wohnung wäre größer, um richtig ausschreiten zu können.

»Hallo, Kontoeröffnungen, Hester am Apparat. Wie kann ich Ihnen behilflich sein?«, meldete sich die tiefe Stimme einer Frau, die klang, als hätte sie alle Zeit der Welt.

»Hallo, Hester, ich würde gern ein Investmentkonto eröffnen.«

»Gewiss, Madam. Darf ich fragen, ob Sie hier auf den Bahamas wohnen?«

»Nein, aber ich habe vor, im Lauf der nächsten Tage hinzufliegen. Ich gehe davon aus, dass ich es persönlich machen muss.«

»Ja, Sie werden sich mit einem unserer Relationship Manager hier in Nassau treffen müssen. Die besprechen dann mit Ihnen die gesetzlichen Bestimmungen und die Formulare.« Ihr singender karibischer Tonfall vermittelte den Eindruck, als gäbe es nichts Erholsameres, als Bankformalitäten zu erörtern.

»Wunderbar«, antwortete Harry. »Könnte ich für morgen Nachmittag einen Termin bekommen?«

»Das ist sicherlich kein Problem. Ich gehe mit Ihnen vorher nur ein paar Dinge durch, wenn Sie nichts dagegen haben.«

»Bitte.« Harry spürte, wie die gute Laune der Frau allmählich auf sie abfärbte. War sie immer so höflich? Ihrer Erfahrung nach benahmen sich Leute, die Tag für Tag hautnah mit Kunden in Kontakt kamen, eher so, als wäre ihnen eine Laus über die Leber gelaufen. Aber vielleicht half es ja, wenn man wusste, dass die Kunden zum größten Teil Millionäre waren.

»Darf ich fragen, ob Sie von jemandem, der mit unserer Bank bereits zu tun hatte, persönlich empfohlen worden sind?«

Harrys Schritte gerieten kurz ins Stocken. »Ist das notwendig?«

»Es ist nicht zwingend verpflichtend, nein, aber es könnte so einiges beschleunigen.«

Harry wollte bereits verneinen, erinnerte sich dann aber an den ersten Kontenbetreuer ihres Vaters, Philippe Rousseau. Sie wollte diese Karte noch nicht ausspielen, würde es jedoch tun, falls es notwendig werden sollte.

»Na ja, es gibt da tatsächlich jemanden«, sagte sie und kreuzte die Finger. »Wollen Sie das alles jetzt bereits wissen.«

»Nein, nein, nicht nötig. Das können Sie mit Ihrem Relationship Manager bereden, wenn Sie persönlich erscheinen. Nun, die Bank fordert bei Investmentkonten eine Minimumeinlage, abhängig von ihrer Nationalität. Für Kanada, Europa, den asiatischen Pazifikraum und Australien liegt sie bei dreißigtausend Dollar.«
Harry schluckte. Ein empfindlicher Schlag für ihre Ersparnisse.
»Falls Sie US-amerikanische Staatsbürgerin sind, liegt das Limit bei einhunderttausend Dollar«, fuhr Hester fort. »Und für alle anderen Länder bei einhundertfünfzigtausend Dollar.«
»Warum diese Unterscheidungen?«
»Na ja, wir sind verpflichtet, Ihre Herkunft zu verifizieren, und bei manchen Ländern ist das schwieriger als bei anderen.« Ihr weicher Tonfall bekam etwas Entschuldigendes. »Investitionen von Kunden aus Nigeria oder Kolumbien können wir leider nicht annehmen.«
»Kein Problem.«
»Sie benötigen auch Ausweispapiere. Das ist sehr wichtig.«
»Gut, lassen Sie mich das notieren.« Harry schlug in ihrem Notizblock eine neue Seite auf. »Okay, fahren Sie fort.«
»Sie brauchen einen gültigen Pass. Im Original. Kopien reichen leider nicht, ebenso wenig wie ein Führerschein. Und Sie brauchen zwei aktuelle Rechnungen Ihres Strom- oder Wasserversorgers zur Bestätigung Ihrer Adresse.«
Harry zog die Brauen hoch. Kurios, ein geheimes Bankkonto mit Hilfe von etwas so Profanem wie einer Stromrechnung zu eröffnen. Genauso gut könnte sie ja auch ihren Videotheksausweis vorzeigen. Sie nahm sich vor, jedes

Fitzelchen einzupacken, das ihre Identität nachweisen konnte: ihren Führerschein, Gehaltszettel, Kontoauszüge, Kreditkarten, Steuerbescheide vom Finanzamt. Wenn sie sich schon ausweisen musste, dann wollte sie, dass keinerlei Zweifel bestanden.

»Dazu brauchen Sie entsprechende Dokumente zum Nachweis Ihrer wirtschaftlichen Verhältnisse«, kam es von Hester.

Harry blinzelte. »Sie meinen, ich muss beweisen, woher mein Geld kommt?«

»Genau. Das brauchen wir aufgrund der Geldwäschegesetze. Je nach Herkunft Ihrer Einlagegelder müssen Sie uns daher, sagen wir, eine Kopie Ihres Arbeitsvertrags vorlegen, bei Immobilien eine Verkaufsurkunde oder das gerichtlich bestätigte Testament bei einer Erbschaft und so fort. Alle diese Informationen unterliegen selbstverständlich dem Bankgeheimnis und bleiben strikt vertraulich.«

»Selbstverständlich.«

»Wenn Sie mit dem allen einverstanden sind, Madam, soll ich dann schon mal einen Termin für Sie vereinbaren?«

»Ja, bitte, das wäre wunderbar.«

Hester gab ihr einen Termin für 15:15 Uhr am folgenden Tag bei Glen Hamilton, einem der Kontenbetreuer der Bank. Harry dankte für die Hilfe und legte auf, erst dann wurde ihr bewusst, dass die Frau sie gar nicht nach dem Namen gefragt hatte. Vielleicht gehörte das ebenfalls zum Bankgeheimnis.

Harry durchwühlte ihre Küchenschublade nach ihrem Pass. Er war voller Eselsohren und fast abgelaufen. Dann fuhr sie ihren Laptop hoch und buchte einen Flug mit Canada Airlines, der früh am nächsten Morgen startete und um 13:00 Uhr Ortszeit in Nassau eintraf. Für ihren Banktermin reichte es völlig, trotzdem lief ihr die Zeit davon. Von ihren achtundvierzig Stunden war die Hälfte bereits vorüber.

Darauf loggte sie sich in ihre Online-Bank ein und überwies ihre gesamten Ersparnisse auf ihr Girokonto. Sie würde es am Flughafen abheben. In Dollar belief sich der Betrag auf über achtzigtausend. Für das, was sie vorhatte, würde es vielleicht nicht reichen, aber mehr hatte sie nicht. Sie versuchte, nicht an ihre Pläne zu denken, sich eine eigene Wohnung zuzulegen. Neben ihrem geliebten Mini würde sie diesen Teil ihres Lebens zunächst einmal abschreiben müssen.

Am Flughafen würde sie sich einen Reiseführer für die Bahamas kaufen, dazu Straßenkarten von Nassau. Ihr Orientierungssinn war in den vergangenen Tagen ernsthaft auf die Probe gestellt worden, und sie war fest entschlossen, diesmal ihre Hausaufgaben zu machen. Das Letzte, was sie gebrauchen konnte, wäre, abermals nicht zu wissen, wo sie sich befand.

Vielleicht, fiel ihr noch ein, sollte sie jemanden darüber informieren, wohin sie flog und warum. Die Vorstellung, sie könnte vielleicht nicht mehr lebend zurückkehren, lähmte ihre Gedanken – wie bei einem Funkgerät, das unter statischen Interferenzen litt. Sie schüttelte den Kopf, wollte das weiße Rauschen loswerden und überlegte, wen sie anrufen konnte. Sie hatte nicht die Absicht, alles ihrer Familie zu erklären. Je weniger sie wussten, desto besser. Und sowohl Dillon als auch Imogen würden nur versuchen, ihr alles wieder auszureden. Sie brauchte jemanden, der emotional nicht mit drinsteckte.

Sie trommelte mit den Fingern ein wenig auf der Tischplatte herum, dann griff sie zum Hörer und wählte.
»Woods.« Die Journalistin meldete sich so abrupt wie immer.
»Ruth, hier ist Harry Martinez. Sind Sie immer noch an der Geschichte über meinen Vater interessiert?«
Eine Pause. Harry hörte am anderen Ende der Leitung laute Verkehrsgeräusche.
»Haben Sie irgendwas für mich?«, fragte Ruth.
»Ich mache langsam Fortschritte. Ein paar Tage noch. In der Zwischenzeit ist einiges passiert. Wollen Sie es hören?«
»Einen Moment.« Papier raschelte. »Okay, schießen Sie los.«
Harry erzählte alles, was in den vergangenen Tagen geschehen war. Ruth sagte dabei kein einziges Wort, erst als Harry vom Unfall ihres Vaters berichtete, wurde sie von der Reporterin unterbrochen.
»Großer Gott, wird er es überleben?«
»Das weiß ich nicht.«
»Scheiße.«
Eine weitere Pause, in der Ruth heftig an ihrer Zigarette saugte. »Und was machen wir jetzt?«, fragte sie dann.
»Der Prophet will das Geld, also fliege ich auf die Bahamas, um es zu beschaffen.«
»Und das wollen Sie ihm einfach so übergeben?«
»Ich weiß nicht, ob ich eine andere Wahl habe. Aber wenn ich herausfinden sollte, wer er ist, könnte ich ihn vielleicht auffliegen lassen.«
»Dann werden Sie umgebracht.«
Da war es wieder, das weiße Rauschen. Harry schloss die Augen.

»Sie könnten mir helfen«, sagte Harry schließlich.

»Ach?«

»Recherchieren Sie über Ralph Ashford, den CEO von KWC. Wo war er, als der Ring noch tätig war? Vielleicht hat er für JX Warner gearbeitet.«

»Gute Idee. Was ist mit diesem anderen Banker, den Sie erwähnt haben, Jude Tiernan? Er war doch auch bei JX Warner, oder?«

»Ja, aber das hat nicht unbedingt was zu bedeuten. Er hat mir geholfen, aber das war vielleicht auch nur eine Finte. Im Moment traue ich niemandem.«

»Ich werde ein wenig Druck auf Leon ausüben. Er kennt mich. Er mag mich nicht, doch das liegt nur daran, dass er Angst vor mir hat. Klingt, als wäre er bis über beide Ohren darin verstrickt, vielleicht schlüpft ihm ja irgendwas heraus.«

»Ist einen Versuch wert.«

»Genau. Mal sehen, was sich machen lässt.« Ruth zögerte. »In welchem Krankenhaus liegt Sal übrigens?«

Harry zog die Augenbrauen hoch. »St. Vincent. Warum?«

»Nur so.«

Harry musste fast lächeln. »Besuchszeiten sind von drei bis acht, falls das weiterhilft.«

»Ah, ja.«

Ruth legte auf, ohne sich zu verabschieden. Harry ließ das Handy auf den Tisch fallen, zog die Beine an und kauerte sich zusammen.

Es war immer ein Fehler, wenn man seine Pläne verkündete. Ideen, die im ersten Moment genial erschienen, klangen dann nur noch dämlich, wenn man sie laut aussprach.

Ihr Rücken kribbelte, nur mit Mühe konnte sie sich zurückhalten, sich an der Wand zu scheuern. Was zum Teufel trieb sie hier bloß? Flog zu einer Tausende Meilen entfernten Insel, auf der sie sich noch nicht einmal auskannte. Die Pläne, die sie hatte, konnten im besten Fall als skizzenhaft bezeichnet werden. Und es fehlte ihnen die entscheidende Zutat. Sie wusste noch immer nicht den Codenamen zum Konto ihres Vaters.

42

Als Erstes fielen Harry die Farben auf, als sie auf der Insel New Providence eintraf.
Sie kurbelte das Fenster im Taxi nach unten. Rechts von ihr stand eine Häuserreihe, die in safran-, mandarinengelben und kornblumenblauen Farben erstrahlte. Purpurne Bougainvilleen wucherten über die Mauern. Links von ihr lag das Meer, ein jadegrüner Streifen, verziert mit einem dünnen weißen Saum. Sie kam sich vor wie Dorothy, die aus der grauen Stadt in Kansas in die leuchtende Technicolor-Welt von Oz geschleudert wurde.
»Zum ersten Mal in Nassau?«
Der Taxifahrer reckte den Kopf, um im Rückspiegel zu ihr zu sehen. Er war jung, neunzehn, zwanzig vielleicht, mit drahtigen Locken, die aussahen, als wären sie wasserdicht. Er sagte, er heiße Ethan.
Harry lächelte. »Ja, das erste Mal.« Nach zwölf Stunden Flug fiel ihr sogar das Zwinkern schwer.
Ethan nickte. »Gibt nur zwei Gründe, warum die Leute auf die Bahamas kommen.« In seinem Akzent klang es wie »da Bahamas«. »Geschäftlich oder wegen der Liebe.« Er blinzelte ihr im Rückspiegel zu. Seine Augen waren überraschenderweise von heller, bernsteinfarbener Tönung. »Sie sehen mir nicht so aus, als wären Sie nicht wegen der Liebe hier.«

Harry schüttelte den Kopf. »Rein geschäftlich.«
Ihre Oberschenkel begannen, auf den heißen Vinylsitzen allmählich zu kochen. Das Taxi hatte keine Klimaanlage, falls man die geöffneten Fenster nicht dazurechnete.
»Auf den Bahamas, da kann man keine Geschäfte machen, lassen Sie sich das gesagt sein«, sagte Ethan. Er hupte den stehenden Verkehr vor sich an. »Hier geht es immer ganz langsam, gaaanz langsam voran.«
Harry starrte zu den rosafarbenen Blüten und eleganten Palmen hinaus. »Ich dachte, genau darum geht es doch.«
Er schüttelte den Kopf und hämmerte auf das Lenkrad ein. »New York, da macht man Geschäfte. Dort kann man alles ganz flink erledigen.«
Harry sah zum Verkehr. Zwei Pferdekutschen hatten auf der Hauptstraße vor ihnen gewendet. Sie waren wie Zirkuswagen knallgelb und rot angemalt. Die Pferdehufe klackten in gemächlichem Tempo, die Tiere schienen sich vom Stau nicht irritieren zu lassen.
Ethan schnaubte. »Da, sehen Sie das? Die Pferde? Altmodisches Zeug! Schnarcher, so nenn ich sie immer.«
Er drückte auf das Gaspedal und schoss wie ein Kampfjet in eine vor ihnen sich öffnende Verkehrslücke. Fast im gleichen Moment bremste er wieder ab und kam vor einer Polizistin zu stehen, die den Verkehr auf der völlig verstopften Kreuzung regelte. Sie trug eine gestärkte weiße Uniformjacke, dazu weiße Handschuhe und dirigierte die Wagen mit ballerinahafter Anmut. Die Messingknöpfe und die Streifen seitlich an ihrem Rock erinnerten Harry an das noch immer lebendige britische Erbe der Bahamas.
»Wenn Sie mich fragen, man hätte das alles einfach den Piraten lassen sollen«, sagte Ethan.

»Welchen Piraten?«
Er zog die Augenbrauen hoch. »Noch nie was von Blackbeard gehört? Hat mit richtigem Namen Edward Teach geheißen. Dem hat New Providence vor hundert Jahren praktisch gehört. Hier hat es vor Piraten nur so gewimmelt.« Er klopfte mit den Fingern auf das Lenkrad. »Man sagt, Piraten haben nicht davon geträumt, in den Himmel zu kommen, wenn sie sterben, nein, die haben davon geträumt, dass sie wieder in Nassau landen.« Er ließ den Motor aufröhren, nachdem die Polizistin ihn vorwärts dirigierte. »Nassau, das ist nur ein Alptraum, in dem alles in Zeitlupe abläuft, wenn Sie mich fragen.«
Harry runzelte die Stirn. Seine Worte hatten etwas in ihr wachgerüttelt, das aber gleich wieder eingeschlummert war. Sie schüttelte den Kopf und sah wieder hinaus zum langen, geschwungenen Strand. Der Sand erschien wie gesiebtes Mehl, die aquamarinblauen Wellen, größer, als sie erwartet hatte, warfen unvorsichtige Schwimmer an den Strand, als wäre das Meer von einer riesigen Hand wie Badewasser aufgewühlt worden.
Einige Minuten später riss Ethan den Wagen scharf nach links und hielt an. Er drehte sich auf seinem Sitz zu ihr um und vollführte mit einem Arm eine ausholende Bewegung. »Das alles hier, das ist der Cable Beach. Und hier ist Ihr Hotel.«
Harry sah zur rosafarbenen Fassade. Das Nassau Sands Hotel war ein stattlicher Bau mit breiter Veranda und einem mit korinthischen Säulen bestückten Eingangsportal. Sie hatte es sich ausgesucht, weil es in der mittleren Preisklasse lag, jetzt aber, da sie davor stand, wirkte es auf sie eher wie ein prächtiges koloniales Herrenhaus.

Sie dankte Ethan, gab ihm ein großzügiges Trinkgeld und stieg aus. Die Hitze wickelte sich um sie wie eine elektrische Heizdecke. Sie stieg die Veranda hinauf und betrat das Hotel. Sofort traf sie der Luftzug.

Das Foyer war ein großer offener Pavillon, bei dem man zur einen Seite den Blick auf das grünblaue Meer hatte. Riesige Ventilatoren wälzten an der Decke die Luft um. Der glänzende Marmorboden sah eiskalt aus. Sie musste an sich halten, um sich nicht der Länge nach auf den Boden zu legen.

Das Einchecken dauerte eine Weile, nach der halsbrecherischen Fahrt im Taxi war das gelassene Personal allerdings eine willkommene Abwechslung. Schließlich überreichte ihr die Rezeptionistin mit einem breiten Lächeln den Schlüssel. »Willkommen auf den Bahamas, Ms. Martinez. Ich hoffe, Sie fühlen sich wohl.«

»Danke.«

Mittlerweile hatte sie sich an den Akzent der Einheimischen gewöhnt. Er war anders als der stereotype Singsang der Jamaikaner, den sie insgeheim erwartet hatte. Weicher, fließender, eine heitere Mischung aus britischen und afrikanischen Lauten.

In ihrem Zimmer musste sie feststellen, dass es mit der verschwenderischen Großzügigkeit des Foyers vorbei war. Die Wände waren im Stil der siebziger Jahre gehalten und mit braunen Blumenmustern dekoriert, in der Luft lag ein Hauch Kanalisation. Harry zuckte mit den Schultern. Fünf-Sterne-Lobby, Zwei-Sterne-Zimmer. Es spielte keine Rolle. Wenn alles nach Plan lief, würde sie morgen um diese Zeit schon wieder fort sein.

Sie warf ihren Koffer aufs Bett und schälte sich aus der

Kleidung, die ihr an der Haut klebte, trat unter die Dusche und kühlte sich unter dem lauwarmen Rinnsal ab. Dann, in ein Badetuch gewickelt, setzte sie sich aufs Bett und holte ihren Reiseführer heraus. Laut der Karte führte die Bay Street, die Hauptdurchgangsstraße im Stadtzentrum, im Osten zur Brücke nach Paradise Island und im Westen zum Cable Beach. Sollte von hier aus also eine kurze Fahrt mit dem Taxi werden.

Als sie daran dachte, was bevorstand, wurde ihr mulmig. Sie brauchte noch immer das Codewort ihres Vaters. Sie konnte versuchen, ohne den Code auszukommen, aber ihre Erfolgsaussichten dürften in diesem Fall verschwindend gering sein.

Sie warf den Reiseführer aufs Bett und zog den Zettel heraus, auf dem sie die Einzelheiten notiert hatte. 7-2-5-5-9-3-5-3-J. Wofür stand der Buchstabe J? Fand er sich nur, um die Pokerhand zu vervollständigen, oder hatte er eine besondere Bedeutung? Sie klopfte mit dem Mittelfinger darauf. J für was? J für Jack. Bube. Jack was? Sie musste an die Worte ihres Vaters denken, als sie ihn im Gefängnis besucht hatte. *Der Name, den ich gewählt habe, hätte dir gefallen*. Seufzend schüttelte sie den Kopf.

Sie wuchtete die blaue Reisetasche ihres Vaters aufs Bett, froh, sie mitgebracht zu haben, und wühlte durch den Inhalt, bis sie das Pokerbuch gefunden hatte. Erneut besah sie sich die Notationen auf der Umschlagseite. Js. Jack of Spades. Pik-Bube. Die Riverkarte. War das das Codewort ihres Vaters? Jack Spades? Oder Jack Rivers? Sie runzelte die Stirn. Beides klang falsch. Irgendwie hatte sie das Gefühl, dass der Name bei ihr mehr zum Schwingen bringen müsste.

Sie schloss die Augen und dachte an ihren Vater. Am Tag zuvor war sie spätabends noch einmal im Krankenhaus gewesen. Laut den Schwestern hatte sich sein Zustand nicht verändert, Harry allerdings war es vorgekommen, als wäre er noch mehr in sich zusammengeschrumpelt. Sie stellte sich vor, wie ihre Familie nun dort sitzen würde; ihre reservierte Mutter, die fahrige Amaranta und ein leerer Stuhl, auf dem sie sitzen sollte. Sie schlug die Augen auf und verscheuchte das Bild. Sie hatte abreisen müssen, sie hatte keine andere Wahl gehabt.

Sie sah auf die Uhr. Zeit, um sich fertig zu machen. Sie löste das Handtuch und schlüpfte in das Kleid, das sie am Flughafen in Dublin gekauft hatte. In einer kleinen Designer-Boutique, die sie normalerweise mied, in der sie aber ein elfenbeinfarbenes Kleid mit passender Handtasche und passenden Schuhen gefunden hatte. Zusammen hatte alles mehr als eine Woche auf den Seychellen gekostet, aber es sah teuer aus, und nur darauf kam es an. Um ihre Kreditkartenabrechnung würde sie sich später kümmern.

Die Seide fühlte sich wie kühles Wasser auf ihrer Haut an. Das enganliegende Oberteil wurde von dünnen Spaghettiträgern gehalten, die so viel Haut freiließen, dass sie sich um einen Sonnenschutz kümmern musste. Sie trug mehr Make-up also sonst auf, hatte die Augen betont und die Schnitte und Schrammen übertüncht. Sie band ihr Haar zu einem so festen Knoten, dass ihr Tränen in die Augen traten. Dann schlüpfte sie in die Schuhe und betrachtete sich im Spiegel. Die weiche, glänzende Seide ließ ihre Haut schimmern, der straffe Knoten zog ihren Haaransatz und die Brauen nach oben und verlieh ihr einen hochnäsigen Gesichtsausdruck.

Zum ersten Mal erkannte sie eine starke Ähnlichkeit mit ihrer Mutter.
Sie setzte ihre Sonnenbrille auf, griff sich die Handtasche und ging ins Foyer. Vor dem Hotel rief sie sich ein Taxi, und kaum fünf Minuten später traf sie in der Bay Street vor der Rosenstock Bank ein.
Harry sah zum blauen, von Säulen umgebenen Gebäude, in dem die Zentrale der Bank lag. Ihr wurde mulmig. Sie atmete ein paar Mal durch und sah erneut auf ihre Uhr. Sie hatte fast noch eine Stunde bis zu ihrem Termin. Sie beschloss, sich wie eine Touristin zu benehmen, damit sich ihre Nerven beruhigen konnten. Außerdem stand ja noch eine Sache an.
Sie ging durch die Bay Street. Büroangestellte und Flitterwöchner-Pärchen drängelten sich dort, ein Laden folgte auf den nächsten: Designer-Boutiquen mit Fendi- und Gucci-Artikeln gleich neben Souvenirshops, die T-Shirts und Piratenhüte verkauften.
Die Sonne brannte ihr wie ein Schweißbrenner auf die Haut. Sie überquerte die Straße, um in die Schattenseite zu gelangen. Taxis hupten, Roller brausten in beiden Richtungen an ihr vorbei. Sie tauchte in den kühlen Schatten der überdachten Gassen ein, ließ den Blick über die Läden schweifen, bis sie das Gesuchte gefunden hatte: einen Handy-Laden. Fünf Minuten später war sie im Besitz eines Geräts mit einer Prepaid-Karte und einer lokalen Nummer. Sie verstaute es in ihrer Handtasche.
Daraufhin schlenderte sie über den Rawson Square, nicht ohne ihren Weg auf dem Stadtplan mitzuverfolgen, und schließlich hinaus zum Hafen. An den Piers hatten zwei hoch aufragende Kreuzfahrtschiffe festgemacht. Seemöwen

umkreisten sie kreischend und piesackten die von Bord gehenden Passagiere. An der Kaimauer verkauften Händler in kleinen Booten rosafarbene und grüne Meeresschnecken, die Harry an Wassermelonen erinnerten.
Der Holzpier unter ihren Füßen knarrte, in der Luft lag der Geruch von Algen und Salz. Eine weitere Reihe von Marktständen lag vor ihr, die Souvenirs feilboten: Keramikkrimskrams und Strohhüte, Postkarten und Piratenflaggen, auf denen Totenköpfe mit Augenklappen zu sehen waren, *One-eyed Jacks* genannt.
Harry erstarrte. Etwas in ihren Gedanken rastete ein. Reglos blieb sie stehen, aus Angst, jede noch so kleine Bewegung könnte es wieder auseinanderreißen. Wasser schwappte an den Pier, irgendwo tuckerte ein Außenborder. Langsam drehte sie sich um und starrte auf die Marktstände. T-Shirts, Schlüsselanhänger, Karten und Bücher. One-eyed-Jack-Flaggen waren auf Stöcken aufgezogen. Harry betrachtete die nächste, im Wind flatternde Fahne. Weißer Totenkopf mit gekreuzten Knochen vor schwarzem Hintergrund, eine Augenhöhle von einer Augenklappe bedeckt.
Deuces, aces, one-eyed faces.
Die kindische Leier fiel ihr, ein Pokerspruch, der besagte, dass Zweien und einäugige Karten als unberechenbare Karten galten. One-eyed Jacks. Sie sah den Pik-Buben vor sich, der in jedem Kartendeck immer nur im Profil, mit nur einem sichtbaren Auge abgebildet war. Der weiße Totenkopf grinste sie an. Vor sich sah sie noch einen weiteren Totenkopf mit gekreuzten Knochen: das Logo von DefCon, das Hacker-Treffen, das sie mit ihrem Vater besucht hatte.

Der Name, den ich gewählt habe, hätte dir gefallen.
Pik-Bube. One-eyed Jacks. Schädel und gekreuzte Knochen.
Piraten und Hacker.
Sie schloss die Augen, und ein anderes Wort kam ihr in den Sinn, ein Wort, das alles zusammenfasste. Das Pseudonym, das sie in jungen Jahren verwendet hatte. Pirata. Das spanische Wort für Pirat.
Diesmal brachte es etwas zum Schwingen. Bis in ihre Fingerspitzen.

43

Hallo, mein Name ist Harry Martinez. Ich habe für Viertel nach drei einen Termin bei Glen Hamilton.« Harry trat von einem Fuß auf den anderen, während die Empfangsdame ihren Computermonitor konsultierte. Es fühlte sich komisch an, ihren richtigen Namen zu nennen, wenn sie doch gerade dabei war, ein krummes Ding abzuziehen. Dann erinnerte sie sich, dass der Termin nicht auf ihren Namen vereinbart worden war, und sie kam sich vor, als hätte sie soeben einen gesellschaftlichen Fauxpas begangen. Sie sah sich in der stillen Lobby um. Hatte sie jemand gehört? Leute in Anzügen kamen und gingen, Kassierer erledigten mit leisen, diskreten Stimmen ihre Aufgaben. Kunden bildeten lautlose Schlangen an den Theken, wie Kirchgänger, die sich zur Beichte anstellten. An einem Ort wie diesem schienen Namen etwas Entweihendes an sich zu haben.

Die Rezeptionistin schaute von ihrem Bildschirm auf und strahlte Harry an. Dann beugte sie sich über ihren Schreibtisch und zeigte auf die Kassenschalter links. Das Namensschild an ihrem Revers wies sie als Juliana aus.

»Gehen Sie bis ganz ans Ende und dann nach links, dort sehen Sie drei Aufzüge vor sich. Nehmen Sie den mittleren. Der bringt Sie in den dritten Stock, dort wird Sie jemand in Empfang nehmen.«

Harry dankte ihr und ging zu den Aufzügen, die alle drei offen standen. Sie trat in den mittleren, drehte sich um und wollte auf den Knopf für den dritten Stock drücken. Aber es gab keinen. Den Finger halb in der Luft, überlegte sie, was sie tun sollte. Die einzigen Knöpfe auf der Metallarmatur dienten zum Öffnen und Schließen der Tür und zum Auslösen des Alarms. Doch bevor sie weitere Überlegungen anstellen konnte, glitt die Tür zu, und der Lift setzte sich in Bewegung. Es musste sich um eine Art Sicherheitsaufzug handeln, der vom Empfang aus gesteuert wurde und der verhinderte, dass Herumtreiberinnen wie sie aufs Geratewohl durch die Bank spazieren konnten. Bei der Vorstellung, dass sie den Launen eines Fremden ausgesetzt war, spürte sie ein Kribbeln an den Sohlen.

Der Aufzug kam zum Halt, die Türen öffneten sich. Eine junge schwarze Frau im Businesskostüm erwartete sie.

»Hier entlang, bitte.«

Sie begleitete Harry durch einen Gang mit beigefarbenen, nicht gekennzeichneten Türen. Nichts deutete darauf hin, in welchem Stockwerk sie sich befand oder was hinter den Türen vor sich ging. Die Frau öffnete eine Tür rechts, die ebenso aussah wie alle anderen. Wie konnte sie sie bloß auseinanderhalten?

»Nehmen Sie bitte Platz.« Die Frau trat zur Seite, um sie einzulassen. »Glen wird jeden Augenblick hier sein.«

Harry dankte ihr und trat ein. Die Tür ging hinter ihr zu.

In der Mitte des Raums waren vier Queen-Anne-Stühle um einen niedrigen Mahagonitisch gruppiert. Die Stühle hatten weiße gepolsterte Sitzflächen und verschnörkelte Beine und sahen aus, als würden sie ihrem Rücken nicht guttun. Harry wusste, dass sie dort Platz nehmen sollte.

Stattdessen ging sie zum Fenster. Nicht, weil sie die Aussicht bewundern wollte, sondern weil sich gleich daneben ein moderner Arbeitsplatz mit Papieren und einem summenden Laptop befand.
Um den Anschein zu wahren, sah sie eine Weile aus dem Fenster. Rote und blaue Dächer erstreckten sich bis zum Hafen, eine halbe Meile vor der Küste konnte sie Paradise Island sehen, das mit Nassau durch eine Brücke verbunden war. Die Skyline der Insel wurde von einem faszinierenden, blau- und rosafarbenen Bau bestimmt, der wie eine Mischung aus Disneyland und dem Tadsch Mahal aussah. Aus ihrem Reiseführer wusste sie, dass es sich um das Atlantis Resort handelte, das auf knapp vierzehn Hektar extravagante Hotels, Casinos und Lagunen zum Schwimmen bot.
Sie warf einen verstohlenen Blick auf den Laptop. Der Bildschirmschoner war an. Sie stieß mit der Hüfte gegen den Tisch, die Desktopoberfläche erschien und warnte gleichzeitig, dass die Sitzung gesperrt sei. Wie schade.
Sie überflog die Papiere, die auf dem Tisch lagen, auf der Suche nach etwas, das ihr nützlich sein könnte. Unternehmen gaben Millionen aus, um vertrauliche Informationen zu schützen, in Wirklichkeit aber waren es immer die alltäglichen Dinge, die Hacker als erstes Sprungbrett dienten.
An der Wand entdeckte sie das beste Beispiel dafür: die Liste mit den Durchwahlnummern der Bank. Nach einem schnellen Blick über die Schulter zückte sie ihr Handy und richtete die Kameralinse auf die Wand. Sie brauchte zwar mehrere Aufnahmen, aber es dauerte nicht lange, bis ihre Fotos die gesamte Telefonliste abdeckten. Falls nötig, konnte sie sie später zusammensetzen.

Wieder richtete sie die Aufmerksamkeit auf den Laptop. Ein Standardmodell von Dell. Das Netzwerkkabel war leuchtend gelb. Sie verfolgte es durch eine Aussparung im Tisch hinunter zur Netzwerkbuchse am Boden. Auf halber Höhe war das Kabel mit einem blauen Plastikstreifen versehen, auf dem »Port 6-47« stand. Harry starrte darauf und kaute auf ihrer Unterlippe herum.

Hinter ihr klickte der Türgriff. Mit zwei schnellen Schritten war sie wieder am Fenster. Sie drehte sich um. Ein Mann und eine Frau betraten den Raum. Die Frau streckte ihr die Hand entgegen.

»Guten Tag, ich bin Glen Hamilton.« Sie wies auf ihren Kollegen. »Und das ist mein Stellvertreter, Raymond Pickford.«

Harry stellte sich vor und schüttelte ihnen die Hand. Wie blöd, dass sie erwartete hatte, Glen sei ein Mann. Vor allem sie hätte es doch weiß Gott besser wissen müssen und nicht voreilig vom Namen auf das Geschlecht der betreffenden Person schließen dürfen.

Glen geleitete sie vom Schreibtisch hinüber zu den Queen-Anne-Stühlen. »Dort sitzen wir doch bequemer.«

Das bezweifelte Harry, aber sie tat, was man ihr sagte. Sie nahm Glen gegenüber Platz, die den Reißverschluss ihrer Ledermappe aufzog und auf den Knien einen Notizblock bereitlegte.

Sie schien so Ende vierzig zu sein, hatte eine Haut in der Farbe von Tabak, und ihr kurzgeschnittenes Haar betonte die elegante Rundung ihres Kopfes. Ihr Businesskostüm war ganz in Schwarz und hätte Harrys Meinung nach hier und da ein wenig Farbe vertragen. Sie verströmte eine unausgesprochene Autorität, die Harry an ihre letzte Schul-

leiterin erinnerte, die eine Lüge auf zehn Schritt Entfernung wittern konnte.
Sie zwang sich, ihr in die Augen zu schauen. Schließlich hatte sie ja nichts Illegales getan. Noch nicht zumindest.
Glen klickte auf ihren Kugelschreiber. »Bevor wir anfangen, möchte ich erklären, dass alles, was wir hier besprechen, streng vertraulich bleiben wird.« Sie sprach langsam und präzise. »Selbst wenn Sie beschließen sollten, kein Konto bei uns zu eröffnen, werden dieser Besuch und alle dabei mitgeteilten Informationen der Schweigepflicht der Bank unterliegen.«
»Das ist beruhigend.«
»Darf ich fragen, warum Sie sich für die Rosenstock Bank entschieden haben?«
»Na ja, mein Vater hat vor Jahren hier ein Konto eröffnet. Ein enger Familienfreund hat es ihm damals empfohlen, er war dann sogar eine Zeitlang sein Kontenbetreuer. Vielleicht kennen Sie ihn ja. Philippe Rousseau?« Harry musterte die Miene der Frau, aber diese gab nichts preis. »Arbeitet er hier noch?«
Glen hob ihr Kinn und sah aus, als wolle sie darauf nicht antworten. Raymond schaltete sich dazwischen.
»Mr. Rousseau ist Vice President der International Client Relations«, sagte er lächelnd. Er war jünger als Glen, Anfang dreißig vermutlich, und sein schwacher bahamaischer Akzent wollte so gar nicht zu seiner blassweißen Hautfarbe passen. »Er ist vor einigen Jahren befördert worden.«
Fragend sah Harry zu Glen. Die Frau senkte den Blick und entfernte einen Fussel von ihrem Kostüm. Dann sah sie auf und lächelte. »Ja, Philippe hat früher für mich gearbeitet. Bis etwa vor acht Jahren.«

»Oh.« Harry war erstaunt. »Dann haben Sie also das Konto meines Vaters übernommen?«
Wenn das der Fall war, wo passte dann Owen Johnson ins Bild? Glen streckte den Rücken durch.
»Ich hatte mehr als genug mit meinen eigenen Kunden zu tun, ich konnte Philippes Konten nicht auch noch betreuen«, sagte sie. »Nein, die Konten wurden auf meine übrigen Mitarbeiter aufgeteilt. Damit Philippe Zeit hatte, seine prestigeträchtigen Kunden gebührend zu unterhalten.« Ihr Lächeln wurde breiter. »Er knüpft die männlichen Netzwerke, so nennt man das wohl.«
Harry zog eine Augenbraue hoch und nickte. »Genau, mein Vater hat erwähnt, er hätte mit ihm Poker gespielt. Ich weiß aber nicht mehr, wo.«
»Wahrscheinlich auf Paradise Island«, sagte Raymond. »Das beste Casino der Bahamas.« Er warf einen kurzen Blick zu Glen, sah dann weg und strich sich mit der Hand vom Hinterkopf zur Stirn. Sein Haar war zu einer Tolle nach vorn gekämmt und mit so viel Gel behandelt, dass es wie ein Ölteppich aussah.
»Raymond, könnten Sie uns bitte Kaffee holen?« Glens Nasenflügel zitterten leicht.
»Natürlich.« Er legte Stift und Block auf dem Tisch ab und verließ den Raum, den Kopf dabei zur Seite geneigt, als müsste er tiefhängenden Ästen ausweichen.
Glen wandte sich Harry zu.
»Nun, vielleicht könnten wir uns über die Herkunft Ihrer Gelder unterhalten. Aufgrund der gesetzlichen Bestimmungen können wir kein Konto eröffnen, wenn wir nicht genau wissen, woher das Geld stammt.«
»Klingt vernünftig.« Harry schlug die Beine übereinander,

ihr Seidenkleid umschmeichelte ihre Schienbeine. Sie tat ihr Bestes, um sich als wohlhabend auszugeben. »Den größten Teil des Vermögens habe ich während des Dotcom-Booms erworben. Das Software-Unternehmen, bei dem ich angestellt war, ging Anfang 2000 an die Börse, und ich hatte Aktienoptionen. Das meiste ist im Moment in Immobilien und Blue Chips gebunden. Ich möchte heute nur einen kleinen Teil davon einzahlen, habe aber vor, meine Vermögenswerte in naher Zukunft ganz aufzulösen und alles hierher zu überweisen.«

Sie lächelte Glen reumütig an und zuckte mit den Schultern. »Mein Mann betrügt mich, ich werde bald die Scheidung einreichen, aber davor möchte ich alles außer Reichweite geschafft haben.«

Glen sah sie ungerührt an. Falls Harry auf schwesterliches Mitgefühl gehofft hatte, wurde sie enttäuscht.

Glen machte sich eine Notiz. »Wenn Sie Ihre Vermögenswerte auflösen und hierher transferieren, müssen Sie uns entsprechende Verkaufsbescheinigungen vorlegen.«

»Ja.« Harry schluckte und räusperte sich. Ihre einzigen Vermögenswerte bestanden aus einem Mini mit Totalschaden, dessen Wert sich in gewissem Sinne bereits aufgelöst hatte. Sie musste sich einreden, dass Glen davon unmöglich wissen konnte.

»Sie wollen also maximale Anonymität«, sagte Glen.

»Ja. Ich nehme an, das wäre dann ein Nummernkonto?«

»Es gibt noch andere Optionen, aber für Ihre Bedürfnisse wäre es wohl das Beste. Auf allen Dokumenten, die Ihr Konto betreffen, wird Ihr Name durch eine Nummer ersetzt. Außer Raymond und mir wird niemand in der Bank wissen, wer Sie sind.«

»Und ich kann über dieses Konto völlig anonym Aktien kaufen?«

»Natürlich. Die Transaktionen werden unter dem Namen der Bank durchgeführt. Ihr Name taucht nirgends auf.«

»Klingt perfekt.«

»Natürlich ist ein Nummernkonto gewissen Einschränkungen unterworfen, wenn wir diesen Grad an Vertraulichkeit gewährleisten wollen. Wir stellen auf Nummernkonten keine Scheckbücher aus, Barabhebungen sind nicht erlaubt. Abhebungen, Überweisungen oder Einzahlungen sind nur persönlich durch den Ihnen zugeteilten Kontenbetreuer möglich.«

»Und das sind dann Sie?«

Glen nickte. »Oder Raymond, falls ich verhindert bin. Er hat in meiner Abwesenheit Handlungsvollmacht.«

Wie auf das Stichwort hin kam Raymond mit einem Tablett zurück. Er stellte es auf dem Tisch ab, die Teelöffel klapperten. Seine Handflächen, bemerkte Harry, sahen schmierig aus, entweder vor Nervosität oder weil er sich damit über den Kopf gestrichen hatte. Sie lächelte ihn aufmunternd an.

Glen beugte sich vor. »Wenn Sie also einverstanden sind, fahren wir mit den Formalitäten fort.«

»Ja, machen wir das.« Harry öffnete ihre Handtasche und holte ihren Pass heraus, zwei aktuelle Gas- und Stromrechnungen, ihre Einkommensteuererklärung und einen Auszug ihres Sparkontos. Sie reichte alles Glen, zusammen mit einem Bankwechsel über dreißigtausend Dollar. Mehr als ein Drittel ihrer gesamten Ersparnisse. Sie spürte einen Stich in der Brust und ging davon aus, dass sie das Geld aller Wahrscheinlichkeit nie mehr sehen würde.

Glen inspizierte alles und stellte eine Quittung über den Wechsel aus, während Raymond Kaffee einschenkte. Glen reichte ihm die Papiere, ohne ihn anzusehen, und beauftragte ihn, Kopien zu erstellen. Nachdem er fort war, holte sie ein Formular aus ihrer Ledermappe und überreichte es Harry mit einem Stift.

»In der Zwischenzeit können Sie das schon mal ausfüllen. Wir können den Kaffee ja zum Schreibtisch mit hinübernehmen.«

Glen ging zum Laptop und rückte für Harry einen Stuhl zurecht. Während Glen etwas auf dem Laptop eintippte, überflog Harry das Formular. Auf den ersten Blick sah es wie das Formular einer ganz gewöhnlichen Kontoeröffnung aus. Es hatte die üblichen Felder über persönliche Angaben, unten auf der Seite befand sich ein Abschnitt, der mit »nur für interne Vermerke« gekennzeichnet war und später wahrscheinlich von Glen ausgefüllt wurde. Die Rückseite war leer, sah man von einem zweiten optionalen Unterschriftenfeld für einen weiteren Bankmitarbeiter ab. Sie trug ihre Adresse ein und gab ihren Namen in Übereinstimmung mit dem Pass als »Harry (Henrietta)« an.

»Ich habe meinem Vater gesagt, ich würde Philippe aufsuchen, wenn ich hier bin«, sagte sie und konnte sich gerade noch zurückhalten, ihren Familienstand als ledig anzukreuzen. Das war das Problem mit den Lügen: Sie wickelten sich einem ständig wie Stolperdraht um die Beine. »Meinen Sie, ich könnte ihn heute Abend im Casino antreffen?«

»Das weiß ich nicht.« Sie richtete sich auf ihrem Stuhl auf. »Den Bürgern der Bahamas ist es gesetzlich verboten, an Glücksspielen teilzunehmen. Aber unser Mr. Rousseau ist ja halb Brite, halb Franzose, unsere Gesetze betreffen ihn also nicht.« Sie drückte mit unnötiger Vehemenz auf die Enter-Taste.

Harry wusste nicht, gegen welche Vorurteile Glen in der Bank anzukämpfen hatte, aber Philippe Rousseau jedenfalls schien den Großteil ihrer Wut auf sich zu ziehen. Sie fuhr mit dem Formular fort, kreuzte ein Feld an, das die Bank von jeglicher Pflicht befreite, steuerlich relevante Einkünfte auszuweisen. Dann kam sie an den Abschnitt, der mit »Autorisierung für Telefon- und Faxanweisungen« überschrieben war, darunter ein leeres Feld mit der Bezeichnung »Codewort«. Sie drehte den Stift zwischen Daumen und Zeigefinger hin und her.

»Dieses Codewort für Telefon- und Faxanweisungen«, sagte sie. »Wie funktioniert das?«

»Nun, bei einem Nummernkonto ziehen wir es vor, dass Sie alle Transaktionen persönlich mit mir oder Raymond durchführen. Damit ist das höchste Maß an Sicherheit gewährleistet, und es besteht keinerlei Ungewissheit über Ihre Identität. Aber das ist natürlich nicht immer möglich. Sie können nicht immer auf den Bahamas sein, manchmal müssen Sie also Ihre Anweisungen telefonisch oder per Fax übermitteln. Wir empfehlen Ihnen, dabei keinesfalls Ihren Namen zu nennen, damit Ihre Anonymität nicht gefährdet wird. Sie bevollmächtigen dabei die Bank, Ihren Anweisungen gemäß zu handeln, indem Sie Ihre Kontonummer und das persönliche Codewort übermitteln, das Sie hier auf dem Antrag angeben.« Glen strahlte sie an. »Dadurch wissen wir, dass wirklich Sie es sind, die die Anweisungen erteilt.«

Harry nickte und starrte auf das leere Feld. Sie spürte, wie ihre Zehen kribbelten, dann fuhr sie sich mit der Zunge über die Lippen und schrieb *Pirata*.

Sie unterzeichnete das Formular unten auf der Seite, beim Datum zögerte sie. Laut ihrem Vater hatte er sein Rosenstock-Konto etwa ein halbes Jahr vor dem Sorohan-Deal eröffnet. Das musste also irgendwann im April 2000 gewesen sein. Sie packte den Stift und kritzelte das aktuelle Datum hin: 14. April 2009. Die letzte Ziffer malte sie sehr schlampig, so dass der Kopf der Neun unverhältnismäßig groß geriet. Mit einigem Glück könnte sie als eine Null durchgehen, ein Umstand, der später vielleicht nützlich sein konnte.

Sie reichte Glen den ausgefüllten Antrag, als Raymond zurückkehrte. Er trat an den Schreibtisch und legte Glen einen Stapel Papiere vor, dazu eine leere Manila-Aktenmappe von der Größe und Dicke eines umfangreichen Telefonbuchs. Glen blätterte durch die Dokumente, reichte die Originale Harry und legte die übrigen in die Aktenmappe. Sie unterzeichnete im internen Feld am unteren Ende des Antrags. Als Nächstes ließ sie Harry auf der Rückseite der Kopie ihres Passfotos unterschreiben und klammerte dieses an den Antrag. Glen unterzeichnete auf der Vorderseite des Fotos, wobei ihre Unterschrift über das Foto auf die Seite hinausragte und Foto und Antrag somit offiziell besiegelt waren.

Raymond beugte sich vor, als wolle er das Gleiche tun, aber Glen scheuchte ihn erneut fort.

»Räumen Sie bitte den Kaffee weg«, sagte sie.

Raymond zögerte, tat dann aber, was ihm gesagt worden war. Harry reichte ihm lächelnd ihre Tasse und richtete den Blick wieder auf Glen. Sie sicherte die Dokumente in der

Mappe mit einer Klemmfeder. Das oberste Blatt schien eine Liste der enthaltenen Dokumente zu sein, deren einzelne Positionen Glen, wie Harry sah, der Reihe nach abhakte. Glen musste bemerkt haben, dass sie beobachtet wurde, denn plötzlich sah sie auf.

»Das hier ist Ihre persönliche Identifikationsmappe«, erklärte sie. »Sie kommt in unseren Tresorraum. Nur ich und Raymond wissen um Ihre Identität, und wir sind die Einzigen, die Zugangsberechtigung zu dieser Mappe haben.«

»Was passiert, wenn Sie beide die Bank verlassen?«

Glen zog eine Augenbraue hoch. »In diesem unwahrscheinlichen Fall wird Ihr Konto einem neuen Kontenbetreuer übergeben, der Zugang zu dieser Mappe erhält. Er oder sie kann dann anhand der Kontonummer und des Codeworts Ihre Anweisungen ausführen.«

»Und Ihr Foto«, mischte sich Raymond ein, »wurde beglaubigt, wenn Sie also persönlich vorbeischauen, um Gelder abzuziehen, kann er Sie verlässlich identifizieren.«

»Verstehe.« Stirnrunzelnd versuchte sie, eine Schwachstelle in dem System zu finden. »Angenommen, jemand bricht in den Tresorraum ein?«

Glen hob unmerklich den Kopf. »Ich kann Ihnen versichern, das Gebäude unterliegt den höchsten Sicherheitsvorschriften und wird von bewaffneten Wachleuten geschützt. Ich bezweifle, dass es jemand überhaupt versuchen wird.«

Harry nickte und deutete auf den Laptop. »Was ist mit Ihrem Computersystem? Was, wenn da jemand einbricht?«

Glen sah zu Raymond und erteilte ihm stillschweigend die Erlaubnis, darauf zu antworten.

Er beugte sich vor, in seine Miene schien Leben zu kommen. »Unsere IT-Sicherheitseinrichtungen sind auf dem modernsten Stand«, sagte er. »Wir arbeiten mit den besten Spezialisten zusammen. Und lassen Sie sich gesagt sein, unsere Netzwerkleute vertreten gegenüber Hackern eine ziemlich aggressive Linie. Glauben Sie mir, wir haben einige allein schon deswegen verklagt, weil sie nur unsere Firewalls sondiert haben.«

Woran Harry, die an den Honeypot denken musste, nicht die geringsten Zweifel hatte.

»Wie auch immer, Ihre Identifikationsdaten werden von uns nicht online verwaltet«, fuhr Raymond fort. »Ihre Identität kann einzig und allein durch diese Mappe verifiziert werden, und wie Glen bereits ausgeführt hat, ist diese äußerst gut geschützt.«

»Was kommt noch in diese Mappe?«

Glen übernahm wieder das Gespräch. »Aufzeichnungen über alle Handelsanweisungen, die wir von Ihnen erhalten. Faxe, Telefonanrufe, solche Dinge.«

Harry nickte und lehnte sich zurück. Ihr wollten keine Fragen mehr einfallen.

Glen drückte einige weitere Tasten ihres Laptops und schloss die Mappe, drehte sie um und schrieb eine achtstellige Zahl, die sie vor sich auf dem Bildschirm hatte, auf den Mappenrücken sowie auf eine kleine weiße Karte, die sie Harry reichte.

»Das ist Ihre Kontonummer. Sie werden zu gegebener Zeit die offizielle Bestätigung erhalten, in der Zwischenzeit aber heben Sie sie gut auf. Wir raten unseren Kunden gewöhnlich, sie sich einzuprägen, natürlich zusammen mit dem Codewort. Oder, falls Sie sich die Nummer nicht merken wollen, sie getarnt zwischen anderen Zahlen zu notieren, nur zur zusätzlichen Sicherheit.«

Harry dachte an ihren Vater und dessen Bemühungen, die Kontonummer und das Codewort zu verbergen, und konnte jetzt verstehen, warum er dazu solche Anstrengungen unternommen hatte.
»Ihre Unterlagen werden sofort in den Tresorraum gebracht.« Glen reichte Raymond die Aktenmappe, erhob sich und streckte Harry die Hand entgegen. »Es war mir ein Vergnügen, Sie kennenzulernen, Ms. Martinez. Wenn Sie noch Fragen haben sollten, rufen Sie ruhig an. Meine Fax- und Telefondurchwahl stehen auf der Karte.«
Harry nickte und ließ sich aus dem Raum und durch den gesichtslosen Gang zum knopflosen Aufzug begleiten. In ihrem Kopf drehte sich alles, als sie, wie sie doch hoffte, zum Erdgeschoss hinunterglitt. Sie dachte an die Bank und ihr fanatisches Sicherheitsdenken. Geheime Aufzüge und unbeschriftete Türen; stählerne Tresorräume und bewaffnete Wachleute; Unterschriften, die gegengezeichnet wurden; Nummern und Codewörter. Wo waren die Schwachpunkte, wo waren die Lücken? Sie schüttelte den Kopf. Das System war wasserdicht, hermetisch abgeriegelt. Außerdem war sie eine Hackerin, keine Einbrecherin, so groß die Ähnlichkeiten zwischen den beiden auch sein mochten.
Sie steckte die Karte, die Glen ihr überreicht hatte und die sie noch immer in der Hand hielt, in ihre Handtasche. Dann fiel ihr wieder die Telefonliste an der Wand ein. Die Härchen im Nacken stellten sich ihr auf, als sie auf ihr Handy starrte. Der Aufzug kam zum Halt, vor ihr öffneten sich die Türen, aber sie rührte sich nicht.
Sie hatte die Telefonliste aus einer Laune heraus fotografiert, aber vielleicht war es jetzt die einzige Waffe, die sie in

der Hand hatte. Das System und die Technologie mochten unüberwindbar sein, aber sie war nicht nur eine Hackerin. Sie war ein Social Engineer. Und Social Engineers zielten nicht auf die Technik ab, sondern auf die Menschen, die sie benutzten.

Auf das schwächste Glied bei der Sicherheit: die Menschen.

44

Ein Social Engineer muss drei Dinge gut können: bluffen, überreden und überzeugend Lügen auftischen. Mit ihrem Vater als Rollenvorbild besaß Harry ein Talent für alle drei Dinge.

Sie starrte auf das Telefon in ihrem Hotelzimmer. Als Teenagerin hatte sie sich selbst Herausforderungen gestellt und Fremde am Telefon zu überreden versucht, ihr persönliche Informationen anzuvertrauen. Irgendetwas, von der PIN des Bankautomaten bis zum Mädchennamen der Großmutter, es spielte keine Rolle. Es ging ihr nur darum, sie zu bekommen und ihre Fertigkeiten und die Kunst, überzeugend zu klingen, zu vervollkommnen.

Aber worauf hatte sie es diesmal abgesehen? Sie saß im Schneidersitz auf dem Bett und klopfte sich mit dem Stift gegen die Zähne. Dann schrieb sie alles auf, was sie über die Sicherheitsbestimmungen bei Rosenstock erfahren hatte, und fügte die Notizen an, die sie bei ihren Internetrecherchen zusammengetragen hatte. Sie fuhr ihren Laptop hoch, lud die Fotos der bankinternen Rufnummern von ihrem Handy und fügte die Bilder zusammen. Die Nummern waren gerade so lesbar. Ihr fiel noch ein, »gelbes Kabel« an den Rand ihres Notizblocks zu kritzeln, dann betrachtete sie ihre Aufzeichnungen. Es war nicht viel.

Sie stand auf und ging auf den Balkon hinaus. Das Zimmer

mochte nicht besonders ansehnlich sein, der Blick auf Cable Beach allerdings enttäuschte nicht. Der Sand sah wie Puderzucker aus, sogar die Brandung war zu hören, die gegen die Küste krachte und zischend ins Meer zurückschwappte.

Ihre Gedanken wanderten zurück zu ihrem Treffen mit Glen Hamilton. Sie musste zugeben, die Sicherheitsvorkehrungen der Bank waren, soweit sie es einschätzen konnte, nur von innen heraus zu überwinden. Aber wo fand sie einen Insider, der bereit war, dieses Risiko auf sich zu nehmen? Sie dachte an Raymond Pickford und schüttelte den Kopf. Er war gefügig, aber schwach und würde wahrscheinlich in letzter Sekunde wieder abspringen. Sie brauchte jemanden, der eine hohe Position einnahm, jemanden, dem sich niemand in den Weg stellen würde.

Jemanden wie Philippe Rousseau.

Er schien es weit gebracht zu haben seit seiner Tätigkeit als Kontenbetreuer ihres Vaters. Harry wusste nicht, was ein Vice President der International Client Relations den lieben langen Tag so trieb, doch es klang beeindruckend. So beeindruckend, dass er es sicherlich nicht gern sah, wenn ihm jemand seine Vergangenheit unter die Nase rieb. Sie erinnerte sich, was ihr Vater über ihn erzählt hatte – dass er seine Trades imitiert habe. Wie würde es aussehen, wenn sich ein Vice President der Bank an Insidergeschäften beteiligt hätte?

Sie umklammerte das Geländer und schloss die Augen. Beim Social Engineering mochte es nicht ganz ehrlich zugehen, aber sie konnte die Tätigkeit vor sich rechtfertigen. Erpressung andererseits war von ganz anderem kriminellen Kaliber, womit sie nichts zu tun haben wollte.

Sie drehte sich um, ging in ihr Zimmer und kehrte zu ihren Notizen auf dem Bett zurück. Sie brauchte Beweise für Rousseaus zwielichtige Trades. Wenn sie sie erst einmal hatte, konnte sie ihn zu allem überreden. Abermals starrte sie auf das Telefon. Hier hatte sie also ihre Herausforderung: irgendwie an die Aufzeichnungen von Philippe Rousseaus Aktiengeschäften zu kommen.

Erneut vertiefte sie sich in ihre Notizen, diesmal unter veränderten Gesichtspunkten. Dann griff sie zu ihrem Stift und skizzierte einige Ideen.

Zehn Minuten später tätigte sie ihren ersten Anruf. Er wurde sofort angenommen.

»Guten Tag, Rosenstock Bank and Trust, Kundensupport, Webster, wie kann ich Ihnen helfen?«

Webster ließ sich viel Zeit mit dem rituellen Begrüßungsspruch und schien den gelassenen Rhythmus seiner eigenen Stimme ganz offensichtlich zu genießen.

»Hallo, hier ist Catalina Diego.« Harry sprach mit amerikanischem Einschlag, um ihren eigenen Akzent zu übertönen und weniger Aufmerksamkeit auf sich zu ziehen. Sie wusste aus eigener Erfahrung, dass die Mischung aus ihrem irischen Akzent mit dem des Mittleren Westens der USA einen leicht kanadischen Tonfall ergab.

»Ich bin von Ihrem Dell-Lieferanten hier in Nassau«, fuhr sie fort. »Wir führen eine Umfrage durch zur Verbesserung unserer Dienstleistungen. Wenn Sie ein paar Minuten Zeit haben, würde ich Ihnen gern einige Fragen stellen.«

»Klar, kein Problem.«

»Wunderbar, ich danke Ihnen.« Harry lächelte. Social Engineering war auf die Kooperation des Gegenübers angewiesen, weshalb Angestellte im Kundensupport so gute

Kandidaten abgaben. Schließlich wurden sie beschäftigt, um Auskünfte zu erteilen.

»Okay, Webster, also, wie viele Angestellte arbeiten ungefähr in Ihrem Bereich?«

Es dauerte etwas, bis seine Antwort kam. Wahrscheinlich zählte er die Köpfe in seinem Büro ab. »So an die fünfundzwanzig, sechsundzwanzig im Moment.«

»Und wie sind Ihre Arbeitszeiten?«

»Von sieben bis neun Uhr abends. Und das sieben Tage in der Woche.«

»Haben Sie schon einmal einen unserer Servicetechniker in Anspruch nehmen müssen?«

»Nein, ich persönlich jedenfalls nicht.«

Harry führte ihn durch eine Reihe unverfänglicher Fragen, bis sie sich so weit sicher fühlte, jene zu stellen, auf die es ihr ankam. »Hatten Sie jemals Probleme mit Ihrer Kundensupportsoftware auf unseren Rechnern?«, fragte sie.

»Nein, funktioniert alles prima. Manchmal läuft es ein wenig langsam, aber das ist alles.«

»Wirklich? Könnte am Arbeitsspeicher liegen. Welche Software haben Sie im Moment installiert?«

»Die nennt sich Customer Focus. Wir haben sie schon eine ganze Weile.«

»Die kenne ich.« Sie hatte noch nie davon gehört. »Die ist von Banking Solutions, oder?«

»Nein, von einer Firma, die sich Clear Systems nennt. Deren blau-rotes Logo ist überall.«

»Ach, die Firma.« Noch immer nicht den leisesten Schimmer. »Ich habe gehört, deren Bericht-Tools sind nicht die besten. Wir könnten ein High-Performance-Paket anbieten, falls Sie das brauchen.«

»Ach, die Berichte scheinen mir okay zu sein. Ich lass am Ende des Tages immer nur ein paar TTBs laufen und habe damit noch nie ein Problem gehabt.«

»TTBs?«

»Tägliche Transaktionsberichte.«

»Ach, ja. Was ist mit den Berichten über die archivierten Daten? Die können das System nämlich ziemlich belasten. Wenn es zu langsam ist, sollten wir vielleicht in Betracht ziehen, Ihre Rechner upzugraden.«

»Da müssen Sie mit der Leiterin reden. Die macht alle ABs.«

Harry runzelte die Stirn, aber dann hatte sie es. ABs: Archivberichte. »Gute Idee, werde ich machen. Können Sie mir ihren Namen und ihre Nummer geben?«

»Klar, das ist Matilda Tomlins, Durchwahl 311. Für Hardware-Upgrades ist aber das NOC unten zuständig. Sie kümmern sich um das technische Zeugs. Obwohl man manchmal glauben könnte, ohne sie bricht die ganze Bank zusammen, so wie die sich aufführen. Sie wissen ja, wie Techniker so sind.«

»Das tu ich, glauben Sie mir. Okay, Webster, nur ein paar Fragen noch, dann lass ich Sie an Ihre Arbeit zurück.«

»Lassen Sie sich ruhig Zeit, ich lauf hier nicht weg. Hey, übrigens, aus welchem Teil Kanadas stammen Sie denn?«

Harry lächelte. »Ach, von überall. Hauptsächlich aus Toronto. Nun, wie steht's mit Keyboard und Monitor? Jemals Probleme damit gehabt?«

Sie stellte noch einige Routinefrage, dann dankte sie ihm für seine Hilfe und legte auf. Sie schrieb auf, was sie erfahren hatte. Soweit es Webster betraf, waren keine vertraulichen Informationen weitergegeben worden. Für Harry

aber waren es unschätzbare Angaben, die ihr in der nächsten Phase Glaubwürdigkeit verleihen würden.
Sie richtete ihre Aufmerksamkeit auf die internen Rosenstock-Telefonnummern. Neben den Namen war der jeweilige Titel verzeichnet sowie die direkte Durchwahl. Harry ging die Liste durch, auf der lediglich Führungskräfte erfasst zu sein schienen. Sie brachte die Namen jener zu Papier, die im NOC arbeiteten. Es gab insgesamt drei davon: Jack Belmont, der Leiter; Victor Williams, NOC Security; Elliot Mitchell, NOC Support. Harry wählte der Reihe nach die Nummern. Die ersten beiden wurden sofort angenommen, und ebenso unverzüglich legte sie auf. Beim dritten Anruf erreichte sie lediglich die Mailbox.
»Hallo, hier ist Elliot Mitchell. Ich bin von Montag, 13. April, bis Mittwoch, 15. April, im Büro nicht zu erreichen. Hinterlassen Sie bitte eine Nachricht, und ich rufe Sie nach meiner Rückkehr an. Für Notfälle melden Sie sich bitte bei Jack Belmont, Rufnummer 5138591.«
Harry malte einen dicken Stern neben Elliot Mitchells Namen. Dann rief sie Matilda Tomlins an, die Leiterin des Kundensupports. Diesmal verwendete sie dazu aber ihr Handy mit der Prepaid-Karte, das sie in der Bay Street gekauft hatte.
»Hallo, Matilda am Apparat.«
»Hallo, Matilda, hier ist Catalina unten vom NOC Support. Ich arbeite an dieser AB-Sache von letzter Woche.«
Pause. »Welcher AB-Sache?«
»Hat Elliot Mitchell Sie nicht darüber in Kenntnis gesetzt, bevor er weg ist?«
»Nein, ich habe von euch nichts gehört, aber das überrascht mich nicht. Worum geht es denn?«

Harry seufzte, als könne sie es sich nicht leisten, mit solchen Dingen ihre Zeit zu verschwenden. »Na ja, scheint, es gibt einen Bug bei der Verarbeitung Ihrer Transaktionsberichte. Wir arbeiten zurzeit mit Clear Systems an einer Lösung, aber, einfach ausgedrückt, zeigt die Verweisstruktur der ABs nicht mehr auf die Archive, sondern auf die Online-Datenbanken, das heißt, wir haben viele inkonsistente Adressverweise in den Online-Datenbanken.«
Eine erneute Pause, wahrscheinlich weil Matilda dem Kauderwelsch zu folgen versuchte.
»Und was heißt das jetzt?«, fragte sie schließlich.
»Das heißt, dass einige Ihrer Kundendaten nicht von den Online-Datenbanken, sondern von den Archiven abgerufen werden. Und damit ist Ihr Netzwerk einer enormen Last ausgesetzt. Zu viele Ihrer Mitarbeiter greifen auf die falschen Daten zu, es könnte sein, dass Sie dort oben für ein paar Stunden nicht mehr arbeiten können. Auf jeden Fall können Sie heute keine TTBs mehr durchlaufen lassen, so viel ist sicher.«
»Wovon reden Sie da? Bei mir stehen in einer Stunde eine ganze Menge TTBs an, ganz zu schweigen von den anderen Dingen, die noch erledigt werden müssen. Ich kann es mir nicht leisten, offline zu sein.«
»Na ja, ich sage ja nicht, dass es definitiv passieren wird«, beschwichtigte Harry. »Aber wir hatten am Wochenende ein paar Leute hier unten. Ich wollte nur mal anrufen, um Ihnen mitzuteilen, dass es wieder passieren könnte.«
»Das ist doch verrückt. Warum zum Teufel hat mir Elliot nichts gesagt?«
»Das weiß ich nicht. Er kommt erst am Mittwoch wieder.« Harry hielt inne. »Hören Sie zu, wir machen Folgendes.

Ich gebe Ihnen meine Handynummer, und wenn Sie irgendwelche Probleme haben, können Sie mich direkt erreichen. Ich werde mein Bestes tun, damit Sie nicht abgeschnitten werden.«

»Gut, ja. Okay, ich danke Ihnen. Wenn ich mich bei euch auf dem üblichen Weg durchfragen müsste, sitze ich ja nächste Woche noch da.«

Harry gab ihr die Nummer des Prepaid-Handys. »Und wenn ich Sie schon dran habe, können Sie mir auch gleich noch Ihre Portnummer geben. Damit ich Sie wiederverbinden kann. Wissen Sie sie zufällig?«

»Meine Portnummer? Woher soll ich die wissen?«

»Sie steht wahrscheinlich auf Ihrem Netzwerkkabel. Das ist das gelbe Kabel, das aus Ihrem Computer kommt. Meistens klebt da irgendwo ein blauer Anhänger dran.«

»Ich weiß, was mein Netzwerkkabel ist, danke, ich bin keine völlige Idiotin. Einen Moment.«

Eine weitere Pause, in der, stellte sich Harry vor, die Frau unter ihren Schreibtisch kroch.

»Ja, hier ist es.« Matildas Stimme klang verzerrt, als würde sie auf dem Kopf stehen. »Port 7-45.«

»Wunderbar. Okay, also, rufen Sie mich einfach an, wenn Sie mich brauchen.«

Harry legte auf und hüpfte vom Bett. Sie hatte weiche Knie, ging im Zimmer auf und ab und bereitete sich auf den nächsten Schritt vor. Wenn er zu schnell nach diesem Gespräch erfolgte, würde die Leiterin vielleicht Verdacht schöpfen. Andererseits hatte sie eben nicht mehr viel Zeit. Sie sah auf ihre Uhr. 16:30 Uhr hier, 21:30 Uhr in Dublin. Sie atmete tief durch. Ihr blieben keine vierundzwanzig Stunden mehr.

Erneut konsultierte sie die interne Rufnummernliste und suchte nach Elliot Mitchells Nummer. Indem sie die letzte Ziffer abänderte, hoffte sie, jemanden aus seinem NOC-Support-Team zu erreichen. Die ersten beiden Anrufe gingen ins Leere, beim dritten aber meldete sich eine genervte Stimme, die sich als Eric vorstellte.

»Hallo, Eric«, sagte sie. »Hier ist Catalina von DataLink Communications. Ich arbeite hier oben an einem Kabelproblem für Matilda im Kundensupport. Ich bräuchte kurz mal Ihre Hilfe.«

»Von einem Kabelproblem habe ich bislang nichts gehört. Für die Netzwerkverkabelung bin normalerweise ich zuständig.«

Harry unterdrückte einen Fluch, versuchte aber, Ruhe zu bewahren. »Na ja, mag ja sein, ich weiß nur, dass Elliot Mitchell uns für diesen Notfall angeheuert hat, damit wir das Problem beheben, solange er weg ist. Ich arbeite auf Zeit.«

»Da muss ich erst in unseren Unterlagen nachsehen. Wie, sagten Sie, heißen Sie noch mal?«

»Catalina. Hören Sie zu, ich habe noch zehn Minuten, dann muss ich zu meinem nächsten Auftrag. Sie können ruhig Zeit verschwenden, wenn Sie sich erst durch Ihren Papierkram wühlen. Dann werde ich Elliot eben erklären, dass ich meinen Job nicht machen konnte, weil sein Support-Team nicht kooperieren wollte.«

»Wer sagt, dass ich nicht kooperieren will? Ich sage nur, dass normalerweise ich für solche Dinge zuständig bin.«

»Gut, jetzt sind Sie dafür zuständig. Ich möchte Sie bitten, Matildas Port für eine Minute zu schließen, während ich das Kabel überprüfe. Können Sie das machen? Es handelt sich um Port 7-45.«

Eric hielt inne, und Harry hätte schwören können, dass er mit den Zähnen geknirscht hatte.

»Sie werden ein paar Minuten warten müssen«, sagte er. »Ich kann nicht einfach alles stehen- und liegenlassen.«

»Ein paar Minuten ist in Ordnung. Ich ruf zurück, wenn Sie ihn wieder öffnen können.«

Als Harry das Handy ablegte, atmete sie schwer. Das NOC-Glied in ihrer Betrugskette war ihr von Anfang an als riskant erschienen. Sie fürchtete, zu aggressiv aufgetreten zu sein. Was, wenn Eric beschloss, Matilda anzurufen oder beim Leiter des NOC nachzufragen? Es würde nicht lange dauern, bis sie bemerkten, dass es weder eine Catalina noch DataLink Communications gab.

Als sie das Gespräch mit Eric noch einmal Revue passieren ließ, wusste sie nicht, wie sie anders hätte vorgehen sollen. Beim Social Engineering ging es darum, andere davon zu überzeugen, dass sie einem trauen konnten. Die Methode hing dabei entschieden von der Zielperson ab. Manchen war mit altmodischer Freundlichkeit beizukommen, andere konnte man nur motivieren, wenn man ihnen mit dem Boss drohte. Erics Selbstgewissheit hatte extreme Maßnahmen erforderlich gemacht.

Sie ging wieder hinaus auf den Balkon, sah zum Strand und versuchte, ihre Nerven zu beruhigen. Ein Bananenfrachter kämpfte sich parallel zur Küste durch die Gewässer. Laut ihrem Reiseführer war Cable Beach nach dem transatlantischen Telefonkabel benannt, das 1907 hier unter dem Sand verlegt worden war und die isolierten Bahamas mit dem Rest der Welt verbunden hatte. Harry zitterte. Seltsam, dass sie sich aufgrund dieser Kenntnis noch einsamer fühlte als zuvor.

Sie dachte an Dillon. Wahrscheinlich war er noch immer in Kopenhagen. Sie hatte ihn seit zwei Tagen nicht mehr gesehen, und bereits jetzt kam es ihr so vor, als wäre ihre gemeinsame Nacht nie geschehen. Sie ging wieder hinein und rief über das Hoteltelefon sein Handy an. Wie erwartet erreichte sie nur seine Mailbox. Sie hinterließ ihm eine Nachricht, in der sie ihm mitteilte, wo sie sich befand. Kaum hatte sie aufgelegt, klingelte ihr bahamaisches Handy. Es war Matilda Tomlins, die hörbar nach Atem rang.

»Catalina? Gott sei Dank, ich dachte schon, ich erreiche nur Ihre Mailbox.«

»Hey, Matilda, alles okay?«

»Mir bricht hier der Schweiß aus. Ich bin offline, genau wie Sie gesagt haben, und das mitten in einem TTB. Der ganze Computer ist in Totenstarre gefallen. Sie müssen das unbedingt wieder hinkriegen. Ich kann nichts mehr machen.«

»Verdammt, dachte ich's mir doch. Gut, okay, in etwa einer Stunde sollte ich dafür Zeit finden, dann werde ich mich sofort darum kümmern.«

»In einer Stunde? Unmöglich. Ich muss in spätestens zwanzig Minuten wieder loslegen.«

»In zwanzig Minuten? Ich weiß nicht, Matilda, ich habe hier einiges um die Ohren. Hören Sie, ich tu mein Bestes, okay? Ich melde mich wieder.«

Harry legte auf und vollführte im Zimmer ein kleines Tänzchen. Reverse Social Engineering, bei dem es darum ging, die Zielperson dazu zu bringen, dass sie den Angreifer um Hilfe bittet, gehörte zu ihren Lieblingstechniken. Matilda tat ihr tatsächlich ein wenig leid, aber daran ließ sich nun nichts mehr ändern. Sie musste ihre Nummer durchziehen.

Harry wartete zehn Minuten, bis sie erneut Eric anrief und ihn bat, Matildas Port zu öffnen. Fünf Minuten später rief sie Matilda zurück. »Hallo, Matilda. Bei Ihnen sollte jetzt alles wieder klappen.«
»Einen Moment, ich versuche mich einzuloggen.« Schweigen. »Oh, Gott sei Dank, es funktioniert wieder. Hey, und vielen Dank noch für Ihre Hilfe.«
»Kein Problem. Die schlechten Neuigkeiten sind, dass Ihre Leitung jederzeit wieder ausfallen könnte.«
»Was?«
»Das TTB-Problem besteht noch immer. Leider bin ich jetzt nicht mehr im Büro, um Ihnen das nächste Mal helfen zu können.«
»Sie wollen mir doch nicht sagen, dass ich dann Eric anrufen soll?«
»Ich fürchte, genau das werden Sie dann tun müssen.« Harry hielt kurz inne. »Na ja, ich könnte natürlich noch was ausprobieren. Ich habe da so eine Vorstellung, was den Bug verursacht, aber dazu müsste ich einige Archivdaten unter die Lupe nehmen. Wenn ich das Problem für Sie lösen soll, müssten Sie mir ein paar der Archivberichte aufrufen.«
»Jetzt?«
»Würde uns beiden eine Menge Scherereien ersparen.«
Matilda seufzte. »Oh, gut. Was soll ich also tun?«
Harry drehte vor dem Spiegel eine Pirouette und fiel dann wieder in ihren geschäftsmäßigen Tonfall. »Als Erstes bräuchten wir eine Liste mit den Trades von einem der inkonsistenten Archivkonten, dann müssten wir die mit einigen der Transaktionen abgleichen.«
»Mit welchem Konto soll ich es versuchen?«

»Warten Sie, ich hab hier eine Liste mit allen fehlerhaften Konten.« Harry sah auf ihre Notizen mit der Kontonummer ihres Vaters. »Okay, versuchen Sie es mit dieser: 72559353.«

»Okay, hab ich. Und wie weit müssen wir zurück?«

»Wir haben das Problem auf den April 2000 eingekreist, erstellen wir also einen Bericht von, sagen wir, April bis Oktober dieses Jahres. Können Sie das machen?«

»Einen Moment.«

Harry hörte das Klicken von Matildas Tastatur, die die Berichtsabfrage eingab. Nur zu gern hätte sie ihr gesagt, doch bitte etwas schneller zu tippen.

»Okay, hab ich«, meldete sich Matilda wieder. »Ging relativ schnell, nur acht Aktiengeschäfte auf diesem Konto. Und was jetzt?«

»Gut, speichern Sie das ab. Und jetzt versuchen wir es mit ein paar Querverweisen, um die inkonsistente Verweisstruktur einzugrenzen.« Sie war wieder in ihrem Kauderwelsch, wollte aber darauf wetten, dass Matilda das völlig kaltließ. Die Support-Leiterin wollte nur, dass ihr System wieder funktionierte. »Können Sie eine Suchanfrage zu jeder dieser acht Aktien starten? Wir brauchen eine Liste aller Konten, die im gleichen Zeitraum diese Aktie gehandelt haben. Ist das möglich?«

»Möglich schon, aber das dauert ewig. Sie reden hier von acht verschiedenen Berichten.«

»Gut, okay, dann grenzen wir das ein. Nehmen Sie die vier größten Trades, konzentrieren wir uns nur auf diese.«

Matilda seufzte. »Ich hoffe bloß, das alles ist die Mühe wert.«

Harry tigerte im Zimmer auf und ab, während sich Matilda

die Berichte ausgeben ließ. Zehn Minuten später verkündete sie, dass sie so weit sei.

»Wunderbar«, sagte Harry. »Können Sie mir die mailen? Ich bin fast zu Hause. Mit einigem Glück kann ich es geradebiegen und dann Eric anweisen, wie er die Datensätze zu säubern hat. Ich gebe Ihnen meine Yahoo-Adresse.« Sie gab die E-Mail-Adresse durch, die auf den Namen Catalina eingerichtet war. »Und in der Zwischenzeit ruf ich Eric an und sag ihm, er soll ganz lieb zu Ihnen sein. Nur für den Fall.«

»Das wäre toll.«

Harry legte auf und verband den Laptop mit der Telefonbuchse ihres Hotels. Fünf Minuten später lud sie Matildas Berichte herunter und beschäftigte sich mit den Daten.

Der Bericht über das Konto ihres Vaters führte jede Aktie auf, die er zwischen April und Oktober 2000 gekauft oder verkauft hatte, dazu waren Datum und Höhe der Transaktion angegeben. Harry gingen beinahe die Augen über, als sie sah, welche Summen er teilweise eingesetzt hatte. Die anderen Berichte behandelten vier spezifische Aktien: EdenTech, CalTel, Boston Labs und, Überraschung, Überraschung, Sorohan Software. Angegeben waren alle Investmentkonten, die im fraglichen Zeitraum diese Aktien gehandelt hatten, sowie Datum und Höhe der Transaktionen. Insgesamt mussten mehr als zweihundert Konten gelistet sein.

Mit Hilfe einer Tabellenkalkulation sortierte und filterte Harry die Informationen. Nach einer Weile zeichnete sich ein gewisses Muster ab.

Zunächst das Muster, nach dem ihr Vater getradet hatte: niedrig eingestiegen, hoch verkauft, kurze Investitionszeiten. Die Aktien waren offensichtlich aufgrund von Insiderinformationen erworben und sofort abgestoßen worden, nachdem das öffentliche Interesse den Kurs nach oben getrieben hatte. Als Nächstes das Muster, dem die meisten anderen Konten gefolgt waren: Sie kauften, als der Kurs in die Höhe schnellte und ihr Vater seine Anteile bereits wieder losgeschlagen hatte. Vermutlich also ehrliche Investoren, die auf die öffentliche Übernahmebekanntgabe reagierten.

Dazwischen aber gab es ein weiteres Muster, das leicht zu übersehen gewesen wäre, wenn sie nicht danach gesucht hätte. Ein Muster, das sich lediglich in einem einzigen Investmentkonto fand und das einem ganz simplen Grundsatz folgte: Kauf und Verkauf von Aktien in enger Anlehnung an ihren Vater. Die investierten Summen waren niedriger, das Timing allerdings, von einigen Minuten abgesehen, identisch mit dem ihres Vaters. Bei allen vier Aktien fand sich diese Duplizierung von Kauf und Verkauf.

Es war das Muster eines Trittbrettfahrers, und Harry wollte darauf wetten, dass es sich um das Konto von Philippe Rousseau handelte.

45

Harry starrte auf den hell angestrahlten Luxuskomplex. Ein Palast, rosa wie ein Flamingo, mit Bogengängen und Brücken und märchenhaften, über zwanzig Stockwerke hohen Türmen. Das Atlantis Resort auf Paradise Island.

Sie drückte die Handtasche fester an sich. Die Umschläge darin knisterten, ihr Herzschlag beschleunigte sich. Um sie herum rauschte das Wasser. Künstliche Wasserfälle und Springbrunnen mit geflügelten Pferden säumten die Auffahrt zum Hotel. Sie ging an ihnen vorbei zum Haupteingang, Wasser sprühte auf ihre Haut. Überall war sie von Wasser umgeben, trotzdem fühlte sich ihr Mund trocken an.

Sie trat ein und blieb, überwältigt von der Pracht, die von der Legende über Atlantis inspiriert war, einen Augenblick lang reglos stehen. Statt eines gewöhnlichen Foyers fand sich Harry in einem riesigen Rundbau wieder. Gewaltige Säulen mit Seepferdchenreliefs ragten achtzehn bis zwanzig Meter in die Höhe. Die gewölbte Decke über ihr bestand vollständig aus vergoldeten Muscheln.

Die Schilder teilten ihr mit, dass sie sich in der Great Hall of Waters befand. Sie ging herum, um sich zu orientieren. Sie kam an einem Café vorbei, das vollständig von wandhohen Meerwasseraquarien umschlossen war, in denen der blauschwarze Schatten eines riesigen Mantarochens durch das Wasser glitt. Laut ihrem Reiseführer gehörte es zum sogenannten Dig, einem unterirdischen Ganglabyrinth, in dem man die Meeresfauna betrachten konnte. Gewöhnliche Labyrinthe waren schon schlimm genug, bei der Vorstellung, dass sie hier von haiverseuchten Gewässern umgeben war, wurde ihr kalt.

Sie setzte ihren Rundgang fort, bis sie fand, wonach sie gesucht hatte. Den Eingang zum Kasino.

Sie trat in den Raum, in dem es vor Gästen nur so wimmelte. Augenblicklich fühlte sie sich zu Hause. In der Luft lag das Klacken der Jetons, ein Geräusch wie von Millionen Heuschrecken. Automaten und Spieltische erstreckten sich, so weit das Auge reichte: Black Jack, Poker, Roulette, Craps. Croupiers mit Fliegen standen an den Tischen, gelegentlich war das Ding-Ding ihrer silbernen Glocken zu hören, wenn ihnen die Gäste von ihrem Gewinn ein Trinkgeld zukommen ließen.

Harry musste beinahe lächeln. Dank ihrem Vater war ihr diese Welt vertraut. Natürlich war hier alles um einige Nummern größer als in den Kasinos in Soho, aber die Umgangsformen und die Spieler waren im Grunde überall gleich.

Sie betastete ihre Handtasche und spürte die dicken Umschläge. Dann schlängelte sie sich zu den Black Jack-Tischen in der Mitte des Raums. Die Tische mit den geringeren Einsätzen, die ihrem Zweck nicht dienlich und außerdem überfüllt waren, ignorierte sie. Sie suchte sich einen Tisch mit einem Minimumeinsatz von zweihundert Dollar. Nur ein einziger Spieler saß dort, ein älterer Mann, dem eine nicht angezündete Zigarette im Mundwinkel klebte.

Sie setzte sich auf einen Hocker, zog aus ihrem dicksten Umschlag zweitausend Dollar, legte die Scheine auf den Tisch und wartete, dass der Croupier sie in Jetons umtauschte. Ihr Vater hatte ihr von klein auf beigebracht, dem Croupier nie Bargeld hinzuhalten. Aus Sicherheitsgründen durfte er nichts aus den Händen der Spieler annehmen. Erst als der Croupier ihren gekauften Jetonstapel zusammenstellte, registrierte sie seine hellen, bernsteinfarbenen Augen und erkannte in ihm ihren Taxifahrer. Ethan.

Sie lächelte. »Sie haben also zwei Jobs?«

Fragend sah er sie an, dann erkannte er sie. »Ach, die Lady, die rein geschäftlich hier ist.« Er erwiderte ihr Lächeln. »Eigentlich hab ich drei Jobs. Morgens führe ich Touristen durch den Dig.« Er schob ihr den Jetonstapel hin und ließ die Geldscheine in einen Schlitz im Tisch gleiten. »Waren Sie schon mal dort?«

»Nein, ich bin nicht scharf auf Haie.«

Er zog die Augenbrauen hoch. »Dann sind Sie hier fehl am Platz.«

Harry lächelte, nahm einen purpurfarbenen Jeton vom Stapel und legte ihn in die Wettbox. Fünfhundert Dollar. Ethan gab die Karten und schob sie mit seinem Rateau den Spielern hin. Harry bekam eine Sechs und eine Vier, während der alte Mann neben ihr zwei Achten erhielt.

»Warum die vielen Jobs?«, fragte sie und war sich bewusst, dass der Anblick eines vertrauten Gesichts sie in Plauderlaune versetzte.

Ethan deckte eine seiner Karten auf, die andere blieb umgedreht. Er hatte eine Neun. »Hab Ihnen doch gesagt, dieses verpennte Nest kann man vergessen. Sobald ich genügend Geld zusammenhabe, bin ich hier weg.«

Er sah sie an und wartete auf ihre Entscheidung. Harry tippte mit dem Zeigefinger auf den Filzbezug, und er deckte für sie eine weitere Karte auf. Eine Zehn. Damit hatte sie insgesamt zwanzig. Sie strich mit der Hand über die Karten und zeigte an, dass sie genug hatte.

»Wo wollen Sie hin, New York?«, fragte sie.

»Vielleicht. Oder Las Vegas.« Ethan zog die Karten und die Jetons des Alten ein, nachdem sich dieser überkauft hatte. »Da gibt es viele Kasinos.«

Ethan deckte seine umgedrehte Karte auf. Zu seiner Neun kam noch eine Fünf. Daraufhin gab er sich eine Acht. Überkauft. Er zahlte Harry den Gewinn aus, einen weiteren purpurnen Jeton, und räumte die Karten weg.

Harry schob für das nächste Spiel nun alle ihre Jetons in die Wettbox: insgesamt zweitausendfünfhundert Dollar.

»Vielleicht können Sie mir weiterhelfen, Ethan.« Sie verschränkte die Hände. »Ich suche einen Mann namens Philippe Rousseau. Mir ist zu Ohren gekommen, dass er oft hier ist.«

Ethan sah zu ihr, dann auf ihren Einsatz. »Ich kenne ihn. Er spielt in einem der Privaträume Poker.« Er ließ die Karten über den Tisch schnellen. »Aber mit den Jungs sollten Sie sich lieber nicht einlassen, das sind Zocker.«

Er gab Harry eine Dame und ein Pik-Ass. Black Jack.

Harry lächelte. »Vielleicht bin ich auch eine Zockerin.«

Ethans aufgedeckte Karte reichte nicht für einen Black Jack. Er zählte dreitausendsiebenhundertfünfzig Dollar in Jetons ab und schob sie ihr in zwei Stapeln hin. Seine Miene war ernst.

»Ist Rousseau heute hier?«, fragte Harry.

»Mr. Rousseau ist immer hier.«

»Können Sie mich zu ihm bringen?«
Statt ihr zu antworten, gab er dem Mann mit der Zigarette zwei weitere Karten. Mit der zweiten war er überkauft, und der Alte stieg vom Hocker und warf Ethan einen grünen Jeton auf den Tisch. Ethan fuhr mit der Hand zweimal über seine silberne Klingel, ohne dabei Harry aus den Augen zu lassen.
»Wer mit Mr. Rousseau spielt, braucht eine Extraeinladung«, sagte er, als der Mann fort war. »Er lässt nicht jeden x-Beliebigen rein.«
»Er wird mich reinlassen, wenn Sie ihm sagen, dass ich Sal Martinez bin.«
Er musterte sie und ließ einige Jetons zwischen den Fingern klappern. Dann gab er jemandem hinter ihr ein Zeichen. Harry fuhr herum. Hatte er einen Rausschmeißer gerufen, um sie vor die Tür setzen zu lassen? Stattdessen kam eine junge schwarze Frau in der ärmellosen Croupiersuniform und nahm seinen Platz hinter dem Tisch ein.
»Kommen Sie mit«, sagte er.
Sie verstaute die Jetons in ihrer Handtasche und folgte ihm durch die Menge. Er führte sie zu einer Nische mit einer Tür, auf der »Privat« stand, und öffnete sie mittels eines Schlüssels, der an einer Kette an seinem Handgelenk hing. Auf der anderen Seite befand sich ein glänzender Chromaufzug. Mit demselben Schlüssel öffnete er die Aufzugstüren. Harry trat mit ihm ein. Er drückte auf einen mit »P3« gekennzeichneten Knopf. Sie erwartete, dass der Lift nach oben schwebte, stattdessen kam es ihr vor, als falle er geradewegs in die Tiefe. Als die Türen wieder aufgingen, lag vor ihr ein kleines, mit goldenen Teppichen und Spiegeln dekoriertes Vestibül.

»Warten Sie hier«, sagte Ethan, ohne sie anzusehen.

Er verschwand hinter einer nicht weiter gekennzeichneten Tür. Harry tat, wie er gesagt hatte; sie wartete und kam sich wie ein Schulkind vor, das in der Klasse etwas ausgefressen hatte. Sie musste sich erst ins Gedächtnis rufen, dass sie kaum auf Ethans Einverständnis angewiesen war. Aber dass es ihr überhaupt naheging, zeigte nur, wie mutterseelenallein sie sich fühlte. Sie setzte sich auf einen Stuhl mit goldfarbenem Kissen, schlug die Beine übereinander und überprüfte den Inhalt ihrer Handtasche, obwohl sie wusste, dass alles da war. Sie hatte es mindestens ein Dutzend Mal überprüft, bevor sie das Hotel verlassen hatte.

Mit einem Klicken ging die Tür auf, sie sprang hoch und straffte ihre Schultern. Ethan wies sie hinein.

»Sie sind drin«, sagte er und sah sie mit seinen bernsteinfarbenen Augen endlich wieder an. »Aber nehmen Sie sich vor den Haien in Acht.«

46

Harry hatte angenommen, Ethans Warnung beziehe sich auf die Spieler. Aber dessen war sie sich jetzt nicht mehr so sicher.

Der Raum war so groß wie eine Konzerthalle, Kronleuchter tauchten dreißig bis vierzig Pokertische in champagnerfarbenes Licht. Zwei der langen Wände bestanden vom Boden bis zur Decke aus Glas, und dahinter lag ein riesiges Aquarium.

Die Tanks warfen ein geisterhaft blaues Licht in den Raum. Ein einsamer Hai, an die zwei Meter lang, kam auf sie zugeschwommen, als hätte er alle Zeit der Welt, um sie sich zu schnappen. Am Ende des Tanks angekommen, schlug er mit der spitzen Schnauze gegen die Glaswand und schien sie mit seinen kleinen, tödlichen Augen anzustarren.

»Er sieht Sie nicht wirklich an. Haie können nämlich nicht viel sehen.«

Harry fuhr herum. Ein großer Mann in den Fünfzigern stand neben ihr. Er trug einen Smoking, der sein graues Haar und die schimmernd gebräunte Haut noch mehr betonte.

Er streckte ihr die Hand hin. »Philippe Rousseau.« Seine langen Nägel glänzten, als wären sie poliert. »Sie müssen Sals Tochter sein. Die Ähnlichkeit ist verblüffend.«

Harry gab ihm die Hand. »Ja, ich weiß. Ich heiße Harry. Tut mir leid, dass ich mich für Sal ausgegeben habe …«

»… damit Sie reinkommen, ja, ich weiß. Ich bin fasziniert.« Er hatte einen wohlklingenden Bariton mit karibischem Einschlag, was sehr kultiviert klang.

»Sagen Sie, wie geht es Ihrem Vater?«

Sein Blick schien sie regelrecht zu durchbohren. Es fiel ihr schwer, nicht wegzusehen. Er musste doch wissen, dass ihr Vater inhaftiert gewesen war, seinem Blick zufolge sollte sie es allerdings ja nicht wagen, diese Tatsache auch nur zu erwähnen. Sie beschloss, das Spielchen vorerst mitzuspielen.

»Nicht allzu gut. Er ist im Krankenhaus. Ein Unfall.«

Rousseau zeigte sich erstaunt. »Das tut mir leid. Der Straßenverkehr ist heutzutage ja so gefährlich.«

Sie runzelte die Stirn. Wie viel wusste er wirklich bereits?

»Was kann ich also für Sie tun, Harry?«

Sie zögerte und fühlte sich seltsam verletzlich, wenn er sie mit ihrem Namen ansprach. In die Rolle von Catalina Diego zu schlüpfen war ihr um einiges leichtergefallen, als sich selbst zu spielen. Sie sah zu den Pokertischen und stimmte sich auf das Klacken der Jetons und das höfliche Murmeln der Spieler ein. Sie war sich der Umschläge in ihrer Handtasche mehr als bewusst, ebenso darüber, wohin ihr nächster Schritt sie führen könnte. Sie atmete durch und lächelte ihn an.

»Ich würde gern spielen.«

»Ah, die Spielernatur der Martinez'. Der Buy-in liegt jedoch leider bei fünfzigtausend Dollar.«

»Das ist kein Problem.«

Er sah sie kurz an, dann nickte er. »Dann wollen wir mal sehen, ob Sie so gut sind wie Ihr Vater.«

Er führte sie an den Pokertischen vorbei, schüttelte dabei

vielen Spielern die Hand, sprach alle mit Vornamen an und gab den perfekten Gastgeber ab.

Im Gegensatz zum eher lockeren Dresscode im Kasino schien hier eher formelle Abendgarderobe angesagt zu sein. Smoking, gegeltes Haar und schmale, enganliegende Sonnenbrillen. Harry war froh um ihr cremefarbenes Seidenkleid.

Rousseau steuerte den Tisch mit dem besten Blick auf das Aquarium an. Einige Schritte davor drehte er sich um und flüsterte ihr zu.

»Sie verstehen, wenn ich Sie nicht vorstelle. Die Spieler sind millionenschwere Geschäftsfreunde, da tauscht man am Tisch nicht seine Lebensgeschichten aus.«

Er sah ihr in die Augen. Harry nickte. Sie sollte also nicht ihren Vater erwähnen oder wo er letztlich gelandet war. Vorerst wollte sie sich darauf einlassen.

Zwei weitere Schritte, und Rousseau war am Tisch und zog ihr einen Stuhl gegenüber dem Croupier zurecht, von dem sie einen direkten Blick auf die Aquariumswand hatte. Harry nahm Platz. Ein Schwarm metallisch-blauer Fische schoss durchs Wasser, wie eine Kompanie beim Exerzieren: rechts um, Kehrtwendung, vorwärts marsch. Der Hai war nirgends zu sehen.

Harry nahm ihr restliches Bargeld aus dem Umschlag und legte die Scheine auf den Tisch. Der junge Mann links von ihr lächelte sie an, während sein Blick über ihren Körper streifte.

»Eine schöne Frau«, sagte er. »Solche Pokerspieler mag ich am liebsten.«

Er war Anfang zwanzig, sein Akzent klang eindeutig nach South London. Mit seinen blonden Stachelhaaren hätte er zu einer Boyband gehören können. Harry erwiderte das Lächeln und ließ den Blick über den Tisch schweifen. Zwei weitere Spieler waren anwesend, beides Frauen, beide ignorierten Harry.

Der Croupier schob ihr zwei Jetonstapel hin, einen grauen und einen purpurfarbenen. Anders als die runden Jetons an den öffentlichen Tischen waren es übergroße ovale Scheiben, die den Spielen mit den hohen Einsätzen vorbehalten waren. Harry fasste nach dem grauen Stapel und ließ die Jetons durch die Finger klacken. Sie waren schwerer als die normalen Jetons und lagen besser in der Hand. Das Wort »Atlantis« war in verschnörkelter blauer Schrift auf die perlmuttartige Oberfläche graviert, dazu ihr jeweiliger Wert von eintausend Dollar. Die purpurnen Jetons waren jeweils fünftausend Dollar wert.

Der Croupier ließ seine Hände vorschnellen und fächerte das Kartendeck auf. Dann schnippte er die Karten um, mischte sie flach auf dem Tisch, schob sie zusammen, mischte, hob ab und gab. Das Spiel war No Limit Texas Hold 'Em.

Rousseau saß links vom Croupier neben der älteren der beiden Frauen; sie war in den Fünfzigern, ihr übergroßer Mund schien mit viel zu vielen Zähnen ausgefüllt zu sein. Sie flüsterte Rousseau etwas ins Ohr. Er antwortete in fließendem Französisch, was sich anhörte, als würde er mit ihr flirten. Harry sah weg. Ihr Vater hatte seinen spanischen Charme wohl ebenso eingesetzt.

Sie hob die Ecken ihrer beiden verdeckten Karten an. Eine Sechs und eine Neun, zwei ungleiche Karten. Die Frau neben ihr setzte zur Eröffnung zehntausend Dollar. Harry sah kurz zu ihr. Sie war spindeldürr und hatte dunkle Ringe unter den Augen, als hätte sie seit einem Jahr nicht mehr geschlafen. Harry kaute auf ihrer Unterlippe herum. Sie hatte eigentlich vorgehabt, die ersten Spiele auszusitzen, bis sie die anderen Spieler und vor allem Philippe Rousseau einschätzen konnte. Wenn er wirklich ihr Insider in der Rosenstock Bank war, dann musste sie sich Zeit lassen, um beurteilen zu können, ob er für die Rolle, die sie ihm zugedacht hatte, auch passte. Und sie musste dafür sorgen, dass er sie ernst nahm.

Eine Sechs und eine Neun, zwei ungleiche Karten. Eine Eröffnungshand, wie sie sie liebte: nicht so gut, um sich damit Probleme aufzuhalsen, trotzdem ließen sie ihr einige Möglichkeiten. Sie hörte mit dem Unterlippenkauen auf und ging mit.

Boyband raffte seine Jetons zusammen und ging ebenfalls mit. Spieler, die es kaum erwarten konnten, dass die Reihe an ihnen war, mochten ihre Karten meistens. Harry gestand ihm daher ein hohes Paar zu, vielleicht Könige oder Damen. Rousseau murmelte in seinem samtigen Französisch der Frau links von sich zu und ließ sich Zeit, seine Jetons abzuzählen. Er hatte einen ziemlich hohen Stapel vor sich. Harry erkannte einige karmesinrote Scheiben, die jeweils hunderttausend Dollar wert waren. Er musste einige glücklose Spieler ausgenommen haben, bevor sie aufgetaucht war. Interessant, dass die Freundschaft zu seinen Geschäftspartnern ihn nicht von seinem Gewinnstreben abhielt.

Rousseau ging mit, schob seine Jetons auf den Tisch, und die Lady mit den Zähnen stieg aus. Der Croupier deckte die drei Flop-Karten auf: Kreuz-König, Karo-Sieben und Herz-Acht. Harry kräuselten sich die Härchen auf den

Armen. Jetzt hatte sie eine Sechs, eine Sieben, eine Acht und eine Neun. Sie brauchte nur noch eine Fünf oder eine Zehn, um eine Straße zu bilden.

Rousseau lächelte Harry zu. »Für jeden etwas dabei, nicht wahr?«

Sie wich seinem Blick nicht aus. Er war an der Reihe, den Einsatz festzulegen. Noch immer lächelnd, schob er fünfzehntausend Dollar auf den Tisch. Harry wollte darauf wetten, dass er einen weiteren König in der Hand hatte, vielleicht mit einem Kicker, der mit der Sieben oder der Acht auf dem Tisch ein Paar bildete. Aber zwei Paar schlugen noch keine Straße, und sie hatte noch zwei Chancen, sie aufzufüllen. Die dürre Frau ging mit und trennte sich mit weit aufgerissenen Augen von ihren Jetons. Sie hatte nur noch einige wenige tausend Dollar vor sich liegen. Harry fragte sich, welche Bunkerkarten sie in diese Malaise hatten schlittern lassen.

Ein indigoblauer Schatten verdunkelte die Gewässer hinter dem Croupier. Der Hai war wieder da und strich an der Tankwand entlang, neigte sich zur Seite und offenbarte seine unheimliche Unterseite und das umgedrehte U des fürchterlichen Mauls. Harry sah weg und zwang sich, bis fünf zu zählen. Dann ging auch sie mit.

Boyband hatte es diesmal nicht so eilig. Vielleicht sah sein hohes Paar nicht mehr so gut aus. Er fuhr sich mit der Hand über den Mund, bevor er seine Jetons in den Pot schob. Mittlerweile lagen über einhunderttausend Dollar auf dem Tisch.

Der Croupier drehte die Turn-Karte um. Pik-Zehn. Harrys Zehennägel kräuselten sich. Sie hatte ihre Straße. Mit einiger Anstrengung versuchte sie, eine neutrale Miene aufzu-

setzen, während sie gleichzeitig nicht völlig erstarren wollte. Keiner verriet eine Gewinnhand leichter als der Spieler, dem der Atem stockte. Sie spürte Rousseaus Blick auf sich.
»Na, na«, sagte er. »Da frag ich mich, ob nicht jemand eine Straße aufgefüllt hat.«
Er stützte sich auf die Ellbogen, hatte die Hände vor sich verschränkt, und seine weißen Nägel schimmerten fast fluoreszierend. Er musterte sie lange. Was hätte sie nur für eine dieser enganliegenden Sonnenbrillen gegeben!
»Ihr Vater hätte geblufft und eine Straße vorgegaukelt«, sagte er. »Wie der Vater, so auch die Tochter?«
Harry zuckte mit den Schultern. »Vielleicht, vielleicht auch nicht.«
Ruhig und ohne die Miene zu verziehen, baute Rousseau zwanzig purpurfarbene Jetons zu zwei Stapeln auf und schob sie in die Mitte. Zwanzigtausend Dollar.
Die dünne Frau drückte sich die Hand an den Mund, als wollte sie das Zittern ihrer Lippen unterbinden, schüttelte den Kopf und stieg aus.
Harry gestand Rousseau einen König im Bunker zu, dazu einen Kicker, mit dem er ein zweites Paar bilden konnte. Sie zählte ihre Jetons ab und fuhr, um sich Glück zu wünschen, mit den Knöcheln über den Tisch, eine abergläubische Bewegung, die sie sich von ihrem Vater angeeignet hatte. Rousseau runzelte die Stirn, als erkenne er die Geste und als gefiele ihm nicht, was gewöhnlich darauf folgte.
Harry schob alle ihre Jetons in den Pot. »All-in.«
Schweigen, während der Croupier die Jetons zählte.
»Fünfundzwanzigtausend«, sagte er.
Jemand am Tisch hinter ihnen schnappte nach Luft. Erst jetzt wurde Harry bewusst, dass sie Zuschauer angezogen

hatten. Boyband stieß verächtlich seine Bunkerkarten von sich und lehnte sich zurück. Nur noch sie und Rousseau waren übrig.

Wenn ein Spieler alle seine restlichen Jetons setzte, mussten die mitgehenden Spieler ihre Bunkerkarten aufdecken. Die noch übrigen Tischkarten wurden dann aufgedeckt, eine weitere Erhöhung des Einsatzes war nicht mehr erlaubt. Es war die einzige Situation, in der Bluffen und Pokerstrategien nichts mehr zählten; alles hing nur noch von den Karten ab.

»All-in beim ersten Spiel«, sagte Rousseau mit hochgezogener Augenbraue. Er lächelte nicht mehr. »Das erfordert Mut.«

Der Hai kreuzte noch immer, als beobachte er alles. Sein torpedoförmiger Körper schnitt durchs Wasser, die geschwungene Rückenflosse erinnerte Harry an die Sense des Schnitters.

»Sie sind entweder clever oder fahrlässig«, fuhr Rousseau fort. »Ihr Vater war meistens fahrlässig.«

»Er zahlte für seine Fahrlässigkeit auch einen Preis. Vielleicht sogar für die Fahrlässigkeit anderer Leute.«

Durchdringend sah er sie an. »Er spielte zu lässig, mit viel zu vielen Risiken.«

»Während Sie es vorziehen, sich an andere dranzuhängen und sie die Risiken übernehmen zu lassen?«

Rousseau kniff die Augen zusammen. Harry kontrollierte ihren Atem und hielt die Hände still. Sei dir im Klaren, was du anderen und was die anderen dir verraten, hatte ihr Vater immer gesagt. Sie achtete darauf, nicht auf der Unterlippe zu kauen, beugte sich stattdessen vor, verschränkte die Arme und wartete auf Rousseaus Entscheidung.

»Ich gehe mit«, sagte er schließlich.
Im Pot lagen nun über hundertfünfzigtausend Dollar. Der Croupier wartete, dass sie ihre Bunkerkarten aufdeckten. Harry zeigte ihre Sechs und Neun. Rousseaus Mundwinkel zuckte.
»Also«, sagte er nach einer Weile. »Doch kein Bluff.«
Er drehte seine Karten um. Zwei Könige.
Vom Tisch hinter ihnen war Gemurmel zu hören, während alle die möglichen Kombinationen durchgingen. Mit dem König auf dem Tisch hatte Rousseau einen Drilling. Harrys Straße war noch immer die höhere Hand, aber die River-Karte stand noch aus. Ein vierter König, und sie hätte verloren. Genau wie beim Full House, das er bekommen konnte, falls eine Sieben, Acht oder eine Zehn zu einem Paar aufgedeckt wurden.
Sie ließ jede Verstellung sein, hielt den Atem an und wartete auf den River. Der Croupier drehte die Karte um. Es war ihr alter Kumpel, der Pik-Bube. Sie hatte gewonnen.
Sie atmete tief aus, spürte, wie die Spannung von ihr abfiel, und bekam mit, wie alle auf ihren Stühlen herumrutschten. Rousseau schob das Kinn vor und ballte die Hände zu Fäusten.
»Als Sie hier reingekommen sind, dachte ich, wie ähnlich Sie Ihrem Vater doch sind«, sagte er schließlich. »Aber ich muss eingestehen, ich habe mich getäuscht.« Sein Blick schien sie an den Stuhl zu heften. »Sie sind nicht einfach nur zum Pokern hier, oder?«

47

Sal ist also aus dem Gefängnis entlassen worden.«

Harry hörte das Klirren der Eiswürfel, die ins Glas fielen. Rousseau hatte ihr den Rücken zugekehrt, während er sich an der kleinen Bar am Ende des Raums bediente.

Sie befanden sich in einer privaten Suite, die sie über das Aufzugsvestibül betreten hatten. Der Raum war elliptisch im Grundriss, die hohe gewölbte Decke war die kleinere Variante der Kuppel in der Great Hall of Waters. An einem Ende stand ein Eichentisch von königlichen Ausmaßen, dahinter zwei zweieinhalb Meter hohe Stangen mit der britischen und amerikanischen Flagge. Die ganze Anordnung erinnerte Harry an das Oval Office.

Sie ging an die Theke und setzte sich auf einen Hocker. »Er ist gestern rausgekommen.«

Rousseau hielt ihr ein Glas Whiskey hin. Sie schüttelte den Kopf. Er nippte daran und lehnte sich mit einem Ellbogen auf die Theke. »Ich dachte, er hätte noch zwei Jahre.«

»Vorzeitige Entlassung wegen guter Führung.«

»Sie haben was von einem Unfall erwähnt?«

»Ja. Jemand hat ihn mit einem Geländewagen angefahren.«

Harry versteifte sich. Sie war überrascht, wie normal ihre Stimme klang. »Ich gehe nicht davon aus, dass Sie irgendwas darüber wissen.«

Er zog eine Augenbraue hoch und tat so, als langweile ihn

die Frage. Dann schwenkte er seinen Drink und ließ die Eiswürfel klirren. »Warum sagen Sie mir nicht einfach, warum Sie hier sind?«

Harry zuckte mit den Schultern. »Es ist ganz einfach. Mein Vater hat bei Ihrer Bank ein Nummernkonto mit etwa zwölf Millionen Euro. Und ich will das Geld haben.«

Rousseau starrte sie an, dann warf er den Kopf zurück und lachte. »Und deswegen sind Sie gekommen? Um mich um das Geld Ihres Vaters zu bitten? Warum fragen Sie nicht einfach ihn?«

»Wie gesagt, er hatte einen Unfall. Er ist im Moment nicht ansprechbar.«

»Wie unpässlich. Aber was hat das alles mit mir zu tun?«

»Mein Vater hat mir viel über Sie erzählt.« Sie öffnete ihre Handtasche, nahm den zweiten Umschlag heraus und legte ihn auf die Marmorplatte der Theke. »Er hat mir alles über Ihre Investments gesagt.«

Rousseaus Blick ging kurz zum Umschlag. »Meine Investments gehen nur mich was an.«

»Nicht, wenn sich herausstellt, dass sie in Absprache mit einem Kunden geschahen, der wegen Insiderhandel verurteilt wurde. Wie würde das denn beim Führungsgremium der Rosenstock Bank aussehen?«

Er verstärkte den Griff um sein Glas, seine weißen Fingernägel wurden noch weißer. »Wenn Sie damit andeuten wollen, dass ich zu Sals Trading-Ring gehört habe, irren Sie sich gewaltig. Außerdem wissen Sie sicherlich um die gesetzliche Schweigepflicht der Banken in meinem Land, Ms. Martinez. Meine Geschäfte sind höchst vertraulich.«

»Oh, ich weiß alles über die Schweigepflicht der Banken, glauben Sie mir. Ich weiß auch, dass sie bei kriminellen

Vergehen von Gesetz wegen aufgehoben werden kann. Und Insiderhandel gehört nun mal dazu.« Sie ließ den Blick über die opulent eingerichtete Präsidentensuite schweifen. »Sieht so aus, als hätten Sie viel zu verlieren.«

Rousseau setzte sein Glas mit einem Knall auf die Marmorplatte. Dann – einen Hauch zu spät – lächelte er sie an. Seine Vorderzähne standen leicht schief und waren nicht so weiß wie seine Fingernägel. »Was genau wollen Sie?«

Harry nahm den Umschlag zur Hand und zog ein halbes Dutzend gefaltete Blätter heraus. Sie strich den Knick glatt und überflog die Seiten, als hätte sie sie nie zuvor gesehen. »Sie erinnern sich an EdenTech?«, sagte sie nach einer Weile. »Ein Software-Unternehmen, das 1999 an der NASDAQ gelistet war. Wurde im Mai des darauffolgenden Jahres von einer Schweizer Firma aufgekauft. Und jetzt schauen Sie sich das mal an.«

Sie drehte die Seite so, damit er sie sehen konnte, und zeigte auf die entsprechenden Stellen. Sie musste sich anstrengen, die Hände ruhig zu halten. Die Seite war überschrieben mit »Rosenstock Bank Archiv, Network Operations Centre«. Es handelte sich um einen von Matildas Berichten. Harry hatte, bevor sie aufgebrochen war, die Rezeptionistin im Nassau Sands Hotel darum gebeten, kurz ihren Drucker benutzen zu dürfen.

»Das sind die archivierten Trades meines Vaters«, sagte sie. »Laut diesem Eintrag hatte er am 28. April 2000 um zwei Uhr für dreihundertsiebenundsechzigtausend Dollar hundertfünfzigtausend EdenTech-Aktien gekauft. Das war zwei Wochen vor der öffentlichen Bekanntgabe, dass eine Schweizer Firma sie übernehmen wird.« Dann zeigte sie auf einen Eintrag weiter unten auf der Liste. »Und hier, sehen Sie: Drei Wochen später verkaufte er die Anteile für achthundertneunundvierzigtausend Dollar. Ein netter Gewinn.«

»Und?«

»Hier ist noch einer. »Boston Labs. Die waren im Mai 2000 bankrott, konnten noch nicht mal mehr ihre Angestellten bezahlen. Dann wurden sie von einem großen amerikanischen Unternehmen aufgekauft. Aber sehen Sie, eine Woche bevor irgendjemand von der Übernahme wusste, kaufte mein Vater eine ganze Menge von Boston-Labs-Anteilen. Und, was für eine Überraschung, zwei Wochen später verkaufte er sie wieder mit riesigem Profit.«

»Worauf wollen Sie hinaus, Ms. Martinez?« Rousseau griff zur Kristallkaraffe und füllte sein Glas nach. »Sals Insidergeschäfte sind doch allgemein bekannt.«

»Da haben Sie recht. Obwohl die Behörden von diesem Investmentkonto nie erfuhren. Aber es stimmt schon, das alles ist nicht neu.« Harry blätterte durch den Bericht. »Neu ist allerdings, dass mein Vater einen Schatten hatte.« Rousseau hielt mitten in der Bewegung inne, als er das Glas an die Lippen führen wollte. Harry fuhr fort.

»Jemand machte ihm alles nach. Wenn er kaufte, kaufte auch der andere. Wenn er verkaufte, verkaufte auch er. Jedes Mal. Hier, ich zeige es Ihnen.«

Sie schob ihm den Bericht hin. Einige der Einträge hatte sie mit einem gelben Leuchtstift markiert.

»Keine halbe Stunde, nachdem mein Vater EdenTech kaufte, krallte sich dieser Typ fünfundsiebzigtausend Aktien. Mein Vater verkaufte seine Anteile am 15. Mai um zwanzig nach drei, kurz nachdem die Übernahme verkündet wurde. Fünf Minuten später verkaufte unser Nachahmer seine ebenfalls.« Sie ging eine Seite weiter. »Das Gleiche geschah bei Boston Labs. Mister Nachahmer kaufte sechzigtausend Aktien gerade mal sechs Minuten nachdem mein Vater seine gekauft hatte. Und stieß sie drei Minuten nach dem Verkauf meines Vaters wieder ab.«

Sie musterte Rousseaus Gesicht. Sein Blick war leer. Er sagte nichts.

»Es gibt noch viel mehr davon«, fuhr sie fort. »CalTel, Sorohan. Die Liste lässt sich fortsetzen. Ein- oder zweimal wäre vielleicht Zufall gewesen, aber ein halbes Jahr lang immer identische Trades?« Sie schüttelte den Kopf. »Kein Zweifel, jemand hängte sich an die Insiderinformationen meines Vaters mit dran. Das alles reicht völlig aus, damit die Behörden jedes Bankgeheimnis aufheben, um ein Ermittlungsverfahren einzuleiten.« Sie tippte mit dem Finger auf die zweite Spalte der tabellarischen Berichtsdaten. »Hier sehen Sie die Kontonummer des Nachahmers. Kommt sie Ihnen bekannt vor?«

Rousseau starrte auf die Seite, sein Unterkiefer zuckte leicht. »Wie sind Sie an diese Informationen gekommen?«

»Sie würden erstaunt sein, an welche Informationen ich rankommen kann. Und welcher Schaden damit angerichtet werden könnte.«

»Wenn Sie diesen Nachahmer aufdecken, egal, wer er ist, dann decken Sie damit noch mehr von Sals Insidergeschäften auf. Das Verfahren gegen ihn könnte wiederaufgenommen, er könnte erneut verurteilt werden. Wollen Sie das Ihrem Vater wirklich antun?«

Harry zuckte mit den Schultern. »Was soll ich sagen? Wir haben uns nie nahegestanden.«

Rousseau starrte sie an. »Mal sehen, ob ich das alles richtig verstanden habe. Sie beschuldigen mich, Sals Insiderinformationen für eigene Trades ausgenutzt zu haben, und um mir Ihr Schweigen zu erkaufen, soll ich sein Konto leer räumen und Ihnen sein Geld geben?« Er lachte und schüttelte den Kopf. »Lassen Sie sich gleich gesagt sein, was Sie vorschlagen, ist ganz und gar unmöglich. Ich kann es nicht, auch wenn ich es wollte. Das Geld kann nur abgezogen werden, wenn Sal persönlich es seinem Kontenbetreuer anweist. Die Sicherheitsvorkehrungen der Bank gehen sehr viel weiter, als Ihnen anscheinend bewusst ist.«

»Oh, das weiß ich alles. Und keine Sorge, ich will nicht, dass Sie mir sein Geld geben.«

»Nein?«

Lächelnd schüttelte sie den Kopf. »Das wäre zu viel verlangt. Wie Sie schon gesagt haben, Sie könnten die Sicherheitsbestimmungen der Bank niemals umgehen.«

»Gut. Na, da bin ich aber froh, dass wir uns da verstehen.«

»Was ich von Ihnen will, ist sehr viel einfacher. Ich will nur, dass Sie zwei Akten austauschen.«

Er kniff die Augen zusammen. »Welche Akten?«

Harry faltete die Archivberichte zusammen und stopfte sie zurück in den Umschlag. »Heute Nachmittag habe ich bei der Rosenstock Bank ein Konto eröffnet. Ich musste den Antrag ausfüllen, das übliche Zeug. Name, Adresse, Unterschrift et cetera. Dann wurde dem Antrag mein Foto hinzugefügt, durch eine Unterschrift besiegelt, und von den anderen persönlichen Dokumenten wurden Kopien erstellt. Strom- und Gasrechnungen, Einkommensteuer und so weiter.« Sie schob die Umschlaglasche zu. »Dann wurde alles in eine besondere Mappe gelegt, auf der meine neue Kontonummer verzeichnet war.«

Rousseau, noch immer argwöhnisch, nickte. »Ihre persönliche Identifikationsmappe. So ist es vorgeschrieben.«
»Genau, so wurde es genannt. Meine persönliche Identifikationsmappe. Bei anonymen Nummernkonto ist das die einzige Möglichkeit, um den Kontoinhaber zu identifizieren, nicht wahr?«
Wieder nickte Rousseau, aber langsamer.
Harry fuhr fort: »Also, irgendwo gibt es eine Mappe mit der Kontonummer meines Vaters. Und darin liegt sein Antrag mit seinen persönlichen Daten. Seinem Namen, Foto, seiner Unterschrift, seiner Stromrechnung.«
Rousseau nippte an seinem Whiskey, ohne sie auch nur einen Moment aus den Augen zu lassen. Er sagte nichts.
»Sie verstehen, worauf ich hinauswill, nicht wahr?« Sie lächelte. »Ich will, dass Sie die Papiere austauschen.«
Er nahm einen großen Schluck und schüttelte den Kopf. »Das ist unmöglich.«
»Nein, nicht unmöglich. Sie müssen dazu nur die Identifikationspapiere aus der Mappe meines Vaters nehmen und sie durch meine ersetzen. Wenn ich dann morgen in die Bank gehe und das Geld von seinem Konto nehme, werde ich laut den Dokumenten die rechtmäßige Kontoinhaberin sein.«
Rousseau schüttelte trotzdem den Kopf. »Sals Kontenbetreuer wird ihn kennen. Er wird sich nicht auf die Mappe verlassen müssen, um ihn zu identifizieren.«
»Wie es der Zufall will, haben sich die beiden nie getroffen. Nachdem Sie befördert wurden und das Konto übergaben, hatte mein Vater über dieses Konto nicht mehr gehandelt. Und danach wurde er verhaftet. Er ist schon lange nicht mehr auf den Bahamas gewesen. Seit über acht Jahren hatte keiner einen Grund gehabt, diese Mappe aufzuschlagen.«

»Aber Ihr Foto …«
»Mein Pass ist schon so alt, dass das Bild keinen Verdacht erregt. Es konnte gut und gern zu einem Antrag gehören, der vor neun Jahren unterzeichnet wurde.«
Rousseau lächelte. »Gut. Aber es wurde von Ihrem Kontenbetreuer unterschrieben. Alle übrigen Dokumente in der Mappe, die Transaktionen, die Notizen wurden alle von mir unterzeichnet. Sie passen nicht zusammen.«
Harry erwiderte das Lächeln. »Wenn ich mich recht erinnere, ist auf dem Antragsformular noch Platz für eine zweite Unterschrift. Der Stellvertreter meiner Kontenbetreuerin wollte bereits unterschreiben, wurde dann aber fortgescheucht. Wenn Sie also jetzt Ihren Namen hinzufügen und ebenfalls auf dem Foto unterschreiben, steht dem nichts im Wege. Oder?«
Rousseau nahm einen weiteren Schluck und wischte sich mit dem Handrücken über den Mund. Harry musste sich zwingen, ihr Lächeln aufrechtzuerhalten.
»Und wir müssen uns auch keine Sorgen machen, dass die Unterschrift meiner Kontenbetreuerin neben Ihrem Namen steht«, sagte sie. »Zufällig ist sie nämlich Ihre alte Chefin, Glen Hamilton. Was könnte naheliegender sein, als dass Sie beide den Antrag eines neuen Kunden gemeinsam durch Ihre Unterschrift beglaubigt haben?«
Nachdenklich griff er zur Karaffe. »Alles schön und gut, aber was ist mit den Handelsanweisungen in der Mappe? Sie kamen alle von Sal, nicht von Ihnen. Sie sind mit seinem persönlichen Codewort legitimiert, dem, das auf seinem Antrag steht. Es passt trotzdem nicht zusammen.«
»Wie der Zufall es will, haben wir beide das gleiche Codewort.« Sie musterte sein Gesicht. »Pirata.«

In seinen Augen blitzte kurz etwas auf, und sie wusste, dass sie das richtige gewählt hatte. Ein Schauer lief ihr über den Rücken.

»Es ist trotzdem nicht möglich«, sagte Rousseau. »Die persönlichen Identifikationsmappen sind in einem Tresorraum abgelegt. Die Kontenbetreuer haben Zugang dazu, sonst niemand. Wie gesagt, ich betreue nicht mehr das Konto Ihres Vaters.«

»Sie sind Vice President der International Client Relations. Ich bin mir sicher, dass Sie Zugang bekommen können, wenn Sie nur wollen.«

»Diese Akten unterliegen strengsten Sicherheitsvorkehrungen. Was erwarten Sie denn? Dass ich mich an einem halben Dutzend bewaffneter Wachen vorbeischleiche und den Tresorraum hochgehen lasse?« Er zerrte an seiner Fliege. »An die Informationsmappen kommen Sie nur ran, wenn Sie den offiziellen Weg gehen. Das heißt, man wird bei der Entnahme und Rückgabe registriert. Glauben Sie, ich lasse es schriftlich protokollieren, dass ich mich daran zu schaffen gemacht habe?«

»Wer soll denn Alarm auslösen? Es wird nie bemerkt werden, dass die Dokumente ausgetauscht wurden. Auf dem Konto meines Vaters finden keine Transaktionen mehr statt. Und das Konto, das ich heute eröffnet habe, wird wahrscheinlich immer brachliegen, weil ich es nie benutzen werde.«

»Was, wenn Sal an sein Geld will? Was dann?«

»Keine Sorge, dazu wird es nicht kommen. Sobald ich das Geld habe, werde ich mit ihm etwas aushandeln. Er kann über die Bank nicht ran, ohne mich in die Schusslinie zu stellen, und das wird er nicht tun. Und außerdem wird er

um dieses Konto nicht viel Aufhebens machen.« Sie drehte sich auf dem Hocker um und lehnte sich mit den Ellbogen gegen die Theke. »Entspannen Sie sich. Der Austausch wird nie ans Tageslicht kommen. Rosenstock mag auf seine Sicherheit bedacht sein, aber das Augenmerk liegt darauf, die Identität der Kunden geheim zu halten, keiner denkt daran, dass die Identitäten vertauscht werden könnten.«
Rousseau lachte höhnisch und schüttelte den Kopf. »Sie haben sich das alles wunderbar ausgedacht, nicht wahr? Aber Sie haben ja keine Ahnung, was Sie von mir verlangen. Überhaupt keine Ahnung.«
Er stieß sich von der Theke ab, schritt in die Mitte des Raums, breitete die Arme aus und drehte sich einmal um die Achse wie ein Wetterhahn. Er sah sie an.
»Schauen Sie sich um.« Er hatte die Handflächen nach oben gerichtet, ließ seinen Blick schweifen und schien mit seinen gestreckten Armen alles erfassen zu wollen: die verzierte Kuppeldecke, den Präsidententisch und die öden, aber vermutlich unschätzbaren Ölgemälde an den Wänden. »Wissen Sie, was ich durchgemacht habe, um hierherzukommen? Wissen Sie, wo ich angefangen habe?« Er deutete mit dem Finger auf sie. »Ich habe in dieser Bank als Laufbursche angefangen, als ich siebzehn war. Ich habe den Leuten die Sachen von der Reinigung geholt, ihnen Plätze in den tollen Restaurants reserviert. Ihnen zum Frühstück die Donuts gebracht. Aber wissen Sie, was ich noch getan habe?«
Er begann auf sie zuzugehen und betonte jedes Wort, indem er mit der Faust gegen die offene Handfläche schlug. »Ich habe gelernt, meine Netzwerke aufzubauen. Wie ich mich anderen nützlich machen kann. Den richtigen Leu-

ten. Ich habe es mir zur Aufgabe gemacht, die besten Restaurants zu kennen, die besten Amüsierkneipen. Ich habe in ausgefallenen Lokalen reserviert, von denen keiner gehört hatte und die auf die Kunden Eindruck machten. Ich hatte Aufzeichnungen über alle Führungskräfte der Bank, über die Geburtstage ihrer Frauen, die Namen ihrer Kinder. Ich habe mich unentbehrlich gemacht. Und ich bin aufgestiegen, früher war ich Laufbursche, jetzt, verdammt noch mal, leite ich fast die ganze Bank.«

Er war bei Harry angekommen, beugte sich vor und legte die Hände auf die Armlehnen ihres Hockers. Sie roch seinen scharfen Whiskeyatem.

»Und jetzt sagen Sie mir: Warum sollte ich das alles aufs Spiel setzen und in meiner eigenen Bank etwas abziehen, was einem Selbstmord gleichkommt?«

Harry hoffte, er roch nicht ihre Angst oder den Schweiß, der ihr über den Rücken lief. Sie nahm den Umschlag und wedelte damit vor seinem Gesicht herum. »Denken Sie an die Folgen, wenn das hier an die Öffentlichkeit kommt. Ich an Ihrer Stelle würde mich für die Option entscheiden, die weniger Risiken birgt, und einfach die Akten austauschen.«

Schnaubend richtete Rousseau sich auf. Harry ergriff die Gelegenheit und glitt vom Hocker. Sie warf den Umschlag auf die Theke und ging zur Tür.

»Ich habe die Kontonummern auf das erste Blatt geschrieben«, sagte sie. »Der Austausch muss vollzogen sein, bevor die Bank morgen früh aufmacht.«

Mit der Hand auf dem Türknauf drehte sie sich noch einmal zu ihm um. Er hatte das Whiskeyglas in der Hand, dann kippte er den Inhalt hinunter.

»Nur damit Sie es wissen«, sagte sie. »Von diesen Berichten sind mehrere Kopien im Umlauf. Ich kann die Informationen vorerst unter Verschluss halten, aber sollte mir irgendwas zustoßen, fliegt alles auf.«
Rousseau sah sie lange an, während er sich nachschenkte. Sie wünschte, die Drohung würde den Tatsachen entsprechen und wäre nicht etwas, was sie sich gerade ausgedacht hatte.
Er lehnte sich wieder an die Theke und betrachtete sie. »Ich denke, Sie bluffen.«
»Schon vergessen, dass ich nicht mein Vater bin? Ich bluffe nicht.«
Rousseau salutierte ihr mit dem Glas und lächelte.

48

Gerade noch rechtzeitig«, sagte Leon. Quinney neben ihm tastete nach dem hochgeklappten Kinosessel.

»Warum zum Teufel treffen wir uns hier?« Quinney beugte sich nach unten, um zu sehen, was er tat. Sein kahler Kopf glänzte im flackernden Licht der Leinwand. »Was für ein stinkendes Rattenloch.«

Leon sah sich im leeren Kino um und zuckte mit den Schultern. Es war feucht und modrig und roch nach dem Regen vom Vortag. Das Gebäude war seit fast fünfzig Jahren nicht mehr renoviert worden und sollte in nächster Zeit zu einer Bingohalle umgebaut werden. Quinney hatte recht, es war ein stinkendes Loch. Aber es war auch sicher. Leon rutschte tiefer in seinen Sessel der letzten Reihe und zog den Anorak wie einen Kokon um sich. Er hatte in den vergangenen zwei Tagen viel Zeit hier verbracht. Seitdem er gehört hatte, was Sal zugestoßen war.

»Hier mein Bericht«, sagte Quinney und hielt einen weißen Umschlag hoch. Dann zögerte er und schien die leeren Chipstüten auf dem Boden und Leons zerknitterte Kleidung zu betrachten. Er zog den Umschlag zurück. »Erst das Geld.«

Leon schnaubte, fasste in seine Tasche und zog ebenfalls einen Umschlag heraus. »Hier.«

Er sah zu, wie Quinney das Geld zählte. Mit seinem kahlen

Schädel und den dicken Lippen sah der Typ aus wie ein Troll. Er war gut in seinem Job, nur seine Gegenwart war schwer auszuhalten. Es war das zweite Mal, dass Leon ihn angeheuert hatte. Beim ersten Mal, fünf Jahre zuvor, hatte Maura die Scheidung eingereicht. Sie hatte geschworen, es gäbe keinen anderen, Leon allerdings hatte ihr nicht geglaubt. Und Quinney hatte es mit einem Packen Hochglanzfotos bewiesen. Er hatte sie in flagranti mit einem großen blonden Mann ertappt. Demselben, der vergangene Woche seinem Sohn durchs Haar gestrichen hatte.
Quinney war mit dem Zählen fertig und stopfte sich die Scheine in die Tasche. Dann warf er Leon seinen weißen Umschlag auf den Schoß. »Wie ich schon am Telefon gesagt habe, vom Geld keine Spur. Sie hätten mich ihr im Flieger folgen lassen sollen.«
Leon grunzte. Das Honorar war auch ohne die verdammten Reisespesen exorbitant hoch. Er mahlte mit dem Kiefer. Scheiße, das Geld schien ferner als je zuvor.
Quinney stand auf, sein Sessel knallte gegen die Rückenlehne. »Diese Typen sind hinter ihr her, das steht jedenfalls fest. Sie verfolgen sie schon die ganze Woche. Die Namen stehen im Bericht.« Er wies mit einem Nicken auf den Umschlag. »Einige der Fotos dürften Sie interessieren.«
Er schob sich die Reihe entlang zum Ausgang. Leon sah ihm hinterher und begann zu schwitzen. Quinney hatte ihm erzählt, was er am Arbour Hill gesehen hatte, vom Geländewagen, der direkt vor den Gefängnistoren Sal Martinez auf die Hörner genommen hatte. Allein bei dem Gedanken, sich die Fotos anzusehen, wurde ihm schlecht.
Plötzlich gingen im Kino flackernd die Lichter an. Leon blinzelte. Er hatte vom Film kaum etwas mitbekommen, er

wusste nur, dass es irgend so eine fröhliche Komödie über eine Familie mit zu vielen Kindern war. Er schloss die Augen. Er musste er an seinen Sohn denken. Die letzten Tage war er jeden Morgen zur Blackrock Station zurückgekehrt und hatte gehofft, Richard wiederzusehen. Er hatte sich sogar hergerichtet und seinen Anzug in die Reinigung gegeben. Doch bislang hatte er ihn nicht wiedergetroffen. Glückliche Familien, meine Fresse, dachte er sich.

Er schlug die Augen auf und befingerte den Umschlag. Dann riss er ihn auf und zog etwa ein Dutzend getippte Seiten sowie einen Stoß Fotos heraus. Quinney war nahezu die ganze Woche Harry Martinez gefolgt und hatte die Personen überprüft, die in ihrem Leben eine Rolle spielten. Leon blätterte durch den Bericht. Er enthielt Biographien von allen wichtigen Beteiligten. Er versuchte sie zu lesen, aber sein Blick schweifte ständig zu den Fotos. Schließlich legte er den Bericht zur Seite und betrachtete die erste Aufnahme. Seine Hände zitterten.

Das Foto war nachts aufgenommen worden und zeigte das Martinez-Mädchen, wie es in einen schicken blauen Mini stieg. In der Straße standen viktorianische Backsteinhäuser und hohe Bäume. Auf der anderen Straßenseite erkannte er bei näherem Hinsehen die dunkle, kantige Silhouette eines Geländewagens. Er schluckte und sah auf der Rückseite nach. Quinney hatte mit blauem Kugelschreiber ihren Namen, Datum und Ort notiert. Raglan Road, Sonntag, 12. April, 20:30 Uhr. Vor drei Tagen.

Das nächste Foto zeigte einen großen, dunkelhaarigen Mann, der die junge Frau die Stufen zu einem der Backsteinbauten hinaufbegleitete. Über ihr Gesicht zog sich an einer Seite eine Schramme, die Wangen waren schlammverschmiert. Vom Geländewagen war diesmal nichts zu sehen. Leon ging zum nächsten Schnappschuss, wollte schon zusammenzucken, aber es war eine harmlose Aufnahme von jemandem, den er kannte: dieser blasierte Pedant Jude Tiernan, der gerade aus dem KWC-Gebäude kam. Leon war vor Jahren mit Tiernan zusammengerauscht, als sie beide noch für JX Warner gearbeitet hatte. Bei der Erinnerung presste er die Lippen zusammen. Wäre nicht der scheinheilige Tiernan gewesen, wäre Leon wahrscheinlich nie gefeuert worden.

Er gab das Foto nach hinten in den Stapel und überflog ein paar weitere. Er entspannte sich. Aufnahmen von der Familie: ihre Schwester, die das Vincent's Hospital verließ. Er verweilte ein wenig länger bei einer Frau Ende fünfzig. Das also war Sals Frau. Ihren Wangenknochen zufolge hätte sie polnischer oder russischer Abstammung sein können. Sah Sal ähnlich, dass er sich was Exotisches aussuchte. Stirnrunzelnd allerdings betrachtete er den Mann, der auf dem Foto neben ihr stand und den Arm um sie gelegt hatte. Leon hätte die hohe Stirn überall erkannt. Was zum Teufel kuschelte sich Ralphy-Boy so an Sals Frau?

Beim nächsten Foto erstarrte er am ganzen Leib. Es war, von der Ferne aufgenommen, die Ansicht von hohen grauen Mauern, von viktorianischen Fenstern mit Eisengittern. Es hätte ein Waisenhaus oder eine Einrichtung für die Irren sein können. Aber Leon wusste es besser. Ihn schauderte. Er hatte ein ganzes Jahr in diesem gottverdammten Bau zugebracht. Hatte sich eine Zelle mit einem Typen namens Noel geteilt, der lebenslänglich bekommen hatte, weil er sein Haus in Brand gesteckt hatte. Seine Frau und seine drei Kinder hatten sich zu diesem Zeitpunkt im Haus aufgehalten. Leons Atem verflachte sich, seine Finger hinterließen Schweißspuren auf dem glänzenden Foto. Zwölf Monate lang hatte seine Welt aus einem Etagenbett und einer Toilette bestanden, dazu die Wachen, die um fünf Uhr morgens gegen die Türen hämmerten, um sich zu vergewissern, dass man im Schlaf nicht abgekratzt war.

Er steckte das Foto nach hinten und atmete mehrmals tief durch, als könne er damit die Erinnerung auslöschen. Dann starrte er auf die nächste Aufnahme und brauchte eine Weile, bis er kapierte, was er da sah. Eine Gestalt lag auf dem Boden, zum Teil von einem kleinen roten Wagen verdeckt, so dass nur die Beine erkennbar waren: graue Hose, dunkle Schuhe. Harry Martinez kniete am Boden, ihr Rücken zeigte zur Kamera. Leon zwinkerte. Das also war die Aufnahme, die er so gefürchtet hatte; kein Blut, noch nicht einmal ein Gesicht. Sein Blick heftete sich an das wenige, was von Sals Körper zu sehen war. Langsam schüttelte er den Kopf. Der Dreckskerl war also endlich dem scheußlichen Ort entkommen, nur um dann niedergemäht zu werden. Was für ein Scheißdeal.

Leon schob das Foto nach hinten und dachte, es wäre das letzte gewesen. Aber es kam noch eines. Die Nahaufnahme des Typen am Steuer des Geländewagens. Strähnen seiner weißblonden Haare ragten wie gebleichtes Stroh unter der Wollmütze hervor. Er hielt das Lenkrad umklammert, den Blick auf etwas direkt vor sich gerichtet, blind gegenüber der Kamera. Leon lief es eiskalt über den Rücken, als er die weitaufgerissenen, stieren Augen sah. Sie waren farblos, unheimlich, als wären die Pupillen verschwunden, so dass nur noch das Licht des Irrsinns in ihnen funkelte. Leon versuchte, die Lippen zu benetzen, aber seine Zunge war staubtro-

cken. Er hatte immer gewusst, dass der Prophet andere seine Drecksarbeit erledigen ließ, hier allerdings bekam er zum ersten Mal das wahre Gesicht des Mannes zu sehen.
Leon wischte sich über den Mund. Scheiße, vielleicht hatte er sich diesmal auf etwas eingelassen, was ihm über den Kopf wuchs. Vielleicht sollte er zum Teufel noch mal sofort aussteigen. Dann dachte er an Jonathan Spencer, und ein brennender Schmerz fuhr ihm in die Eingeweide. Jonathan hatte aussteigen wollen, doch der Prophet hatte ihn nicht gelassen. Leon fasste sich an den Magen. Warum zum Teufel hatte der Prophet ihm diese E-Mail über das Mädchen geschickt? Warum hatte er ihn mit reingezogen?
Leon kannte die Antwort bereits. Der Prophet benutzte ihn, genau wie früher. Er baute ihn auf, damit er für ihn den Kopf hinhielt. So operierte der Prophet: aus der Ferne, immer alles unter Kontrolle haltend, während er andere die Risiken übernehmen ließ. Selbst auf dem Höhepunkt des Rings hatte der Prophet keinen einzigen Trade selbst durchgeführt. Leon, Sal und Jonathan hatten ihre Karrieren aufs Spiel gesetzt. Der Prophet hatte sich ein großes Stück vom Kuchen abgeschnitten, aber keinerlei Spuren auf dem Papier hinterlassen, das zu den Ermittlungen gegen den Ring geführt hatte. Selbst Jonathans Tod hatte so sehr nach einem Unfall ausgesehen, dass der Prophet sicher sein konnte, ihm würde nichts geschehen.
Leons Blick kehrte zum Foto zurück, zu den blassen, psychopathischen Augen. Mit dem Finger fuhr er sich über den Hemdkragen, als er an die Spuren dachte, die zu ihm führen konnten. Falls Sal oder dem Mädchen irgendwas zustieß, saß er tief in der Scheiße. Großer Gott, es war sein Privatdetektiv gewesen, der ihre Wohnung zerlegt, der sie

die ganze Woche über beschattet hatte. Sein Privatdetektiv, der sich sogar bei Arbour Hill aufgehalten hatte, als Sal überfahren wurde. Er hatte den Kontoauszug des Mädchens, um Himmels willen. Seine Adresse fand sich wahrscheinlich irgendwo auf den Computeraufzeichnungen der Bank. Ihm wurde ganz anders. Verflucht, wie hatte er bloß in eine solche Scheißsituation geraten können?

Er griff nach dem Bericht. Es musste etwas geben, etwas, was er benutzen konnte. Was hatte Quinney gesagt? *Die Namen stehen im Bericht.* Er blätterte durch die Seiten, überflog die Einzelheiten. Quinney hatte ihn bereits am Telefon über die Bewegungen des Mädchens aufgeklärt. Er las die Biographien, so schnell, dass er nicht alles erfasste. Trotzdem war zu erkennen, dass Quinney gründlich gewesen war. Namen, Alter, Familie, beruflicher Lebenslauf, finanzielle Verhältnisse, es war alles da. Die Worte verschwammen. Der Name JX Warner sprang ihn an, dann starrte er auf die Seite. Sie hatten immer angenommen, dass der Prophet dort als Investmentbanker arbeitete. Bei einem der Gesichter regte sich eine Erinnerung. Er runzelte die Stirn. Wie lang war es her? Zehn Jahre? Zwölf? Er griff zu den Fotos und besah sie sich erneut. Er hatte nicht gewusst, dass der alte Glatzkopf für JX Warner gearbeitet hatte. Aber das hatten viele.

Er starrte auf die Aufnahmen, pickte sich zwei heraus und überprüfte die Namen auf der Rückseite. Dann betrachtete er erneut die Gesichter. War das die Verbindung? Er blätterte zu den Biographien weiter. Diesmal las er sie gründlich. Er wusste, wonach er suchte, und er fand es, dick unterstrichen. Selbst Quinney hatte die Bedeutung erkannt. Es konnte kein Zufall ein.

Leon stopfte alles wieder in den Umschlag. Seine Finger zitterten, als er mit der Lasche zu kämpfen hatte. Dann stürzte er an den leeren Sitzen vorbei hinaus ins heruntergekommene Foyer und auf die Straße. Das grelle Nachmittagslicht blendete ihn. Er rannte über den Bürgersteig, sein Atem war abgehackt, sein Herz pochte. Vielleicht war an das Geld des Mädchens kein Rankommen, aber was, wenn er wusste, wer der Prophet war? Das musste doch einiges wert sein.

Er wischte sich den Schweiß von der Stirn und schob den Umschlag in seinen Anorak. Die Magenschmerzen waren verschwunden, betäubt durch Adrenalin. Was er wusste, barg Gefahren, keiner wusste das besser als er. Aber es verlieh ihm auch Macht.

Um ihn herum dröhnte der Verkehr, Laster und Motorräder, die auf den verstopften Straßen abwechselnd Gas gaben und im Leerlauf warteten. Es war ein zehnminütiger Fußmarsch in die South Circular Road, aber er schaffte ihn in fünf. Er bog nach links in die St. Mary's Road ein, die Verkehrsgeräusche blieben hinter ihm zurück. Er griff nach seinen Schlüsseln. Er würde duschen und sich umziehen, bevor er über seine weitere Vorgehensweise nachdachte.

Auf der anderen Straßenseite lehnte eine dunkelhaarige Frau am Geländer vor seinem Wohnhaus und rauchte eine Zigarette. Als sie ihn erkannte, stieß sie sich ab. Leon kniff die Augen zusammen. Sie kam ihm bekannt vor. Hinter ihm röhrte ein Motor auf, während er überlegte, woher er die Frau kannte. Die vogelartige Gestalt, die Helmfrisur. Dann fiel es ihm ein. Die neugierige Reporterin vom Gerichtsverfahren. Was zum Teufel hatte die hier verloren?

Er trat vom Bordstein, um die Straße zu überqueren. Er

hatte vor, einfach an ihr vorbeizurauschen. Diese Schlampe, die sich in alles einmischen musste. Er hatte noch nicht die hämischen Artikel vergessen, die sie über ihn geschrieben hatte. Sal hatte sich immer Zeit für sie genommen, was er nie verstehen konnte.

Die Reporterin winkte mit einem Arm und rief ihm etwas zu. Zum Teufel mit ihr, er hatte andere Dinge im Kopf. Plötzlich schlug sie die Hand vor den Mund und ließ ihre Zigarette fallen. Sie schien über seine Schulter zu stieren. Er sah nach hinten und erstarrte.

Ein Motorrad kam mitten auf der Straße auf ihn zugerast, der Fahrer wie ein Jockey nach vorn gebeugt. Das Röhren des Motors dröhnte ihm in den Ohren. Er wollte loslaufen, aber seine Beine waren wie Sandsäcke. Das Motorrad donnerte auf ihn zu, schimmernd schwarz, unaufhaltbar. Leons Beine erwachten zum Leben, er sprang zur Seite, doch es war zu spät. Das Motorrad bäumte sich wie ein Pferd auf und krachte gegen seine Brust. Er segelte nach hinten weg, schlagartig entwich ihm die Luft aus der Lunge. Häuser schossen an ihm vorüber, Wände neigten sich. Noch spürte er keinen Schmerz.

Das Hinterrad des Motorrads rammte beim Vorbeifahren seine Schulter. Der Fahrer hatte den Kopf weit nach unten gesenkt, als suchte er in Leons Gesicht nach Spuren von Schmerzen. Das Helmvisier war hochgeklappt, und Leon erkannte die blassen, durchsichtigen Augen mit ihren stecknadelgroßen Pupillen.

Der Himmel glitt seitlich weg. Kurz blitzte das lächelnde Gesicht seines Sohns auf. Dann kam hinter ihm der Boden auf ihn zugerast und krachte in seinen Schädel.

49

»Ist das das Fax, das ich für Sie verschicken soll, Madam?«

Harry sah vom Blatt Papier in ihrer Hand zur Hotelrezeptionistin auf. »Vielleicht sollte ich es noch einmal überprüfen«, sagte sie.

»Kein Problem. Sagen Sie mir Bescheid, wenn Sie fertig sind.«

Die Rezeptionistin entfernte sich und nahm einen Anruf entgegen. Ihre weiße Baumwollbluse sah frisch und kühl aus. Wie schaffte sie das bloß?, fragte sich Harry. Ihre eigene Bluse klebte wie Tapetenkleister an ihr.

Sie sah auf das Fax, das sie in ihrem Hotelzimmer geschrieben hatte. Ihr Herzschlag dröhnte ihr in den Ohren, die Worte verschwammen ein wenig. Was, wenn Rousseau den Austausch nicht vorgenommen hatte? Vielleicht war er zu dem Schluss gekommen, dass sie nur bluffte. Sie zwinkerte einige Mal und las erneut das Fax. Es war an Owen Johnson adressiert, den Kontenbetreuer ihres Vaters.

Sehr geehrter Mr. Johnson,
bezüglich Kontonummer 72559353, Authentifizierungscode Pirata, kündige ich hiermit an, dass ich dieses Konto schließen und alle Vermögenswerte auf das folgende Konto übertragen möchte:

SWIFT-Code: CRBSCHZ9
IBAN: CH9300762011623852957
Im Einklang mit den Sicherheitsbestimmungen werde ich Sie zur Durchführung der Übertragung heute noch persönlich aufsuchen.

Die erste Kontonummer war die ihres Vaters, die zweite die des Propheten. Eine Unterschrift war nicht nötig.
Harry sah auf ihre Uhr. 10:04 Uhr. Hatte sie Rousseau, falls er kooperieren sollte, genügend Zeit eingeräumt? Was sie auf keinen Fall brauchte, war, dass jemand die Mappe ihres Vaters öffnete, bevor darin nicht ihre Identifizierungsdokumente lagen. Sie trat von einem Fuß auf den anderen. Die Deadline des Propheten lief am Mittag, Ortszeit Bahamas, ab. Sie konnte nicht mehr warten.
Sie übergab das Fax zusammen mit Johnsons Faxnummer, die sie aus den Pokernotationen ihres Vaters entschlüsselt hatte. Die Rezeptionistin schlenderte zu dem Gerät hinter dem Tresen und führte das Blatt ein. Das Gerät piepte. Die Frau lud den Papierschacht mit einem Packen, den sie vom hohen Stapel am Boden nahm. Sie war elegant wie eine Stewardess, aber langsam wie eine Schlammlawine. Harry biss die Zähne zusammen, um nicht lauthals loszuschreien. Schließlich ratterte die Seite durch das Gerät und auf der anderen Seite wieder heraus.
Harry raste auf ihr Zimmer zurück. Sie packte ihr Handy vom Nachttisch und bemerkte, dass sie drei Anrufe von Ruth Woods verpasst hatte. Sie wählte die Nummer der Reporterin. Mailbox. Harry hinterließ eine Nachricht und sagte, sie würde sie anrufen, wenn sie wieder in Dublin wäre. Dann setzte sie sich auf die Bettkante und rief die

Rosenstock Bank an. In geschäftsmäßigem Tonfall sagte sie die Kontonummer ihres Vaters auf und vereinbarte für 11:15 Uhr einen Termin mit Owen Johnson.
Sie beendete die Verbindung. In weniger als einer Stunde würde sie Johnsons Büro betreten und zwölf Millionen Euro, oder umgerechnet sechzehn Millionen Dollar, überweisen. Die Frage war nur: Erwartete er sie oder ihren Vater?
Sie schüttelte den Kopf und packte einige Papiere ein, die sie mit zur Bank nehmen wollte. Dann verließ sie zu Fuß das Hotel, ging in die Bay Street und hielt sich so viel wie möglich im Schatten auf. Die schwüle Luft legte sich wie warme Baumwolle über ihre Haut. Als sie die Rosenstock Bank erreichte, standen ihr Schweißtropfen im Gesicht.
Das Mädchen an der Rezeption lächelte sie an. »Schon wieder da?«
Verdammt, sie hatte nicht damit gerechnet, erkannt zu werden.
Juliana griff bereits zum Hörer. »Ich stell Sie gleich zu Glen Hamilton durch.«
»Nein, nein, stören Sie sie nicht.« Scheiße, eine Glen Hamilton, die ihr im Nacken saß, konnte sie jetzt überhaupt nicht gebrauchen. »Eigentlich bin ich mit Owen Johnson verabredet.«
Juliana war erstaunt. »Oh, richtig. Kein Problem.« Sie drückte einige Tasten ihres Computers. »Er ist im gleichen Stock wie Glen. Sie finden noch zu den Aufzügen? Nehmen Sie den mittleren in den dritten Stock.«
Harry dankte und folgte ihren Anweisungen. Derselbe Big-Brother-Aufzug trug sie hinauf in den dritten Stock, wo dieselbe junge schwarze Frau sie durch den Korridor

begleitete. Harry besah sich die beigefarbenen Türen und erwartete insgeheim, dass Glen auftauchte. Unten in ihrer Tasche vibrierte ihr Handy. Sie holte es heraus. Wieder Ruth Woods. Harry schaltete das Handy ab. Sie würde sie später zurückrufen. Ihre Begleiterin öffnete am Ende des Gangs eine Tür, und Harry schlüpfte hinein. Diesmal wartete ihr Banker bereits auf sie.

Er saß hinter einem mit Papieren überfüllten Schreibtisch. Er war Ende fünfzig, hatte rotbraune Haut und eine versteinerte Miene. Kurz herrschte Schweigen. Harry hörte das Klicken der Tür, die hinter ihr geschlossen wurde. Dann stand er auf.

»Ich bin Owen Johnson«, sagte er.

Er hatte die Statur eines übergewichtigen Rottweilers. Sein fassförmiger Körper war eine feste Masse aus dicken Muskelsträngen und Fett, seine Kiefer sahen so kräftig aus, als könnte er ihr damit den Arm durchbeißen. Harry durchquerte den Raum und reichte ihm ihre feuchte Hand.

»Ich bin Harry Martinez«, sagte sie.

Seine großen Kugelaugen musterten sie. »Ich glaube nicht, dass wir uns schon kennengelernt haben.«

Es war keine Frage. Harry hätte jede Summe darauf gewettet, dass sich Owen Johnson an jedes Gesicht erinnerte, das er gesehen hatte. Sie lächelte, schüttelte den Kopf und versuchte, wie eine Multimillionärin auszusehen und nicht wie eine Hackerin, die Lügengeschichten auftischte.

Johnson nahm wieder Platz und deutete auf einen Stuhl gegenüber mit gerader Lehne. Sie setzte sich. Die Möbel waren funktionaler als in Glen Hamiltons Büro. Der Schreibtisch solide und schlicht, die Stühle stabil. Keine wertvollen Antiquitäten oder silberne Kaffeeservice, die

das Geschäftliche beeinträchtigen konnten. Ob die Banker hier ihre Inneneinrichtung selbst auswählen konnten?
Johnson räusperte sich und sah stirnrunzelnd auf die Papiere vor sich. Harry versteifte sich. Eine Manila-Aktenmappe lag aufgeschlagen auf seinem Schreibtisch. Die Klemmfeder war gelöst, die Papiere waren nach oben gesprungen und füllten beinahe die Mappe aus. Die Seiten waren zerknittert und abgegriffen. Es musste die Akte ihres Vaters sein.
Harry durchbrach das Schweigen. »Ich hoffe, Sie haben mein Fax bekommen. Wie darin ausgeführt, möchte ich mein Vermögen so schnell wie möglich auf ein anderes Konto überweisen.«
Sie reichte ihm die Kopie des Faxes. Er betrachtete es, gab aber durch nichts zu erkennen, dass er es schon einmal gesehen hatte. Sie holte den Pass aus ihrer Handtasche und reichte ihn ihm. Johnson schlug die Seite mit dem Foto auf und betrachtete es stirnrunzelnd. Dann entnahm er der Mappe ein Dokument und hielt es zum Vergleich daneben.
Harry hielt den Atem an. Sie versuchte, seine Miene zu entziffern, aber sein Gesichtsausdruck änderte sich kein bisschen. Er sah sie an. Sie wollte schlucken, verkniff es sich jedoch.
Ohne ein Wort klappte Johnson den Pass zu und schob ihn ihr über den Schreibtisch hin. Er gab das andere Dokument in die Mappe, dabei bekam sie kurz das Foto zu sehen, das an das oberste Blatt geheftet war. Die Unterschriften verdeckten das halbe Gesicht, aber die dunkle Lockenpracht war nicht zu verkennen. Ihre Lungen nahmen ihre Tätigkeit wieder auf. Es war ihr eigener Antrag. Rousseau hatte sie ausgetauscht.

»Darf ich fragen, ob Sie mit den Diensten der Rosenstock Bank zufrieden gewesen waren?«, fragte Johnson.

»Oh, absolut.« Ihr Herz pochte. »Ich habe im Moment mit dem Geld nur was anderes vor.«

Johnson verschob seine wuchtige Masse, lehnte sich in seinem Sessel zurück und faltete die Hände. »Seltsam. Ich habe diese Akte bislang erst einmal gesehen, damals, als ich sie übernommen habe. Das ist acht Jahre her. Ich erinnere mich an den Namen Martinez.« Er fixierte sie mit starrem Blick. »Aber irgendwie hatte ich immer das Gefühl, unser Pirata-Kunde sei ein Mann.«

Harry versuchte zu lächeln, aber ihr Gesicht war wie eingefroren. »Das liegt wahrscheinlich am Namen. Harry, meine ich. Die Leute sehen da immer jemand anderen vor sich.«

Er legte die Fingerspitzen aneinander und sah sie unumwunden an. »Sicherlich. Sicherlich wird es daran liegen.«

Dann reichte er ihr neben ihrem Original-Fax von einem der Stapel auf seinem Schreibtisch ein Formular. »Vielleicht könnten Sie das ausfüllen, damit ich die Überweisung veranlassen kann.«

Harry betrachtete das Formular. Die Angaben waren kurz und bündig und verlangten die beiden Kontonummern, die Höhe des überwiesenen Betrags und natürlich ihr Codewort sowie ihre Unterschrift. Es gab ganz unten ein Feld für Johnson, der gegenzeichnen musste. Sie begann mit dem Ausfüllen und kopierte die Kontonummer von ihrem Fax.

»Sie hatten also früher mit Philippe Rousseau zu tun, nehme ich an«, sagte Johnson. Es klang wie eine Anklage.

»Ja, das ist richtig.« Harry sah nicht auf, trotzdem spürte sie regelrecht, wie sich sein Blick in ihren Schädel bohrte.

»Sie haben ihn letzten Abend getroffen, hat man mir gesagt.«
Ihre Finger erstarrten. »Ja, ich bin ihm zufällig im Atlantis Casino über den Weg gelaufen.«
»Ich weiß. Er hat es mir erzählt.«
Harry sah auf. »Oh?«
»Als ich heute Morgen Ihre Akte aus dem Tresorraum holen wollte, musste ich feststellen, dass er sie bereits entnommen hatte. Als autorisierter Kontenbetreuer wollte ich natürlich den Grund dafür wissen.«
»Natürlich.« Harry bemühte sich um einen unverfänglichen Tonfall. »Und was hat er gesagt?«
»Dass er sie getroffen und mit Ihnen Poker gespielt hat. Er sagte, er sei neugierig zu erfahren, wie sich Ihre Investments entwickelt haben, deshalb hätte er in Ihrer Akte nachgesehen. Natürlich entgegen aller Sicherheitsbestimmungen.« Zum ersten Mal lächelte Johnson und ließ eine dicht gepackte, weiße Zahnreihe aufblitzen. »Aber Mister Rousseau neigt hier sowieso dazu, das zu tun, wonach ihm gerade ist.«
Harry zog den Kopf ein und wandte sich wieder dem Formular zu. »Na, ich weiß sein Interesse zu schätzen.« Der Stift fühlte sich glitschig an. »Er kennt meine Familie schon lange.«
Sie war bei dem Feld angekommen, bei dem »Überweisungsbetrag« stand. Sie zögerte.
»Es ist schon eine Weile her, dass ich mir den Kontostand angesehen habe«, sagte sie. »Könnten Sie mir den exakten Betrag nennen, damit ich ihn eintragen kann?«
Johnson grunzte und wandte sich seinem Laptop zu. Er klickte auf einige Tasten. Zum ersten Mal kam Harry der

Gedanke, dass das Konto leer sein könnte. Was, wenn ihr jemand anderes zuvorgekommen war?
Johnson nahm sich einen Stift und kopierte einige Zahlen vom Bildschirm. Dann schob er ihr das Blatt hin.
Die Zahlen tanzten vor ihren Augen. Ihr Herz wurde leicht, kurz nahm sie keinen Laut mehr wahr. Fast zwanzig Millionen Dollar. Auf das Konto waren in den vergangenen neun Jahren Zinsen gezahlt worden.
Es war also da. Sie war ihm so nahe. Das war es, hinter dem alle her waren: der Ring, ihr Vater, der Prophet. Sie dachte an die Menschen, die gestorben waren: Jonathan Spencer, Felix Roche. Bilder blitzten auf: ein dröhnender Geländewagen, sich drehende Berge, ein kreischender Zug. Alles verschwamm vor ihr. Aber jetzt würde es mit den Morden ein Ende haben. Sie würde alles dem Propheten aushändigen, und keiner würde mehr sterben müssen.
Eiskalt lief es ihr über den Rücken. Außer, er nahm sich das Geld und ließ sie trotzdem umbringen. Wie konnte sie jemandem trauen, der versucht hatte, ihren Vater zu töten?
Sie umfasste den Stift fester. Sie sah auf die Uhr. Drei Minuten vor zwölf.
Das Geld war das einzige Druckmittel, das sie hatte.
Sie sah zu Johnson. »Ich habe es mir anders überlegt.«
»Wie bitte?«
»Ich will das Geld nicht überweisen.«
Johnson zwinkerte. »Sie wollen es also auf dem Konto lassen?«
»Nein. Ich will es in bar abheben. In großen Scheinen.«
Johnson beugte sich vor. »In bar? Aber Sie können doch nicht mit so viel Bargeld herumlaufen, das ist höchst ris-

kant. Wenn Sie wirklich das Geld woandershin schaffen wollen, dann empfehle ich Ihnen dringendst einen elektronischen Transfer.«

Harry schüttelte den Kopf. »Ich will es in bar.«

Der Prophet hatte schon einmal Zugang zu ihrem Konto gehabt. Sie wollte sich nicht mehr auf die Technologie verlassen. Sie musste das Geld selbst in den Händen spüren.

Johnson seufzte. »Aber diese Summe können Sie unmöglich tragen. Die größte Einheit sind Scheine zu hundert Dollar. Dafür bräuchten Sie fünf Koffer.«

Harry überlegte. »Und die höchste Euro-Einheit?«

Johnson rutschte auf seinem Stuhl nach unten. »Fünfhundert.«

»Also. Dann reicht ein Koffer.«

»Aber Euros sind hier schwerer zu bekommen.«

»Wollen Sie mir sagen, die Bank kann diese Summe nicht aufbringen?«

»Natürlich kann Rosenstock die Summe aufbringen«, erwiderte Johnson entrüstet. »Aber Ihnen muss klar sein, dass es Zeit braucht, um eine so große Summe Bargeld bereitzustellen.«

»Wie lange dauert es?«

»Na ja, ein, zwei Tage vielleicht. Wir könnten …«

Harry schnitt ihm das Wort ab. »Das ist zu spät. Ich brauche es heute. Ich muss einen Flieger erwischen.«

Sie sah, wie Johnsons Kiefer zuschnappten. Sie änderte ihre Marschrichtung.

»Folgendes«, sagte sie. »Sie treiben die Summe heute noch auf, und ich lasse einhunderttausend Dollar auf dem Konto, damit es nicht aufgelöst wird. Ich werde Ihrem Boss schreiben und Ihre Verdienste hervorheben, die mich davon überzeugt haben, weiterhin bei Ihnen Kundin zu bleiben. Im anderen Fall werden Sie die Verantwortung dafür übernehmen müssen, wenn Sie mich als Kundin verlieren. Mal sehen, Ihr Boss ist Philippe Rousseau, nicht wahr?«

Johnson traten fast die Augen aus dem Kopf. Es war ihm anzusehen, wie er die Fakten gegeneinander abwog: die Schande, eine stinkreiche Kundin verloren zu haben, oder einer Kundin entgegenzukommen, der er nicht traute. Schließlich warf er seinen Stift auf den Schreibtisch.

»Gut. Aber es wird ein paar Stunden dauern.«

»Wie viele?«

Er zuckte mit den Schultern. »Vier, vielleicht fünf.«

»Machen Sie drei daraus.« Harry stand auf. »Kann ich hier irgendwo warten und ein paar Telefonate führen?«

Johnson erhob sich hinter seinem Schreibtisch und öffnete zu seiner Linken eine Tür. Harry trat an ihm vorbei in einen kleinen, mit Regency-Stühlen und einem Schreibtisch ausgestatteten Vorraum. Als sie allein war, zückte sie ihr Handy und rief Ruth Woods an. Niemand meldete sich. Sie hinterließ eine Nachricht.

»Ruth, hier ist Harry. Zeit für Ihre Story, aber wir müssen schnell sein. Ich habe etwas, das der Prophet will, und ich werde es einsetzen, um ihn aufzuscheuchen. Ich brauche Sie, damit Sie Ihre Polizeikontakte spielenlassen. Wir müssen diesem Dreckskerl eine Falle stellen. Rufen Sie mich zurück.«

Harry ging im Zimmer auf und ab, heckte einen Plan aus und versuchte, nicht an ihren Vater zu denken. Sie musste jetzt die Polizei einschalten, sie hatte keine andere Wahl mehr. Aber eines wusste sie mit Gewissheit: Sie konnte das Geld nicht hergeben.

Sie schritt noch immer auf und ab, als Johnson schließlich auftauchte. Es hatte letztlich nur zwei Stunden gedauert. Er führte sie zurück in sein Büro und schloss die Tür. Dann deutete er auf den Schreibtisch, der nun völlig leer war. Das Einzige, was noch darauf lag, war ein Rollkoffer.
»Machen Sie ihn auf«, sagte er.
Harry zögerte, dann hob sie den Deckel an. Der Koffer war mit großen purpurfarbenen Geldscheinen gefüllt. Sie waren zu ziegelsteingroßen Bündeln gepackt und dicht an dicht in den Koffer geschichtet. Die Scheine waren glatt und sauber, als wären sie gebügelt worden. Harry griff ein Bündel heraus. Darunter kamen weitere Schichten zum Vorschein. Wie eine Pralinenschachtel, dachte sie. Sie ließ die Kanten der Scheine durch die Finger gleiten und strich mit dem Daumen über den obersten im Bündel. Die Scheine fühlten sich fast wie Baumwolle an, am Rand wiesen sie reliefartige Muster auf. Langsam legte sie das Bündel in den Koffer zurück.
»Wollen Sie es zählen?«, fragte Johnson.
Harry schüttelte den Kopf. Sie ließ den Deckel zuschnappen.
Johnson reichte ihr ein Blatt. »Sie müssen dieses Abhebungsformular und die Quittung unterschreiben.«
Ihre Hand zitterte, als Harry die Unterschrift hinkritzelte. Johnson zeichnete gegen und reichte ihr die Kopien, dazu einen weißen Umschlag.
»Das ist eine Vollmacht der Bank. Damit kommen Sie am Flughafen durch den Security-Check und den Zoll, ohne Fragen beantworten zu müssen.«
Harry nickte dankbar und stopfte den Umschlag in ihre Handtasche. Dann spannte sie die Muskeln an, packte den

Koffer und wuchtete ihn vom Schreibtisch. Er zerrte an ihrem Arm, mit einem dumpfen Schlag verschoben sich innen die Geldbündel. Sie zog den ausziehbaren Handgriff heraus und rollte den Koffer zur Tür.

Johnson begleitete sie durch den Gang und hinunter ins Erdgeschoss. Keiner von beiden sagte ein Wort. Er blieb im Aufzug zurück, während sie mit dem Koffer im Schlepp ins Foyer trat. Dann drückte sie die Türen auf und ging mit fünfzehn Millionen Euro ins Sonnenlicht hinaus.

50

Die Maschine setzte zum Landeanflug auf den Flughafen Dublin an.
Harry hielt sich an den Armlehnen ihres Sitzes fest. Sie hatte seit fast vierundzwanzig Stunden nicht geschlafen. Nur mit Mühe konnte sie die Augen offen halten und beobachtete die anderen Passagiere. Sie musste zugeben, keiner von ihnen sah aus, als würde er sie gleich abmurksen.
So weit, so gut.
Keiner hatte sie auf dem Flughafen aufgehalten, keiner hatte sie gebeten, ihre Taschen zu öffnen. Sie sah durch das Fenster auf die über die Tragflächen der Maschine huschenden Nebelschwaden. Laut dem Piloten erwartete sie in Dublin dichter Nebel. Sie spannte die Finger an. Was erwartete sie noch?
Die Maschine landete pünktlich. Harry stieg mit den anderen Passagieren aus und begab sich zur Gepäckausgabe. Ihr Koffer kam als letzter; als sie ihn endlich erblickte, fiel ihr ein Stein vom Herzen. Sosehr sie mit dem Personal in Nassau auch gestritten hatte, es hatte sich nicht dazu überreden lassen, ihre Sachen als Handgepäck zu deklarieren. Der Gedanke, dass alles außer Sichtweite verstaut wurde, hatte ihr gehörig Angst eingejagt.
Sie griff sich den schwarzen Koffer, stellte ihn auf die Rollen und schwang sich die Reisetasche ihres Vaters über die

Schulter. Kurz sah sie sich um. Niemand ging auf sie los, niemand versuchte, sich ihres Koffers zu bemächtigen.
Sie machte einen Umweg über die Damentoilette, wo sie sich kaltes Wasser ins Gesicht spritzte, bis sich ihre Haut taub anfühlte. Dann betrachtete sie sich im Spiegel. Ihre Müdigkeit hatte tiefe, dunkelrote Ringe unter den Augen hinterlassen, ihr Gesicht wirkte grau. Sie sah aus wie eine unterernährte Teenagerin und sicherlich nicht wie jemand, der es mit dem Propheten aufnehmen wollte.
Sie schloss die Augen. Ihr war schwindlig. Warum hatte sie nicht einfach wie geplant das Geld überwiesen? Welcher Teufel hatte sie nur geritten? Schließlich schüttelte sie den Kopf. Sie war müde, das war alles. Sie hatte die richtige Entscheidung getroffen. Das Geld war der einzige Grund, warum sie überhaupt noch am Leben war.
Harry sah sich auf der Toilette um und vergewisserte sich, dass sie allein war. Sie ließ die Kofferschlösser aufklicken und hob ein wenig den Deckel an. Das Geld war noch da. Sie drückte ihn zu. Dann schaltete sie ihr Handy ein und wählte Ruths Nummer. Sie hatte es mehrere Male vor dem Abflug auf den Bahamas versucht, war aber nie durchgekommen. Auch jetzt keine Antwort. Verdammt, wo steckte sie? Ihr wurde mulmig. Sie konnte es nicht allein durchziehen.
Ein Zittern lief ihr durch Arme und Beine. Sie ging neben ihrem Gepäck in die Hocke, legte den Kopf auf die Knie und atmete tief durch. Was, wenn jemand draußen in der Ankunftshalle auf sie wartete? Sie fröstelte. Sie sah auf die Uhr. 12:35 Uhr. Dann lehnte sie sich gegen ihr Gepäck und schloss die Augen. Vielleicht sollte sie einfach eine Weile lang hierbleiben. Hier konnten sie nicht reinkommen.

Sie blieb über zwei Stunden, lauschte auf die Gepäckförderbänder, wenn andere Maschinen eintrafen. Gepäckwagen rumpelten vorbei, Frauen strömten in die Toiletten und wieder hinaus. Ihre Oberschenkel wurden langsam taub. Wie lange konnte sie hierbleiben, bevor sie hinausgeworfen wurde?

Eine Gruppe von etwa zwanzig Teenagerinnen, in ihrem Maschinengewehr-Spanisch schnatternd, stürmte die Damentoilette. Sie waren an die siebzehn, achtzehn Jahre alt, drängelten sich vor den Spiegel, zeichneten ihr Make-up nach und schossen ihre Plaudersalven durch den Raum. Das Mädchen neben Harry nahm seine Uhr ab und zog sie auf.

»¿Es una hora más o una hora menos?« Sind wir eine Stunde vor oder eine Stunde zurück?

Niemand hörte sie im Trubel.

»Es una hora menos«, sagte Harry. *»Son las 14:35.«*

»Gracias.« Das Mädchen lächelte. Sie hatte zimtbraune Augen und dichtes, dunkles Haar.

Harry blinzelte. Dann betrachtete sie den Rest der Gruppe, den dunklen Teint, die schwarzen Augenbrauen, die schwarzen Haare der Mädchen. Sie stand auf, stellte sich zwischen sie und betrachtete ihr eigenes Spiegelbild. Dichte schwarze Locken, dunkle Augen. Ihre Haut war blasser, aber im Großen und Ganzen fiel sie unter ihnen kein bisschen auf. Nicht viel an Tarnung, aber mehr bekam sie vielleicht nicht.

Die Mädchen stürmten aus der Toilette. Harry packte ihre Sachen und folgte dichtauf. Draußen war die Gepäckausgabe von spanischen Studenten bevölkert, die sich nun gruppenweise zum Ausgang bewegten. Harry mischte sich mitten unter sie. Der Lärm war ohrenbetäubend. Die Menge schwemmte sie vorwärts. Als sie die Ankunftshalle erreichten, zog sie den Kopf ein und tat so, als würde sie an ihrem Koffer herumfummeln. Ihr Magen krampfte sich zusammen. Wenn jemand auf sie gewartet hatte, dann musste er mittlerweile doch sicherlich wieder verschwunden sein.

Die Studenten drängten sich um sie. Harry stolperte mit. Der Flughafen war voll mit Menschen. Mit gesenktem Blick, noch immer im Schutz ihrer Eskorte, schob sie sich durch die Menge. Niemand achtete auf sie. Schließlich erreichte sie den Hauptausgang und löste sich von ihrem Konvoi. Beim Zahlautomaten für den Flughafenparkplatz blieb sie stehen und warf mit zitternder Hand Münzen in die Maschine. Als sie sich über die Schulter umblickte, erstarrte sie.

Von der Menge umschlossen, etwa hundert Meter von ihr entfernt, stand ein großer Mann in schwarzer Lederjacke. Er hatte ihr den Rücken zugekehrt und ein Handy ans Ohr gedrückt. Sie konnte sein Gesicht nicht sehen, aber das strohblonde, unter der Mütze hervorragende Haar war unverkennbar.

Ihr wurde am ganzen Körper heiß. Zweimal hatte sie dieses Haar bereits gesehen: einmal in den Dublin Mountains und einmal vor dem Arbour-Hill-Gefängnis. Bei beiden Malen wäre sie fast umgebracht worden.

Der blonde Mann ließ seinen Blick über die Menge schweifen. Sie erhaschte sein Gesicht. Er war angespannt und blass, sein Gesichtsausdruck wirkte gehetzt. Harry blieb die Luft weg. Er lauschte jemandem am Telefon und nickte. Harry schob sich mit ihrem Koffer und den Taschen zum Ausgang. Der Mann zuckte bei dem, was er hörte, sichtlich zusammen, dann nickte er wieder. Er drehte sich um und kämpfte sich durch die Menge, weg von ihr in Richtung des Ankunftsbereichs.

Alles in ihr schrie danach zu laufen, aber sie widerstand. Langsame Bewegungen, und sie würde unsichtbar bleiben. Sie näherte sich den Türen, den Blick noch immer auf den sich entfernenden Rücken des Mannes gerichtet. Er kam im Menschengewühl nur langsam voran. Das Handy klebte nach wie vor an seinem Ohr.

Die automatischen Türen gingen auf. Sie trat darauf zu und sah abermals über die Schulter. Eine weitere Gestalt auf der anderen Seite der Halle fiel ihr ins Auge. Er drehte sich um die eigene Achse und beobachtete die Umgebung. An seinem Ohr ebenfalls ein Handy. Harry zuckte zusammen. Sie kannte diese Gestalt. Die breiten Schultern, die Statur. Jude Tiernan.

Jude verharrte. Mit verkniffenem Mund starrte er zu dem Mann mit dem blonden Haar. Dann schweifte sein Blick zu Harry. Es lief ihr eiskalt über den Rücken. Sein Blick verharrte auf ihr, dann sah er zurück zu dem Blonden und sprach in sein Handy. Der andere fuhr herum und starrte direkt zu Harry. Seine blassen Augen schienen sie förmlich zu verschlingen. Harry drehte sich um und stürzte durch die Türen.

Sie raste über die Straße zu dem mehrgeschossigen Parkdeck, hinter ihr klapperten die Kofferrollen. Im Zickzack schlängelte sie sich zwischen den abgestellten Wagen hindurch, die Taschen zerrten an ihren Armen. Wenn sie nur ihren Wagen erreichte. Sie ließ den Blick über die Autos schweifen, aber von einem roten Micra war nichts zu sehen.

Ihr Herz pochte. Sie wandte sich nach rechts und kämpfte sich die Rampe zum nächsten Stockwerk hinauf. Dröhnend wurden ihre Schritte vom Beton und der niedrigen Decke zurückgeworfen. Kurz sah sie hinter sich. Der Blonde sprintete auf die Rampe zu.

Wo zum Teufel war ihr Wagen? Sie fuhr herum, das Gewicht des Koffers renkte ihr fast den Arm aus. Vielleicht sollte sie ihn einfach abstellen. Aber was war dann mit dem Geld? Sie brauchte es noch. Falls sie jemals hier rauskam.

Hinter ihr hallten Schritte. Harry eilte zur nächsten Rampe und keuchte hinauf. Ein Mercedes jagte die Rampe herunter und kam quietschend nur wenige Zentimeter vor ihr zum Halt. Sie quetschte sich an ihm vorbei und rannte zum nächsten Stock.

Sie rief sich ins Gedächtnis, wo sie zwei Tage zuvor den Wagen abgestellt hatte: immer weiter die spiralförmigen Rampen hinauf, bis sie blinzelnd im Tageslicht nach einem Platz gesucht hatte. Tageslicht. Das war es. Sie hatte auf dem Dach geparkt.

Die Schritte hinter ihr wurden lauter, schneller. Harry spannte die Muskeln an und lief die letzten beiden Rampen hinauf. Ihre Beine wurden schwer, ihr Gepäck folterte ihre Arme. Endlich blendete Tageslicht ihre Augen. Von den geparkten Autos abgesehen, hielt sich niemand auf dem Dach auf. Nebel und Wolken tauchten alles in einen grauen Schleier. Ihr Nissan Micra war ein roter Fleck ganz hinten in der letzten Reihe.

Harry duckte sich, hastete gebückt durch die Fahrzeugreihen und zog das Gepäck hinter sich her. Ihre Finger und Handgelenke waren steif. Neben ihr waren stampfende Schritte zu hören, dann verstummten sie. Harry erstarrte.

[redacted]

Sie duckte sich noch mehr und lauschte, legte das Gesicht auf den Boden und spähte unter den Fahrzeugen hindurch. Jemand in Turnschuhen kroch parallel zu ihr zwischen den Autos hindurch. Er war nur zwei Reihen entfernt.
Harry hielt sich so tief wie möglich und hastete zur letzten Reihe. Alle paar Meter sah sie zu den Turnschuhen. Sie folgten ihr immer noch. Sie rannte zum Micra und ließ schließlich die Tasche und den Koffer los. Hektisch, mit steifen, zitternden Fingern suchte sie nach den Wagenschlüsseln, steckte den Schlüssel ins Schloss und drehte ihn um. Sie erhob sich leicht, hielt den Kopf jedoch tief. Ihre Knie knackten wie Brennholz. Sie zog am Türgriff und lauschte auf Schritte. Nichts.
Langsam öffnete sie die Tür, zuckte zusammen und wartete, dass sie knarrte. In der Türscheibe sah sie ihr eigenes Spiegelbild. Zerzaustes Haar, kreidebleiches Gesicht vor einem dunklen Hintergrund. Dann veränderte sich der Hintergrund. Harry riss die Augen auf. Ein anderes Spiegelbild war hinter ihr aufgetaucht. Aschfahles Gesicht, schwarze Mütze, Albino-Haarsträhnen.
Er packte sie, bevor sie sich umdrehen konnte, riss sie an den Haaren hoch und knallte sie mit dem Gesicht gegen die Autotür. In ihrem Kopf dröhnte es. Sie konnte die Augen nicht öffnen. Er presste sie mit seinem harten, muskulösen und strengriechenden Körper gegen den Wagen. Sie schlug nach hinten aus, traf aber nichts. Wieder packte er ihren Kopf, diesmal mit beiden Händen, und ließ ihn gegen das Autodach krachen. Schmerzen zuckten ihr durch den Schädel, ihre Beine brachen weg, und sie sackte gegen den Micra. Alles drehte sich.
Er hievte sie hoch und drehte ihr die Arme auf den Rü-

cken. Kalter Stahl glitt über ihre Handgelenke, sie hörte etwas klicken, dann einrasten. Der Stahl schnitt ihr in die Haut. Er zog ihr einen rauhen Stoff über den Kopf, worauf alles schwarz wurde. Ein Sack, grob und kratzig. Sie hörte, wie die Wagentür aufging. Dann schob er sie rein. Sie fiel über den Rücksitz und versuchte sich aufzurichten, aber Schwindel und Übelkeit ließen sie auf dem Boden kauern. Ihre Schultern waren zwischen den Sitzen eingeklemmt, die Arme taten ihr höllisch weh.

Etwas Schweres krachte auf den Sitz neben ihr. Ihr Gepäck.

Die Wagentüren wurden zugeknallt. Dann ging stotternd der Motor an, der Micra setzte sich in Bewegung, heftige Schmerzen fuhren ihr in die Arme. Sie glaubte, sie schwebe. Bilder von Jude Tiernan liefen wie bei einer Diashow vor ihren Augen ab: Jude beim KWC-Meeting, wo er nichts verloren hatte; Jude in der White's Bar, wo er so getan hatte, als würde er ihr helfen, um an Felix heranzukommen; Jude am Flughafen, wo er die tödlichen Anweisungen in sein Handy gesprochen hatte.

Ihre Gedanken trieben davon. Sie hätte ihm nie trauen dürfen.

51

Keuchend wachte Harry auf. Ihr Hals war rauh, die Nasenlöcher fühlten sich an, als würden sie brennen. Sie konnte nichts sehen. Etwas Nasses, Schweres haftete auf ihrem Gesicht. Sie atmete durch die Nase. Dämpfe waberten durch ihre Stirnhöhlen und ließen alles verschwimmen. Der Geruch war erstickend und erinnerte sie an Feueranzünder. Dann verstand sie. Mein Gott! Der Sack über ihrem Kopf war mit Benzin getränkt.

Sie versuchte erneut einzuatmen, aber unter den ätzenden Dämpfen musste sie würgen. Schmerzen brannten ihr im Hals und in den Schultern. Sie lag auf der Seite, die Arme noch immer auf dem Rücken gefesselt. Nach dem harten Boden zu schließen, befand sie sich nicht mehr im Wagen. Sie verdrehte den Kopf, um den Sack loszuwerden. Ein schmaler Spalt öffnete sich an ihrer Unterlippe und ließ ein wenig frische Luft herein. Sie sog sie auf und versuchte, nicht zu hyperventilieren.

Irgendwo von vorn kam ein scharrendes Geräusch. Dann Stille.

»Wer ist da?«, fragte Harry.

Sie hasste den jämmerlichen Tonfall ihrer Stimme. Keine Antwort. Sie hatte Angst, sich zu bewegen, damit der Sack nicht über ihren Mund rutschte. Dann hörte sie es wieder, dieses raspelnde Geräusch, gefolgt von einem leisen Zi-

schen. Sie versteifte sich am ganzen Körper. Großer Gott. Er entzündete Streichhölzer.
Harry strich sich über die Lippen. Das beißende Benzin brannte auf der Zunge. »Was geht hier vor sich?«
»Wir warten.« Eine Reibeisenstimme. Er war ganz in der Nähe.
Sie räusperte sich und wollte nicht bedrohlich wirken. Was nicht schwer war. »Können Sie mir nicht wenigstens die Kapuze abnehmen?«
»Nicht, solange er nicht hier ist.«
»Wie lang wird das dauern?«
»Nicht lang. Er ist uns vom Flughafen gefolgt.«
Ein weiteres Ratschen. Was machte er mit den entfachten Streichhölzern? Blies er sie wieder aus? Warf er sie in ihre Richtung? Sie stellte sich vor, wie der Sack Feuer fing, ihr Kopf eingeschlossen in der lodernden Kapuze, ihre Hände auf den Rücken gebunden. Ein Schrei brach sich Bahn, aber sie presste den Mund zu. Für Hysterie war nicht die Zeit. Sie musste weg, bevor Jude eintraf, bevor sie es mit zweien zu tun hatte.
Vorsichtig rang sie nach Luft.
»Vielleicht könnten Sie mir die Handschellen lockern?« Sie drückte den Rücken durch und fuhr mit den Fingerspitzen über den Boden hinter sich. Nichts als trockene Erde.
»Erst wenn er es sagt«, erwiderte der andere.
Sie streckte das rechte Bein aus, als wolle sie die Muskeln lockern. »Machen Sie immer, was er sagt?«
Sie tastete mit dem Fuß, bekam jedoch nichts zu fassen. Er zündete ein weiteres Streichholz an, ihr Bein verharrte. Er hatte ihre Frage nicht beantwortet.
»Lassen Sie mich raten«, sagte sie. »Ich wette, Sie machen

die ganze Drecksarbeit, und er bekommt das ganze Geld. So funktioniert das doch, oder?«

Noch immer keine Antwort. Sie riskierte es, das Bein abermals zu bewegen, und erkundete den Boden hinter sich. Ihr Fuß traf auf etwas Festes. Sie drückte dagegen. Es gab etwas nach, nicht viel. Ein Holzzaun vielleicht.

»Also, was springt für Sie dabei heraus?« Sie hörte, wie ein Deckel aufgeschraubt wurde. Sie rührte sich nicht mehr.

»Man kümmert sich um mich«, sagte er.

»Warum nehmen Sie nicht einfach das Geld und hauen ab? Es ist hier. Ich kann Sie nicht aufhalten, ich weiß noch nicht mal, wer Sie sind.«

Ein leises Rascheln war zu hören. Sie spürte, wie er näher rückte. Etwas ergoss sich in ein Gefäß. Ohne Vorwarnung traf sie ein kalter Schwall auf der Brust. Sie rang nach Atem und rollte sich aufs Gesicht. Der Benzingestank war überwältigend. Er schüttete immer weiter, tränkte sie. Ihre völlig durchnässte Bluse klebte ihr auf der Haut.

Dann hörte der Guss auf, und sie hörte, wie das Gefäß wieder zugeschraubt wurde. Er entfachte ein weiteres Streichholz. Dann lachte er, leise, näselnd.

Harry zitterte. Verdammt soll ihr Vater sein! Warum hatte er ihr nicht geholfen? Liebte er sie nicht genügend, um ihr zu helfen? Sie hätte ihn nicht beschützen, sondern zur Polizei gehen sollen – sollte er doch im Gefängnis verschimmeln! Der Schrei, den sie zuvor unterdrückt hatte, baute sich erneut auf und drohte aus ihr hervorzubrechen.

Etwas zischte ganz nah an ihrem Ohr und erlosch. Sie atmete die Dämpfe ein, die sie absonderte. Der Benzingeruch umgab sie wie eine Aura. Wie nah musste eine Flamme kommen, damit sie entzündet wurde? Sie dachte an Felix

Roche, der in seiner Wohnung abgefackelt worden war. Fast musste sie sich übergeben.

»Sie wollen mich also anzünden?«, fragte sie. »Genau wie Felix Roche?«

»Ich kenn die Namen nicht.« Er klang leicht erstaunt. »Ich kenn deinen nicht.«

Sie erstickte fast an ihrem Geruch und musste husten. Würde er sie noch umbringen, wenn er ihren Namen kannte?

»Harry«, sagte sie. »Ich heiße Harry.«

Sie wand sich, als sie ihren flehenden Tonfall hörte, und ballte hinter ihrem Rücken die Fäuste.

»Hier, ich hab noch ein paar Namen für Sie«, sagte sie. »Jonathan Spencer. Das war vor fast neun Jahren. In der Nähe vom IFSC. Können Sie sich an ihn noch erinnern? Und mein Vater. Sal Martinez. Sie haben letzte Woche am Arbour Hill versucht, ihn umzubringen.«

»Das IFSC. Daran erinnere ich mich noch. Gab damals viel Blut.« Er hielt inne. »Aber das am Arbour Hill, da irrst du dich. Ich wollte nicht ihn umbringen.« Er zündete ein neues Streichholz an. »Sondern dich.«

Harry keuchte. Sie war das Ziel gewesen?

»Er hat gesehen, was ich vorhatte«, fuhr der Mann fort, »und hat dich aus dem Weg gestoßen.« Ein weiteres Streichholz wurde entfacht. »Jammerschade, dass er jetzt nicht hier ist, um dich zu beschützen, was?«

Harry sah die verlassene Straße vor dem Gefängnis vor sich. Den Geländewagen, der auf sie zugerast kam, ihren Vater, der versuchte, aus dem Weg zu springen. Sie erinnerte sich an den Blick in seinem Gesicht. Zum ersten Mal erkannte sie jetzt, dass er nicht weggesprungen, sondern sich in die Bahn des Geländewagens geworfen hatte; dass

er nicht zufällig gegen sie gekracht, sondern sie absichtlich fortgestoßen hatte. Zum ersten Mal begriff sie, dass er ihr das Leben gerettet hatte.
Ein gewaltiger Schmerz durchbohrte ihre Brust, und plötzlich war sie wieder ein kleines Kind, das in den Armen ihres Vaters gewiegt werden wollte.
Ein Motor war ganz in der Nähe zu hören. Er verstummte, eine Tür wurde zugeworfen. Schritte kamen auf sie zu, erst auf Beton, dann auf weicherem Untergrund. Ein Moment der Stille. Dann zerrte jemand am Sack über ihrem Kopf und riss ihn weg.
Harry blinzelte, ihre Augen brannten von den Benzindämpfen. Sie lag auf einem schmalen Lehmpfad, die Wange gegen die Erde gepresst. Immer noch blinzelnd, sah sie zu dem Blonden auf, der neben ihr stand. Er hatte eine bauchige Flasche in der Hand, die noch zu zwei Dritteln mit Benzin gefüllt war. Zu seinen Füßen stand eine Glasschüssel mit gefalteten Streichholzbriefchen. Und am Boden neben ihrem Gesicht, nur wenige Zentimeter vor ihrer Nase, häuften sich die abgebrannten Streichhölzer.
Eisig lief es ihr über den Rücken. Sie sog die frische Luft ein, die würzig und seltsam vertraut roch. Sie drehte den Kopf und sah hinter sich. Der Holzzaun stellte sich als hohe, einem gewundenen Pfad folgende Hecke heraus. Etwas regte sich in ihrem Gedächtnis. Dann sah sie auf. Über ihr, auf allen Seiten, standen weitere dichte, hoch aufragende Hecken, höher als Gefängnismauern. Sie war in einem dunklen, grünen Tunnel gefangen. Sie schauderte. Sie wusste, wo sie sich befand.
Sie war in einem riesigen Labyrinth.

52

Ich habe immer gewusst, dass du mich zum Geld führen wirst, Harry.«

Sie fuhr herum. Dillon stand vor ihr. Er hatte eine Waffe in der Hand. Entgeistert starrte sie ihn an. »Dillon?«

»Ich wünschte, du hättest mir mehr vertraut«, sagte er mit sanfter Stimme. »Ich habe gewartet, aber du hast dich mir nie anvertraut.«

Sie versuchte sich aufzurichten. Schmerzen schossen ihr in die Schultern, und sie fiel wieder auf den Boden. Sie fühlte sich benebelt.

»Wir hätten uns zusammentun können«, fuhr er fort. »Hätten zusammen das Geld finden können.«

Sie blinzelte ihn an. Nebelschwaden trieben an ihm vorbei. Er war ganz in Schwarz gekleidet, genau wie damals, als sie sich zum ersten Mal gesehen hatten. Seine Lippen verzogen sich zu einem unergründlichen Lächeln.

»Ich verstehe das nicht«, sagte Harry.

»Oh, ich glaube schon.« Locker hielt er die auf ihren Magen gerichtete Waffe in der Hand. Gebannt starrte sie darauf. Sie hatte noch nie eine richtige Waffe gesehen.

Großer Gott. Dillon. Ihr Schulmädchenschwarm. Ihr Boss. Ihr Liebhaber. Sie schauderte. Dann bemerkte sie die Taschen zu seinen Füßen: die pralle Reisetasche ihres Vaters und den schwarzen Koffer der Rosenstock Bank. Der Kof-

ferdeckel stand offen, purpurrote Geldscheine waren zu sehen.
Dillon folgte ihrem Blick, trat einen Schritt zurück und ging neben dem Koffer in die Hocke. Mit beiden Händen griff er tief hinein und zog drei dicke Bündel heraus, hielt sie sich vor die Nase und atmete tief ein. Dann stand er auf, warf sie in den Koffer und klappte mit dem Fuß den Deckel zu.
»Du hättest das Geld einfach überweisen sollen, wie ich es gesagt habe. Dann hättest du uns allen eine Menge Ärger erspart.«
Vehement trat er gegen die Reisetasche ihres Vaters. Harry zuckte zusammen und schob sich auf der Erde nach hinten. Erneut trat er mit verzerrter Miene gegen die Tasche. Die Leinwand riss an einer Naht auf, ein Teil des Inhalts rutschte heraus: ihr cremefarbenes Seidenkleid, das Pokerset ihres Vaters.
Der Blonde hob das Seidenkleid auf und hielt es sich an die Nase. Dann holte er wie Dillon zuvor mit dem Fuß aus und trat ihr in den Magen. Sie schrie auf und klappte zusammen. Ihr Magen verkrampfte sich vor Schmerzen. Großer Gott! Sie meinten es ernst. Sie wollten sie wirklich umbringen. Sie zog die Schultern hoch und wartete auf den nächsten Tritt. Dillon verpasste dem Pokerset ihres Vaters einen Tritt, so dass es über den Boden schlitterte. Harry starrte auf den Abdruck, den sein Fuß im Kasten hinterlassen hatte, und ballte die Fäuste. Diese Scheißkerle! Sie würde nicht einfach hier liegen bleiben und darauf warten, dass sie starb.
Sie schluckte. »Ich dachte, der Prophet sei ein Banker bei JX Warner gewesen. Wo zum Teufel passt du da rein?«

Der Blonde holte erneut mit dem Fuß aus, aber Dillon scheuchte ihn mit der Waffe zurück.
»Wo ich reinpasse? Ganz oben«, sagte er. »Ich war zwei Jahre lang bei JX Warner Leiter der IT-Sicherheit. Ich hatte Zugang zu mehr vertraulichen Informationen als jeder Investmentbanker.«
Er lächelte und wischte sich mit dem Ärmel über die Stirn. Hinter ihm im Nebel erkannte Harry die rote dreieckige Flagge, die den Eingang zum Labyrinth markierte.
Sie war nur etwa zehn Meter davon entfernt, unter den gegebenen Umständen aber hätten es auch zehn Meilen sein können.
»Leon Ritch hat mich erst auf die Idee gebracht, obwohl er das nie wusste«, fuhr Dillon fort. »Er wurde nach ein paar zwielichtigen Deals von JX Warner gefeuert. Ich hab damals mitgeholfen, die Beweise gegen ihn zusammenzutragen, belastende E-Mails und Dokumente, die er zurückgelassen hatte. Ich behielt ihn nach seinem Abgang im Auge. Ein Banker mit geschmeidigen Moralvorstellungen, das war genau das, was ich brauchte.«
»Was ist mit meinem Vater?« Harry sah zu den Hecken. Sie mussten mindestens vier Meter hoch sein und dichter als armierter Beton. »Wie hast du ihn angeheuert?«
»Eigentlich war es Leons Idee, die Sache auszuweiten. Mehr Informationsquellen, mehr Kohle. Zuerst kam Ashford, dann Spencer, dann dein Vater.«
»Und Jude Tiernan?«
Dillon zog die Augenbrauen hoch. »Der Moralapostel? Keine Chance. Der hätte uns alle verpfiffen.«
Harry runzelte die Stirn und sah Jude vor sich, wie er am Flughafen den Blick über die Menge hatte schweifen las-

sen. Scheiße! Er hatte versucht, ihr zu helfen, nicht, sie umzubringen.

Dillon stellte sich vor sie und blockierte den Blick zum Ausgang. Selbst wenn sie hätte weglaufen können, wäre ihr nur der Weg tiefer ins Labyrinth hinein geblieben.

Er ging wieder in die Hocke, sein Blick wanderte über ihr Gesicht. Dann hob er die Hand, als wolle er sie streicheln, schien es sich aber anders zu überlegen. »Stell dir vor, wie ich mich gefühlt habe, als sich herausstellte, dass eine von Leons Quellen der Vater der kleinen Pirata war.«

Die Schlussfolgerung war nicht schwer. »Du hast mich also nicht gezielt für Lúbra angeworben, sondern mich nur benutzt, um an das Geld zu kommen.«

»So war es anfangs gedacht, ja.« Er ließ den Blick sinken. »Ich dachte, wenn ich dich nur genügend einschüchtere, wirst du deinen Vater dazu überreden, das Geld rauszurücken. Aber du warst so starrköpfig und wolltest ihn noch nicht mal besuchen. Ich hätte es mir gleich denken können.«

»Das mit dem Einschüchtern ist dir gelungen. Ich hätte auf diesen verdammten Gleisen umkommen können.« Sie sah kurz über die Schulter. Der schmale Pfad hinter ihr gabelte sich in drei Wege. Irgendwo musste es einen weiteren Ausgang geben. Aber wo?

»Cameron hat es entgegen den Anweisungen auf dem Bahnhof ein wenig übertrieben.« Dillon deutete mit der Waffe auf ihn. »Du kennst meinen Bruder Cameron, oder?«

Harry riss den Kopf herum, mit offenem Mund sah sie zu dem Blonden mit seiner blassen Haut und den eingefallenen Schultern. Sein Blick war auf Dillon fixiert, dabei glich er einem malträtierten Straßenköter, der auf seinen Befehl wartete. Sie sah zu Dillon, seiner gebräunten Haut, der attraktiven Erscheinung. Und dann fiel es ihr ein, und alles ergab Sinn. Dillon hatte davon gesprochen, dass er adoptiert worden sei. Das also war der völlig kaputte jüngere Bruder, der im Gefängnis gelandet war.

Harry zitterte, nicht nur wegen ihrer durchtränkten kalten Kleidung. »Was war mit seinen Anweisungen in Arbour Hill? Da hat er mich doch umbringen sollen, oder?«

Dillon stand auf und wandte sich von ihr ab. »Mit dem Einschüchtern hat es nicht geklappt. Sal wollte von dem Geld nicht lassen.« Er schüttelte den Kopf. »Was ist er bloß für ein Vater, der noch nicht mal seiner eigenen Tochter helfen will?«

Harry spürte den Impuls, ihren Vater zu verteidigen, aber wozu? Sie legte ihre Wange auf den Boden. Ihr Hals tat ihr weh, wenn sie zu ihm aufblicken musste. Fieberhaft suchte sie nach einem Ausweg aus dem Labyrinth. Sätze schwirrten ihr durch den Kopf: einfach-zusammenhängend und Linke-Hand-Regel; menschenfressender Minotaurus, halb Mensch, halb Stier. Scheiß auf König Minos und sein verdammtes Labyrinth.

»Ich musste Sal eine Warnung zukommen lassen.« Dillon, den Rücken noch immer zu ihr gewandt, senkte den Kopf. »Ich musste ihm zeigen, dass ich das, was ihm lieb und teuer ist, vernichten kann.«

Ihr Herz pochte. »Aber es ist schiefgegangen, oder? Nicht ich bin im Krankenhaus gelandet, sondern er.«

Er hielt inne, dann drehte er sich zu ihr um. »Ich war froh darüber«, sagte er leise.

Er schluckte und sah auf die Waffe in seiner Hand. Dann richtete er den Lauf auf ihr Gesicht. Harry hob den Kopf.

Noch nicht! Ihr Herz raste. Frag ihn was anderes! Irgendwas.

»Was ist mit Leon?« Ihr Mund war trocken. »Bekommt er jetzt einen Anteil vom Geld?«

»Leon wird überhaupt nichts mehr bekommen. Er hat einen Fehler begangen, als er seinen Schläger auf mich angesetzt hat. Er ist mir zu dicht auf die Pelle gerückt.« Er sah zu seinem Bruder. »Cameron hat sich um ihn gekümmert.«

»Du hast ihn umgebracht?«

»Er war nur ein Schwein, der alles ausbaden sollte, falls was schiefging. Ich hab dafür gesorgt, dass überall seine dreckigen Fingerabdrücke auftauchen.«

Harry dachte an Leons Adresse, die in den Bankunterlagen zu ihrem Konto erschienen waren; den Kontoauszug, der ihm zugeschickt worden war; den Privatdetektiv, den er angeheuert hatte, um ihr zu folgen. Dillon hatte recht. Er hatte überall seine Spuren hinterlassen.

»Dann hast du dich also in mein Konto eingehackt?«, sagte sie.

Er lächelte. »Ich hatte großen Spaß dabei. Vor allem, als du sagtest, du würdest mir das Geld geben, und ich es dann verschwinden ließ.«

Und plötzlich verstand sie die Zusammenhänge; plötzlich passte alles zusammen. Der Pen-Test bei der Sheridan Bank. Es war alles geplant. Dillon wusste, dass sie dort ihr Konto hatte; schließlich zahlte er ja ihr Gehalt. Und er wusste von dem RAT, den sie immer zurückließ, die bewusst eingerichtete Hintertür, um die Clean-up-Tools der Bank zu testen. Und Dillon hatte den RAT aus Imogens Bericht herausgehalten. Er hatte nicht gewollt, dass er gesäubert wurde.

Er trat einen Schritt auf sie zu und richtete den Lauf der Waffe auf die Stelle zwischen ihren Augen. Seine Hand zitterte leicht. Aus der Nähe wirkte sein Gesicht grau, von Falten überzogen, die ihr bislang nicht aufgefallen waren. Sie musste an den missionarischen einundzwanzigjährigen Jungen denken, der ihr von der Suche nach der Wahrheit erzählt hatte.

»Was ist geschehen, Dillon?«, flüsterte sie. »Hat das viele Dotcom-Geld dir nicht mehr gereicht?«

Sein Mund verhärtete sich. »Scheiß Dotcom. Alle im Land sind über Nacht zu Millionären geworden, alle außer mir. Ich habe nie die Chance dazu bekommen.« Sein Blick schweifte in die Ferne. »Früher, da war ich immer der Beste. Immer an erster Stelle. Ich hatte mehr Talent als die anderen. Die große Karriere, der tolle Computertyp mit dem besten Gehalt. Und plötzlich sollte ich der große Loser sein? Das verstehst du doch, oder, Harry?«

Sie biss sich auf die Lippen. »Die Dotcom-Story diente also nur zur Tarnung?«

Er nickte. »Genau wie Lúbra Security. Oh, es war anfangs durchaus als ernsthaftes Unternehmen gedacht. Aber wie zum Teufel soll man denn noch Gewinn machen, nachdem es mit den Dotcoms so den Bach runtergegangen ist? Letztes Jahr bin ich kurz vor der Pleite gestanden.« Er schnaubte. »Also habe ich wieder an den Sorohan-Deal gedacht und an das viele Geld, um das Sal mich betrogen hat. Das Geld gehört mir, und ich wollte es wiederhaben.«

Er sah ihr in die Augen und lächelte sein Halblächeln. Einen kurzen Moment lang wurde sein Blick weicher. Dann umfasste er ihr Kinn und hob ihren Kopf an. Ihr graute bei seiner Berührung, und sie musste an die Nacht denken, in der er ihren Körper mit seinem Mund gekostet hatte. Übelkeit rührte sich in ihrem Magen.

»Es ist für uns beide noch nicht zu spät, Harry«, flüsterte er. Leidenschaft lag in seinem Blick, er musterte ihr Gesicht und suchte etwas darin. »Oder?«

Harry schluckte. Lächle. Tu so als ob. Konnte doch nicht so schwer sein. Sie öffnete den Mund, wollte etwas erwidern und ließ kurz den Blickkontakt abreißen. Ein Fehler. Dillon schob ihr Kinn zur Seite und sah weg.

»Lüg mich nicht an, Harry, niemals.« Dann trat er zu Cameron, hielt mit beiden Händen die Waffe und richtete sie auf ihr Gesicht. »Stell sie auf die Beine.«

»Du hast gesagt, ich könnte mich mit ihr ein bisschen vergnügen?«, sagte Cameron.

»Du wirst dich mit ihr vergnügen dürfen. Nimm ihr die Handschellen ab.«

Cameron zog sie an den Armen hoch. Das Blut schoss ihr in die Ohren, sie schwankte. Irgendetwas wummerte in der Ferne. Cameron nahm ihr die Handschellen ab. Ihre steifen, tauben Arme fielen nach unten.

»Danke«, sagte sie, rieb sich die Handgelenke und hasste ihren unterwürfigen Tonfall.

»Ich mach es nicht für dich.« Dillon sah sie kalt an, das Lächeln war verschwunden. »Handschellen an einem Unfallort sind schwer zu erklären.«

»Und ein benzingetränkter Leichnam nicht?« Sie sah zum Pfad hinter sich. In drei, vier Schritten wäre sie um die nächste Kurve. Wie lang würde er brauchen, um den Abzug durchzudrücken?

Dillon zuckte mit den Schultern. »Spielt eigentlich keine Rolle. Hier draußen wird sowieso keiner nach dir suchen.«

Das ferne Wummern wurde lauter. Es schien von oben zu kommen. Harry blickte zum Himmel. Alles war in Nebel getaucht.

»Unfälle sind Camerons Spezialität«, sagte Dillon und hob die Stimme, um sich im Lärm verständlich machen zu können. »Seitdem er unsere Mutter die Treppe hinuntergestoßen hat. Ich hab ihn auf der obersten Stufe gefunden, völlig unter Drogen. Ich musste ihm helfen, es so hinzudrehen, er brachte ja keinen klaren Gedanken mehr zusammen. Seitdem zahlt er mir den Gefallen zurück. Nicht wahr, Cameron?«

Cameron drückte sich die bauchige Benzinflasche an die Brust und starrte auf den Boden. Plötzlich kam Wind auf. Die dichten Hecken bogen sich, Staub wirbelte Harry in die Augen, über allem lag ohrenbetäubender Lärm.

Ein himmelblauer Helikopter durchbrach den Nebel. Ein Windstoß zerrte an Harrys Kleidung und drohte, sie wegzuwehen. Die Hecken wurden geschüttelt und sahen aus, als würden sie sich jeden Moment losreißen. Dillon bückte sich im wirbelnden Wind, hob schützend einen Arm, richtete sich wieder auf und zielte auf ihr Gesicht. Ruckartig näherte sich ihnen der Helikopter, ein Seil hing an einer Seite aus dem Cockpit, in dem Judes breitschultrige Gestalt auszumachen war.

Harry wurde ganz leicht ums Herz. Jude riss sich die Kopfhörer von den Ohren und schrie ihr etwas zu, aber das Wummern des Rotors überdröhnte ihn. Er deutete mit dem Finger auf das Seil und brachte den Hubschrauber noch niedriger. Selbst von unten aus konnte sie erkennen, dass er die Augen weit aufgerissen hatte, dass sein Gesicht kreidebleich war.

Harry sah zu Dillon. Der Lauf der Waffe war auf sie gerichtet, er schluckte mehrmals und spannte den Finger um den Abzug. Der Helikopter schwebte direkt über ihr, das baumelnde Seil war nur wenige Meter entfernt. Aber er würde sie umbringen, bevor sie auch nur einen Schritt machte.

Plötzlich schwang Dillon herum und eröffnete das Feuer auf den Helikopter. Kugeln durchschlugen die Bodenplatte, metallisches Klirren war zu hören. Der Hubschrauber drehte nach links ab. Schuss auf Schuss gab Dillon ab. Der Hubschrauber schwankte, aus dem Heck quoll eine schwarze Rauchfahne, dann neigte er sich nach links und schmierte kurz oberhalb der Hecken über dem Labyrinth ab.

Erneut zielte Dillon. Diesmal zögerte Harry nicht. Mit zwei Schritten war sie bei der Weggabelung und stürmte in die linke Abzweigung. Sie stolperte gegen die Hecke und torkelte um die Kurve. Schüsse knallten, dann hörte sie, wie das Triebwerk des Helikopters aussetzte. Er schwebte über ihr, krängte und ging über dem Labyrinth nieder. Die Rotorblätter frästen sich in die Hecken, zerhäckselten sie wie ein riesiger Mixer, schnitten sich tief in den Boden, zerbarsten und katapultierten Metallsplitter in die Luft. Mit einem zermalmenden Kreischen stellte sich die Maschine hochkant und verschwand hinter den Hecken.

Mehrere Sekunden lang herrschte Stille. Keine Triebwerksgeräusche, keine schneidenden Rotorblätter. Harry stürmte durch den Pfad, alles in ihr schrie auf. Was zum Teufel hatte sie getan? Dann hörte sie einen Knall und das unverkennbare Zischen von Flammen. Großer Gott! Wenn Jude tot war, war alles ihre Schuld.

Sie krachte gegen eine Heckenwand. Eine Abzweigung.

Scheiße, wohin? Ihre Brust brannte, sie fühlte sich, als leide sie unter Fieber. Die Linke-Hand-Regel. Leg die Hand an die Wand und folge ihr. Aber dann würde sie doch immer im Kreis laufen? Hinter sich hörte sie Schritte. Sie streckte die linke Hand zur Hecke aus und raste in die linke Abzweigung. Sie rang nach Luft. Weiter!

Sie folgte dem Pfad, der spiralförmig in scheinbare Sackgassen und wieder heraus führte. Immer im Kreis, ein Tunnel nach dem nächsten, bis ihr schwindlig wurde.

Dann hörten die Kreise auf. Der Pfad wurde breiter und gerader. Das Laub dünner. Die Luft war frischer, wie in einem Wald, und der Himmel schien heller zu werden. Vor ihr tat sich eine von einer blauen Flagge markierte Öffnung auf. Breiter als die üblichen Pfade. Sie stürzte darauf zu, rannte weiter, bis sie, Atem holend, zum Halt kam.

Sie befand sich auf einer runden Lichtung mit einem sorgsam gepflegten Rasen. Ein paar Meter vor ihr lag Jude mit dem Gesicht nach unten im Gras. Alles in ihr zog sich zusammen. Der Hubschrauber stand in der Mitte der Lichtung in Flammen. Eine Blutspur zog sich von dort zu Jude. Neben dem Helikopter ragte eine riesige, über drei Meter große Statue auf; ein gigantischer schwarzer Gladiator. Stolz und aufrecht stand er da mit breiten, starken Schultern und einem Speer, den er in der Hand hielt. Der Kopf auf dem stämmigen Hals allerdings war der einer hässlichen Missgeburt. Es war der Kopf eines wütenden Stiers.

Harry schloss die Augen. Dillons Minotaurus. Sie war in die Mitte seines verdammten Labyrinths gelaufen.

»Es ist aus, Harry, gib auf.«

Dillon trat rechts von ihr durch eine Öffnung auf die Lichtung. Er hatte noch immer seine Waffe in der Hand. Hinter

ihr raschelte etwas. Sie fuhr herum. Am Eingang erschien Cameron, in der einen Hand die Benzinflasche, in der anderen ihren schwarzen Koffer. Harry wich zurück, vorbei an Judes reglosem Körper. Cameron folgte ihr mit seinen blassen Augen. Dillon blieb parallel zu ihnen und ließ sie beide nicht aus den Augen.
Harry spürte die sengende Hitze der Flammen. Der Hubschrauber war nur wenige Meter entfernt. Der Benzingeruch, der von ihr ausging, war stärker als zuvor. Noch ein paar Schritte zum Helikopter, und sie würde sich wie ein Zündholz entfachen. Sie stolperte nach hinten gegen das Podest des Minotaurus. Die massive Steinplatte kühlte ihren Rücken. Cameron kam näher. Sie spürte seinen heißen Atem im Gesicht. Er stellte den Koffer ab und begann, die Benzinflasche aufzuschrauben.
»Cameron!« Dillon trat einen Schritt vor. »Nicht mit dem Scheißgeld. Wirf mir den Koffer rüber.«
Aber Cameron war wie in Trance. Er öffnete den Mund, sein Atem wurde flacher. Harry riss die Augen auf, als er in seine Hosentasche griff und ein Feuerzeug herauszog.
»Cameron!« Dillon richtete die Waffe auf ihn. »Hör mir zu!«
Mit dem Daumen entfachte Cameron das Feuerzeug. Eine zehn Zentimeter lange Flamme schoss heraus. Er hielt sie Harry vors Gesicht. Sie zuckte zurück und wich um das Podest herum aus. Sie sah Jude, der sich rührte und auf den Knien aufrichtete. Sein Hemd war blutgetränkt, sein linker Arm hing seltsam zur Seite. Dillon fuhr herum und richtete die Waffe auf ihn. »Bleib auf dem Boden!«
Jude riss den Kopf hoch und erstarrte. Seine verbrannte Haut war von Bläschen überzogen. Cameron sah kurz über

die Schulter zu ihm. Im gleichen Augenblick schnappte sich Harry den Koffer und drückte ihn sich an die Brust.
Doch Cameron schien es gar nicht zu bemerken. Er kam näher, hielt Harry die Flasche über den Kopf und besprenkelte sie mit Benzin, als taufe er sie. Die kalte Flüssigkeit tropfte ihr über Gesicht und Hals und verteilte sich über dem schwarzen Koffer. Die Feuerzeugflamme züngelte wie eine Schlange, die ihr Opfer witterte.
Ein Schuss explodierte. Harry fuhr zusammen, hielt den Atem an und wartete auf die Schmerzen. Sie hörte Jude aufschreien. Cameron zog die Augenbrauen hoch.
»Weißt du, meine Mutter ist wirklich an einem Unfall gestorben«, kam es von Dillon mit erstickter Stimme. »Er hat sie nicht umgebracht.«
Cameron runzelte die Stirn und schwankte ein wenig. Der Schuss dröhnte Harry noch immer in den Ohren.
»Ich hab es ihm eingeredet«, fuhr Dillon fort. »Er war so zugedröhnt, dass er sich nicht mehr daran erinnern konnte.«
Camerons Blick flackerte, er stierte in die Ferne. Sein linkes Augenlid zuckte schwach.
»Danach hat er alles gemacht, was ich wollte«, sagte Dillon.
Camerons Schultern fielen ein, dann sackte er gegen Harry und drückte sie mit seinem Gewicht gegen das Podest. Sie schrie auf und fiel zu Boden, der Koffer glitt ihr aus der Hand. Cameron krachte auf sie und raubte ihr den Atem. Zitternd befreite sie sich von ihm. Cameron lag mit dem Gesicht nach unten im Gras, über seinen Rücken breitete sich ein großer roter Fleck aus. Harry schlug beide Hände vor den Mund und unterdrückte einen Schrei.

»Wirf mir das Geld rüber, Harry, und alles ist vorbei«, schrie Dillon.

Harry riss den Kopf hoch. Das Podest blockierte die Sicht auf ihn. Sie sah zum Koffer und dann zur Benzinflasche, die Cameron noch immer umklammert hielt. Sie war fast halb voll.

»Harry?«

Sie hörte seine Schritte im Gras, während er die Statue umrundete. Ihr Puls raste. Sie packte die Benzinflasche. Dann öffnete sie den schwarzen Koffer und leerte darüber die Flasche aus. Quälend langsam gluckerte die Flüssigkeit heraus. Komm schon, komm schon! Als die Flasche endlich leer war, klappte sie den Koffer zu. Sie blickte auf und sah in den Lauf von Dillons Waffe.

»Wirf mir den Koffer rüber.«

Schweiß rann ihm übers Gesicht. Sein Blick schweifte zu Cameron, schnell sah er wieder weg. Hinter ihm knisterte der Hubschrauber, aus dem wie bei einem Feuerwerk Funken in den Himmel schlugen.

Harry hievte sich auf die Beine und hob mit beiden Händen den Koffer an, der jetzt noch schwerer war. Ihre Arme zitterten. Sie sah hinter sich. Jude beobachtete alles. Sie drehte sich zu Dillon um. Sein Gesicht war bleich.

»Das bist du nicht gewohnt, stimmt's?« Sie keuchte. »Sonst machen immer andere die Drecksarbeit für dich.«

»Gib mir den verdammten Koffer!«

Harry hob den Koffer hoch, in dem die durchtränkten Geldbündel wie Ziegelsteine verrutschen, holte wie eine Speerwerferin aus und schleuderte den Koffer in die Luft. Er segelte an Dillon vorbei und krachte in den brennenden Hubschrauber.

Dillon starrte ihm nach, und für den Bruchteil einer Sekunde geschah nichts. Dann stieß er einen Schrei aus und stürzte dem Koffer hinterher in die Flammen. Gleichzeitig wirbelte Harry herum.

»Los!«, rief sie Jude zu.

Jude rappelte sich auf. Mit einer Hand hielt er seinen verletzten Arm fest, während sie zusammen zum Ausgang der Lichtung rannten. Von hinten war ein röhrender Luftzug zu spüren. Harry, die als Erste den Ausgang erreichte, warf sich hinter der Hecke in Deckung. Neben ihr krachte Jude zu Boden und schrie vor Schmerzen auf. Das Röhren wuchs an und entlud sich in einer Explosion, deren Druckwelle durch die Hecken fegte. Ein sengender Glutball beleuchtete das Labyrinth. Harry hielt sich die Hand vor die Augen. Um sie herum prasselten die Zweige. Harry schlang fest die Arme um ihre benzingetränkten Sachen. Dann stand sie auf und zerrte an Judes Ärmel. Sie legte die rechte Hand an die Heckenwand und stolperte in den Pfad hinein. Die linke Hand am Körper, die rechte an der Hecke. Ihre Beine zitterten. Ein flackernder orangefarbener Schein tauchte alles in ein blassgelbes Licht. Sie folgte dem korkenzieherähnlichen Pfad, Jude folgte dichtauf. Kein einziges Mal nahm sie die Hand von der Hecke, bis sie die Reisetasche ihres Vaters erblickte und die rote dreieckige Flagge, die vor ihr den Ausgang anzeigte.

53

Wie viel Geld war in dem Koffer?«

Harry wich Detective Lynnes durchdringendem Blick aus und antwortete nichts. Sie saß auf dem Rasen hinter Dillons Haus und starrte auf die roten Flammen, die die Mitte des Labyrinths verschlangen. Feuerwehrmänner hatten ihre Schläuche ausgerollt, richteten den Strahl auf die Hecken und versuchten, das Inferno einzudämmen.

Sie ließ das Schweigen andauern. Er machte es nicht anders. Eine Technik, die er die vergangene halbe Stunde angewandt hatte, in der Hoffnung, sie würde die Stille mit Geplapper und Informationen füllen. Doch das tat sie nicht.

Lynne ergriff als Erster das Wort.

»Wir werden es sowieso herausfinden, das sollte Ihnen klar sein.« Mit dem Kopf wies er in Richtung der Flammen. »Die Forensik kann mittlerweile fast alles wiederherstellen.«

Harry sah ihn an, musterte seine schmale Gestalt, die schmale Krawatte. Alles an ihm war klein und ordentlich, aber auch ein wenig schäbig.

»Warum interessiert Sie das?«, fragte sie schließlich.

»Der Sorohan-Fall ist nie abgeschlossen worden. Wir haben das Geld nie gefunden.« Er betrachtete sie, als würden sie an einem Schachbrett sitzen und als hätte er gerade

seine nächsten zehn Züge ausgearbeitet. »Und ich werde den Fall so lange verfolgen, bis wir das Geld haben.«
Harry nickte, schloss die Augen und richtete das Gesicht den Flammen zu. Sie fühlte sich taub; die Hitze wärmte ihre Wangen. Kurz sah sie wieder Dillon vor sich, der, vor Wut und Schmerzen brüllend, in den brennenden Helikopter stürzte. Krampfhaft griff sie nach Grasbüscheln. Sie schluckte und konzentrierte sich auf ihr kribbelndes Gesicht und den verkohlten Geruch, der in der Luft hing.
Als sie die Augen aufschlug, war Lynne verschwunden. Der verdammte Typ kam und ging wie eine Katze. Ihr Blick fiel auf Jude. Er stand auf und setzte sich neben sie. Sein Arm war in einer Schlinge ruhig gestellt, seine Wangen waren noch feucht, nachdem man versucht hatte, seine Verbrennungen zu kühlen. Sein Hemd war steif vom geronnenen Blut aus der tiefen Wunde an seiner Schulter.
»Alles in Ordnung?«, fragte er.
Sie nickte und biss sich auf die Lippen. Eine Weile lang schwiegen sie beide. Der Boden des Labyrinths hatte sich mittlerweile in Morast verwandelt, die Hecken waren patschnass und wirkten verwahrlost. Die Flammen waren erstickt, übrig blieb nur dunkles, nasses Gelände.
»Ich habe Sie am Flughafen gesehen«, sagte Harry schließlich. »Ich bin weggelaufen.«
»Ich weiß.«
»Woher wussten Sie, dass ich da sein würde?«
»Diese Reporterin hat mich am Morgen angerufen.«
Sie war erstaunt. »Ruth Woods?«
Er nickte. »Sie hat gestern den ganzen Tag versucht, Sie zu erreichen, aber keine Antwort bekommen. Schließlich hat sie mich angerufen.«

Gestern. Harry dachte an den vergangenen Tag und was sie – unter Einberechnung des Zeitunterschieds – wann getan hatte. Sie nickte, als sie sich an die verpassten Anrufe erinnerte, während sie sich auf das Treffen mit Owen Johnson vorbereitet hatte.

»Sie wollte Leon Ritch aufsuchen«, sagte Jude. »Er war schon tot, bevor sie mit ihm reden konnte. Aber sie hat bei ihm so eine Art Dossier gefunden. Er hat herausgefunden, dass Dillon ungefähr zu gleichen Zeit bei JX Warner gearbeitet hatte wie der Prophet.«

»Das heißt noch nichts. Sie waren damals auch dort beschäftigt.«

»Es gab noch eine andere Verbindung. Leon wusste von Dillons Bruder. Er hatte Fotos, Namen, er hatte die Verbindung zwischen den beiden hergestellt. Und er hatte den Beweis, dass er hinter dem Unfall Ihres Vaters steckte.« Er sah ihr in die Augen. »Tut mir leid.«

Wieder nickte Harry und sah weg.

»Wie auch immer, die Reporterin hat das alles zusammengesetzt.« Sein Mund verhärtete sich. »Was die Polizei auch getan hätte, wenn die Beamten das Dossier gefunden hätten.«

»Was wollen Sie damit sagen?«

»Ihre verdammte Reporterin hat alles zurückgehalten. Sie wollte mit der Story groß rauskommen, bevor die Polizei die Sache unter Verschluss nahm. Wäre sie nicht gewesen, hätte Dillon schon gestern verhaftet werden können.« Er deutete auf das Labyrinth. »Und das alles wäre nicht passiert.«

Harry folgte seinem Blick. Ein halbes Dutzend Beamte in schusssicherer Montur schwärmte ins Labyrinth, geleitet

wurden sie von einem Beamten auf der Aussichtsplattform. Einer von ihnen hatte über dem Arm große Säcke mit Reißverschlüssen hängen, die wie die Kleidersäcke einer Reinigung aussahen. Jude musste sie auch gesehen haben.
»Leichensäcke«, sagte er.
Harry schluckte und schloss die Augen.
»Sie haben mich also warnen wollen«, sagte sie nach einer Weile.
Er nickte. »Jemand musste es doch tun. Ihre Reporterin ist abgetaucht, um an ihrer Story zu arbeiten.«
Sie sah ihm in die Augen und dachte an den dichten, undurchdringlichen Nebel und seine Angst, bei solcher Witterung zu fliegen. »Danke.«
Er nickte. Wieder schwiegen sie. Dann sagte er: »Wissen Sie, er hat es nie ertragen, wenn etwas nicht klappte, schon auf dem College nicht. Dillon, meine ich. Er musste bei allem immer der Beste sein.«
Harry betrachtete ihre Hände und konnte darauf nichts erwidern.
Jude räusperte sich. »Dann haben Sie das Sorohan-Geld also gefunden?«
Harry sah zu den Beamten in der Nähe des Labyrinths und schüttelte den Kopf. »Das habe ich der Polizei nicht gesagt. Ich habe ihnen gesagt, es war kein Geld drin.«
»Aber …«
Wieder schüttelte sie den Kopf. »Warum sollte ich es erzählen? Was soll es noch? Es würde meinen Vater nur verletzen, wenn das Geld auch noch mit hineingezogen wird.«
Jude runzelte die Stirn. Dann schien er es zu verstehen. Er starrte auf die rauchenden Hecken.
»Wie viel war drin?«, fragte er leise.

Harry zögerte. »Fünfzehn Millionen Euro.«
Er stieß einen leisen Pfiff aus und lehnte sich auf seinen gesunden Ellbogen. Harry spürte, wie sich ihr Körper langsam entspannte. Dann dachte sie an Arbour Hill, das trostlose Gefängnis, an die Insassen und ihre verdammten Seelen. Sie dachte an den beschwingten Gang ihres Vaters, als er es verlassen durfte. Vielleicht war es dumm, die Polizei zu belügen, doch sie wusste, sie konnte nicht zulassen, dass er dorthin zurückgeschickt wurde. Sie musste es darauf ankommen lassen, was die Beamten unter den verkohlten Überresten im Labyrinth noch finden würden. Soweit sie es betraf, hatte ihr Vater nichts mehr zu verbergen.
Allerdings hätte sie sich um ihren Vater keine Sorgen mehr machen müssen. Einige Wochen darauf teilten die Ärzte ihr mit, dass er im Sterben liege.

54

Einzig die Maschinen hielten ihn am Leben.

»Wie lang kann das noch so gehen?«, fragte Miriam. Harry konnte nicht antworten. Sie saßen zusammen am Bett ihres Vaters, während Amaranta vor die Tür gegangen war. Sie unterhielten sich flüsternd, innerlich schrie aber alles in Harry auf.

Seit Wochen versuchten die Ärzte, ihn vom Beatmungsgerät zu nehmen. Jeden Tag musste er bei einem halbstündigen Test ohne maschinelle Hilfe atmen, jedes Mal zeigte er Anzeichen von Atemstillstand und musste wieder angeschlossen werden.

Die diensthabende Schwester hatte ihnen geraten, bei den Tests nicht anwesend zu sein. Wahrscheinlich hatte sie gespürt, welche Spannungen innerhalb der Familie herrschten, und vermutete, dass sie beim Patienten nur Unruhe auslösten. Harry bedauerte es nicht. Wie sollte sie den Anblick ertragen können, wie ihr Vater mit seinem zu schwachen Zwerchfell um Atem rang? Wie sollte sie den Anblick ertragen können, wie ihr Vater langsam erstickte?

Sie starrte auf seine gebrechliche Gestalt. Die Arme lagen ausgestreckt am Körper, die Bettdecke war vollkommen glatt gezogen. Er sah aus, als wäre er geschrumpft, wie eine Puppe. Was Harry jedoch am meisten auffiel, waren die mechanischen Bewegungen seines Brustkorbs.

Sie musste schlucken. Das war also der Unterschied zwischen Leben und Sterben: das Heben und Senken des Körpers unter der Spontanatmung. Ihre Augen brannten. Sie sah weg.

»Lass es nicht an dich ran«, sagte Miriam mit ihrer leisen Stimme. »Nur so kommst du damit zurecht.«

Harry sah zu ihr. Das Gesicht ihrer Mutter war von einem geisterhaften Grau. Mit erhobenem Kinn und geraden Schultern starrte sie auf ihren Mann. War so ihre Mutter mit dem Leben zurechtgekommen? Indem sie immer alles ausgeblendet hatte?

Harry drückte ihr den Arm. Keine Reaktion. Sie ließ die Hand sinken, stand auf und ging zur Tür, um mit Amaranta Platz zu tauschen. Sie verließ das Zimmer, ohne ihren Vater zu berühren. Es wäre ihr nur vorgekommen, als würde sie Abschied von ihm nehmen.

Die Atmungstests erstreckten sich über mehrere Wochen. Besucher kamen und gingen, eine endlose Prozession von Freunden und Nachbarn, die ihm ihre Unterstützung zuteilwerden ließen. Harry kannte sie kaum, aber alle sprachen ihre Mutter mit Vornamen an. Angesichts der gesellschaftlichen Verpflichtungen, die sich daraus ergaben, schien das Leben in Miriam zurückzukehren. Gelassen und charmant empfing sie die mitfühlenden Besucher. Harry war die Einzige, die das Zittern ihrer Hände bemerkte.

Jude kam jeden Tag ins Krankenhaus. Den Arm trug er noch in einer Schlinge, die Verbrennungen im Gesicht heilten allmählich ab. Er hatte nichts Aufdringliches an sich, blieb immer draußen im Gang, als wolle er ihr sagen, dass er da sei, falls sie ihn brauchte.

Harry war sich nicht sicher, was sie brauchte. Nur dass sie nicht mehr an Helden glaubte – das war das Einzige, was sie mit Sicherheit sagen konnte.

Imogen kam zu Besuch. Sie sah blass und schockiert aus und hatte wohl noch immer an der Wahrheit über Dillon zu knabbern. Auch sie hatte in gewisser Hinsicht einen Helden verloren. Sie brachte die Zeitung mit, in der Ruth Woods' Geschichte veröffentlicht worden war. Dillons Geschäfte wurden darin kritisch beleuchtet. Er hatte seit einiger Zeit mit finanziellen Problemen zu kämpfen. Seine ehrgeizige Strategie, andere Unternehmen aufzukaufen und mit Lúbra zu verschmelzen, hatte sich als kontraproduktiv herausgestellt. Er zahlte zu viel für die übernommenen Firmen, und als sein eigenes Vermögen zur Neige ging, finanzierte er die Erwerbungen mit Schulden, die er nicht zurückzahlen konnte. Viele der Firmen waren mittlerweile nichts mehr wert, die Gläubiger drohten mit Insolvenzverfahren. Bei seinen Insidergeschäften hatte Dillon allem Anschein nach ein glücklicheres Händchen bewiesen als bei seinem eigenen Unternehmen.

Als Ashford zu Besuch kam, erstarrte Harry. Sie sah, wie er ihrer Mutter die Hand gab. Sie hatte der Polizei nichts von der Verbindung zwischen Leon und Ashford erzählt. Schließlich hatte sie ja nur einen Namen. Sie beobachtete, wie ihre Mutter mit den Tränen kämpfte, und wusste nicht recht, was sie dabei empfinden sollte. Wie würde es ihre Mutter aufnehmen, wenn Ashford ins Gefängnis gesteckt werden würde? Sie sah zu Miriam, die die Fassung wiedergewonnen hatte, und ging davon aus, dass ihre Mutter damit wahrscheinlich schon zurechtkommen würde – egal, was passieren mochte.

Ashford wandte sich mit ausgestreckter Hand an Harry. Sie biss sich auf die Lippen. Er stand vor ihr, hatte den Kopf geneigt, seine Haare glichen Zuckerwattesträhnen. Sie hatte keinerlei Beweise, dass Ashford ihr hatte Schaden zufügen wollen. Vielleicht war er eines der Ringmitglieder gewesen, vielleicht auch nicht. Sie wusste nur: Er war ein Freund ihres Vaters. Harry musterte seine großen, traurigen Augen und streckte ihm langsam die Hand entgegen.

Nach sechs Wochen war bei ihrem Vater noch immer keine Besserung eingetreten. Beim letzten Abschalten des Beatmungsgeräts hatte er einen Herzstillstand erlitten. Er war nun sichtlich schwächer.

Harry berührte die Finger ihres Vaters. Sie waren warm, reagierten aber nicht. Sie starrte auf das Blatt in der Hand ihrer Mutter, auf dem in dicken Lettern »Keine WBM« stand. Die Schwester hatte es wenige Minuten zuvor zur Unterschrift dagelassen, nachdem der Arzt erklärt hatte, was es bedeutete.

Er hatte von Herz- und Kreislaufstillstand gesprochen und gesagt, Herz und Lungen ihres Vaters hätten aufgegeben. Bei manchen Patienten würde die künstliche Beatmung das Sterben nur verlängern. Schweigend hatten sie zugehört. Selbst Amaranta hatte nichts zu sagen gehabt.

Schließlich hatte der Arzt leise hinzugefügt: »Irgendwann werden Sie vielleicht das Gefühl haben, es wäre besser, wenn keine Wiederbelebungsmaßnahmen eingeleitet würden.«

WBM. Wiederbelebungsmaßnahmen.

Wenn sein Herzschlag aussetzen sollte, würden sie nicht mehr versuchen, ihn zurückzuholen.

Nichts Heroisches.

Harry drückte ihrem Vater die Finger und sah sich im Krankenzimmer mit den Schläuchen und piependen Monitoren um. Sie dachte an all die Dinge, die er ihr beigebracht, all die Orte, zu denen er sie mitgenommen hatte. Dieser sterile Raum hatte nichts mit dem Menschen zu tun, der er war.

Sie sah zu ihrer Mutter, die noch immer das Formular umklammert hielt. Würde sie es unterzeichnen und damit ihr Einverständnis zu seinem Tod erteilen? Harry schloss die Augen. Wie sollte sie den Anblick ertragen können, wie sie ihren Vater unter die Erde brachten?

»Mum?«

Harry öffnete die Augen. Amaranta hatte ihrer Mutter die Hand auf den Arm gelegt und deutete auf das Formular. Miriam wandte sich zu Harry, fragend sah sie sie an. Harry schluckte und schüttelte den Kopf.

Langsam faltete ihre Mutter das Formular zusammen und steckte es, nicht unterschrieben, in ihre Handtasche. Dann umfasste sie die Arme ihrer Töchter, erst den von Harry, dann den von Amaranta. Überrascht sah Harry sie an und ergriff ihre Hand. Sie hielten sich gegenseitig an den Händen und sahen zusammen zu der Maschine, die für ihren Vater atmete. Und dann wurde Harry etwas klar, was sie längst hätte kapieren sollen. Ihr Vater war weder ein Schwindler noch ein Held. Letztendlich war er nur ein Mensch.

Harry zog eine Weile zu ihrer Mutter, in das Haus, das einst ihr Zuhause gewesen war, und wusste nicht recht, wer nun wen tröstete. Ihr Vater atmete weiter: ein, aus, auf, ab. Als es so aussah, als würde sich nie mehr etwas daran ändern, flog Harry auf die Bahamas.

55

Die schwüle Hitze traf sie wie eine Wand, als sie auf dem Flughafen in Nassau aus der Maschine stieg. Vor der Ankunftshalle rief sie sich ein Taxi und hoffte insgeheim, Ethan würde am Steuer sitzen. Er tat es natürlich nicht.

Sie lehnte sich zurück, die Bummelfahrt und der schläfrige Reggae im Radio wirkten wie ein Betäubungsmittel. Sie sah hinaus auf die feuerrote und mandarinengelbe Landschaft. Einen Monat zuvor war sie hierhergekommen, um eine Bank zu betrügen. Jetzt war sie aus einem ganz anderen Grund da.

Das Taxi kroch durch das Verkehrschaos der Bay Street und überquerte die Brücke zur Paradise Island. Schlanke weiße Jachten hatten am Hafen festgemacht, krakeelende Möwen latschten über den Pier. Die Muschelverkäufer unter der Brücke riefen die Preise für die fangfrische Ware aus, die Marktstände quollen über mit schimmernden Fischen, goldenen Bananen und Ananas. Sie atmete die salzige Luft ein und war überrascht, wie sehr sich alles anfühlte, als käme sie nach Hause.

Das Taxi ließ sie vor dem Atlantis Resort Hotel raus, wo sie in ein Zimmer eincheckte, gegenüber dem sich das Nassau Sands wie eine Jugendherberge ausnahm. Nachdem sie sich frisch gemacht hatte, ging sie hinunter zur großen kuppelüberwölbten Lobby. Sie umklammerte fester den Koffer in der Hand, ging durch die Halle und trat durch den Eingang zum Kasino.

Auf der Schwelle zögerte sie kurz. Der Raum war voller Menschen, obwohl es erst nachmittags war. Sie hörte das Rattern der Maschinen, die die Jetons sortierten, und das Schwirren der stählernen Roulettekugeln. Bedienungen schlenderten umher und boten kostenlose Drinks an, die ernsthaften Spieler aber, wusste Harry, tranken nichts außer Kaffee. Sie seufzte, ging an den Spieltischen vorbei zur Rückseite des Raums.

Dort lag der Käfig, wo Frauen mittleren Alters hinter Gitterstäben Dollars in Jetons umtauschten. Harry stellte sich hinter einem Mann mit Stetson an und hievte ihren Koffer auf den Tresen. Dann drehte sie sich um und ließ den Blick über die Spieltische schweifen.

Direkt vor ihr wurde High-Stakes-Poker gespielt, übrig waren nur noch zwei Spieler: ein schmallippiger Mann in einem Geschäftsanzug und ein junger drahtiger Italiener mit Sonnenbrille. Auf dem Tisch lagen zwei Asse und eine Kreuz-Drei. Nach dem leichten Schulterzucken des Italieners zu schließen, hatte er wahrscheinlich kein drittes Ass.

Harry wandte sich wieder ihrem Koffer zu. Mit den Fingern fuhr sie über die abgewetzten Stellen auf dem schwarzen Vinyl. Dillon hatte ihm mit seinen Fußtritten einige weitere Beulen zugefügt, ansonsten aber war das Pokerset ihres Vaters unversehrt.

Sie drückte mit den Daumen auf die rostigen Schlösser und ließ ihn aufschnappen. Dann hob sie den Deckel an, um hineinzuspähen. In den mit Filz ausgelegten Fächern lagen, dicht gepackt, acht Jetonreihen. Zwei Drittel davon waren karmesinrot, die übrigen gleichmäßig in goldene und saphirblaue aufgeteilt. Harry holte zwei der karmesinroten heraus, drehte sie in den Fingern hin und her und bewunderte ihren weichen Perlmuttglanz und das Klacken, das sie von sich gaben, wenn sie aufeinanderstießen. Sie waren größer und ovaler als die Plastik-Spielchips, die ursprünglich im Koffer gelegen hatten. Harry strich mit dem Daumen über die Keramikoberfläche eines Jetons. Der Name des Kasinos war eingraviert, dazu der Nennwert. Er belief sich auf einhunderttausend Dollar.

Nachdem sie vor Wochen mit dem Koffer voller Geld die Rosenstock Bank verlassen hatte, war sie zunächst in ihr Hotel zurückgekehrt. Sie hatte nachdenken müssen. Daraufhin war sie ins Atlantis Kasino gefahren. Rousseau war außer sich gewesen, als sie ihm erzählt hatte, was sie wollte. Aber solange sie Beweise für seine Insidergeschäfte in der Hand hielt, wussten sie beide, dass ihm nichts anderes übrigblieb. Er hatte beim Kasino-Manager für sie gebürgt, der mit Vergnügen den Großteil ihres Geldes in Jetons umgetauscht hatte. Trotz des hohen Nennwerts waren es eine Menge Jetons, selbst für das Atlantis, so dass Rousseau die Hilfe zweier weiterer Kasinos in Anspruch nehmen musste, damit die gesamte Summe eingelöst werden konnte. Keiner wollte eine Zockerin mit so viel Geld abweisen.

Hinter ihr war ein Laut des Erstaunens zu hören, sie drehte sich um. Der Croupier am Pokertisch hatte die Turn-Karte umgedreht: eine weitere Drei. Der Tisch zeigte nun zwei Paar aus Assen und Dreien. Der Italiener stützte den Kopf auf die Hände, der Mann im Anzug war noch immer wie eine Echse in der Sonne. Harry gestand ihm ein Full House mit einem Drilling aus Assen zu.

Der Mann mit dem Stetson trat an den Schalter. Harry rückte hinter ihm nach, noch immer den Jeton in der Hand. Sobald sie das Geld gesehen hatte, hatte sie gewusst, dass sie nicht alles hergeben konnte. Bilder ihres Vaters waren ihr durch den Kopf gegangen: seine Arme, die er ihr auf dem Gefängnistisch zugestreckt hatte; seinen regungslosen, wie toten Körper, der nur durch Schläuche am Leben erhalten wurde. Sie wollte ihm etwas geben, für das es sich lohnte, wieder aufzuwachen.

Also hatte sie siebeneinhalb Millionen Euro in Jetons umgetauscht und sie im Pokerset ihres Vaters verstaut. Das restliche Geld hatte sie in bar behalten, hatte den schwarzen Koffer der Rosenstock Bank zur Hälfte mit Druckerpapierpaketen ihres Hotels gefüllt und die noch übrigen Geldbündel in fünf Lagen darüber gepackt. Eineinhalb Millionen Euro pro Lage. Sie war davon ausgegangen, dass der Prophet in ihrem abgekarteten Spielchen irgendwann die Koffer öffnen würde und sie sich mit den Geldscheinen etwas Zeit erkaufen könnte. Zu schade, dass es nicht mehr so weit gekommen war, trotzdem hatte ihr das Geld im Labyrinth wahrscheinlich das Leben gerettet.

Harry starrte auf die Chips in ihrer Hand und spürte, wie sie unwillkürlich die Schultern hängen ließ. Sie wollte das Geld nicht. Sie hatte es für ihren Vater aufgehoben, aber was nützte es ihm jetzt noch? Und es würde nie die Leere ausfüllen, die er hinterlassen würde.

Der Mann mit dem Stetson entfernte sich, und Harry trat vor die Frau im Käfig. Sie dachte an Judes Ethik-Vortrag; wie Insidergeschäfte das Vertrauen in die Fairness der Märkte erschütterte. Sie war zurück nach Nassau gekommen, um die Chips in Bares einzutauschen und das Geld den Behörden zu übergeben. Das war die korrekte Vorgehensweise. Das, was Jude getan hätte. Und niemand konnte ihrem Vater noch etwas anhaben.

Die Frau im Käfig klopfte mit ihrem Stift auf den Tisch. Harry biss sich auf die Lippen. Was kümmerte sie die Fairness der Märkte? Es war ja nicht so, dass die Investoren entschädigt werden würden, selbst wenn sie das Geld zurückgab. Wer wusste schon, in welche Kanäle das Geld floss.

Mit einem Seufzen wandte sie sich der Frau im Käfig zu. Diese hatte nun aufgehört, mit dem Stift auf den Tisch zu klopfen, und starrte über Harrys Schulter hinweg zum Spieltisch.

»All-in.«

Harry fuhr herum. Der Italiener schob seinen gesamten Jeton-Stapel in die Mitte des Tisches. Darunter befand sich ein hoher Stoß karmesinroter Jetons. Harry hielt die Luft an. Die Spieler deckten ihre Karten auf, die Zuschauer stöhnten. Der Italiener rückte seinen Stuhl zurück, nahm die Sonnenbrille ab und ging hinter seinem Stuhl auf und ab. Der Mann im Anzug nahm einen Schluck von seiner Wasserflasche.

Harry reckte den Kopf, um die Karten zu sehen. Sie hatte sich mit dem Full House getäuscht. Der Mann im Anzug hatte ein Paar Asse, wodurch er einen Vierling erhielt. Eine nahezu unschlagbare Hand. Der Italiener hatte eine Kreuz-Zwei und eine Kreuz-Vier. Harry überschlug die Kombinationen. Nachdem Kreuz-Ass und Kreuz-Drei auf dem Tisch lagen, fehlte ihm nur eine Karte zu einem Straight Flush; die einzige Hand, mit der er das Spiel gewinnen konnte.

Harrys Nacken kribbelte. Sie trat einen Schritt auf den Tisch zu. Der Italiener hielt mit weißen Knöcheln die Lehne seines Stuhls umfasst. Der Croupier drehte die River-Karte um. Einen Augenblick lang herrschte Stille. Harry stellte sich auf die Zehenspitzen, konnte aber die Karte nicht sehen. Dann ging ein Aufschrei durch die Menge. Der Italiener reckte die Faust in die Luft und brüllte wie ein Cowboy. Er drehte sich um, umarmte die Zuschauer und gab seinem Gegenspieler die Hand. Durch eine Lücke in der Menge erkannte Harry auf dem Tisch die Kreuz-Fünf und lächelte.

Sie strich sich über ihren kribbelnden Nacken. *Das Leben macht nicht viel Spaß, wenn man nicht hin und wieder alles aufs Spiel setzt.* Die Worte ihres Vaters schwirrten ihr durch den Kopf. Ihr ging das Herz auf. Langsam drehte sie sich zum Käfig um, steckte die Jetons zurück in den Koffer und schloss sachte den Deckel

»Tut mir leid«, sagte sie zu der Frau hinter dem Gitter. »Ich hab's mir anders überlegt.«

Sie trat an den Tisch und nahm auf dem leeren Stuhl Platz, an dem der Mann im Anzug gesessen hatte. Sie lächelte dem Italiener zu und fuhr mit den Knöcheln über den Filzbezug, um sich Glück zu wünschen. Dann öffnete sie den Pokerkoffer ihres Vaters und stellte ihn auf den Tisch.

Dank

Mein von Herzen kommender Dank gilt als Erstes meiner Agentin Laura Longrigg, die an diesen Roman glaubte, und an das Team von MBA Literary Agents Ltd. Des Weiteren danke ich Julia Wisdom und meiner Lektorin Anne O'Brien von HarperCollins für ihren Enthusiasmus und ihren Rat sowie dem gesamten Team von HarperCollins. Außerdem danke ich Helen Corner von Cornerstones Literary Consultancy für ihre Unterstützung bei meinen ersten Schritten als Schriftstellerin. Und schließlich danke ich mit all meiner Liebe meinem Mann Tom, der meine Bemühungen immer ernst genommen hat, sowie meinen Kindern Mark und Megan, die meine gelegentlichen Abwesenheiten toleriert haben.